王星琦 著

讲元曲课

凤凰出版社

图书在版编目（ＣＩＰ）数据

王星琦讲元曲课 / 王星琦著. -- 南京 ： 凤凰出版社，2024.4
ISBN 978-7-5506-4039-9

Ⅰ．①王… Ⅱ．①王… Ⅲ．①元曲－通俗读物 Ⅳ.①I222.9

中国国家版本馆CIP数据核字(2024)第006479号

书　　　　名	王星琦讲元曲课
著　　　　者	王星琦
责 任 编 辑	李相东
装 帧 设 计	陈贵子
责 任 监 制	程明娇
出 版 发 行	凤凰出版社(原江苏古籍出版社)
	发行部电话025-83223462
出 版 社 地 址	江苏省南京市中央路165号,邮编:210009
照　　　　排	南京新洲印刷有限公司
印　　　　刷	徐州绪权印刷有限公司
	江苏省徐州市高新技术产业开发区第三工业园经纬路16号
开　　　　本	890毫米×1240毫米　1/32
印　　　　张	9.75
字　　　　数	244千字
版　　　　次	2024年4月第1版
印　　　　次	2024年4月第1次印刷
标 准 书 号	ISBN 978-7-5506-4039-9
定　　　　价	58.00元
	(本书凡印装错误可向承印厂调换,电话:0516-83897699)

（元）吴镇《渔父图》

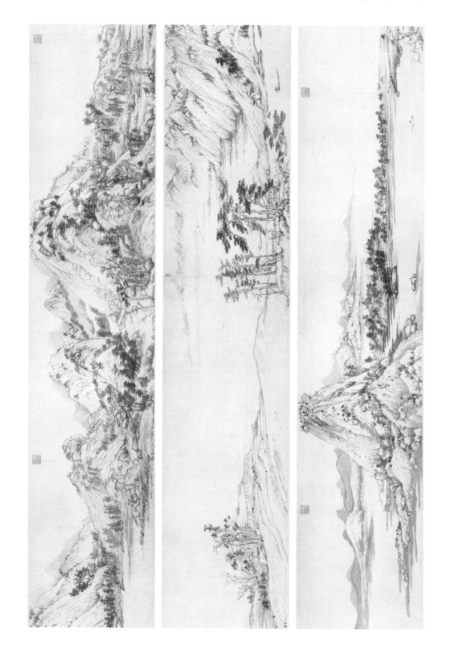

（元）黄公望《富春山居图》（局部）

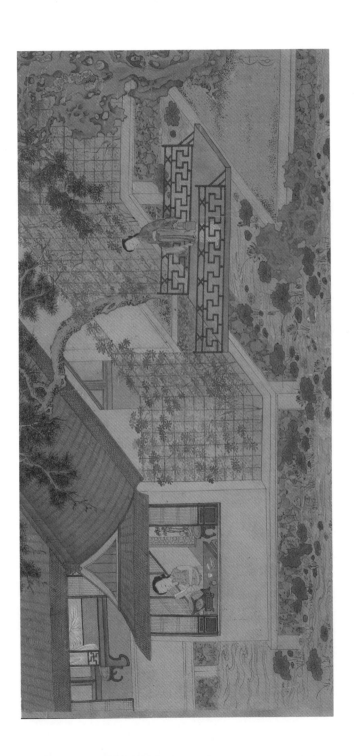

（明）仇英《西厢记图页》

（明）董其昌《霜林秋思图》

（清）袁耀《汉宫秋月图》

乔吉〔双调·殿前欢〕《登江山第一楼》

序

　　辛丑岁末，与几位校友品茗晤谈，凤凰出版社的倪培翔社长，说起了莫砺锋先生连续出版的"讲唐诗课"和"讲宋诗课"，很受读者欢迎，开了学术性与可读性完美结合的新视野。同时校友王兆鹏的"讲宋词课"也一并推出，莫砺锋先生说："将两本书作为姐妹篇同时推出，衷心希望得到广大读者的喜爱。"培翔社长这样说着，突然指着我说，也可以再出一本《讲元曲课》，鼎足而三，成一小系列。事出偶然，我不免有几分踌躇。一则近年来身体欠佳，为病痛所苦，精力疲苶；再则虽承蒙不弃，但学识荒疏日久，著述之事殆将辍笔，不胜愧恶之至；更因莫砺锋先生所开创的新写作体例在前，已广受好评，我附于骥尾，生怕有狗尾续貂之嫌。

　　转念一想，上了大半辈子课，教案、备课笔记和卡片积累不少，包括讲座的提纲，似乎都可以用起来，不妨沿着莫先生的构思框架和写作体例一试。于是翻箱倒箧，找出一堆与上课相关的文稿。必修课的元明清文学，是每年都要上的，我上过的选修课，与元曲有关的有《古代戏曲史》《散曲文学史》等，至于专题讲座就更多了。我很喜欢上课，特别是课后若有三五同学提出问题交流一番，格外享受和满足。记得1981年我离开中山大学将要到南京师范学院报到时，王季思先生殷切嘱咐："到高校教书，首先要做足功课，课要上好。教书育人，你上不好课，就称不上是合格的教师。"季思先生还说，年轻教师最初上讲台，有几点要注意谨记：其一，你必须要带上讲稿，那是你对听讲人的尊重，即便你对讲课的内容了然于心，可不看讲稿，但你一定要将讲稿置于讲台上；其二，你拿到学生花名册，要仔细看一遍，人名用字有时很生僻，吃不准的字要查字书，免得读错；其三，如非较长时间的讲座，年轻教师上课，一定要站着讲，这也是对听课者的尊重，同时，既便于板书，又便于肢体动作。如此三条，不仅我自己牢记在心，每当我的学生留在高校任教时，我都会转述给他（她）们，说明此是师祖之训。

1985年深秋，南京师范大学、中华书局、江苏省文联、江苏人民出版社、江苏省作家协会、江苏省社会科学院、中国韵文学会、江苏古籍出版社8家学术机构联合组织了"唐圭璋教授从事教育工作六十五周年暨八十五寿辰"庆祝活动，王季思先生也携夫人姜海燕先生从广州来到南京祝贺唐先生。季思先生与唐老当年都是吴瞿安先生的弟子，二老有着半个多世纪的友谊。当时季思先生住在南师南山专家楼，活动的间隙，老先生一定要到我的住处看看。从南山到我的住处西山还是有一大段距离的，且我住在西山西端一幢楼的6楼。从南山到西山，下山上山再攀楼，对于已是80岁的老人，实在不是一件简单的事，但先生当年身体很好，坚持要看看我的工作、生活环境。

季思先生坐在我的书桌前，信手翻看我置于桌上元曲选修课的讲稿，边看边说："好啊，治曲当从元人入手，你在元曲方面用力较多，在上好课的基础上，研究工作也不可偏废。"季思先生精通各体文学，《玉轮轩古典文学论集》涉猎广泛。然先生在元曲方面的学术贡献尤为突出。从20世纪40年代的《西厢五剧注》，到晚年主编《全元戏曲》的半个多世纪中，先生写出了大量见解独到的文章，《玉轮轩曲论》诸编及"新论"中，研究元曲的篇章很多，对我的影响也最为深刻。特别是先生晚年关于元曲研究的反思，对我的启发尤多。先生在《元曲的时代精神和我们的时代感受》一文中说："由于我们在考察元代的时代特征时，过分强调了不同民族之间的冲突、斗争，看不见当时不同民族之间有互相转化、互相融合的一面。至于当时北方契丹、女真、蒙古等族的尚武精神，在歌曲和音乐上的积极影响，更少注意。而把元曲的时代精神只理解为反抗民族压迫，这是未免狭隘和片面的。"① 基于这样的认识，在总结历来元曲研究经验教训的同时，季思先生明确提出了自己的新见解："元代前期对中原地区封建文化的冲击，也动摇了人们对三纲五常等道德教条的信奉，改变了儒生们满口之乎者也的头巾气；而蒙古人民的尚武精神、刚强性格也给从汉唐以来渐趋衰老的封建帝国打了一支强心针。这使当时在北方流行的戏剧、歌曲，带有一定思想解放的色彩，带有悲歌慷慨的马上杀伐之声，跟当时在南方流行的戏剧、歌曲大异其趣。"② 季思先生的见解，在元曲研究中有矫枉意义，避免绝对化和概念化，贡献是自不待言的。

我的读曲、治曲始于上世纪 70 年代末 80 年代初，完全是在季思先生指引下走过来的。读研时的单元作业和读书报告，先生密密麻麻的红笔改正和批语至今犹在，我的稿子稍有一点个人见解，先生便推荐到书刊去发表。我自栎樗之材，幸附季思先生门墙之末，四十多年来，师恩时刻铭记在心，没齿不忘。我在教学、科研方面所取得的些许成果，均与先生的鼓励与鞭策分不开。

本书尽可能在学术性与可读性相结合方面做些努力。王季思先生很讲求文笔清畅，注重文章的可读性。我读研时发表的文章，往往有先生的改笔，本书所收入的文章中，也有先生文字上改动的痕迹。

①② 见《玉轮轩戏曲新论》，花城出版社 1993 年版，第 3—4、第 3 页。

本书原分作三讲。第一讲"元曲概说",概括了元曲产生的历史背景,揭示了元杂剧和元散曲作为一代之文学繁盛的原因及其在文学史上的意义。第二讲"名篇解读",主要是立足于悲剧、喜剧的角度,简析部分元剧名篇,并对不同时期的四种杂剧试作解读。第三讲"名曲详释"67篇,其中剧曲16篇,散曲小令47篇,套数4篇。第二讲主要是说剧,第三讲则侧重于谈曲。后限于篇幅,将论述元杂剧具体作品的第二讲删去,只保留一、三两讲。

与唐诗、宋词相较,元曲偏冷。尽管它似乎更加通俗、更加自由,但普及程度不若唐诗、宋词那样广泛。实际上北曲也还是有很多规矩的,除了无入声字、一韵到底之外,曲谱也是很严格的。《中原音韵》及《太和正音谱》对曲的格式都有明确的规定,衬字的添加也非随意的,而是有规律的。回想当年我上元曲方面的选修课,最初生员寥寥,渐渐选修的人多起来。希望通过这本小书,唤起人们对元曲的浓厚兴趣,将传统的诗、词、曲一体化,齐观并举,完整领略古代韵文文学之美。

由于春天里手术住院,书稿耽搁了时日,拖至夏日始告蒇工。全书成于仓促间,新意无多,许多观点一仍当年上课及所发表的著作与文章,我以为对已往旧的观念加以新的解读与推进,未始不是一种深入的创获。第二讲中多是发表过的文字,除了补写一些篇目,也对旧文加以删改与润饰。为了活跃版面,我将平时写在笺纸上的曲子选了几首作为插页,或可增强读者的阅读兴趣。可惜的是,尽管本人做了种种努力,亦不足以继莫先生大作之后。对于读者方家,衷心伏求是正,企望无吝赐教。

2020年6月18日于秦淮河西之茗花斋

目次

第二讲　名曲详释

第一讲

元曲概况

元曲蓬勃兴起的历史背景

十三世纪初叶，蒙古各部落畜牧业生产发展突飞猛进，逐渐强盛起来。公元1206年（南宋开禧二年丙寅），铁木真（成吉思汗）在斡难河召开各部首领会议，创立了蒙古帝国，结束了各部落长期分裂的局面。简而言之，在宋金对峙的一百多年里，蒙古日趋强大，铁木真被尊为大汗之后，建立分封制度，设立护卫军，开始派兵侵扰古北口、居庸关，进一步深入到河北、山东一带，并向女真政权的金人征战。经过三十多年的转战，成吉思汗的儿子窝阔台于1234年（南宋理宗端平元年甲午）灭金，占据了黄河流域；又经过四十多年的征讨，成吉思汗的孙子忽必烈于1279年（南宋祥兴二年己卯）灭宋，从而统一了全中国。这是战乱频仍的时代，整个十三世纪，宋、金、蒙古之间的战争不断，使中国社会政治、经济、文化，特别是文学艺术均发生了历史性的巨大变化。早在1271年（南宋度宗咸淳七年辛未）忽必烈取《易经》中"大哉乾元"之义，改国号为大元，是为元世祖。从1279年至1368年，元朝当国只有九十年时间，元曲由产生到繁盛乃至衰微，从异峰突起、金声玉振到峰回路转、余音不绝，充其量不过百年光景，在漫长的历史长河中，却遗响绵长久远，如黄钟大吕，奇乐交织。

元朝的统一，结束了长期以来几个政权对抗割据的状态，政治、经济、文化等方方面面都表现出一些新的特点，也是文学史上一个转折时期。清代学者黄宗羲说："古今之变，至秦而一尽，至元而又一尽。"（《明夷待访录·原法》）秦之变，是对上三代以来思想观念的反拨，而元之变，则是对汉以来整个文化特别是儒家思想文化的一次强有力的冲击。草原文化与农耕文化有对立也有融合，情况相当复杂。在剧烈的冲击碰撞中，整个社会的价值观念和行为规范都发生了前所未有的变化。如对元代士人来说固有的靠读书求取功名从而获得稳定的社会地位的渠道闭塞了，新的实现自我价值的途径一时尚未建立起来，六神无主和无所适从的悲哀笼罩着他们的心灵，求生存与图发展都成了严峻甚至残酷的现实问题，这的确是汉唐以来的一个大变化。历来人们所说的元代八十年废止科举、知识分子没有出路、空前失落云云，不尽符合实际，因中后期科举偶有恢复，如皇庆二年（1313）元仁宗曾下诏恢复科举，次年开科取士，延祐二年（1315）之后，每三年开科一次，直至元亡。但有元一代，长期实行的是吏员出职制，科举取士不是选官的主要渠道，且即使是开科，也不公平，蒙古人与色目人有优先的特权，汉人士子的仕途仍是逼仄的。忽必烈继位之初，汉族士人与汉化士人一度较为得意，但为时甚短，而真正能执权柄者亦仅限于原金莲川幕府中人士，如刘秉忠、张弘范以及赵复、姚枢、许衡、窦默等，即所谓的"潜邸旧臣"。而普遍的、绝大多数汉人中的知识分

子，在元代前期是没有出路的。长期以来，我们对于十三世纪后期和十四世纪前期社会的认识，以及对当时社会政治、经济、文化状况与元代文学艺术之间关系的分析判断，曾经有过片面性的理解，甚至是很大程度的曲解。人们或是从元杂剧作品中描写的内容，再联系史书上一些零星的记载，将元代社会看成是一团漆黑，简直就是暗无天日；或者在说到元代吏制与社会风气秩序时，以为当时是民不聊生、混乱不堪；在经济上又过分强调北方游牧民族落后的生产关系及其生产方式对中原农业经济的干扰、破坏；等等。或者相反，把元代社会看做旧的精神信仰和传统文化的断裂乃至崩溃，从而引发新的政治思想与文化的崛起，强调的是元代社会转变的机运与所谓清新活泼的空气。其实两种说法看似对立，却都是不全面、不完整的，即均为局部的或从某一特定视角而言的。前一种说法在已往的文学史、戏曲史著作中屡见不鲜，不必列举。后一种说法，不妨来看一些例子。刘大杰先生说：

> 从文学史的观点上来看，元代却是一个重要的时期。因为在这个新的政治局面下，由于城市经济的高度发达，加上外来的文化生活的影响，不能不促使社会环境发生激烈的变化，从而使旧有的精神意识、习惯信仰也都不能不动摇或解体，于是文学得到了新的发展的机运，而可以从旧的思想和旧的束缚中

元　黄公望　富春山居图（局部）

解放出来，前人所视为卑不足道的市民文学，大大地发展起来，代替了正统文学的地位，而放出了异样的光彩。①

日本学者吉川幸次郎说：

> 与其说由于汉人的生活受到压迫，不得不走上杂剧之路，以求发泄所致，毋宁说乃是由于这种清新的空气所致。……这种促进杂剧勃兴的社会力量，充实了作者的精神，也在作品里洋溢着无限的活力。②

类似说法还有不少。它们是有根据、有见解的，不失为一种看问题的角度。假如我们不带入任何先入为主的观点，冷静而又客观地去看元代社会，除了它是以少数民族入主中原所建立的帝国政权这一点之外，其与中国古代其他王朝并无本质上的区别。忽必烈及其他元朝皇帝不是也时不时地宣称用汉法、尊儒术吗？元蒙统治者亦标榜文治，在原本崇尚喇嘛教的同时，逐渐开始崇尚儒学，提倡程朱理学。须知朱学之成为官学，实肇端于元代。自赵复北上传播儒学，形势一变。而元初理学硕儒许衡（1209—1281）的推波助澜无异至关重要。许衡对理学的特殊贡献在于他的"治生

---

① 刘大杰：《中国文学发展史》（下），上海古籍出版社1982年版，第767页。
② （日）吉川幸次郎：《元杂剧研究》，郑清茂译，台北艺文印书馆1960年版，第222页。

明　仇英　秋猎图

说"，即将民生日用、柴米细事视为大道理，从而使长期以来空谈心性的理学焕发出新的生机，有的学者甚至认为许衡的学说开启了后世左派王学的先声。元蒙统治者与此前历代专制政权的统治者一样，采取的是专制与怀柔并举的策略，同时又对各种宗教加以利用。中原地区仍以佛教与道教的影响为大，江南则以道教为主。有元一代，儒家思想与佛、道两家已透露出三教合一的端倪，这在元代文学作品中有着明显的痕迹，杂剧中的神仙道化剧即是明证。

　　元代前期社会的确有些混乱，在战乱之后，社会秩序的安定需要一个过程。当时征服者的高压及种族间的歧视与不公平，也是客观的存在。然忽必烈在汉人谋士的谏诤下，很快开始重视恢复和发展农业生产，手工业和商业随之亦很快发展起来。在徐元瑞（生卒年不详）《吏学指南》、张养浩（1270—1329）《为政忠告》以及王结（1275—1336）《善俗要义》等政书中，均有农桑以及货殖内容，《善俗要义》更是首列农桑。黄道婆（1245—1330）的出现，正应其时。算学及其他科学的突出成就亦非偶然，"算学四大家"之一的朱世杰（1249—1314）便处于这个时期。杰出的天文学家郭守敬（1231—1316），精于数学，在水利、历学方面也有突出的贡献。1970年国际天文学会将月球背面的一座环形山命名为郭守敬山，纪念这位中国十三世纪杰出的科学家。李约瑟博士在评价中国中世纪科学时曾指出："在 3 到 13 世纪之间（中国）保持一个西方所望尘莫及的科学知识水平。……中国的这些发明和发现往往远远超过同时代的欧洲，特别是 15 世纪之前更是如此。"①

在人类社会行为及其相互作用的层面上，几乎没有一件事不是无限复杂的。只要是在时空意义上时过境迁的事件，即我们通常所说的历史，它就很难精确测准，更是无法复原的，故而在历史研究中仍须"洞彻"，甚至须"直觉"与"发现"。美国文化人类学家菲利普·巴格比曾引入德国物理学家海森堡著名的"测不准原理"来说明历史科学的局限："应当注意的是，他（指历史学家——引者）向我们揭示的过去，并不是生活在那个时代的人所领悟的，他的读者对这种过去没有直接兴趣。相反，他是按照当前来展示过去的，他以当代人的趣味和偏见对其作了修饰。'历史'必定要不断地被重写，主要就是这个原因。每一代人都必定会发现自己的解释者，也就是说明过去如何同当今的新需求、新问题相关联的历史学家。"② 例如对于元代社会，过去我们强调高压与黑暗多了些，近年又有为数不少的学者注意到了松动与开放的一面。人们既可以根据《元史·良吏传》说"元初风气质实，与汉初相似"，"禁罔疏阔，以宽厚清静为天下先"；也可以根据相关材料将元代说成是"官吏断事，无法可守……奸吏因缘高下其手"③，"府州司县惟利是视，以曲为直，以非为是，上至台省，浊乱尤甚"④。如此，持不同看法者，便似乎都能找到依据，而元代社会客观实际的面目反

① （英）李约瑟：《中国科学技术史·第一卷导论》第一章《序言》，袁翰青、王冰、于佳译，科学出版社、上海古籍出版社 1990 年版，第 1—2 页。
② （美）菲利普·巴格比：《文化：历史的投影——比较文明研究》，夏克、李天纲、陈江岚译，上海人民出版社 1987 年版，第 57 页。
③④ （元）胡祗遹：《紫山先生大全集》卷二十三《杂著》之《民间疾苦状》《折狱杂条》。

而模糊起来。事实上两种情况可能都是存在的，此一时彼一时，事物是可变的，也是复杂的。

自元初至元贞、大德年间（1295—1307）元蒙统治者对文学艺术的创作与流布是宽松的、放任的。首先，这种放任和宽松并非统治者的主观与刻意，而是不自觉的。同时，也不是说就完全无拘无束，好像元曲家在创作上被赋予了充分的自由。这样说也只是就整个中国漫长的封建社会中比较而言，尤其是与明清两代比较而言。其次，从时间上看，不仅限于从元初到元代中期，即十三世纪末叶至十四世纪初，所谓元曲创作的巅峰期和饱和点。郑振铎先生所言"元代的文学是勃兴的，勇健的，具有青年期的活泼与精力充沛的现象"（《元明之际文坛概观》），当指这一时期，元后期情况就大不相同了。

所以会出现客观上相对自由发展的局面，情况较为复杂。概括起来，其原因不外乎三个方面：第一，元蒙统治者的注意力还集中在军事上和政治上（入主中原之初，反抗与不合作仍此起彼伏），对于文学艺术的流布与发展尚无暇顾及；第二，由于语言、文化、习俗等方面的阻隔，统治者对中原文化还不甚了解，欲干涉而无力，甚至不能；第三，游牧民族文化相对落后，以"马上得天下"的元蒙贵族统治者，一时还没有认识到文学艺术对社会政治的影响，故不屑于干预。总之精力和智力均使其难以介入。

有一条并不生僻的材料颇能说明问题，就是明人姚旅在其

元　赵雍　马戏图卷（局部）

《露书》中的一则记载：

> 元大内杂剧，许讥诮为乐。尝演《吕蒙正》，长者买瓜，卖瓜者曰："一两！"长者曰："安得十倍其直？"卖瓜者曰："税钱重。十里一税，宁能不如是！"及蒙正来，卖瓜者语如前。蒙正曰："吾穷人，买不起。"指傍南瓜曰："买黄的罢。"卖者怒曰："黄的亦要钱。"时上觉其规己，落其两齿。

　　"黄的"是"皇帝"的谐音，宫廷搬演杂剧，竟将讽刺的矛头直接指向了皇帝本人，而且皇帝就坐在下面观赏，可谓斗胆讪上，大逆不道了。其所讥诮的，正是朝廷的税法，辛辣之极。既是触怒了人间至尊的皇帝老子，罪罚便是不可避免的，于是优人被打落了两颗牙齿。没有被拉出去杀头，应该算是足够宽容了。曾有人引用这则材料来证明元代文网之密，禁语之多，对杂剧演员的残酷迫害，其实这材料恰好说明了与之相反的结论。这里至少有两点值得深究：一是"许讥诮为乐"，宫廷大内演出尚允许讥讽朝政，倘是民间演出，"路歧"作场，怕是禁忌更加宽泛；二是演员嘲讽到了天子名下，罪罚也不过是"落其两齿"，若非触怒九五之尊的圣上，怕是落齿的事也不会发生。任半塘先生的《优语集》，将此条"优语"置于"参政不敢望元鼎"一条之后，注云："时次未详。"而在"参"条之下注云："世祖至元二十三年后。"任先生的排列是有道理的，即《露书》中的这则记载，其时次当在至元年间，说不定坐在下面的皇帝正是元世祖忽必烈。至元共三十一年，接下来便是元仁宗元贞、大德时期了。这是元前期杂剧创作、演出较为开放、宽松的一个绝好注脚。到了后期，统治者开始注重思想禁锢，对中原文化也逐渐熟悉起来，对杂剧创作演出的禁令也日趋严苛起来。如元代确有所谓"妄撰词曲，诬人以犯上恶言者，处死"（《元史·刑法志》）的法令，但那是统治秩序逐步稳定下来之后的律条。据《元史纪事本末》载，"元初未有法守"，乃是"循用金律"。直到至元二十八年（1291）夏，才颁布了一个叫《至元新格》的法律草案。真正建立起条陈细密的法律，则是到英宗至治三年（1323）之后，已过了元贞、大德年很久了。元前期循用金之旧律，尽管横征暴敛、专权恣纵，但对文学艺术的流布发展是较为放任的。譬如《元典章》中有禁"词话"的条例，而没有禁杂剧的禁令，倒是在《刑法志》中有禁杂剧的律条："诸民间子弟，不务生业，辄于城市坊镇，演唱词话，教习杂戏，聚众淫谑者，并禁治之。"（《元史》卷一〇五）这里说得很清楚，是禁止优伶以外的所谓良家子弟搬演，并非禁绝一切人。而且要害是怕聚众而生出暴力性事端，并非意识到杂剧艺术对其统治有什么威胁，因在同一条禁令中还同时禁止弄禽蛇、傀儡、藏挟撤钹、倒花钱、击鱼鼓以及角抵等一切技艺与民间娱乐，这是再清楚不过了。

事实上最有说服力的还是元前期杂剧作品本身，包括散曲。从作品表达思想的恣纵奔放，具有浑朴泼辣、说尽道透的格调，以及鲜明的时代烙印、顽强的反抗精神来看，一方面表现出曲家们"真正艺术家的勇敢"，同时也从相反的角度，透露出统治者主观上的疏忽，客观上的确表现为放任的情况。我们不妨作一点比较，从明代"国初榜文"中开列的编撰、搬演杂剧则"割舌""断手""卸脚""充军"等刑律来看，明朝统治者对艺人该是何等残酷！明太祖朱元璋直接干预戏曲创作，他以《琵琶记》为楷模，大加肯定其教化作用，充分说明了汉族封建统治者一旦登上皇帝宝座，是立即就对文学艺术抓住不放的。两相对照比较，元明两代开国之初，统治者对戏曲艺术创作的态度是明显不同的，"落两齿"与"割舌""断手"等惩罚完全是不可同日而语的。再看宋代，对伶人嘲讽类演出也是非常残酷的。宴会上优人搬演"二圣环"，讥刺了朝廷，竟触怒了秦桧等权臣，"桧怒，明日下伶于狱，有死者"（事见王国维《优语集》)①。可见无论是与前代对比，还是与后世相较，元代的情况都显得很特殊，我们应注意研究这种特殊性，其与理解元代社会与元曲勃兴之间的关系，庶几可别开生面。

---

① 南宋靖康元年（1126），金军破北宋都城东京（今河南开封），北宋亡。次年五月，金军虏徽宗、钦宗北归。伶人以双环头饰说笑，曰"二圣环"。"二圣"隐指徽、钦二宗。参见任半塘《优语集》。

元杂剧形成、发展与繁盛

　　我们通常所说的元曲包括北曲杂剧和散曲两种艺术形式，前者是戏剧，因中国传统戏剧讲求唱念做打，是一种综合艺术，唱的部分是韵文（即曲词），实际上无异于诗歌；后者是纯粹的诗歌，为中国古典诗歌的最后一体形态，与宋词相类似。元人散曲作为一种新兴的诗体，丰富了中国古典诗歌的体式与内涵。剧曲与散曲，二者既有区别，又互相紧密联系，元曲家中有不少曲家是既写杂剧又写散曲的。在单独称杂剧和散曲时，均可称其为元曲。刘永济先生在论及散曲时云："散曲者，诗余之流衍，而戏曲之本基也。"（《元人散曲选·序论》）是说写杂剧作品时，曲词部分在形式上与散曲几乎没有区别，从某种意义上说，散曲是剧曲的基础。读元人套数，如杜仁杰的〔般涉调·耍孩儿〕《庄家不识勾栏》套、马致远的同调牌《借马》套，以及刘时中的〔双调·新水令〕《代马诉怨》套和〔正宫·端正好〕《上高监司》套，直可看作是独幕剧。特别是睢景臣的〔般涉调·哨遍〕《高祖还乡》套和董君瑞的同调牌《硬谒》套，更为典型。这类作品有人物，有场景，也有或简单或复杂的情节与细节，且多心理活动描写与内心独白，戏剧性是很强烈的。马丁·艾思林说："事实上内心独白是一种戏剧形式，同样也是一种叙述形式。内心独白本质上是属于戏剧的。"① 如是观之，元曲中剧曲与散曲虽分属戏剧与诗歌不同门类，二者之间的联系，却又是难分难解的。

元曲
├─ 北曲杂剧（戏剧）
│   1. 由正旦或正末一人主唱，分别称作"旦本"和"末本"，扮演人物（代言体）；
│   2. 敷演完整故事，曲词科白之外，有简单舞台指示；
│   3. 角色行当有旦、末、净、外、杂等；
│   4. 一本四折，折是音乐组织的一个单元，也是故事情节的一个段落；
│   5. 视情节结构，有时加一个楔子，楔子中只有一二小曲，无套数；
│   6. 亦有多本连演者（如《西厢记》共五本，《西游记》共六本）；
│   7. 用北曲演唱，与宋元南戏用南曲演唱不同；
│   8. 剧末有"题目正名"，概括故事内容。
│
└─ 散曲（诗歌）
    1. 元人称之为"乐府"或"新乐府"；
    2. 按一定调牌度曲，一韵到底，可加衬字；
    3. 小令，又称"叶儿"，为只曲，是散曲体制的基本单位；
    4. 带过曲，可一带一或一带二，须用同一宫调令曲连缀，表达同一内容；
    5. 套曲，亦称"套数""散套"，为连缀同一宫调两支以上曲牌的组曲，有引子和尾声；
    6. 又有重头小令，也称连章小令，指同一调牌两首以上小令咏一事或多事的组曲，多者可连缀上百首。

　　元曲究竟产生于何时？根据现存资料以及学者们的考据，很难确定具体时间，谓其形成于金末元初，即十三世纪中叶左右，大致不差。元人称其为"新声"，又谓"我大元乐府"。胡祗遹（1227—1295）说："乐音与政通，而伎剧亦随时所尚而变。近代教坊院本

———————————

① （英）马丁·艾思林：《戏剧剖析》，罗婉华译，中国戏剧出版社1981年版，第10页。

之外，再变而为杂剧。"① 胡氏生于金末，卒于元初，其所言"近代"，当指金代，而"院本"正是金代的一种表演形式，乃是戏剧艺术的雏形，或称尚不完备的早期戏剧形态。周德清（1277—1365）编《中原音韵》，将杂剧的曲词和散曲合称为"北乐府"，谓"其备则自关（汉卿）、郑（光祖）、白（朴）、马（致远）"；罗宗信（生卒年不详）《中原音韵·序》谓元曲是元蒙一统中原后的产物，称"北方诸俊新声一作，古未有之"；明朱权《太和正音谱》中则谓关汉卿"初为杂剧之始"。到了近人王国维径直以为"关汉卿一空倚傍，自铸伟词"②。此外，元人陶宗仪《辍耕录》有云："稗官废而传奇作，传奇作而戏曲继。金季国初，乐府犹宋词之流，传奇犹宋戏曲之变，世传谓之杂剧。"陶氏这里语焉不详，唯其所言"金季国初"，与诸家所言暗合。一般认为散曲当略早于杂剧，故称散曲为戏曲之"本基"。至于说到杂剧初始为关汉卿，王国维曰："然汉卿同时，杂剧家业已辈出，此未必由新体流行之速，抑由元剧之创作诸家亦各有所尽力也。"（《宋元戏曲考·元剧之时地》）关汉卿被称为北曲杂剧的奠基人，宜也。

　　元杂剧的形成，是我国历史上各种表演艺术和各体文学大融合的结果。唐宋传奇文、说话艺术的话本以及丰富的历史故事与民间传说，给予元杂剧以题材；唐宋以来的乐舞、大曲等给予元杂剧以舞姿、曲调；诗词歌赋等韵文文学对元杂剧的曲词有着深刻的影响，特别是曲为"词余"之说，尤为明显。此外，参军戏、宋杂剧及金院本等滑稽表演，更是直接影响了元杂剧中的科诨艺术，皮影戏、傀儡戏以及古老的傩戏也明显影响了元杂剧的化妆与脸谱等。

---

① 见《紫山先生大全集》卷八《赠宋氏序》。
② 王国维：《宋元戏曲考·元剧之文章》，见《王国维戏曲论文集》，中国戏剧出版社 1984 年版，第 90 页。

南宋　佚名　杂剧打花鼓图

唯因中国戏曲具有综合各种艺术的独特性，故其晚出。然元杂剧一旦崭露头角，就展示出其充沛旺盛的生命力，较之我国传统的诗文等文学体裁，戏剧艺术所展现的社会生活画面，毕竟更广阔、更恢宏，也更有活力。由于各种传统文学的、伎艺的以及各门类表演形式长期酝酿与融合，终于迎来了中国戏曲史上第一个黄金时代。

早在 20 世纪初，胡适、王国维等学者就明确指出，元曲的产生是一次深刻的文学革命，元曲是"活的文学"，这已成为学术界的共识。王国维在《宋元戏曲考·序》中劈头便说："凡一代有一代之文学：楚之骚，汉之赋，六代之骈语，唐之诗，宋之词，元之曲，皆所谓一代之文学，而后世莫能继焉者也。"又云："元曲之佳处何在？一言以蔽之，曰：自然而已矣。古今之大文学，无不以自然胜，而莫著于元曲。"（同上书"元剧之文章"）王国维这里所言，主要指的是元杂剧。相对说来，源远流长的中国戏曲，虽起源很早，但真正形成却很迟，较西方戏剧的形成晚得多。如希腊戏剧早在公元前五世纪已然确立，而中国戏曲则要到元代方始正式成立。王国维谓："论真正之戏曲，不能不从元杂剧始也。"（同上书"古剧之结构"）中国戏剧晚出，原因种种，情况复杂。其中与我国诗歌的高度发达有很大关系，很多戏剧冲突很强烈的故事题材，元以前均是以诗歌的形式来表达的，譬如《孔雀东南飞》以及白居易的《长恨歌》《琵琶行》等。因此综合各门类艺术于一体的元杂剧的产生，在中国文学艺术史上具有划时代的特殊意义。相对而言，散曲虽说是戏曲的"本基"，但它毕竟只是中国文学史上继宋词之后诗歌的一个变体，不若元杂剧那样具有开辟性和填补空缺的意义。故我们讲元曲，首先探讨元剧。

一、回顾与反思

已往关于元杂剧繁盛原因的研讨中，学者们谈得较多也较为充分的，是城市的繁荣、商品经济的发达以及市民阶层的壮大；民族矛盾与阶级压迫的尖锐与激化，当时社会政治的黑暗，人们反抗情绪的高涨；知识分子的完全没有出路，空前接近底层群众，志在反映他们的心声与愤慨；等等。所有这些，都是有根据、有道理的。然而，不必讳言，这些又都是表层的甚至是肤浅的。或者说仅仅这些还不够，有必要作实质性的、更深层次的探索与发掘。

于是，人们又探索各民族文化、习俗的交融与互渗，传统观念的裂变，封建伦常的松弛，文网的疏密，以及剧作家思想的解放，统治阶级对杂剧艺术流布、发展的态度，民间演出活动的活跃，市民阶层文化娱乐的需求，等等。凡此种种，也都言之成理，又皆是不可忽视的。然而，这些原因和条件，仿佛并非起决定作用的依据，且这些说法又都不是元代所特有的。

例如各民族文化习俗的交流、融合，怕是要数唐代为最盛，至少唐代与各少数民族乃至域外的交流、融合未必不如元代。向达曾指出："开元、天宝之际，天下升平，而玄宗以声色犬马为羁縻诸王之策，重以蕃将大盛，异族入居长安者多，于是长安胡化盛极一时，此种胡化大率为西域风之好尚：服饰、饮食、宫室、乐舞、绘画，竞事纷泊；其极社会各方面，隐约皆有所化，好之者盖不仅帝王及一二贵戚达官已也。"① 只要翻翻史书乐志以及《教坊记》《乐府杂录》等，可知"万国来朝"的大唐帝国与各民族和域外的交流融合并不逊于元代，开元、天宝的"盛唐之音"也不亚于元贞、大德的"金声玉振"，何以唐代未能产生成熟的中国戏曲？

又如说到元代封建思想和伦常观念的松弛，亦有再辨析的必要。仍以唐代为例来做一点比较。众所周知，处于封建社会鼎盛时期的李唐王朝，正是建立在南北朝以来民族大融合基础上，它的礼教正统思想和道德规范，较之历代王朝都显得更为松弛。就说婚姻观与贞操观吧，唐人就不那么拘于礼法，女子改嫁、再适根本就不是什么新鲜事，女子从一而终的教条被彻底摒弃。

《新唐书·诸帝公主》载：

> 襄城公主（太宗女），下嫁萧锐。性孝睦，动循矩法，帝敕诸公主视为师式。……锐卒，更嫁姜简。永徽二年薨，高宗举哀于命妇朝堂，遣工部侍郎丘行淹驰驲吊祭，陪葬昭陵。丧次故城，帝登楼望哭以送柩。

就是这个被奉为诸公主师式的襄城公主，丈夫死后更嫁他人，被视为合理合法，载入史册。特别值得注意的是，她的再适之举非但没有遭到非议，反而在她死后，高宗皇帝还为之举哀恸哭，且葬礼殊隆。这在宋以后是难以设想的。据不完全统计，在《新唐书·诸帝公主》中，有文字记载的改嫁公主有近三十人之多，有的还是二度甚至三度再适的。中宗最小的女儿安乐公主的改嫁，则是先私通后才正式改嫁的。更为人们所熟悉的，是唐玄宗李隆基与杨玉环之间的爱情纠葛，似更能说明问题。杨玉环原本是寿王李瑁的妻子，李隆基强占了儿媳，能否认为就是一出"新台之恶"的丑剧

① 向达：《唐代长安与西域文明》，生活·读书·新知三联书店 1957 年版，第 41 页。

呢？这是要用历史的眼光和民族习俗的眼光去看待的。

　　李唐王朝乃关陇豪族，其祖先是曾为鲜卑人统治的西魏、北周豪门贵族①。在宇文氏强制推行鲜卑化的情况下，李氏宗族难免受到鲜卑风俗的影响，因而他们的伦理道德观念自然同汉族世家当权的王朝有所不同。众所周知的女皇武则天，本为太宗幼姜，后来却成了高宗李治的后妃。范文澜曾援引《颜氏家训·治家篇》"邺下风俗"条来说明这种情况是鲜卑遗风，并指出唐人不拘于夫妇间的礼数，乃是一种社会风气，说"大抵北方受鲜卑统治的影响，礼法束缚比较微弱"②。上行而下效，宫廷尚且如此，民间恐怕更不那么拘束了。这在《颜氏家训·后娶篇》亦有消息透露出来。如此看来，唐代礼法之松弛，未必不如元代。应该说，不唯唐代，在我国漫长的封建社会中，宋代之前封建礼教并不像后期（特别是明清两代）那样森严。一些为后期封建正统观念所不能容忍的现象，在唐代或唐前并不被认为是大逆不道的。如在《孔雀东南飞》中，刘兰芝被赶回娘家后，媒人络绎不绝，连太守也来为儿子求婚。过去我们只是注意到了这个作品反封建的一面，却未曾有人注意其婚姻观与贞洁观问题。又如著名的历史人物魏文帝曹丕，其妻甄氏原是袁绍的儿媳。假若像后世那样强调"从一而终"的"片面贞洁"，这种并非孤立的婚姻现象，无论是在文学作品中还是在实际生活中都是不被认可的。此外，卓文君与司马相如的结合，蔡文姬的改嫁董祀，更是人们所熟悉的。总之，说仅是因元代礼法松弛而使元代始能产生戏曲，并将其视为元杂剧繁盛的原因，是说不通的。

　　说到文网的疏密，或言疏，或言密，持论者均可找到自己的证据，这恰好说明此非问题关键所在。关于这一点前文已有辨析。与

---

① 参阅范文澜：《中国通史》，人民出版社1995年版，第2册第616页；韩国磐：《隋唐五代史纲》，人民出版社1979年版，第112页。

② 范文澜：《中国通史简编》第三编第一册，人民出版社1965年版，第108页。

此相联系的，还涉及统治阶级上层对戏曲表演与传播的态度问题。有趣的是，在考察这个问题时，我们觉得唐代亦不比元代更禁锢。唐代多个皇帝都爱好音乐和舞蹈，尤其是唐玄宗，是一位修养极高的乐舞鉴赏家，他鼓励宫廷中的演出活动，也染指乐舞创作、导演，还把黄幡绰引为挚友，对小戏（主要指参军戏和歌舞小戏）有特别的爱好。明朱权《太和正音谱》列"古帝王知音者"，以唐代为绝对多数，而于元代，则未列一人，尽管少数民族多是能歌善舞的。唐文标在他的《中国古代戏剧史》一书的第八章《市民文化与民间戏剧》中说："上有好者"是"市民文化的第一条线索"，并称："事实上，中国帝皇长久以来是民间娱乐之爱好者，也许我们可以说，民间俗戏艺术能兴旺的一个缘故，正由于帝王爱好的刺激，和贵族的迷恋。"结论是："皇帝的提倡，促进'市民文化'。"①我们不能完全否定古代的统治阶级上层对各类表演或多或少的促进作用，但也不能将其估计得过高。应该是市民文化蓬勃发展之势使帝王及统治阶级上层不能不被吸引，进而喜欢并着迷。当这种蓬勃发展之势有着不利于王朝统治的苗头出现时，他们就要严苛地加以干涉甚至禁绝。这样看来，唐文标先生的观点似乎是倒置了，大有商榷之必要。退一步说，果若统治者提倡即可促使戏曲产生并繁荣，何以唐代不能产生王国维先生所言之"真戏剧"？可见"真戏剧"还有待时日，尚须一些必要的条件和机缘。

附带说到，唐文标先生不承认传统和历史继承在戏剧发展中的作用，也是值得商榷的。他在《中国古代戏剧史》的《自序》中说："繁复琐碎的、文学的、诗韵兼全的，甚至美文舞蹈的古剧大行其道、历久不衰，无法取代。历史的继承恐怕不是答案。然而，这种繁复而高度困难的艺术品，不正是它晚出的另一原因吗？"历

---

① 唐文标：《中国古代戏剧史》，中国戏剧出版社 1985 年版，第 117 页。

久不衰和晚出的原因其实都与传统的惰性和历史的继承有关，至少在繁杂的原因中，历史的继承是原因之一，而且是重要的原因之一。关于这一点，我们后文还要提到。

二、元代士人的出路问题

这是一个至关重要的问题，须突出地加以辨析。

向来有不少的论者认为，在知识分子的出路问题上，唐代与元代差异很大。唐代士人有着一条平坦的科举进身之路，建功立业，积极进取，是士子们普遍的追求；而元代情况却非常特殊，士人社会地位之低下可谓历朝历代之尤，进身之阶既断，沦落到社会底层，于是，他们遂空前（似乎也是绝后）地接近底层市民群众，并将其有用之才，一寓乎声歌，借以反映市民阶层的生存状态以及他们自己的愤懑、牢骚，这无论如何应是促进元杂剧繁盛的原因吧？

不错，这确是一个特殊的情况。然而，仔细考索，审慎探究，问题又远不是那么简单，至少要作些具体分析，否则就会流于问题的表面，甚至似是而非。仍与唐代比较，王绩、陈子昂、柳宗元等，包括李太白在内，或为官被贬，或遭不逢时，一腔牢骚，满腹愤懑，仕途并不平坦。唐文标先生对这个问题的观点倒是颇为可取的。他说："自《青楼集》《真珠船》《宋元戏曲考》以还，'不屑仕进''志不得伸''元废科举'乃发之词曲是一种说法。但在中国传统历史中，考试其实亦是一种社会制度（Sociue Irstitute），科举既废，读书人相对的锐减了。相反地，有科举考试，失意的人更多，明清二代的发展可见。"[1] 可见与前（如唐代）与后（如明清二代）相比较，不能笼统地说元代知识分子是最失意、最无出路的。我们

---

[1] 唐文标：《中国古代戏剧史》自序下篇。

这样说，并非彻底否认元代知识分子仕路逼仄，也不否定它可能对元杂剧繁盛所起到或多或少的作用，但它绝非主要的、决定性的作用，犹如上文说到的唐代诗人的情况，不能说唐诗的繁荣仅仅是因为他们的不得意，因为唐诗繁荣的原因有许多复杂的方面。

有一种说法常为人们津津乐道，认定其为信史，并用来说明元代知识分子社会地位低下，这就是"九儒十丐"说。事实上人们对此说多有误解，甚至有不少学者也以此说为征信之说，大有加以辩解之必要。

所谓"九儒十丐"，其出处有二：其一是诗人谢枋得（1226—1289）在其《叠山集》卷六《送方伯载归三山序》中所言："滑稽之雄，以儒为戏者曰：'我大元制典，人有十等：一官、二吏，先之者，贵之也；贵之者，谓有益于国也。七匠、八娼、九儒、十丐，后之者，贱之也。贱之者，谓无益于国也。'……吾人品岂在娼之下、丐之上者乎？"这显然是玩笑语，即"滑稽之雄，以儒为戏者曰"二句不可割断或无视。这两句译为语体，就是：最为可笑的是拿儒生戏谑打趣者所说的……汰除了这两句，只取后面所言，便是断章取义。谢氏为南宋诗人，入元仅十年即去世了，他正赶上元蒙入主中原之初，科举刚刚废除，一时不知所措，便引用了戏谑之语以解嘲。其二是郑思肖（1241—1318）在其《心史·大义略序》中所言："鞑法：一官、二吏、三僧、四道、五医、六工、七猎、八民、九儒、十丐，各有所统辖。"且不论《心史》是一部伪书已成定论，退一步说，这里分明说的编户制度，即诸户部均各有其管辖部门，并未涉及人的等第高下，且所言"七猎、八民"，与谢叠山所言之"七匠、八娼"亦不相侔。若是成法，岂有歧异之理？元代本有儒户、医户、乐户、猎户等称谓，可见其户籍管理与其他朝代略有不同。若删去了"各有所统辖"一句，亦属断章取义了。

随手翻检，知前辈学者对"九儒十丐"说早有说法。范文澜先生认为，"此或为当时降元儒士无耻可贱，行同乞丐，故民间有此传说。实则元既尊孔，不应列儒士于庶民娼妓之下"（参见《中国通史简编》）。陈垣先生说得更加明确："九儒十丐之说，出于南宋人之诋词，不足为论据。"（《元西域人华化考》）① 惜前辈只有结论，未详加考索论辩，兹略加展开辨析，因有感于时至今日尚不时有人以"九儒十丐"说当作可征信的材料以说事也。

儒士地位低下的情况当在元蒙统治者入主中原之前，即王国维所说的"蒙古时代"，也就是自太宗（窝阔台）灭金之后到至元忽必烈一统之初（1234—1279），马上杀伐，征战不休，儒士自然派不上用场。及至忽必烈时代，情况则完全不同了。郑天挺在引述《元史》卷八十一《选举制序》等有关材料之后说："九儒十丐之等第必在太宗提倡儒术之前也。"② 郑先生基本上肯定了元代儒士地位低下的情况，只是在时间断限上持有异议。再退一步说，窝阔台采取耶律楚材建言，以儒术取士，儒生地位遂与前大不同。以此前之等第观念，说成是有元一代皆如此，则毫无道理。况且，太宗时代，元蒙并未统一全国，人们习惯上是将元世祖忽必烈一统，即公元 1279 年后始称之为元代的。郑先生似亦意识到其说之含混，故又称："案，此或是社会上对职业高下的看法。"这就与范文澜先生"民间传说"的说法相近了。此外，清人王士禛《居易录》卷三论《燕石集》谓："元时崇文如此，或谓'九儒十丐'当是天历未行科举以前语耶。"（按，天历应作延祐）这又是一种推测之词，认定"九儒十丐"说可信，唯时间断限上有疑点罢了。

---

① 刘梦溪主编：《中国现代学术经典·陈垣卷》，河北教育出版社 1996 年版，第 175 页。
② 郑天挺：《郑天挺元史讲义》，中华书局 2009 年版，第 106 页。

以上诸家之说，推断者多，确凿者稀，当以陈垣先生的说法较为可取。但不必是"南宋人诋词"，戏谑之言而已，实不可较真，更不可以此说事。

元　吴镇　渔父图轴

指出"九儒十丐"说之不可信，并非说元代士人社会地位不低，或与其他朝代无异，而是说这个问题较为复杂，无论是前文提及的太宗倡儒术前后还是延祐恢复科考前后，元代士人的地位各个时期都不相同。这是因为元代统治者对汉族士人的态度并非一以贯之。除了元初忽必烈重用金莲川幕府中汉族幕僚的特殊时期之外，元英宗硕德八剌曾采取一系列改革措施，广泛启用汉族儒士，如张珪、王约、吴澄、王结、韩镛等均被重用，同时大力荐举汉人贤能者，标榜文治、推行汉法。元文宗图帖睦尔在位期间，创建奎章阁，编修《经世大典》，封赠先儒，颇留意于汉法。每当此时，汉族士人的地位就相对较高。因此，不能笼统地说有元一代汉族士人社会地位低下。此一时彼一时，情况非常复杂。尽管总体上看，元代儒士与其他封建王朝相较，其社会地位有着很大的不同，尤其是与宋代相比，明显要低得多。但总是以"九儒十丐"来说明元代士人社会地位之不堪，既显空泛，又因材料之不可靠而缺乏说服力。

屠寄《蒙兀儿史记》卷十七《妥欢帖睦尔可汗本纪论》曰："蒙兀平中原，资汉军之力什七八，中统以前汉功臣多世将其军者矣。自李瑄之变，骤疑汉人皆反，一时尽夺史（天泽之子）、严（实之子）、张（张忠济、张宏）、王（王珍）诸万户家子弟虎符、驿券……"①史家以为李瑄之乱使忽必烈戒心顿生。李瑄的亲信同党、叛乱的预谋者王文统竟充任中书平章之要职，深入到忽必烈身边。此外至元十九年（1282）三月，王著等人假冒太子真金，刺杀了色目集团代表人物阿合马，激化了民族矛盾，亦令忽必烈震怒，遂疑汉人。"李瑄之乱"发生于1261年，在统一中原之前；而"王著事件"是在一统之后，故更能说明问题。后者可参阅《元史纪事本末》卷七《阿合马桑卢之奸》。

王明荪对"九儒十丐"说的看法，相对较为通兑，也近于客观。他在《元代的士人与政治》一书第三章中写道："元代的户计是以蒙古式为主糅合汉制而成，在这种复合性质中的'儒户'，显然士人的地位没有被特别强调，也使士人不成为四民之首了。但'儒户'也绝不是沦落到'九儒十丐'的地位，相反地，不仅属贱民的娼、丐绝不能与之相比外，即使一般的民户，以及军、匠、站等户也不如'儒户'所受的待遇，大致相当于僧、道等宗教团体类似的优遇，至少是属中等阶级，甚至可跻于上层阶级中。若与其他各代相比，元代士人差在入仕方面质的机会，以及社会上所受敬重等二者为最显著。"② 入仕机会好理解，科举时废时行，即使延祐间恢复后也不尽公平，且非元代选官之主要途径，"质的机会"自然是无从谈起了。"社会上所受敬重"与"质的机会"之间又是有联系的，不入仕途，何来受人敬重？于是拿儒士开个玩笑也就顺理成章了。如此极尽夸张之能事的玩笑，略同于我们今天所谓的"段子"，是不能当真的。总之，不能笼统地说元代知识分子是完全没

① 转引自郑天挺：《郑天挺元史讲义》，中华书局2009年版，第40页。
② 王明荪：《元代的士人与政治》，台湾学生书局1992年版，第199—200页。

有出路的。王季思先生说：元初蒙古统治者"在政治文化上也逐步采纳耶律楚材（原属契丹贵族，当时已完全汉化）、刘秉忠、姚枢等的主张，标榜文治，学习汉法，直至后来恢复科举制度"①。蒙古贵族在统一全中国之前，事实上已在北方统治了近半个世纪，逐渐改变了初入汉地那种"悉空其人，以为牧地"（《元史》卷一四六《耶律楚材传》）的野蛮做法，进而认识到"帝中国当行中国事"（同上卷一六〇《徐世隆传》），"北方之有中夏者，必行汉法乃可长久"（同上卷一五八《许衡传》）。在选用人才问题上，忽必烈多次诏令推贤荐能，不少文人从吏擢为官。王恽（1227—1304）曾慨然道："国朝自中统元年以来，鸿儒硕德，济之为用者多矣！……予故曰：士之贵贱，特系夫国之重轻，用与不用之间耳。"② 这位秋涧先生对汉儒地位的改变，说得很清楚，其感叹今之"儒乎其微，至于兹乎"，当是在其晚年，"今"与"兹"儒人之失势，差不多已是至元末、元贞初了。而元贞、大德年间（1295—1307），杂剧艺术已进入全盛时期，王恽卒后，杂剧艺术已渐趋衰微。要之，并非有元一代都是"儒人颠倒不如人"的。如果说因社会地位低而始投入杂剧创作，少数民族中的曲家如李直夫、石君宝、贯云石等，他们不存在社会地位高低的问题吧？那么，他们的成就又该如何解释呢？

实际上元人仕进，于科举之外，尚有多途。即所谓"仕进有多岐，铨衡无定制"（《元史》卷八一《选举制》）。姚燧（1238—1313）就曾说过：

> 大凡今仕惟三途，一由宿卫，一由儒，一由吏。由宿卫者，言出中禁，中书奉行制敕而已，十之一。由儒者，则校

① 王季思：《元曲的时代精神和我们的时代感受》，载《光明日报》1985 年 4 月 9 日《文学遗产》第 648 期。
② （元）王恽：《秋涧先生大全文集》卷四六《儒用篇》。

官，及品者提举教授，出中书，未及者则正录，而下出行省宣
慰，十分一之半。由吏者，省、台、院、中外庶司、郡县，十
九有半焉。①

所谓宿卫，即指"怯薛"出身，是蒙古贵族老班底及其子袭。
儒，是以儒补吏法，所谓"岁贡儒吏""儒吏并通"，为地方荐举的
科举取士之替代之法，曲家张养浩就是通过这种形式升迁至正二品
官的，另一曲家杨显之也是"以儒补吏"的。有元一代通过科举仕
进的读书人，毕竟微乎其微，要么走以儒吏进之路，要么只能或隐
居于山水林泉，或厕身市井、浪迹江湖，这也是实情。所有这些遭
逢和际遇，在元杂剧和散曲中都有活生生的描写。科举之途的闭
塞，换一个角度看，未必不是好事情。元人刘埙（1240—1319）就
曾痛快豁达地说："今幸科目废，时文无用，是殆天赐读书岁月
矣。"按：刘氏身处易代之时，毫不留恋科举制度，他抨击科举时
文不遗余力，甚至视时文为"在今日为背时之文，在当日为亡国之
具"②，这很值得深思。一事物总有它相反相成的两个方面，在强
调其一方面时，不能忽略和无视另一方面，不是吗？元曲家中如关
汉卿、马致远等，许多厕身勾栏的"书会才人"，恰是仕途逼仄始
走上杂剧创作之路，可谓"失之东隅，收之桑榆"也。勾栏瓦舍的
出现，"书会才人"的染指于杂剧创作，应视为元杂剧繁盛的原因，
然这是社会原因之一，前面我们讲了不少社会原因，可称之为横向
探索。分析一个时代的文学现象及其特点，自然离不开其所由产生
以至繁荣的历史条件和社会生活环境。鲁迅先生说："各种文学，
都是应环境而产生的。"（《三闲集·现今的新文学的概观》）不去
研究一个时代特殊的社会生活环境，就不懂那个时代特殊的社会心

---

① （元）姚燧：《牧庵集》卷四《送李茂卿序》。
② （元）刘埙：《水云村稿》卷一一《答友人论时文书》。

理，也就无法理解那个时代的文学艺术，更无法把握那种独特的美的灵魂。然而纵向研究，即对文学艺术自身发展的递嬗与传承线索的研究，也是重要的，不可忽视的。因此，探讨元杂剧繁盛原因，必须对戏曲艺术发生、发展以至成熟过程加以考察，并将这种纵向求索与横向研究（通常意义上的社会原因）结合起来，并聚焦于其交汇点上，这才可能揭橥出问题的本质，庶几将问题讨论得更清楚。

三、纵向探索

假如至金元时代，我国古代的诸种表演技艺仍停留在巫术礼仪和原始歌舞的基础之上，或进一步，纵使停留在大曲乐舞和宋滑稽戏、金院本基础上，元杂剧无论如何也是繁盛不起来的。倘若曲牌体连套形式还杳无头绪，诸宫调的叙事体式也不见踪影，便是前面所涉及的横向诸因素都存在，元杂剧的蓬勃兴起也是难以想象的。周德清在其《中原音韵·序》中说："乐府之盛，之备，之难，莫如今时。其盛，则自搢绅及闾阎歌咏者众。其备，则自关、郑、白、马一新制作，韵共守自然之音，字能通天下之语，字畅语俊，韵促音调。……诸公已矣，后学莫及！"这段话信息量很大，透露出关于元杂剧繁盛始末的消息：其一，周氏讲到盛时恰在"今时"，即是说他赶上了鼎盛时期；其二，是"其备"（即形式体制的定型化）始于"四大家"；其三，"韵共守""字能通"，进一步说明了元曲（包括剧曲与散曲）在音韵方面的规范化；其四，称四大家过世之后，衰微之势已露端倪。"其备"，正是焦点所在，即纵向与横向的交融已基本完成。其时恰值"四大家"等剧作家辈出，创作出一批开拓性新作品，又有朱帘秀等一大批优秀伶人搬演于勾栏之中，至此剧本、演员、观众三要素"其备"，遂将杂剧艺术推向高潮，迎来金声玉振的鼎盛时期。《中原音韵》成书于泰定元年（1324），周氏亲历了从繁盛至趋向衰微的过程。

　　一种文学艺术形式繁盛时期的出现，其标志不外乎以下三点：一是一种文学艺术形式以其蓬勃旺盛的生命力和炫人耳目的迷人魅力，呈现在人们面前，它从形式到内容都是崭新的、独特的；二是有一大批艺术家涌现出来，如群星灿烂，共同创作出广泛而又深刻地反映现实生活和社会风貌的作品；三是有几位艺术巨匠和大师，如群龙之首，带头创作出一些纪念碑式的不朽杰作，既有继承也有创新，开一代新风。中国戏曲在金末元初始走向成熟，乃其自身发展之必然。因其晚出，孕育时间漫长；唯其孕育期长，吸收营养愈益丰富。晚出从某种意义上说是好事，它决定了中国戏曲的独特性，几乎包孕了传统的各门类艺术。纵向线索追索起来还是很明晰的。远的不说，就说宋杂剧的"四段"吧，艳（焰）段、正杂剧两段、杂扮（班），正好是四段。到金院本的"么末院本"，直至元杂剧的四折一楔子，再证之于乔梦符的"凤头、猪肚、豹尾"说（中段猪肚容量大可分成两段），它们的间架结构或言其体段，还是有着相通之处的。按：不少学者认为元杂剧的形式体例是从院本中的一种叫做"么末院本"的文学艺术形式演变而来，甚至有人认为"么末"即是北曲杂剧的早期称谓，至少"么末"是一种趋近于元杂剧的过渡形态。元末明初人贾仲明不止一次地以"么末"代指元杂剧作品，称元杂剧作家高文秀"比诸公么末极多"，说石君宝"共吴昌龄么末相齐"。胡忌在他的《宋金杂剧考》中也持这样的见解①。冯沅君先生则以为"院么"即是院本的么，亦即院本的后段。而艳（焰）段的艳和焰字与爨字音近，故"院爨"即院本的

---

① 见胡忌：《宋金杂剧考》，古典文学出版社1957年版，第248页。

爨，"应即院本前段"①。总之，"么末""院么"与元杂剧之间是紧密联系的递嬗关系。而曲牌体的形成，又直接或间接地承袭了宋金赚词、缠达特别是诸宫调的影响。胡忌认为院本虽为短剧，以笑乐为主，"但运用曲牌却为整套北曲者"②，并以《中山狼》院本证之，颇为可取。

元杂剧的曲牌联套形式，直接受到诸宫调的影响，这是人们的共识。那么，中间的过渡环节是什么呢？实则正是"么末"。陶宗仪说："院本、杂剧其实一也，国朝院本、杂剧始厘而二之。"(《南村辍耕录》卷二五《院本名目》)可以这样理解，院本中的"么末"(院么)恰是院本的主体，犹如宋杂剧中的正杂剧，因其居于中段，与前段(艳段)相次，便称作"么"，而"末"字正是后来杂剧中的脚色名。要之，汲取了院本和诸宫调的营养而成，"么末"已然具备了北曲杂剧的基本面貌，因而人们后来索性把"么末"和杂剧混称，于是原属院本的"么末"就与其他形式的院本"厘而二之"了。换言之，广义的院本中已经包括有早期杂剧(或言杂剧雏形)在内了。

"么末"院本的早期形态，限于资料的匮乏，具体面貌无从确知。但有一种叫做"连厢词"的演唱形式，值得注意。因已往人们很少提及它，亦未曾引起学者们的足够重视，不妨引述毛西河(1623—1716)这条考据材料：

> 古歌舞不相合，歌者不舞，舞者不歌；即舞曲中词，亦不必与舞者搬演照应。自唐人作《柘枝词》《莲花钑歌》，则舞者所执，与歌者所措词，稍稍照应，然无事实也。
> 宋末有安定郡王赵令畤者，始作商调鼓子词，谱《西厢传

① 冯沅君：《古剧说汇》，作家出版社1956年版，第72—73页。
② 胡忌：《宋金杂剧考》，第70页。

奇》，则纯以事实谱词曲间，然犹无演白也。至金章宗朝，董解元——不知何人，实作《西厢》挢弹词，则有白有曲，专以一人挢弹并念唱之。嗣后金作清乐，仿辽时大乐之制，有所谓"连厢词"者，则带唱带演，以司唱一人、琵琶一人、笙一人、笛一人，列坐唱词，而复以男名末泥、女名旦儿者，并杂色人等，入勾栏扮演，随唱词作举止……北人至今谓之"连厢"，曰"打连厢""唱连厢"，又曰"连厢搬演"。大抵连四厢舞人而演其曲，故云。……至元人造曲，则歌舞合作一人，使勾栏舞者自司歌唱，而第设笙、笛、琵琶以和其曲，每入场，以四折为度，谓之"杂剧"。其有连数杂剧而通谱一事，或一剧，或二剧，或三、四、五剧，名为"院本"。《西厢》者，合五剧而谱一事者也，然其时司唱犹属一人，仿连厢之法，不能遽变。……①

毛西河还根据《连厢词例》，认为《西厢记》第一本第四折末尾〔络丝娘煞尾〕等曲"虽变杂剧，犹存坐间代唱之意"。类于此者的材料又见于清人梁廷枏《曲话》卷四："北人有所谓'打连厢''唱连厢'者。盖连厢词作于元曲未作之先。"② 梁氏还花费不少笔墨考索了连厢体例和其流变情况，与毛西河所述略同，兹不赘述。唯不能遽变之说，梁氏表述为"连厢之法未尽变也"，似更耐人寻味。梁氏甚至认为，直到元末明初，元杂剧都没能尽脱连厢词的胎痕。

钟嗣成《录鬼簿》曾将董解元列诸第一，认为北曲"以其创始"；朱权《太和正音谱》以为董解元"始创北曲"。嘉靖刻本《古本董解元西厢记》有张羽序文，其中说："《西厢记》者，金董解元

① 见焦循《剧说》卷一引毛奇龄《西河词话》，《中国古典戏曲论著集成》（八），中国戏剧出版社 1981 年版，第 97 页。
② 《中国古典戏曲论著集成》（八），第 285 页。

所著也。辞最古雅，为后世北曲之祖，迨元关汉卿、王实甫诸名家者，莫不宗焉。盖金、元立国，并在幽、燕之区，去河洛不遥，而音韵近之，故当此之时，北曲大行于世，犹唐之有诗，宋之有词，各擅一时之圣，其势使然也。"① 张羽的说法与钟嗣成、朱权的说法有别，不仅说明了变的趋势，同时揭示了盛的时期。但未涉及"连厢词"，只指出了诸宫调与元杂剧的密切关系。毛西河偶然得到了《连厢词例》，才有一番独特的考证。这位精通音律的大家看到的是第一手材料，清人又精于考据之学，因此尽管毛氏时代较晚，也不必宁信元、明间人而忽略清人。

连厢词"带唱带演""随唱词作举止"是关键，它既区别于诸宫调，也不同于元杂剧，无疑是过渡形态。"连四厢舞人以歌其曲"，与四折一楔子也有联系，又都可以追溯到宋杂剧的"四段"。至于说"唱止一人""不能遽变"，毫不奇怪，唯因元杂剧繁盛时间较短，"唱止一人"之体例尚未来得及彻底破例，便趋于衰微了。这条材料有一点很奇怪，即将王实甫的《西厢记》视作院本，言"《西厢》五剧"乃是"仿连厢之法，不能遽变"。可见毛西河也认为院本与杂剧最初是不相区别的。过去人们多认为王实甫的《西厢记》已打破杂剧体例限制，它问世当不会太早。根据毛西河的考据，似可得出相反的结论：《西厢记》创作时间可能较早，尚保留着"连厢词"的痕迹，虽然每本换脚色司唱，但仍是"唱止一人"，改变的只是一本变五本，这是故事情节长了的缘故。它对杂剧的形式体例不仅没有破例，反而是质变之初。对照"董西厢"的长度，可知"王西厢"一本四折无法敷演完崔、张爱情故事，只能写成多本。整个元杂剧至明初，没有人打破惯例，至明人写《西游记》杂剧，才稍有突破。杨讷（景贤）虽生卒年不详，然从他与贾仲明相

① 《古本董解元西厢记》，上海古籍出版社 1984 年影印本。

交五十年的记载可知，其主要活动是在明代。彻底打破元杂剧体制，则有待明传奇的兴起。由此推知，王实甫当略早于关汉卿，从现存关剧可以看出其所作杂剧已是元杂剧严整的体制。这样说并非全然无稽。"连厢词"应为诸宫调、院本向杂剧艺术过渡的形态，这一点毋庸置疑。问题是"连厢词"和"么末"之间是什么关系，目前尚无确凿材料可证，未敢遽断。然详察细究，亦非完全无迹可求。

胡忌在《宋金杂剧考》中说："我推想从金代以来渐趋复杂的剧本过程中，经过象'院么'那种的作品体例，后来才发展了定型的元杂剧。而元代杂剧的初起很可能有'么末'的称谓。也就是说，'么末'是北曲杂剧的先驱，贾仲明《续录鬼簿》的'么末'是使用了较古的名称。"并且指出："'么末院本'就是指发展了的院本，并不是另一种东西。"[①] 如果把这个有见解的推想和毛西河有价值的考据联系起来看，"么末"与"连厢词"都是过渡期的东西，即使二者不是一个东西，相互间的影响、渗透也是显而易见的。

一番纵向探求，大致线索是：经过漫长的孕育、发展，各种表演艺术相互交融、渗透，在宋金时代，中国戏曲艺术处于相对成熟的当口，一方面汲取了诸宫调、唱赚等说唱艺术曲牌联套的形制，一方面继承了历史故事、唐宋传奇以及变文、话本故事内容，通过"么末"和"连四厢搬演"的过渡阶段，北曲杂剧终于呼之欲出并很快成熟。一种新的艺术形式崭露头角，总有其生命孳勃、繁荣昌盛的巅峰时期，规律如此。而纵横交汇点正是这种新的形式赶上了特殊的历史环境。特殊的形式，特殊的时代，特殊的繁荣，这一系列的特殊，决定了元杂剧独特的艺术格调，即浑朴、犷悍、恣纵、奔放，既有称心发言、一吐为快的气势，又带有北方少数民族的刚

---

① 胡忌：《宋金杂剧考》，第 224 页。

健与峭拔，即所谓"蒜酪气"。音乐上也吸取了少数民族乃至域外乐曲的滋养，熔传统的雅乐与民间俗曲乃至西域或域外曲调于一炉，一新制作，独标异格。

四、元杂剧地域、分期及作品存佚

北曲杂剧自然是发祥于北方，前期作家多为北籍，王国维曾列表以示杂剧家之居里，以推测"杂剧之渊源地"，称"北人之中，大都之外，以平阳（琦按：今山西临汾）为最多"。又引《元史·太宗本纪二》云："七年（琦按：据《元史》当作"八年"），耶律楚材请立编修所于燕京，经籍所于平阳，编集经史。"至世祖至元二年，始"徙平阳经籍所于京师"。又云，平阳除大都之外，"为文化最盛之地"（王国维《宋元戏曲考·元剧之时地》）。按，宋金对峙时期、平阳、真定（今河北正定）、东平（今属山东）等地是女真人最早占领的地区，宋王朝南迁后，女真统治者便将这些地区作为统治黄河流域，进而对抗南宋的根据地，并劫掠其他地区的财物和人口来充实这一地区。因此，在北方大部分地区秩序混乱、经济倒退的情况下，这些地区却闹中取静，出现相对繁荣与稳定的局面。至蒙古灭金后，平阳地区又成为忽必烈的封地，更加稳定，这就为杂剧艺术的形成与发展提供了物质与精神条件的基础，成为杂剧繁荣昌盛的温床。此外，这一地区民间技艺与演出活动活跃，迎神赛会及社火活动频繁地在寺院中举行，庙宇中多建有舞台，除却出土文物可证之外，也不乏文字记载。如对杂剧的曲调有直接影响的诸宫调艺术，就首创于平阳府的泽州（今隶属于山西省晋城市），相传诸宫调的发明者孔三传即为泽州人；《刘知远诸宫调》和《西厢记诸宫调》的故事都发生在平阳地区的蒲州（今属山西省永济市）；与杂剧艺术关系密切的金院本，在这一地区也颇为流行。从

今天仍保留下来的文物来看，当时
这一地区杂剧演出活动既频繁又活
跃，如平阳一带还保留着金元时许
多的戏台、壁画及戏俑等。其中最
著名的当属洪洞县（今属山西省临
汾市）明应王殿"大行散乐忠都秀
在此作场"的元代壁画。此外还有
今临汾东羊村元代戏曲舞台、今万
泉乡（属山西省运城市万荣县）太
赵村后土庙戏台、今万荣县孤山风
伯雨师庙的元代戏台以及今侯马金
代董氏墓出土的戏台模型和戏俑
等。总之，围绕临汾一带地区的戏
曲文物很多。可以这样理解，元杂

"忠都秀作场"壁画（局部）

剧发祥于以平阳一带为中心的晋南地区，波及山东、河南，繁盛于
大都。元代中叶以后，作家纷纷南移至江浙，盖因江南之明山秀水
为曲家所倾情。关汉卿曾写有〔南吕·一枝花〕《杭州景》，中有
"普天下锦绣乡，寰海内风流地"的赞美之词，马致远移居杭州，
白朴则移居金陵，郑光祖亦移居杭州。杭州毕竟为南宋旧都，文化
传统传承有自，书会才人云集，加之气候较北方温润，商业繁荣，
勾栏瓦舍林立，故对曲家伶人极具吸引力。至中后期，如宫天挺、
乔吉、曾瑞、秦简夫等北籍曲家，纷纷移居杭州，于是杂剧重心由
大都转至武林盛地，未久，杂剧艺术便渐趋衰微了。

关于元杂剧的分期，王国维在《宋元戏曲考》中分为三期，谓
从太宗窝阔台灭金统一中原（1234）之后到至元一统之初（1279
始）为第一期，即所谓"蒙古时代"，亦即《录鬼簿》中所列之
"前辈名公才人"；第二期是一统时代，指《录鬼簿》中所谓的"已

《录鬼簿》书影

亡名公才人"；第三期为整个至正时代（1341—1368），或也包括由元入明初的作家。"此三期，以第一期之作者为最盛，其著作存者亦多，元剧之杰作大抵出于此期中。至第二期，则除宫天挺、郑光祖、乔吉三家外，殆无足观；而其剧存者亦罕。第三期则存者更罕，仅有秦简夫、萧德祥、朱凯、王晔五剧，其去蒙古时代之剧远矣。"（《元剧之时地》）这样的分期，曾为学者们所普遍认同，但也不时有持异议者。所谓"蒙古时代"，似未见产生元杂剧作品，从创作期来看，几乎所有为《中原音韵》作序的人都异口同声地承认

元剧的兴起，是所谓"国朝混一"之后："国初混一，北方诸俊新声一作，古未有之。"（罗宗信）"我朝混一以来……自是北乐府出，一洗东南习俗之陋。"（虞集）从一统之初始，至元贞、大德前后，杂剧艺术异峰突起，这是一个作家猬兴、佳作如林的时期。而所谓"蒙古时代"不过是一个酝酿时期。须知《录鬼簿》是有局限的。古代的交通不似今天之便利，信息沟通也受到限制，私家著述、个人记事多以一己所知为侧重，知者详之，闻者略之，未知不闻则推想之，难免舛误；加之戏剧创作在大雅君子眼中是小道、末技，记叙曲家生平事迹不可能列入正史典籍，故一些零星、散乱的记载便只能靠个人的识见了。故对元杂剧作家，只有极少数可知其较详的生平事迹（如白朴等），绝大多数是不得其详的，多数作家连生卒年也只能大致推测，更无法确考具体作品的系年。王国维的元杂剧分期基本上是依据《录鬼簿》的，如将酝酿期也作为分期，诸宫调、院本时期是否也可阑入？宋杂剧甚至更远的参军戏呢？是不是

也可笼统囊括？

　　为元杂剧作一个恰如其分、能为人们普遍接受的分期界限，的确是一项有难度的工作。唯因元代享国时间较短，杂剧繁盛期亦不长，加之资料零碎散漫，甚至互相龃龉，准确把握创作分期的细致脉络，实属不易。但有一点是十分清楚的，那就是根据周德清《中原音韵》序文，可知在《中原音韵》成书的1324年之前，"四大家"已然谢世，这时杂剧创作已换了一代人。而这一代人又在南方撑起了一片天地，这与前期创作的情况有了很大的不同，便是"诸公已矣，后学莫及"。这种情况不仅周德清看到了，有识之士面对作品量多质不优的问题，也预感创作的危机，衰微之势已露出端倪。故有人便集前辈名家精华作品刊刻成书，《元刊杂剧三十种》当是这个时期或稍晚刊刻的。观其子目和作者可知①。有学者认为此刻是明刊，显然是站不住脚的。元贞、大德是一个坐标点，从元末明初的贾仲明为曲家所作挽词中所言"一时人物出元贞，击壤讴歌贺太平"，可知元剧鼎盛恰在这个坐标点上。据天一阁本《续录鬼簿》，贾氏反复言及于此。如吊赵公辅云"元贞、大德象乾元"；吊狄君厚云"元贞、大德秀华夷"；吊李时中云"元贞书会李时中"；吊花李郎云"传奇么末情，考

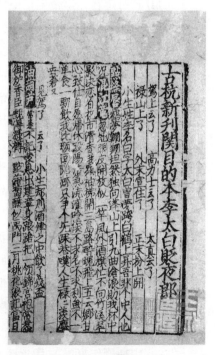

《元刊杂剧三十种》书影

_____

① 《元刊杂剧三十种》的作者，均活跃于元贞、大德时期。

兴在大德、元贞"等。再证之以周德清"诸公已矣，后学莫及"，更加清楚地说明元贞、大德时期是元剧由盛转衰的关捩。若简约划分，可以此为界分为前后期，或稍向后推，以 1324 年为界分作前后两期，因元代不过 90 年，似难以细分。若一定要细分，可分别为作家分期与创作分期。作家分期，可以 1324 年为界，将此前作家（即至此年已故者）划作前期作家，而将这时尚在世的部分曲家划作中期作家。这是因为这批作家都在元一统前出生，一统后已具备了作剧能力；中期作家的大部分曲家包括元一统后出生者，在元初尚无作剧争胜的能力，也就是周德清所谓的"后学"。中、晚期的分野可定在元惠帝至正中期，即至正十四年（1354）前后，由此直至明初为晚期，因此时正是老者无为、新秀鲜出之际，自伯颜 1336 年禁绝戏文杂剧后，文人创作式微，传世作品亦少，倒是明初尚有些作品差足继武元前贤，颇有可观之处。明初杂剧多为由元入明曲家所作，是元杂剧之余绪，然毕竟是强弩之末了。

　　杂剧创作分期，仍以 1279—1307 年划为前期；以 1307—1336 年间为中期，或称作转折期，这近 30 年实为一个过渡；从 1336 年直至明初，为后期，或称晚期。如此划分的理由是：就内容而言，前期的开端，歌功颂德的作品较多，这是不必讳言的。诸如《四丞相》《伊尹扶汤》《武王伐纣》等当是这一时期的产物。一方面天下一统，权贵们享乐有加，一派太平景象，影响和带动了民间娱乐。很快，失意文人及书会才人们胸中郁勃之气不可遏止，一寓乎杂剧创作，创作出大量干预社会生活、不平而鸣的作品。进入元贞、大德时期之后，大量佳篇名作频频涌现，代表了元杂剧艺术的最高成就，今天被视为经典或杰作的名剧多产生于这个时期。

　　中期剧作家虽时代近于元初，但创作期却与前辈相距了几十年，至 1336 年丞相伯颜颁布禁戏文告，杂剧创作便渐趋低迷，进入了转折期。此后，杂剧创作锐势大减，作品的锋芒亦有所削弱，直至元朝的灭亡。中后期的杂剧创作多慕仿前贤，虽亦不乏佳篇，但重心南移之后，与下层群众的联系疏远了，日益成为宫廷和藩府的专属娱乐，创作的案头化倾向益趋明显。随着科举的恢复，知识分子移民思想逐渐淡薄，对仕途产生幻想，消融了芒角四射的锐气，更因南曲戏文的兴起，北曲杂剧遂趋于没落。

元杂剧有姓名可考的作家，凡 80 余人，见于有书面记载的作品有 500 种，元无名氏作家作品 50 种，元明之际的作品 187 种，总计 737 种。其中有些很难确认究竟是元人还是明人的作品，但明初作家的作品应属上而不属下，这是因为他们多是由元入明的，考虑到文学创作的连续性，当阑入元杂剧范畴。学术界对元杂剧作家作品存佚情况的统计，说法有异，这里取的是傅惜华先生《元代杂剧全目》的说法。

明人李开先曾称他藏有元杂剧千数种，可见散佚之严重。而今存作品也不足李藏的四分之一。现存作品的情况，说法亦不一。按顾学颉的说法，有姓名可考的作家作品约 100 种，逸曲 29 种，无名氏作品 31 种，元明之际无名氏作品 77 种，合计 237 种（见顾氏《现存元明杂剧剧目》）。

现存元明杂剧作品的专集与选集主要有下列各种：

（1）《元刊杂剧三十种》，简称"元刊本"，为今存元杂剧唯一的元代刊刻本，系大都、古杭两地所刊印。原为曲家兼藏书家李开先之旧藏，至清代归于黄丕烈，黄氏题为《元刻古今杂剧乙编》。按理当还有甲编，然至今尚未发现。近代此刊本为罗振玉所得，因原书剧作无署作者姓名，王国维曾加以考定，并撰《元刊杂剧三十种序录》一文。1958 年，《古本戏曲丛刊》第四集收入珂罗版影印本，题作《元刊杂剧三十种》。30 种杂剧中，14 种是孤本，16 种亦见于明刻本或明抄本。1962 年，郑骞校订本，题作《校订元刊杂剧三十种》（台湾世界书局版）。1980 年，徐沁君校注本，题作

《新校元刊杂剧三十种》（中华书局版）。2022 年，《元刊杂剧三十种》（凤凰出版社版），据中国国家图书馆藏本影印。

（2）《古名家杂剧》，简称"古名家本"。明陈与郊编刊，万历十六年（1588）龙峰徐氏刊刻，收杂剧 78 种，今存 64 种，其中有部分明人作品。《古本戏曲丛刊》有影印本。

（3）《古今杂剧选》，简称"息机子本"，明息机子选刊，故又称《息机子元人杂剧选》，收元明杂剧 30 种，因是残本，今存 26 种，《古本戏曲丛刊》汰除与别本重复者，影印其中的 11 种，其中有明人作品 1 种。

（4）《元人杂剧选》，简称"顾曲斋"本，明顾曲斋选编，因其序文后有"王伯良""白雪斋"印两方，或以为王骥德所为，顾曲斋当为王氏之斋号。中华书局 2015 年版《顾曲斋元人杂剧选》，署名即为王骥德。此本收杂剧 20 种，其中亦有个别明人作品。

（5）《脉望馆钞校本古今杂剧》，简称"脉望馆本"或"明抄本"，明赵琦美抄校。因清初为钱曾也是园所收藏，故又称《也是园古今杂剧》。20 世纪 30 年代，郑振铎先生发现于上海，后收入《古本戏曲丛刊》四集（影印）。此本从明刊本以及"内府本"等抄校元明杂剧作品 240 种，其中孤本在半数以上，尤为难得。

（6）《古今名剧合选》，包括《柳枝集》和《酹江集》，明孟称舜选编，故简称"孟称舜本"或"孟本"。此本收元明杂剧 56 种，中有孟氏及其友人的评点与批语。有 1958 年《古本戏曲丛刊》初集影印本。

（7）《元曲选》，明臧晋叔（懋循）选编，因其收杂剧作品 100 种，故亦称《元人百种曲》。有万历四十三年（1615）及次年吴兴臧氏雕虫馆刊刻本，1918 年，上海商务印书馆曾据明博古堂本影印。1955 年北京文学古籍刊行社据世界书局版重印，后中华书局于 1958 年出版重印本，历年来多次重印。由于臧本《元曲选》科白俱全，并附有音注，名家名著多阑入其中，便于阅读，最为流行。

（8）《改定元贤传奇》，明李开先选编，收 16 种元杂剧，可谓精挑细选，然此本流传下来的仅存 7 种，为清道光年间常熟瞿氏"铁琴铜剑楼"旧藏。此本为《元刊杂剧三十种》之后，年代最早的元杂剧选集，弥足珍贵。

近现代刊本比较重要的有：

（1）《孤本元明杂剧》，王季烈编，1941 年上海商务印书馆刊行，收杂剧 144 种，所谓孤本，指的是《元曲选》以外罕见流传的元明杂剧作品。

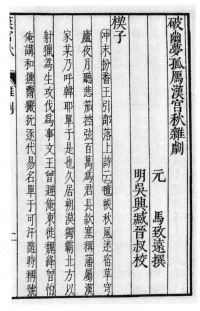

《元曲选》书影

（2）《元曲选外编》，隋树森编，收录《元曲选》之外元杂剧作品 62 种，1957 年由中华书局初版，后多次重印。

（3）《元人杂剧选》，顾学颉选编，选取 16 种有代表性的元杂剧，列入人民文学出版社"中国古典文学读本丛书"，初版于 1956 年，后多次重印。

（4）《全元戏曲》，王季思主编，全书共 12 卷，其中元杂剧 8 卷，南戏 4 卷，人民文学出版社 1990 年初版。这是一部收录最全、校点精审的版本，附作者小传、剧目说明及详细校记，全书兼备资料性、学术性及可读性，是研究元剧学者案头必备的一部著作。

散曲——古代韵文文学的最后形态

一、元散曲产生的递嬗脉络

如果说诗歌是中国古代文学的主流文体，那么每一个历史时期，又都相应有一种诗体或其嬗变成为一时期文学的主流。《诗经》《楚辞》自不必说，"风""骚"之传统影响后代深刻而又久远。汉魏是古诗的时代，追求的是一种"天真绝俗"之美。诸如"前日风雪中，故人从此去"那样，正是所谓"偶然及之"（沈德潜《说诗晬语》卷下），不假外饰，得朴拙自然之趣。六朝是骈偶声律始兴之时，形式美渐为诗人们所倾注，如"野棠开未落，山樱发欲然"（沈约《早发定山》）。于色彩绚烂之中，已开后世音律节奏美之先声。永明诗人起，始辨四声并提出"声病说"，此后经历两百年时间，至唐人声律规范日臻完善，创而为"近体"，诗歌创作日趋精美，讲求声情并及于意境，炼字炼句更求意象，百炼金丹，神奇莫测，诗歌史迎来了"盛唐之音"的黄金时代。宋人生唐后，难以再造辉煌，便另辟蹊径，以理趣为尚，同时专力于晚唐五代以来在民间曲子词基础上形成的长短句的创作，遂使词进入了全盛时期。金元之际，词走向精致至极而不得不变的当口，所谓穷极则变，变则反逐本源，因而在民歌俗曲基础上发展起来的散曲应时应运异军突起，正是所谓"若无新变，不能代雄"（萧子显语）。一方面承袭唐宋词之余绪，一方面汲取民间俗曲歌谣的营养，散曲文学大俗大雅，以变化灵动与朴拙浑厚见长，气象一新，独标异格，成为中国古代韵文文体的最后一种形态，为业已叠彩纷呈的诗歌史更添异色，丰富和发展了诗歌美的形式与内蕴。

　　元散曲的产生是一次深刻的文体革命。胡适在《吾国历史上的文学革命》一文中说："文学革命，至元代而登峰造极。其时，词也，曲也，剧本也，小说也，皆第一流之文学，而皆以俚语为之。其时吾国真可谓有一种'活文学'出世。"按照元人的说法，散曲这种体式是入元始盛的。元人习惯上称其为"乐府"或"今乐府""北乐府"，而称杂剧为"传奇"。其时颇以"我大元乐府"为自矜。明人王骥德（1504—1623）谓："晋人言'丝不如竹，竹不如肉'，以为渐近自然。吾谓诗不如词，词不如曲，故是渐近人情。夫诗之限于律与绝也，即不尽于意，欲为一字之益，不可得也。词之限于调也，即不尽于吻，欲为一语之益，不可得也。若曲，则调可累用，字可衬增。诗与词不得以谐语方言入，而曲则惟吾意之欲至，口之欲宣，纵横出入，无之而无不可也。故吾谓快人情者，要毋过于曲也。"（《曲律·杂论》）此将散曲的艺术特色揭示得很充分，话说得也很到位。

　　在中国古代韵文史上，继宋词之后，元人散曲以其活泼诙谐与淋漓痛快崭露头角，所谓"说尽道透""尖新茜意"，展示出拏勃旺盛的生命力。词调至宋金对峙时期，已走到了"穷本自变"（《荀子·乐论》）之际，詹安泰先生不止一次地言及宋词本身的局限与弱点，如它的题材狭隘，规格、声律的作茧自缚，等等①。特别是宋后期的词，形式上愈是趋于精致，其衰微之势就愈是明显。从社会大背景对文学艺术的影响来看，宋、金、元时期是动荡不安与急

---

① 詹安泰：《宋词散论》，广东人民出版社 1980 年版，第 20、24 页。

剧变革的时代，在战乱的伤心惨目之中，在忧患叹息的感喟声中，传统的诗、词相机而变，即时代的声息必随之而变。虞集（1272—1348）谓："若周邦彦、姜尧章辈，自制谱曲，稍称通律，而词气又不无卑弱之憾。……自是北乐府出，一洗东南习俗之陋。"（《中原音韵·序》）又云："一代之兴，必有一代之绝艺足称于后世者：汉之文章，唐之律诗，宋之道学。国朝之今乐府，亦开于气数、音律之盛。"[①] 王国维"一代之文学"的说法，当本于此。

　　按照元人所言，散曲这"一代之绝艺"是元一统之后始盛的，但这不等于说其起源是在元初。一种新的文学体式的出现，必有较长时间发生、发展与形成的过程，往往又都是发轫于民间，散曲亦不例外。如将宋金文人词与元散曲加以比较，散曲这种新诗体形成的轨迹线索还是有迹可寻的。梁乙真《元明散曲小史》（商务印书馆1998年重刊本）列出"词调的转变""词句的语体化"和"诸宫调的繁兴"三项，其中最后一项阐发最详，也最有见地。作为早期散曲史专著，梁氏的研究有开拓之功，尽管还不够完备与细密，以平行推进的方式写史，然毕竟不乏启迪后人之处。20世纪80年代以来，散曲史著作多了起来，如罗锦堂的《中国散曲史》（台北中

---

① （元）孔齐《至正直记》引虞集语。上海古籍出版社1987年版。

元　黄公望　富春山居图（局部）

国文化大学出版部 1983 年版）、李昌集《中国古代散曲史》（华东
师范大学出版社 1991 年版）以及赵义山《元散曲通论》（巴蜀书社
1993 年版）等，均用力颇多，时有发明。如罗氏在梁氏起源三端
基础上，更增出外来音乐影响一端。而李氏则力排"曲为词之变"
的说法，创"词曲同源异流"说，可为一家之言。任中敏先生早年
在《散曲概论》中说："曲始自元季，而源于宋词。"（《序说第
一》），此说当受王国维所言元曲调牌"出于唐宋词者七十有五"
之启发。《中原音韵》所纪曲之调牌都三百三十五章（调），出于宋
词者五分之一强，故否定宋词为曲之渊源似说不过去。若连同"出
于大曲者十一"，"出于诸宫调中各曲者二十有八"，共"一百有
十"，"殆当全数之三分之一"。王国维的结论是："其渊源所自，要
不可诬也。"（《宋元戏曲考·元杂剧之渊源》）

　　散曲的小令来源于唐宋词，迄今已是词曲研究者的共识，几无
异议。这要从文体与音乐两方面来看。从文体意上说，词、曲的小
令均是句式长短错落的诗体，又都不同程度地汲取了民间歌谣的营
养，笼统地说皆可称之为"曲子"或"曲子词"。唐人所称之曲子，
宋人也用来称词调。从音乐层面来看，词乐体系是元曲调牌的主要
来源，来自民间和可能来自民间的诸如〔大拜门〕〔小拜门〕〔村里
迓鼓〕〔叫声〕〔醋葫芦〕等，数量不多，不能构成体系。至于来自

北方少数民族、主要是入"双调"的〔阿那忽〕〔古都白〕〔唐兀歹〕〔阿忽令〕〔呆古朵〕〔蓬蓬花〕等所谓胡乐、番曲，其数量就更少了。可以这样说，北曲的音乐体系主要来源于唐宋以来的词乐体系，同时也融入了来自民间的通俗歌曲和北方少数民族曲调。

从某种意义上说，词曲本为一家。关于这一点，清人看得最为明白，说得也格外清楚。以柳永词为例，女词人钱斐仲云"柳词与曲，相去不能以寸"（《雨花庵词话》）；张德瀛谓"柳耆卿词隐约曲意"（《词征》）；况周颐则称"柳屯田《乐章集》，为词家正体之一，又为金元以还乐语所自出"（《蕙风词话》）等。类似说法，往往是点到为止，未能结合作品实际深入展开论述。郑振铎先生《插图本文学史》第三十五章有云：

> 《花间》的好处，在于不尽，在于有余韵。耆卿的好处却在于尽，在于"铺叙展衍，备足无余"。《花间》诸代表作，如绝代少女，立于绝细绝薄的纱帘之后，微露丰姿，若隐若现，可望而不可即。耆卿的作品，则如初成熟的少妇，"偎香倚暖"，恣情欢笑，无所不谈，谈亦无所不尽。[1]

所谓"铺叙展衍，备足无余"以及"无所不谈""无所不尽"云云，正是后世曲的突出特征。这个"尽"，并不等于不含蓄，而在于以赋法为主，曲尽人情物理。这与中国文学进入宋元时期，雅俗文学的相互渗透、抒情文学与叙事文学交融互补的大趋势密切相关，同时也与都会繁华、市井间市民阶层的审美观念渐趋成熟息息相通。

词曲之间有时是难分难解、不易辨别的。如元好问（1190—1257）的〔双调·小圣乐·骤雨打新荷〕便亦词亦曲。据陶宗仪

---

① 郑振铎：《插图本中国文学史》，人民文学出版社 1957 年版，第 487 页。

《南村辍耕录》卷九"万柳堂"条记载，廉野云、卢疏斋、赵松雪等于京师万柳堂宴集时，有歌妓解语花歌〔小圣乐〕曲"绿叶阴浓"，谓〔小圣乐〕属〔小石调〕，"元遗山先生好问所制，而名妓多歌之，俗以为〔骤雨打新荷〕者是也"。元杨朝英（生卒年不详）《朝野新声太平乐府》以此曲入〔双调〕，并将〔骤雨打新荷〕作为曲牌名。据《九宫大成谱·总论》引《宋史·燕乐志》可知〔双调〕〔小石调〕俱属商声七调。吴梅《北词简谱》谓："此实是诗余，故从无人套者。"乃将其视为词调。最明显的例子是倪瓒（1301—1374）的一首〔人月圆〕，词耶？曲耶？实难遽断。元好问卒于元一统之前，倪瓒则卒于元明之际，可见词曲间的纠缠在金元时期从未间断，有的曲家（如白朴）是词曲兼作的。

　　若着眼于内容与作法方面，曲与词之间的联系、借鉴也是不乏其例的。仍以柳词为例，或谓柳词俗，但柳之俗，主要不在语言方面，应着眼于文学与音乐两个层面。文学方面，受到了宋以来市井俗文学的影响，勾栏瓦肆间市民审美趣味在柳词中不难窥见；音乐方面则广泛汲取民间音乐的营养，自创调牌，丰富、发展了词乐体系。词曲在内容、作法上的递嬗痕迹，柳词的个案很能说明问题。柳词中有一首〔传花枝〕《平生自负》，以词调形式塑造人物，凸现了一个以风流浪子自许，多才多艺，过了中年仍不服老的词人形象。而元代的关汉卿也有〔南吕·一枝花〕套曲《不伏（服）老》，以散曲形式塑造人物，突出了一个精通诸般技艺，以风流自许的曲家形象。二者在艺术构思及表现手法上如出一辙。先看柳词的下片：

　　　　阎罗大伯曾教来，道人生，但不须烦恼。遇良辰，当美景，追欢买笑。剩活取百十年，只恁厮好。若限满，鬼使来追，待倩个，淹通著到。

此词上片亦称精通各种技艺，且内外皆美。末了言大限至时，鬼使来拘，随时报到。淹通，指经纶满腹的饱学博洽之士，这里是词人自指。著到，注册报到。

再看关曲中的〔梁州〕曲，数尽自己兼擅诸艺，并点明题旨："你道我老也，暂休。"即"不伏老"。〔尾曲〕于铺排浪子生活之后写道：

> 则除是阎王亲自唤，神鬼自来勾。三魂归地府，七魄丧冥幽。天那，那其间才不向烟花路儿上走。

词曲对读，显然后者受到了前者的影响和启发。一则二人个性有许多相似相通之处，再则柳永对词调从形式到内容的开拓出新，确为散曲文学开辟了途径。虽然关曲铺衍更甚，在柳词基础上又有进一步的拓展与再创造，但两个作品之间的联系却是毋庸置疑的。且关汉卿对柳永是特别关注的，如他曾写有《谢天香》杂剧，虽是旦本戏，却借角色之口对柳永的才华大加赞赏。

柳永不仅擅长调，其小令亦隽永清奇，上承"花间"之余绪，下开元人令曲之先河。柳词作为个案，细绎之可见词曲之渊源脉络。刘熙载（1813—1881）《艺概·词曲概》有云："曲之名古矣。近世所谓曲者，乃金、元之北曲，及后复溢为南曲者也。未有曲时，词即是曲；既有曲时，曲可悟词。苟曲理未明，词亦恐难独善矣。"[1] 又云：

> 词曲本不相离，惟词以文言，曲以声言耳。……古乐府有曰辞者，有曰曲者，其实辞即曲之辞，曲即辞之曲也。（《左传》）"襄二十九年"《正义》又云："声随辞变，曲尽更歌。"

---

[1] 刘熙载：《艺概》，上海古籍出版社1978年版，第123页。

此可为词、曲合一之证。①

此将词曲关联与递嬗说得再清楚不过了。

二、北曲套数的形成

北曲套数的渊源及其体制的形成，较令曲的情况要复杂一些，其与唐宋大曲、唱赚以及诸宫调之间有着直接或间接的关系。王国维注意到了这个问题，以为它们之间虽然是不同的艺术形态，但集数曲为一体，可容纳较长的内容却是一致的②。至于几种形态如何融合，最终形成北曲套数，则限于资料匮乏，尚不可知。然这种"小曲组织化"明显可以窥见大曲的影响，故谓唐宋大曲是北曲套数的源头之一，是没有问题的。诸宫调与北曲套数之间关系亦然，至少在"小曲组织化"的形式上是一致的。或以为大曲、诸宫调与北曲套数间并无直接联系，而只与唱赚关联密切。赵义山先生说："'赚'之一体，乃词中之'套曲'；'套曲'一式，乃曲中之'赚'体。如将词、曲通观，'赚'即是'套'，'套'即是'赚'，实质相同而称谓有别罢了。"③ 可备为一家之言。然则唱赚是否受到大曲的影响呢？回答是肯定的。一体艺术形态的最终定型，因素是多方面的，往往是多元交叉而非单一且直接递嬗的。事实上大曲、法曲、诸宫调、唱赚（转踏、缠达、缠令）均为套曲的形成，提供了营养，助成其完善。任半塘先生说得好：

> 词中大遍，无论法曲、大曲，皆有散序、歌头，即等于套曲之散板引子；大曲之有杀衮，即等于套曲之有煞尾。故法

---

① 刘熙载：《艺概》，第132页。
② 参阅王国维：《唐宋大曲考》，《王国维戏曲论文集》第143、156页。
③ 赵义山：《元散曲通论》，巴蜀书社1993年版，第37页。

曲、大曲虽为一调之多遍相联，实已确具成套之形式；质言之，即套词之一种也。故套之在词，初为一调多遍者，既为一宫多调者；将变成曲，则诸宫调亦可联套；已变成曲，则一套中有借宫之制；再进一步，则南北殊声者，亦可联合而成套矣。①

　　这段论述后半关于一调多遍之演进，线索非常清楚。笔者颇怀疑燕南芝庵《唱论》中关于"歌声变件"中的"变"字是通于"遍"的。大曲又称作"大遍"，其中每一曲均可称之为一遍，多遍组合即词套，而词套变为曲套，乃自然而然，因此将"变"理解为改变，当是误读。

　　要之，探索北曲套数之渊源与递嬗，视野开阔一些为宜，直接、间接的因素均应考虑到。至于其中哪一种因素作用大些，却不易说得分明，综合起来考察似更合乎事情物理。如诸宫调对北曲套数形成的影响，应该说也是至为明显的。凌景埏先生说："赚词与诸宫调，为套曲成立之始祖，则无疑也。"凌先生是整理研究诸宫调的名家，这里所言之套曲，是广义的概念，与成熟的北曲套数尚有区别，故称"始祖"。凌先生还认为"法曲大曲，系一词连续歌唱，乃是连遍。谓套曲由此演进而成犹可，谓即套曲之一种，则不可也"②。就是说，赚词与诸宫调与北曲套数之间的关系是直接的、密切的，而法曲大曲（包括曲破）与北曲套数之间关系则是间接的、隔那么一层罢了。其实赚体本身也是从唐宋词和大曲那里来的，自然也汲取了当时其他表演形式的优长，特别是在腔调方面。灌园耐得翁和吴自牧均指出了这一点。吴自牧《梦粱录》卷二十

① 任半塘：《词曲通义》，见《散曲研究》，凤凰出版社 2013 年版，第 91 页。
② 凌景埏：《说套曲之成立》，见凌景埏、谢伯阳校注：《诸宫调两种》，齐鲁书社 1998 年版，第 300—301 页。

"妓乐"条云:"凡唱赚最难,兼慢曲、曲破、大曲、嘌唱、耍令、番曲、叫声,接诸家腔谱也。"原来唱赚不是只有缠令、缠达,还融合了其他表演技艺的腔谱,这就为大曲、诸宫调乃至民间演唱技艺、少数民族乐调等,共同影响北曲套数之形成张本,即套数成立之渊源是多元的。世间事物的演变是错综复杂的,一体文学形态的形成机制更是纷繁多歧。

郑振铎先生 20 世纪 30 年代曾写过《宋金元诸宫调考》的长文,洋洋洒洒八万余言,详细考索了诸宫调的源流及其与元曲套数之间的递嬗流变关联,称"诸宫调的祖祢是'变文',但其母系却是唐宋词与大曲等。它是承袭了'变文'的体制而引入了宋、金流行的'歌曲'的唱调的"①。在谈到诸宫调组套之来历(或言渊源与影响)时,郑先生列为四项:唐宋词、唐宋大曲、宋杂剧词、宋唱赚。若再加上诸宫调作者们自创的"一曲一尾"的独特组套形式,合而为五项,对其中的每一项,均有严密而细致的论述,所以五项中未列入当时流行歌曲,乃是因为所论侧重组套方式,而非曲调之融入。结论是:诸宫调对北曲套数的影响并非单独的、枝节的某一点和某几点,而是全方位的。即"影响是整个的,不可分离的,不可割裂的"(琦按:重点号为原文所有)②。

附带说到读元曲时无法回避的一个问题——宫调究竟为何物?这个问题相当复杂,简要梳理如下:

自元明以来,欲将宫调为何物说清楚者不乏其人。然而仿佛是越说越糊涂,越解释越玄妙,使人云里雾里,摸不着头脑。就连曲律家王骥德也以其昏昏而使人昭昭,他在《曲律》卷二"论宫调第四"中劈头里便说:"宫调之说,盖微眇矣,周德清习矣而不察,

---

① 郑振铎:《中国文学研究》(下),人民文学出版社 2000 年版,第 24 页。
② 郑振铎:《中国文学研究》(下),第 128 页。

词隐语焉而不详。或问曲何以谓宫调？何以有宫又复有调？何以宫之为六、调之为十一？既总之有十七宫调矣，何以今之用者，北仅十三，南仅十一？又何以别有十三调之名也？"对这一系列的诘问，他试图加以解释，以补周德清的"不察"和沈璟的"不详"。遗憾的是所云亦含混不清，令人费解。事实上周、沈乃是以不知为不知，不作强解。犹如李渔解所谓"务头"时的态度，"以不解解之"为宜。

在诸家解释宫调为何物的说法中，徐渭在其《南词叙录》中的见解最值得注意：

> 北曲岂诚唐、宋名家之遗？不过出于边鄙裔夷之伪造耳。夷狄之音可唱，中国村坊之音独不可唱？原其意，欲强与知音之列，而不探其本，故大言以欺人也。

说得非常明白，金元北曲已非唐宋词乐系统之旧制，不可再以中原乐律衡之。宫调者也，无非"大言以欺人也"。北曲如此，南曲更无论矣。

近世今人在徐渭否定所谓宫调的基础上，进一步破除迷信，还原其本质面目。或谓其不过是限定管色（即调门）高低罢了，略同于现代音乐中的 C 调 G 调等。吴瞿安先生在其《顾曲麈谈·论宫调》中说："宫调究竟为何物件，举世且莫名其妙，岂非一绝大难解之事。余以一言定之曰：宫调者，所以限定乐器管色之高低也。"杨荫浏先生持论大体与此相同，谓"依高低音域之不同，把许多适于在同一调中歌唱的曲调作为一类，放在一起……除此之外，别无奥妙可言"。（《中国音乐史·杂剧的音乐》）20 世纪末，洛地先生于多年潜心研究之后，提出了"宫调的意义只在于提示用韵"的说法，并指出，强解宫调为何物和以昆腔推论北曲，"是不合实际的纠缠"，所谓"九宫十三调"，亦不过"是为了模仿北九宫而编撰出来的"。并明确指出：

> 宫调的意义只在其所标处的一个曲牌，在套，宫调只在首
> 曲——以其韵统领其后同韵的诸曲牌。①

北曲小令一曲一韵到底，套数一套一韵到底，而剧曲一折一套曲一韵到底，在曲牌前冠以宫调名已无实际意义，只是模仿诸宫调的做法，而诸宫调因集多曲韵不同曲调，标示出宫调也只是区别不同曲调用韵不同。北曲均是一韵到底，再标出宫调已完全形式化了。读元曲，可不必去理会所谓宫调。

三、散曲文学的文体意义

所谓文体（Style），仿佛是纯形式的外在层面，实质上它却是内在的嬗变机制中最根本、最活跃的层面。

宋、金、元时期既是社会急剧变革的时期，也是我国古代文学艺术全面蜕变的转折时期。文人士子在经历了沧桑巨变之后，逸出传统思想束缚，从而寄寓于散曲文学，无疑是较为明显的一个社会原因。然而，若再深究一层，怕是这一时期人们审美观念与情趣的转变，即对个体生命的特别关注以及对现实人生的执著把握。对于诗歌艺术来说，审美意识已由中和之美转向了恣意宣泄。

在元好问的时代，散曲文学尚无法被普遍接受。如他的《论诗绝句三十首》中有一首云：

> 曲学虚荒小说欺，俳谐怒骂岂诗宜？今人合笑古人拙，除却雅言都不知。

这位遗山先生虽然也经历了战乱，备受丧乱之苦，却推崇雅

---

① 洛地：《词乐曲唱》，人民音乐出版社 1995 年版，第 329 页。按，重点号为原文所有。

言，力抵曲学，尤恶俳谐怒骂。对于词，他不仅能够接受，而且创作热情很高，《遗山集》中存词有五卷之多。其染指于曲，乃是以词为曲，词曲难辨。《全元散曲》所收遗山曲，基本上如此。唯四首〔喜春来〕小令，后二首《乐府群珠》署为卢疏斋作，论者疑前二首亦为卢作。联系遗山"曲学虚荒小说欺"的诗句，或其从未染指严格意义上的散曲创作。

历来人们所说的曲为词之变，在遗山这种亦词亦曲的作品中可窥见某些消息。又，所言"词之变"的"词"，是仅指两宋文人词，还是泛指唐宋以来包括民间曲子词在内的广义之词？不消说，当然应指后者。如最早的一部散曲史——梁乙真《元明散曲小史》，将关汉卿的〔大德歌〕与南唐后主的〔长相思〕为例，以说明"五代的小词与元人小令不但形式上差不多，即意境也有许多相似之处，可知散曲小令其前身就是五代的小词"[1]。任中敏《词曲通义》第十"选例"条以及罗锦堂《中国散曲史》第一章《散曲概论》均以这一词一曲为例，用以说明词曲形式相近。至金末、蒙古时期，散曲正式成立之前夜，虽然至今还无法找到一首可以确认为金代文人所作的散曲作品，但在金代文人词中，有不少作品已然具有了浓厚的"曲味"，以至不大像词了。金末赵秉文（1159—1232）的一首〔青杏儿〕，虽不算是北曲的标准范式，却透露出金词求变、转向通俗一路的某些消息——朦胧而又清醒的"曲意识"[2]。这首词是这样的：

　　　　风雨替花愁，风雨罢，花也应休。劝君莫惜花前醉，今年花谢，明年花谢，白了人头。　　　乘兴两三瓯，拣溪山好处追

---

① 梁乙真：《元明散曲小史·导论》，第2—3页。
② 隋树森《全元散曲》附录收此词，谓"北曲谱于〔青杏儿〕一调，多以此曲为范作，故辑此曲于此"。见《全元散曲》下册第1953页。

游。但教有酒身无事，有花也好，无花也好，选甚春秋。①

说此词具有浓厚的"曲味"和"曲意识"，不仅是着眼于它的形式（调牌）、句法、节奏、情调等，更在于它的气息与风格，还有它的内容，即词中所发掘的心境、价值取向以及趣味追求趋向。词中所流露出的人生如寄，倏尔白头，莫如花前沉醉、杯中忘忧的意绪，正是命运多舛、自叹生不逢时的金元之际文人的共同心声，故虽是在填词，却变了味儿，不类词而似曲了。

再看赵可（生卒年不详，金贞元二年进士）一首失调牌小词：

> 赵可可，肚里文章可可。三场捱了两场过，只有这番解火。　　恰如合眼跳黄河，知他是过也不过？试官道、王业艰难，好交（教）你知我。②

以自己的名字插科打诨，滑稽谐谑，幽了科举考场一默，开了文人词趋于曲体化的先声，亦可视作词体的变异。

曲体文学沿此变异了的词体，入元脱胎换骨，破茧而出。与正体诗、词相较，散曲文学突出的特点是在语言的通俗化和用韵的一韵到底以及无入声字（入派三声）。读散曲作品，首先一个最突出的感觉是散曲语言构成与诗、词大异其趣，因这种语言上的根本性变化，总体韵味、情调乃至神采都不同了，即意、趣、神、色皆变易了。一句话，读散曲时所获得的审美感受与读诗词时完全不同，而是一种新的、另类的味道。

一般人们认为，审视文体演变的角度（或言探究文体蜕变的途径），大约有四个方面：首先是语言学角度，其次是心理学角度，再次是阐释学和接受美学角度，最后是社会文化背景角度。其中最

---

① 唐圭璋编《全金元词》下册，中华书局 1979 年版，第 47 页。
②《全金元词》上册，第 31 页。

主要的显然是语言学角度和心理学角度，包括作家的个性心理特征和主观上的文体意识，亦即作家的心境和个人气质、好尚等；阐释学与接受美学的角度，是从读者层面而言的，因为真正意义上的艺术活动，必须考虑读者的感受力，包括他们的审美期待以及价值取向；至于文化背景的剖析，一体文学的繁盛与社会文化背景之间的关系，则属宏观研究的范畴，自然也不可或缺。然而，结合散曲创作的实际情况，从语言学角度探讨散曲文学的文体演变，似尤为重要。

在人的审美活动中，求新异、图变化是一种普遍的心理趋势，故"新变"与"代兴"往往是联系在一起的。文学作品最基本的表现手段不是别的，首要的是语言。当人们对一种语言表达方式感到司空见惯、失却新鲜感时，阅读与欣赏兴趣会随之锐减。我们读花底闲人批点《夹竹桃顶针千家诗山歌》，总觉得是在嘲弄经见不鲜的传统诗歌，甚至近乎亵渎与挖苦。此非谓传统的古典诗歌不好，相反，元以前的古典诗词歌赋精绝之极，每一代的文学都各呈其美。但语言在发展中不断变化、益愈丰富，助推着文学创作的新变。到了宋元之后，特别是晚明时期，一些具有激进思想的文人大力推崇、张扬俗文学，隐约透露出人们对欣赏传统诗文的怠惰与求变心理。值得注意的是，郑振铎先生的《中国俗文学史》，在论竟了元散曲之后，并不直接谈明散曲，而是专辟一章论述"明代的民歌"，所谈竟是明代的小曲，附带论及文人模拟民歌创作的小曲。郑先生几乎是将明散曲排斥在俗文学之外的。这本身就是一种观点，一种评价，值得仔细寻味。说来明代小曲承袭的正是元前期散曲的精神，从语言到体式都不难看出它们之间的血肉联系。

元散曲除却音乐变化之外，语言上对正宗（传统）诗词语言的偏离，是一个核心的问题。自然，语言之变与音乐之变之间的联系，从某种意义上说，又是难分难解的。但音乐之变历时既久，又无具体切实的资料可征，与其猜测推断，不若从看得见摸得到的语言入手，作一些细致深入的探讨，这对于散曲文学体制形成发展乃至确立，无疑是有意义的。

且看刘秉忠（1216—1274）的两首〔南吕·干荷叶〕小令：

> 干荷叶，水上浮，渐渐浮将去。跟将你去，随将去。你问当家中有媳妇，问着不言语。

> 南高峰，北高峰，惨淡烟霞洞。宋高宗，一场空。吴山依旧酒旗风，两度江南梦。

〔干荷叶〕，又名〔翠盘秋〕，本是以"干荷叶"起兴的民间小调。或以为是刘氏自度曲。又或谓取荷叶干后只剩叶梗光杆，用为鳏夫之曲。原作共一组八首，此为第七首及第五首。八首中后四首今人多疑非刘作，当是误收了无名氏的作品。其七、其五民歌风味更浓重，平朴道来，纯用口语甚至是方言。如其七中的"跟将你去，随将去"，"将"字的用法正是山西、河北地区方言。刘氏未及于元朝一统，推想无论刘氏还是无名氏所作，此曲很可能是俗调小曲，经作者略加整理而成，应该是元散曲正式确立前夕的作品。其五更像是民间歌谣，是一般人对南宋灭亡这段历史的看法，很可能在民间传唱，作者喜其浑朴自然，朗朗上口，遂记录下来并加以润饰。

元前期散曲作品的语言，大体沿此一路演进，关汉卿的一组〔南吕·四块玉〕即是明例。再看中后期的两首令曲：

〔双调·折桂令〕题情　　刘庭信

> 心儿疼胜似刀剜，朝也般般，暮也般般。愁在眉端，左也

攒攒，右也攒攒。梦儿成良宵短短，影儿孤长夜漫漫。人儿远
地阔天宽，信儿稀雨涩云悭，病儿沉月苦风酸。

〔南吕·四块玉〕风情　　蓝楚芳

我事事村，他般般丑。丑则丑村则村意相投。则为他丑心
儿真博得我村情儿厚，似这般丑眷属，村配偶，只除天上有。

这两位曲家约生于十四世纪初，未能赶上散曲文学的巅峰期。
然其曲子的语言构成特色，却一如前贤。前一曲，写的是老而又老
的闺怨题材，但读起来却有一种前所少有的新鲜感。其出语的生猛
活泼，浑如信口呼出，犹似自言自语，无丝毫扭捏造作，更无半点
儿雕镂琢磨。"心儿疼胜似刀剜"这类句子，在诗词中是绝对忌讳
的，这便是曲语的所谓急切尖新，说尽道透，口语化的魅力在这里
得到了充分的发挥，人物性格也如闻其声、若见其人，活生生地凸
现出来了。

《录鬼簿》称刘、蓝二人在武昌"赓和乐章，人多以元、白拟
之"。更有趣的是蓝曲中的所谓"般般丑"，确有其人。夏庭芝（约
1300—1375）的《青楼集》有般般丑的小传：

时有刘庭信者，南台御史刘廷翰之族弟，俗呼"黑老五"。
落魄不羁，工于笑谈，天性聪慧，至于词章，信口成句。而街
市俚近之谈，变用新奇，能道人所不能道者。与马氏（琦按：
即马般般丑，湖湘名妓）相闻而未识。一日相遇于道，偕行者
曰："二人请相见。"曰："此刘五舍也，此即马般般丑也。"见
毕，刘熟视之，曰："名不虚传！"马氏含笑而去。自是往来甚
密，所赋乐章极多，至今为人传颂。

这里至少有三点值得注意。其一，是"至于词章，信口成句"。

这便是曲语与诗词语诸多差异中最根本的不同，即说曲是脱口而出，当然要以口语甚至俗言俚语为主，与诗词的反复推敲琢磨、以书面语为主是大相径庭的。其二，是"街市俚近之谈，变用新奇，能道人所不能道者"，这就从语言构造的本质意义上划开了散曲文学与传统诗词的界限。"变用新奇"的说法，尤当注意，即以"街市俚近之谈"作曲子，其意义正在"变"字上。"变"，自然是针对诗词而言的。而"用"，则是指运用口语和俚语方言。"新奇"，指的是审美期待的满足感。其三，是刘、马二人所赋乐章广为流传，"至今为人传颂"。夏伯和是元代中后期人，卒于入明之后，也就是说刘庭信的散曲在元末明初是很有影响的。此外，刘、蓝二人当都得识马般般丑，从蓝曲来看，他或与般般丑两情相谐，感情弥笃，亦或许其曲中之"村"者（我），指的即刘氏。总之全曲明白如话，斩钉截铁，是纯粹的曲语，地道的曲味儿。当然也不排除曲子只是借般般丑之名，完全是虚构，我们注意的是它的语言表达。

　　语言是符号表达最根本的形式，也是文化精神内容的核心形式。综合文化的各个层面，从某种意义上说，文化的突出表现形式就是语言。美国著名的文化人类学家莱斯利·怀特说："全部文化或文明都依赖于符号，正是使用符号的能力使文明得以产生，也正是对符号的运用使文化延续成为可能。"[1] 而在人类的符号活动中，语言又是最重要的。"音节清晰的语言是符号表达之最重要的形式。把语言从文化中抽掉，还会剩下什么东西呢？"因此，"语言表达意味着思想的交流；交流意味着保存，即传统；而保存意味着积累和进步"[2]。

　　胡应麟（1551—1602）在《诗薮》内编卷一"古体"上"杂言"中提出"体格"的概念，体相当于今之所谓体裁；格，庶几相

<hr>

① ②（美）L. A. 怀特：《文化的科学》，沈原等译，山东人民出版社 1988 年版，第 33、39 页。

当于今之风格、格调。"体格"二字，与 Style 似差足暗合。胡氏谓："乐府之体，古今凡三变：汉魏古词，一变也；唐人绝句，一变也；宋元词曲，一变也。"在"古体"下"七言"中又谓："古诗窘于格调，近体束于声律，惟歌行大小短长，错综阖辟，素无定体，故极触发人才思。"这是说杂言相对于齐言，无疑是体格上的一种解放，或言是一种进步。而这种解放与进步，实质上是一种文化上的进步，同时也是语言的进步与飞跃。

文体的陵替代兴，是一种极为复杂的综合作用，也是文化传承过程中机运之递嬗，便是所谓"气运人心"。从文化的直接载体语言入手，不失为廓清文体形成机制及其存在的意义的重要手段。散曲文学不仅语言构成是独特的，同时也广泛汲取了散文和其他文学样式的营养以滋补自己，倘谓其语言形态是古代韵文文学中最为开放、最为灵动和最为丰富的体式，是没有问题的。用胡适之先生的话说，散曲语言是"言文一致"的。言，指的是平时说话；文，是为文，即书面语言。当二者统一起来，散曲似远绍"古诗十九首"，"平平道出，且无用工字面，若秀才对朋友说家常话"（谢榛《四溟诗话》语）；或如胡应麟《诗薮·内篇》论"十九首"所言"意愈浅愈深，词愈近愈远"。不唯曲家情来神会，放言不羁，便是受众读者，亦玩味不尽，自得其趣。

然而，令人遗憾的是，散曲文学在元代结束之后，并没有在文体和语言意义上取得更大的发展，加之其"律度可悟，声理仍晦"（吴梅语），即谱亡而不能歌，纯然成了韵文文学之一体。事实上在元代后期，散曲渐趋疏离音乐，一些曲家在语言上反而向诗词靠拢，案头化倾向日趋明显，尽管仍不失为有价值的散曲创作，其作品芒角四射的锐气已与前期曲家不可同日而语了。

四、元散曲的分期及流派

通常将元散曲的创作分为前后两期，大致与元杂剧两分法相同，即以《中原音韵》成书时的泰定甲子（1324）为界，因此时"四大家"已相继过世，曲坛相对说已换了一辈人。且元朝只有九十年光景，似不宜分得过细。二分法也有以元贞、大德间（1295—1307）为界的，或又以元仁宗皇庆、延祐间（1312—1320）为界，其实所差不过十年左右。前期曲家的活动以大都为中心，且以北方籍曲家为主；后期中心移至杭州，也有少数南方籍曲家参与北曲创作。前期曲家如刘秉忠、杨果、卢挚、姚燧等是由金入元或王国维所称之蒙古时期入元的，也包括关、郑、白、马等"四大家"及王实甫等；后期曲家如张可久、乔吉、徐再思、曾瑞等，多生于一统之后。郑光祖卒于1324之前，也是前期作家，历来以其为后期作家有误，详情在分析作家作品时论析。

另有三分法，略同于王国维杂剧分期，是将生于金而入元后有创作能力的曲家视为第一代，将"四大家"及两分法中认定的前期曲家视为第二代，两分法中的后期曲家则是第三代了。三分法大体依据《录鬼簿》的排序。郑振铎先生谓"第一个时期并没有什么专业的散曲家们"，他们"多半以写散曲为余兴，为消遣"，只有第二时期的作家才把散曲创作专业化，"看作名山事业了"①。故笔者倾向于两分法。至于四分法，几乎无较大的影响，认可者亦鲜有，兹从略之。

元散曲作家流派，论者多分作豪放派与清丽派两种，前期多豪放恣纵一路，后期则以清丽流转为主。显然，这是承袭宋词的豪放、婉约而来。实际情况是前期以豪放著称的曲家，亦时有清丽婉

---

① 郑振铎：《中国俗文学史》（下），第210页。

转之作，后期清丽派作家也不乏放旷不羁的篇什。分作两派，乃是就总体而言，并非绝对化的泾渭分明。如关汉卿、白朴等的曲作，是以恣纵豪放为主的，然其闺情曲以及〔双调·大德歌〕、〔南吕·四块玉〕《别情》曲却也清丽婉约。白朴的〔仙吕·一半儿〕《题情》等情形亦复如是。梁乙真论关汉卿散曲云："他的散曲的作风，颇异于他剧曲的作风。他的剧曲以雄奇排奡见长，极汪洋恣肆、感慨苍凉之致；但他的散曲却以婉丽见长，然有时亦非常的豪辣灏烂。"① 梁氏已意识到所谓豪放、清丽的分法失之简单化，也只能就大体趋势而言，到了具体曲家，恐怕很难断定其为豪放派还是清丽派。再以马致远为例，其豪放作风的作品，可以〔双调·夜行船〕《秋思》套为代表，小令则有〔拨不断〕〔金字经〕等；而其〔落梅风〕〔寿阳曲〕等小令何尝不是清丽流便、婉转之致？相对说来，元前期豪放风格的作品多些，后期清丽格调的作品多些。就一位曲家而言，此一时，彼一时，或豪放，或清丽，未可遽断其归属，只能通过其具体作品，判断其大体倾向。一向被称作清丽派曲家的如乔（吉）、张（可久）辈，基本倾向是清丽一派作风，却也时有豪气干云之作。乔之〔双调·殿前欢〕《登江山第一楼》，张之〔双调·折桂令〕《九日》（详第二讲），不可谓不豪放。倒是徐再思、曾瑞辈，可称清丽作风倾向比较明显的曲家。因此，那种将马致远等列为豪放派，而将关汉卿等目作清丽派的结论，不仅值得商榷，甚至是不符合实际情况的②。关于这个问题，详见拙著《元明散曲史论》第四章第二节（南京师范大学出版社 2016 年版）。

豪放作风的散曲在元前期成为一种潮流，是有着深刻的社会原因的。宋儒们所大倡的理学（或称道学），到了元代为士人们所普

---

① 梁乙真：《元明散曲小史》，商务印书馆 1998 年版，第 71 页。
② 参见罗锦堂《中国散曲史》第二章之第一、二节。

遍质疑诘难。先是黄震（1213—1280）奋起反对道学家们的故弄玄虚，对"超出乎人事之外"的"高深之道"大不以为然，开了诘难理学的先声。黄氏以"日用常行之理为道"，对形而上之所谓理学进行质疑。这位"宁饿死也不仕元"的思想家对"恍惚窈冥为道"者的批判不遗余力，他说：

> 奈何世衰道微，横议者作，创以恍惚窈冥为道。若以道为别有一物，超出天地之外，使人谢绝生理，离形去智，终其身以求之，而终无得焉。吁，可怪也！（《黄氏日抄》卷五十五《读诸子一·抱朴子》）

这种以常行之理为道的思想，与许衡将"民生日用"（即"生理"）、"盐米细事"为道、为理的"治生说"，是南北相和、彼此呼应的。若再联系邓牧（1246—1306）反对皇权、抨击暴君酷吏的思想，将对我们理解元前期恣纵豪放之潮大有启发。这也是应特别重视关汉卿"人生贵适意""赤紧的是衣食"（〔双调·乔牌儿〕）曲意的原因。除了这套曲和〔南吕·一枝花〕《不伏老》套的豪纵不羁之外，关氏小令中豪放气格的作品也不在少数，如〔南吕·四块玉〕四首，应该是其晚年所作，诸般世事均已洞穿，绚烂之极复归平淡，细味之，平淡之中仍透出狂狷豪纵之英气。中年之后即高唱不伏（服）老，到了晚年，依然是放浪形骸，无拘无束。且看其中的一首：

> 适意行，安心坐，渴时饮饥时餐醉时歌。困来时就向莎茵卧。日月长，天地阔，闲快活。

一组四首中三首是以"闲快活"收煞，事实上这里的"闲快活"是大有文章的。表面上看，曲子是在追求一种闲适的生活，仿佛应心随口，快意逍遥。实际上所谓闲适的背后，仍藏着愤世嫉俗和磊落不平。不必一看到"闲快活"以及"安乐窝"等语就以消极和颓废视之，这其中是有特定所指的。特别是元初士人，家山虽依旧，却是舆图换稿，一时进身之阶无途径，连生存也成了问题，如何能快活、安乐起来呢？因此，这"快活"与"安乐"是反语，是解嘲，是至哀至痛之语。其中渴饮饥餐醉歌，似又受到全真道思想的影响。全真道士多为落魄士人，他们与元曲家一样，渴望着心灵的家园、生命的依托和情感的寄寓，以不同的方式选择自己的精神归宿，企图以逸出传统的新的生命价值观念来解脱生不逢时的苦闷。总之，入道修行也好，隐逸山林也罢，乃至混迹于世俗红尘，出没于勾栏，作杂剧、写散曲，反正都一样，要找到一种安身立命的出路。全真家是崇尚率性自然的，不辞艰辛痛苦的，甚至近于疯狂以实行所谓性命双修的。王重阳在为玉华（花）会社制定的"立会宗旨"中说：

> 诸公如要真修行，饥来吃饭，睡来合眼。也莫打坐，也莫学道，只要尘冗事屏除，只要清净两个字，其余都不是修行。（《重阳全真集》卷十《玉花社疏》）

将全真家的道词与元曲家的散曲对读，不难窥见其中的通会之处。马钰的〔瑞鹧鸪〕词解释全真家害风（疯）云："或问风因亲说破，投玄远俗做心风。"是说全真家之疯狂，一因修行（投玄），

元　张观　山林清趣图

二在看破红尘（远俗）。王实甫在其〔商调·集贤宾〕套曲中有云："大叫高讴，睁着眼张着口尽胡诌，这快活谁能够？"又是快活。在〔尾声〕中又写道："醉时节盘陀石上眠，饱时节婆娑松下走，

困时节布衲里睡鼾鼾。偶乘闲细将玄奥剖，把至理一星星参透，却原来括乾坤物我总浮沤。"此与关曲的"闲快活"以及王重阳疏、马钰词可谓同调异讴、异曲同工。"大叫高讴""尽胡诌"，是否也近于"风"呢？

　　有学者认为，"全真家内丹道教要解决的根本问题是个假命题，但其中体现的思维逻辑却是真实的"①。这是一种执著的人生追求，也是一种百折不挠的生命意识，尽管这种不懈的追寻最终没有什么实际的结果，其理想似乎也未曾实现，但他们努力了，努力的过程本身就是一种价值。否定与肯定现实世界的两种倾向，于彼此张力下的共存，可能正是宗教的本质，也是隐逸思想的本质。对理学思想的质疑和对现实世俗观念的否定，恰是元前期豪放一路散曲大行其道的思想基础，人性的觉醒与人格精神的重塑亦是推波助澜的思潮。

　　元散曲中的所谓豪放一路，与语言表达的本色当行关系密切，其语言与传统诗词不仅大异其趣，且几乎完全疏离。散曲语言对传统正宗文学语言的疏离，是韵文学史上的一个突变，自然，这种语言之变与音乐之变以及北方少数民族语言的渗透难分难解，但音乐之变历时既久且杳昧难凭，更无第一手切实的资料，与其猜测推断，不如从看得见摸得到的语言入手。口语、方言、俚语和俗语，在宋元人的生活中为当时人们所普遍熟悉。然因为传统与习惯所致，文学语言却排斥俚俗。散曲语言中的所谓"尖新茜意""蒜酪气"，正是一种"言文一致"。刘时中的《上高监司》是元散曲中一个奇特的作品，也是元散曲中最长的套数，其前套由 15 支曲子组成，后套竟长达 34 支曲子。前套写由于灾荒加人祸，老百姓被推向了绝境。其中〔滚绣球〕一曲写道：

---

① 张广保：《金元全真道内丹心性学》，生活·读书·新知三联书店 1995 年版，第 4 页。

偷宰了些阔角牛，盗斫了些大叶桑。遭时疫无棺活葬，贱
卖了些家业田庄。嫡亲儿共女，等闲参与商，痛分离是何情
况。乳哺儿没人要撇入长江。那里取厨中剩饭杯中酒，看了些
河里孩儿岸上娘，不由我不哽咽悲伤！

此曲全用口语，细致描画了一幅哀鸿遍野、饿殍横陈的灾民罹
难图。曲子视野开阔，刻画精微传神，有如长卷画图。其细部刻画
如〔倘秀才〕曲：

或是捶麻柘稠调豆浆，或是煮麦麸稀和细糠，他每早合掌
擎拳谢上苍。一个个黄如经纸，一个个瘦似豺狼，填街卧巷。

粗略处如〔叨叨令〕曲：

有钱的贩米谷置田庄添生放，无钱的少过活分骨肉无承
望；有钱的纳宠妾买人口偏兴旺，无钱的受饥馁填沟壑遭灾
障。小民好苦也么哥，小民好苦也么哥！便秋收鬻妻卖子家
私丧。

如此将精微勾勒与大笔濡染结合起来，艺术效果相当强烈。
《上高监司》套，以熟语为生新，挽家常语入曲，痛心疾首中揉入
些许谐谑，也是对传统文学语言的有意偏离与矫枉，称其为"调已
非"或是"别调"，都是没有问题的。再看后套中的三曲：

〔耍孩儿九（煞）〕腼乘字模样哏，扭蛮腰礼仪疏，不疼
钱一地里胡分付。宰头羊日日羔儿会，没手盏朝朝仕女图。怯
薛回家去，一个个欺凌亲戚，眇视乡间。

〔八〕没高低妾与妻，无分限儿共女。及时打扮衔珠玉，
鸡头般珠子缘鞋口，火炭似真金裹脑梳，服色例休题取。打扮
得怕不赛夫人样子，脱不了市辈规模。

〔七〕他那想赴京师关本时，受官差在旅途。耽惊受怕过

朝暮，受了五十四站风波苦，亏杀数百千程递运夫。恨生受恨
搭负，广费了些首思分例，倒换了些沿路文书。

后套揭露了元代钞法败坏，官吏贪赃枉法，商人巧取豪夺，普
通百姓深受钞法之害的社会现实。一般认为它的写作时间或早于前
套，当作于至正十年（1350）改定钞法前后。以上三曲运用的是对
比手法。前二曲写蒙古贵族及有钱人骄奢淫逸，志得意满，将得来
的不义之财大肆挥霍，肥甘饫足，买妾纳婢，胡作非为。首句意为
面目凶狠。孛，同勃，即孛然变色；恨通狠。怯薛，本指成吉思汗
创设的一种宿卫亲军制度。《元史·兵制·宿卫》："怯薛者，犹言
番直宿卫也。"《南村辍耕录》卷一"云都赤"条："怯薛者，分宿
卫供奉之士为四番，番三昼夜，凡上之起居饮食，诸服御之政令，
怯薛之长皆总焉。"这里的怯薛泛指蒙古贵族及其子弟，所谓的权
豪势要。第二曲写富家女子的穿金戴银、珠光宝气，末了一句"脱
不了市辈规模"，由揭露转为嘲笑，言其越打扮越俗气，顺势一笔，
谑中带刺，流露出作者的爱憎好恶。第三曲写运钞至京师的艰难，
差役们路途之辛苦。"首思分例"，饮食、给养之意。首思为蒙语，
指元时驿站对往来官员供应饮食。汉语称之为"祇应"，元明间又
转释为"下程"。分例，指按定例发放的食物。二者明清小说中多
用之。

这三支曲子以口语为主，杂以当时通用的人皆能晓的蒙古语，
铺陈描述，颇涉谐谑与嘲讽，别饶一番机趣。刘熙载《艺概·词曲
概》有云："词如诗，曲如赋，赋可补诗之不足者也。"细读刘时中
《上高监司》，知其多用赋法，时而叙述，时而议论，特别是生动细
致的人物描写，绘形摹影，栩栩如生，称得上精彩纷呈、美不胜收
的大制作。总体上看，前后套都算上，有人物、有事件、有场景、
有画面，涉笔成趣，语近家常，曲家俚俗，已与戏曲形态相邻，或

径可视为散曲与戏曲之间的过渡形态。如果剔除为高监司歌功颂德的部分，把上书、递呈诉状的意思也撇开，此二套曲无异于以散曲形式来说唱时事，是非常独特的，也是文学史上绝无而仅有的一个作品。考证高监司是何许人，二套具体的写作时间，无疑很有意义。但更应将其当作文学作品来读，而不应仅仅将其看作是以散曲形式写成的说帖和诉状。特别是它的语言艺术，放旷恣纵，豪宕排奡，堪称豪放散曲之典型。

《文心雕龙·通变》云："夫设文之体有常，变文之数无方，何以明其然耶？凡诗赋书记，名理相因，此有常之体也；文辞气力，通变则久，此无方之数也。名理有常，体必资于故实；通变无方，数必酌于新声，故能骋无穷之路，饮不竭之源。"刘勰所言"通变"与"新变"有所不同，纪昀谓刘勰"通变"的提法有复古的意思，是对的，然亦有返朴归于天然真淳的意义，"通变无方，数必酌于新声"，所谓"一语天然万古新"，"酌于新声"是也。元散曲中语言的变化非刻意求新，也非复古，而是取了现实生活中的日常用语，不避俚俗，自然而然，被之声歌，这不能不说是古代韵文史上一次深刻的变革。

元人悲剧辨析

　　悲、喜剧以及正剧、悲喜剧的概念是外来的，但这并不等于说中国古代无这些戏剧样式。称谓不同，审美情趣亦有异，但戏剧艺术是全人类的，它显然既具有内在的一致性，又有着异中有同、同中有异的差别。引入西方戏剧的概念、体系与逻辑分析中国古典戏曲，自有其合理性和可能性，前辈与时贤的研究、探讨实践已经证明和正在证明这一点。

　　元人的悲剧创作，在中国戏曲史上占有极其重要的地位。其中的杰作如《窦娥冤》《赵氏孤儿》等，更是中国古典悲剧中的典范性作品，对后世的影响广泛而又深刻。对于元人悲剧中所蕴含的突出的中国气派与独特的民族风格，以及其中所表现出来的中国悲剧与西方悲剧迥异的审美意趣与艺术价值，自王国维以来，经过治元剧学者们的不断努力，已经取得了一些可喜的研究成果，亦时有突破性的进展。然而，对现存元杂剧中悲剧作品的辨识与认定，人们却又往往见仁见智，各说各话，持有不同的甚至完全相对立的见解，实有进一步深入辨析之必要。

一

　　辨析与认定元人悲剧作品，是阅读和研究元人悲剧中首先要碰到的问题。说来这似乎是一项很困难的工作，并非轻易即可拈出。这是因为，悲剧的概念是"舶来"的，而中国戏曲则是在完全自足独立的文化背景中形成和发展的。因此，既不能生搬硬套西方美学理论的概念和体系，又不能无视全人类文学艺术发展的共同规律。毫无疑问，这项工作需要较长时间的不断认识与再认识的反复过程。这既是个理论问题，又是一个具体的实际认识问题，通过不断地探讨分析而取得共识，约定俗成而又为各方面所能认可，恐怕是解决这个问题的必由之路和切合实际的做法。

王国维是最早以西方美学理论中的悲剧学说来评论元人悲剧的学者。他在《宋元戏曲考·元剧之文章》中说：

> 明以后，传奇无非喜剧，而元剧则有悲剧在其中。就其存者言之，如《汉宫秋》《梧桐雨》《西蜀梦》《火烧介子推》《张千替杀妻》等，初无所谓先离后合，始困终亨之事也。其最有悲剧之性质者，则如关汉卿之《窦娥冤》、纪君祥之《赵氏孤儿》。剧中虽有恶人交构其间，而其蹈汤赴火者，仍出于主人翁之意志，即列之于世界大悲剧中，亦无愧色也。

对于这段话，一向有不少的误解。细绎之，王国维这番议论至少有三层意思。其一，是就宏观上的总体印象而言，就是说元剧中多悲剧，明清传奇则多喜剧。那种明以后全无悲剧、元剧中亦少有严格意义上的悲剧的理解，显然是偏颇的。其中依稀还隐含着从社会—文化心理意义上来分析问题的意味，说元代是悲剧的时代，故其戏曲作品多惨痛悲苦之情状，便是在非悲剧甚至在喜剧作品之中，亦潜藏着哀怨与辛酸。不是悲剧，未必剧中就无悲剧性。所谓"百年之风会成焉，三朝之人文系焉"①，这里的"百年"，乃指有

---

① 王国维：《曲录自序》，《王国维戏曲论文集》，第252页。

元一代；而"三朝"，分明是指宋、金、元之际。其二，王国维列出五种现存元杂剧中的悲剧作品，认为《汉宫秋》等五种剧作是结局的不圆满者，符合西方悲剧学说的一般性要求。其三，又特别突出了两种所谓"最有悲剧之性质者"，此则着眼于主人公意志与命运之间的激烈冲突，更符合西方悲剧学说的本质特征。两种情况，总为七种悲剧，又有总体上的把握。可以说，王国维在辨识与认定元人悲剧时是相当严谨与审慎的。前五种以"等"字来总束，后二种又冠以"最"字，言外之意是元人悲剧非止这么七种，这里不过是举例言之而已。但是，王国维对此七种之外的元人悲剧，不仅在《宋元戏曲考》中不曾明确指出，在其他著作中亦未曾提及。总之，王国维这段话的意义在于：面对不同地域与民族之文化，其中必有共性的东西。五方异域，殊途同归。中国古典悲剧虽未曾受到西方悲剧的影响，其中还是有精神上的相通之处。而且，中国古典悲剧与西方著名悲剧相较之下，毫不逊色。这当然是一种卓识远见，无疑也是元人悲剧研究的一个良好的开端。

可是，王国维的局限也是很明显的。

我们知道，王国维在写《红楼梦评论》时（1905），还完全是站在叔本华悲剧论的立场上来说话的，他明确地提出了中国古代多喜剧而少悲剧：

> 吾国人之精神，世间的也，乐天的也，故代表其精神之戏曲、小说，无往而不著此乐天之色彩。始于悲者终于欢，始于离者终于合，始于困者终于亨。非是而欲餍阅者之心，难矣。若《牡丹亭》之返魂，《长生殿》之重圆，其最著名之一例也。《西厢记》之以惊梦终也，未成之作也，此书若成，吾乌知其不为《续西厢》之浅陋也？

因此，他力赞《红楼梦》体现主人公自由意志之精神，激赏其贯穿始终的悲剧意识。我们知道，20世纪初，文化与学术界以西学为武器，对中国传统戏曲小说进行批判与反省，原本是有特殊用意与特定内涵的，那就是明显地针对藏在优美的唱腔和大团圆背后的儒家思想的批判锋芒。梁启超、柳亚子、陈去病、蒋观云等人此呼彼应，旨在唤醒当时中国国民的民主精神与革命热情，从而推翻腐朽黑暗的清廷统治，其中含有特定背景下的政治因素，这自然是无可厚非的。王国维则有所不同，他以叔本华的悲剧观审视中国戏曲、小说，则纯然是着眼于学术上的。问题是在1905年之后，王国维已然摆脱了叔本华哲学的束缚，何以他在1912年完成的《宋元戏曲考》中，仍然坚持说中国古代多喜剧而少悲剧呢？这显然是他的局限之处了。王国维在这个问题上可以说始终未能跳出西方悲剧学说的樊篱，因而也就很难对中国古典戏曲中的悲剧作品，从不同民族风格与审美特性等方面作出深入细致、实事求是的分析与判断，也未能从古代中国美学与西方美学的同异中，在批评的实践意义上，充分发掘元人悲剧的独特性，进而确立起系统的中国古典悲剧的艺术风范。这其实是无法苛求的。叶嘉莹在谈到王国维文学批评之不足时说："可是在批评的实践上，他自己却也并不是一个完全成功的人物。这当然主要乃是因为他写作的时代过早，在当时中国的学术界还未曾达到能够把西方思想理论完全融入中国传统的成熟的时机，所以他也便只能以他的敏锐的觉醒，作为这一条途径上的一位先驱者而已。"① 所言是符合实际情况的。作为戏曲史科学的奠基者，王国维的贡献与局限，从某种意义上说都可以成为后世研究者的起点，在他的贡献基础上继续攀登，或者从他的局限处深入开辟新的研究领域，几乎有着同等重要的意义。

---

① 叶嘉莹：《王国维及其文学批评》，中华书局香港分局1980年版，第144页。

二

　　王国维之后，在元人悲剧的辨析与研究方面，郑振铎、严敦易等先生都做了一些工作，也取得了一些进展，却并没有大幅度的突破性的开拓。很长一段时间里，很少有人沿着前辈学者所开辟的领域，继续深入去探讨这个问题。一直到 20 世纪 80 年代初，由于王季思先生主编《中国十大古典悲剧集》的出版，关于中国古典悲剧的界定、分类及其结构形式、审美特征的研究，才又激起治古典戏曲的学者们普遍的关注与浓厚的兴趣。因为元杂剧是中国戏曲史上第一个黄金时代的作品，故对元人悲剧的辨析认定尤为引人注目。人们从不同的角度去审视元剧中的悲剧作品，取得了一些新的成果。但由于着眼点的不同和悲剧观的差异，各家见解仍有许多的不同，对具体作品的认定，也更是多有歧异。在 1987 年出版的宁宗一等编著的《元杂剧研究概述》，"综合各家之说"，认为"现存元杂剧中的悲剧作品，数量大致有二十余种"①。这个数量约占现存元剧的八分之一。谢柏梁在他的《中国悲剧史纲》第五章中，在杨建文说基础上，又综合前人诸家见解，有所甄别与增加，以表格形式列出元人悲剧二十五种，并称这个数量"将近现存元杂剧总数的六分之一"②。其中除却《鲁斋郎》与《冯玉兰》二种尚须进一步讨论之外（理由详后文），其余皆经得起推敲。作者还就元人悲剧的鉴别原则、呈现方式以及多重分类，还有元人悲剧的时代精神与艺术特色等问题展开了论述，在总结前人成果的基础上，不乏新见与创获，特别是将元人悲剧作品与其所由产生的时代和整个民族文

---

① 宁宗一等编：《元杂剧研究概述》，天津教育出版社 1987 年版，第 242 页。

② 谢柏梁：《中国悲剧史纲》，学林出版社 1993 年版，第 97—99 页。所列 25 种元人悲剧，是在杨建文 15 种基础上，又增 10 种：《荐福碑》《青衫泪》《潇湘夜雨》《贬黄州》《灰阑记》《霍光鬼谏》《豫让吞炭》《孟良盗骨》《盆儿鬼》《冯玉兰》。

化联系起来进行考察分析，更是富于启发性的。但是，谢柏梁的一些见解失之严密，有些问题还值得进一步商榷。

如谢柏梁强调"悲剧的根本特征在'悲'字上"，又说"大部分元杂剧都具备一定悲的因素，然而却不一定都是悲剧"，因而"从总体上把握悲剧精神在全剧中渗透的程度，这便是鉴别元杂剧悲剧的最高原则"①。说起来这条原则并无大错，但它既不严密，亦嫌模棱，在鉴别与认定时难以把握。而且，悲剧精神绝不是一个由外向内的"渗透"过程，而应该也必然是由内向外的透露与释放的结果。即一个真正的悲剧作品，它应该自始至终贯穿着悲剧精神，从剧作家的艺术构思到主人公的行动，都充溢着内在的悲剧性冲突。举个例子来说明，就更清楚了。如李寿卿的《伍员吹箫》杂剧，诸家均未提及。或许是因为作品有一个复仇报恩的结局吧，使得人们忽略了它。但从全剧始终贯穿的悲剧精神和主人公的复仇意志来看，以及楚公子芈（音 mǐ，楚国的祖姓）建、浣纱女、渔父闾丘亮和鱄诸妻相继为正义献出生命的意义上看，它无疑是一部真正意义上的悲剧作品。

有关伍子胥的历史记载和民间传说，原本就充满了悲剧性。箫，又是长于吹奏哀曲的乐器。剧作家写此剧立足于"悲"字上，是显而易见的。杂剧的前三折，悲剧情势不断强化，有那么多人牺牲了，无非以死明志，为正义殉

《伍员吹箫》插图

---

① 谢伯梁：《中国悲剧史纲》，第 100—101 页。

节。奸臣费无忌是多行不义的恶势
力与阴谋家的象征，而楚平公则是
昏君的典型。奸臣用谗，人君昏
聩，竟使伍子胥一门忠勇、三百余
口无端惨遭屠戮。这正是孟子所说
的"君之视臣如土芥，则臣视君如
寇仇"（《孟子·离娄下》）。连楚
公子芈建也站在正义一边，与子胥
一道弃楚奔郑，结果死于乱军之
中。也是孟夫子所说"吾今而后知
杀人亲之重也：杀人之父，人亦杀
其父；杀人之兄，人亦杀其兄。然
则非自杀之也，一间耳"（《孟子·
尽心下》）。道理很朴素，却也很
深刻。至于《伍员吹箫》结局，
"圆满"中仍潜伏着悲戚，伍员伤

《救孝子》插图

心地忆起浣女、渔父，"回首东风，尚忍不住泪点双抛"（第四折
〔折桂令〕）。结局的顺逆，固然是一个很重要的衡量悲剧的标准，
然却不是一成不变的唯一标准。以中国悲剧而言，《窦娥冤》与
《赵氏孤儿》都以"冤"洗"仇"报结束，然此二剧却是"最具悲
剧之性质者"。从外国悲剧的实际情况来看，结局之顺逆亦非判定
悲剧、喜剧的绝对化尺度。圆满结局有时也只是一种"细薄的外
衣"而已。某些作品突出了自由意志与必然性（命运）的抗争，其
结果却是偶然性的，即主人公的行动并未走向毁灭。但全剧通体都
透出严肃的悲剧性气息，它的核心仍是一颗悲哀的种子。莎士比亚
晚期悲剧（如《暴风雨》等）就是这样的情形，《伍员吹箫》的情
韵庶几近之。

再如王仲文的《救孝子》杂剧，突出的是李氏形象的刚强不屈和坚韧不拔，这是元杂剧中不多的几个劳动妇女形象中，值得我们特别加以注意的一个形象。李氏早年守寡，带着儿子、媳妇"缉麻织布，养蚕抽丝，辛苦的做下人家"。当杨家必出一子去服兵役时，李氏毫不犹豫地令己出的长子兴祖前往，而对庶出的次子谢祖则百般呵护，使得大兴府尹王翛然十分感动，大为敬重，慨然道："方寸地上生芳草，三家店里有贤人。"当谢祖被逼打屈招杀死嫂子春香，关入死囚牢时，李氏为救谢祖，一口咬定尸身面目不清，再三不肯认尸。她据理相争，义正词严："人命关天关地，不曾验尸怎成的狱？"她拼死也不肯画押，使草菅人命的官吏们无法结案。第三折的曲词情激调亢，颇类《窦娥冤》"词调悲悼"的风格。〔满庭芳〕曲揭露官吏昏聩，衙门黑暗，近于破口大骂：

> 似这等含冤负屈，拼着个割舍了三文钱的泼命，和这半百岁的微躯。你要我数说您大小诸官府，一划的木笏司糊涂，并无聪明正直的心腹，尽都是那绷扒吊拷的招伏，把囚人百般拴住，打的来登时命卒。哎哟，这便是你做下的个死工夫。

她不惜拼却性命，为的是保护并非己出的儿子谢祖，更为着正义与清白。对吏制的腐败与世道的混浊，她满腔怒火，无限愤怨。她发誓冤不得伸，就要一直告到中书省：

> 你休道俺泼婆婆无告处，也须有清耿耿的赛龙图。大踏步直走到中都路，你看我磕着头写状呈都省，洒着泪衔着冤挝怨鼓。单告着你这开封府，令史每偏向，官长每模糊。（〔三煞〕）

毫无疑问，《救孝子》杂剧的用意不在于清官断狱，亦不在于塑造孝子贤妇，剧作突出的是李氏这个"乡里村妇"的不畏强暴，为着人格的清白与正义不屈不挠的斗争精神。李氏形象与关汉卿《蝴蝶梦》中的王婆婆形象有着本质上的相似之处。《救孝子》表面上看，写的是金代故事，实则隐喻的是元代社会。全剧的情节几经跌宕，终以兴祖得官金牌上千户，他还乡途中，又缉得真凶赛卢医，使谢祖冤狱得以昭雪。细细想来，这个结局总嫌偶然，一如窦天章若不得官为肃政廉访使，窦娥之冤就不能伸一样，悲剧运势在这里为偶然性所阻断。倘若兴祖不得官，或得了官而抓不到真正的杀人者，谢祖的冤案也就铸成了，李氏难免一直告到中书省，洒泪诉状，衔冤挝鼓。可见元人悲剧的结局有时只是一种外在的形式，一个近乎缥缈的理想的梦；甚或又是剧作家向观众的一种让步——这在中外戏剧创作中都并不罕见——连大家如莎士比亚、关汉卿辈也不能免。判别是否悲剧理所当然地要着眼于悲剧冲突以及悲剧性运势的大趋向，即从本质上而不是从形式上去透析。如此看来，《救孝子》杂剧是悲剧了？回答是肯定的。它与《蝴蝶梦》杂剧都是不折不扣的元人悲剧。虽然，杨谢祖和王三都绝处逢生，结局不曾出现杀人流血、引起悲哀，二剧却不失为严肃的悲剧。罗念生先生曾指出过："'悲剧'这个词应用到古希腊戏剧上，可能引人误解，因为古希腊悲剧着意在'严肃'，而不着意在'悲'。亚里斯多德在《诗学》第六章给悲剧下的定义是：'悲剧是对于一个严肃、完整有一定长度的行动的摹仿。'有些悲剧例如欧里庇得斯的《伊菲革涅亚在陶洛人里》，圆满收场，并未杀人流血，引起悲哀，但剧中情节是严肃的，故仍然是'悲剧'。"① 杀人流血和引起悲哀，倒恰恰是古罗马悲剧的突出特点，它与古希腊悲剧的精神并不一致。"严肃"的含义，有时包括崇高、壮丽乃至慷慨、激愤，也包

---

① 罗念生：《论古希腊戏剧》，中国戏剧出版社 1985 年版，第 3 页。并参见罗念生译《诗学》译后记，人民文学出版社 1982 年版，第 124 页。

括克服重重艰难险阻、百折而不挠的追求，从这个意义上看，古希腊悲剧中的这一特点与中国古典悲剧的格调不无相通之处。判断与辨识元人悲剧固不能从西方悲剧学说之定义出发，而两者之间可沟通之处，却也不能轻易放过，视而不见。

<h2 style="text-align:center">三</h2>

一向有这样一种误解，即将中国古典戏曲中的公案戏与悲剧相类比甚至对立起来。如论到《陈州粜米》杂剧是否悲剧时，有的论者认为"这出戏的主要矛盾冲突是围绕着包拯断案展开的，这就决定了这出戏的主要倾向是一出歌颂包拯断案、为民除害的公案剧，而不是一出悲剧"[1]。也有的论者说"该剧可以当成推理公案戏来看，包公可以视成是中国古代的超级福尔摩斯，但全剧很难当成悲剧来吟诵品味"[2]。且不说福尔摩斯之喻和将戏曲作品当作诗文吟诵之不恰当，这里也出现了逻辑上的混乱。公案，乃是就题材而言；悲剧，则是戏剧的种类，径视为体裁勉强也是可以的，题材与体裁如何可以类比呢？为什么公案戏就不能同时也是一出悲剧？《窦娥冤》《灰阑记》以及《魔合罗》《盆儿鬼》等不都是公案剧吗？但它们同时又是悲剧作品。此种混乱犹如说某剧是历史题材的作品，因而它就不可能是悲剧。这显然是荒唐的，也是说不通的。有些戏如《赵氏孤儿》等，我们不是也称之为"历史悲剧"吗？何以不能有"公案悲剧"呢？事实上，公案题材的悲剧在元人悲剧中占的比例最大，以谢柏梁所列二十五种元人悲剧而言，其中就有至少

① 宋常立：《试论元杂剧悲剧的鉴别标准》，载《中国古典悲剧喜剧论集》，上海文艺出版社1983 年版，第 94 页。

② 谢柏梁：《中国悲剧史纲》，第 102 页。

九种是公案戏①，占三分之一以上。我们说元人公案戏中多悲剧，这恰恰是一个很突出的特点，显然，这与元代社会现实的严酷息息相通，也与当时官场的黑暗、吏制的窳败密切相关。如无名氏的《神奴儿》杂剧，是典型的公案戏，但同时也是一出悲剧。因各家均未提及此剧，我们不妨略作分析，以说明认定其为悲剧之理由。

《神奴儿》杂剧围绕家族内部财产继承权问题展开矛盾冲突，集中塑造了神奴儿和老院公为报仇伸冤而执著坚韧的形象。神奴儿的性格主要是通过他被害之后的鬼魂来体现的，而老院公的忠厚与正义，则是通过他为了寻找失踪了的神奴儿，以及他深情思念神奴儿的生动描写来展示的。第三折写老院公苦苦思念神奴儿，冥冥之中老人感觉到神奴儿灵魂归家，他们在梦中相见，曲词细微生动，尤为感人。与其说剧中神奴儿报仇伸冤是包拯断案有什么神机妙算，倒不如说是神奴儿鬼魂意志的胜利。他一灵咬住，化作巨风到包拯马前拦路告状，又百折不挠地走上公堂指证，终于使勒死他的叔、婶认罪伏法。剧作家在剧中突出的显然是神奴儿冤魂纠缠、不报仇誓不罢休的意志和精神，此剧与《盆儿鬼》杂剧在精神上是相通的。美中不足的是，它的第一折由正末扮李德仁唱，第二、三折由正末扮院公唱，第四折又由正末扮包拯唱，用笔不集中，难以突出主人公形象，因而使得院公与神奴儿形象缺乏光彩与厚度。《盆儿鬼》杂剧也存在着类似的缺憾。尽管如此，从总体上看，从矛盾冲突的大趋势上来把握，这两个公案戏无疑都是悲剧。

　　说到《鲁斋郎》与《冯玉兰》杂剧，显然都可以视为公案戏。至于这两种是否悲剧，似尚须辨析。虽说《鲁斋郎》的悲剧性因素较为强烈，但从总体上看，很难将其认定为悲剧，至少它不是严格

---

① 九种公案戏为《窦娥冤》《鲁斋郎》《魔合罗》《灰阑记》《生金阁》《货郎旦》《朱砂担》《盆儿鬼》《冯玉兰》。

意义上的悲剧。六案都孔目张珪本不是什么良善之辈，第一折他连唱数曲，将自己瞒心昧己、坑害无辜的罪状一一数落，他担心"提刑司刷出三宗卷，恁时节带铁锁纳赃钱"。正因为他是一个刁钻而又贪婪的胥吏，在鲁斋郎夺其妻子时，他则是敢怒而不敢言，不要说反抗，竟连大气也不敢喘一声，故这个形象既有令人同情的一面，又有咎由自取、自作自受的一面——他的劣迹恶行冲淡了人们对他的同情。充其量是官与吏之间大鱼吃小鱼之争罢了。说到主人公之意志，张珪逆来顺受，全无血性男儿的激愤，也谈不上人格尊严与意志不泯；若着眼于戏剧冲突，鲁斋郎以强凌弱，张珪唯唯诺诺，并未构成强有力的抗衡，相反，张珪却避开对方的锋芒，欲遁入空门一了百了。值得注意的是，张珪与银匠李二都没有出首告状，包拯是因偶遇张、李二家的孩子，才得知鲁斋郎作恶多端之罪行的。如此，戏剧冲突激不起大的波澜，全剧缺乏那种震撼人心的冲击力，只要将其与《蝴蝶梦》杂剧作一比较，是不难获得以上印象的。结局的以文字错讹"智斩"鲁斋郎，也充满了偶然性与巧合性，纯然是喜剧手法。中国喜剧的语言典中、模具库里是不乏此种词汇和构件的。因此，《鲁斋郎》不是一出悲剧。

　　《冯玉兰》杂剧的悲剧性仿佛比《鲁斋郎》还要强烈些。屠世雄杀人夺妻，残忍凶恶；冯家一门飞来横祸，顷刻间惨遭屠戮，只有玉兰侥幸逃生，剧情不可谓不悲惨。问题在于无论是众无头鬼还是玉兰，诉冤于都御使金圭，都纯属偶然（金船也在原冯船处避风），主人公在复仇过程中几乎未遇到任何阻力，案子又极为清楚（有物证凶器在），可以说结案是易如反掌的事。主人公的复仇意志既未受阻，全剧自然也就少跌宕，悲剧冲突的力度随之而减弱。倘若将其视为情节剧似更为合适。与此剧相类似的尚有《后庭花》。这个戏头绪纷乱，以悲剧的严肃与完整（整一）性去衡量，它显得松散而不集中，王庆、店家两凶亦无内在的必然联系，添出一个刘天义来，且与翠鸾鬼魂相恋，更嫌支离旁出。虽说悲剧并不排斥偶然性，但过多的偶然与巧合，就滑向了情节剧甚至喜剧的机制了。因此，《后庭花》亦属公案题材之情节剧。

在公案题材的作品中，《陈州粜米》这部杰作是争议较大的，它究竟是悲剧，抑或喜剧，的确难以辨识。有的论者以正副结构来说明此剧不是悲剧，谓张憋古一线的戏是副结构，而包拯断案才是全剧的正结构，后者又"占据了全部戏剧情节长度的绝大部分"①，故它不是悲剧。实际上此剧结构很难断然切开，那象征着特权的紫金锤的阴影笼罩全剧，尽管最终包拯以紫金锤为小憋古报了仇。包拯断词云："紫金锤屈打良善，声怨处地惨天愁。"既是"地惨天愁"，包拯的巧妙利用敕书事就不能不是一种幻想。第一折中的张憋古形象，在贪官污吏的淫威面前，挺直腰身，宁死而不屈服，表现出一个普通贫苦农民的凛然正气。这折戏一以当十，具有震撼人心的感染力。张憋古形象在古典戏曲小说中亦几乎是罕见的，剧作家塑造出了这一立体感的具有雕塑美的人物形象，给人以极为深刻的印象。后面三折戏虽是以包拯形象为主（*此剧中包拯形象也与他剧大异其趣*），且喜剧性穿插增多，然紫金锤阴影挥之不去，直到曲终剧散，大幕合拢，犹令人震颤不已。这正是此剧悲剧性深藏而内敛的高明之处。它是以紫金锤为贯穿全剧的线索的，紫金锤是道具（*砌末*），也是象征物，更是牵动主题的掣铃，以正副结构来肢解此剧，以判断其是否悲剧，恐未必能解释得通。

不过，后三折戏中的大量喜剧性穿插的确使剧作的形态复杂起来了，以至于李健吾先生径将此剧视作喜剧，说第三折中的"两场

---

① 宋常立：《试论元杂剧悲剧的鉴别标准》，见《中国古典悲剧喜剧论集》，上海文艺出版社1983年版。

绝戏，可以比美任何一出喜剧"；结论是："这样看来《陈州粜米》
该是喜剧了吧？是的，可以这样说。"① 深入思考，反复辨识，我
们觉得《陈州粜米》这个剧作，是一种完全独特的形态，它既不是
悲剧，也不是喜剧，而是外表不乏轻松愉快，骨子里至为沉痛的
"严肃剧"。狄德罗曾将突破古典主义束缚的、兼有悲喜因素之戏剧
类型称之为"严肃的喜剧"，博马舍继而将此类型定名为"严肃戏
剧"。这是人类戏剧史发展到高级阶段的产物，而我国戏剧在它形
成初期就出现了此等杰作，是值得深入探究的，这大约与古代中国
人的审美意识有关，也与中国戏剧之晚出，故能综合各门类艺术之
精华，一经形成即趋于成熟有关。法国启蒙运动时期思想家、戏剧
家伏尔泰曾称赞莎士比亚的一些悲喜互融互渗的剧作说："卑贱与
伟大相交，滑稽与恐怖共处，这是悲剧的混沌世界，其中却有万道
金光。"② 以这段话来评论《陈州粜米》杂剧，不是也不谋而合、
十分恰切吗！

四

看来，对于元人悲剧的辨识与认定，应当允许有不同的看法，
也必然会在一些具体作品上产生争议。对于像《陈州粜米》这样的
作品，甚至可以存疑，有待进一步探讨与反复认识。一人遽断并一
锤定音，就目前来说还是很困难的。对于鉴别的原则、标准，认定
的依据，要获得统一的认识，似亦须深入探讨。

王季思先生说："我们需要西方悲、喜剧理论作为参照，但不

① 李健吾：《戏剧新天》，上海文艺出版社 1980 年版，第 191 页。
② （法）伏尔泰：《给贺拉斯·沃尔波尔的信（1768）》，见中国社会科学院外国文学研究所外
　国文学研究资料丛刊编辑委员会编《莎士比亚评论汇编》，中国社会科学出版社 1979 年版，
　上册第 358 页。

能用西方的观念硬套中国戏曲，更要避免只在理论上兜圈子，而应当从具体作品出发，通过深入的理解、阐释，再提高到理论上来概括，来评价。"① 这显然是一条辨析与认定中国古典悲剧正确而可行的途径。不要西方美学理论的参照不行，因为悲、喜剧理论是全人类戏剧分类的规律与共识；生搬硬套西方美学理论的概念、范畴更不行，只缘中国戏曲有着自己生成与发展的特定土壤。退一步说，即使是在西方，戏剧理论的构成与创作实践的探索也是在不断地发展与变化之中，连西方人自己衡量具体作品是悲剧还是喜剧，也并没有一个严格意义上的不二法门。美国当代戏剧家阿瑟·米勒说得好："关于悲剧的特性的书籍浩瀚如海。千百年来，这个题目使如此众多的作家感兴趣，正是可以部分地证明悲剧的概念是在不断变化着的，而且更重要的是，对它的性质是永远也不可能作出最后的定义的。"② 通常人们都认为亚里斯多德在《诗学》中为悲剧下过一个完整的定义，但那只是针对古希腊悲剧而言，不要说与后世悲剧很难吻合，便是对罗马悲剧也每多龃龉、枘凿不入。纵观西方戏剧发展史，也从来不曾有一个凝固不变的悲剧标准模式。从创作的实际情况来看，即便是在大致的同一时期，悲剧作家的作品也是姿态各异的。索福克勒斯的作品尚技巧且具浪漫色彩，较之悲剧之父埃斯库罗斯的神秘与朴素则显示出很大的不同；而欧里庇得斯以近于写实的笔触见长，主人公的精神面貌与剧作的旨趣都与另两位悲剧诗人的作品有着明显差异，演进之迹甚明。从"酒神颂"的祭祀活动发展到黑格尔所说原始悲剧中的神性（即本质上人世现实

① 王季思：《悲喜相乘——中国古典悲、喜剧的艺术特征和审美意蕴》，见《玉轮轩戏曲新论》，花城出版社 1993 年版，第 90 页。
② （美）阿瑟·米勒：《悲剧的特性》，见《阿瑟·米勒论剧散文》，（美）罗伯特·阿·马丁编，陈瑞兰等选译，生活·读书·新知三联书店 1987 年版，第 45 页。

的伦理因素）①，已然发生了质的变化，进而使这种神性渐趋于世俗化，变化则更加清晰。在西方的悲剧学说史上，从亚里斯多德到布莱希特，人们既遵循悲剧的一般原则，又在许多具体问题上有着属于那个特定时期的流行看法，无论是文艺复兴时期，还是古典主义时期、启蒙运动时期，直到批判现实主义及五光十色的现代派，人们对悲剧所谓定义的理解都不尽相同，甚至有很大的分歧与异议。英国当代戏剧评论家马丁·艾思林说："无论悲剧还是喜剧，都没有一种普遍接受的或可能接受的定义。"② 莱辛甚至从根本上怀疑亚里斯多德是否有意给悲剧下一个定义："无疑，亚里斯多德根本未想给悲剧下一个严格的、准确的定义。"③ 更何况，艺术创作从来都不是按定义而行的。各个民族的不同风格与流派的剧作家，创作出不同情调与韵味的悲剧作品，一方面与不同地域（民族）的社会—文化背景和相对的审美定势有关，同时也与个别的剧作家的不同艺术追求相联系，这恰恰是悲剧艺术的个性化和丰富性的根据。我们之所以简单回顾一下西方悲剧学说史，也是为了能抓住这个根据，进而在比较中确立中国古典悲剧——特别是元人悲剧的辨识与认定原则，为建立起中国悲剧的美学体系提供一个参照系。

譬如，对于中国古典悲剧中的"悲喜相乘""苦乐交错"，常常于悲剧中融入喜剧性因素，或者说时有喜剧情境的穿插，这乍看起来是与西方悲剧传统相左的，或者说不那么纯粹。殊不知，正是在这种"不纯粹"之中，体现出了中国古典美学中的一些基本特点。曲论中的所谓"苦乐相错，俱见体裁"（吕天成《曲品》评《琵琶

---

① 正如黑格尔所指出的那样："原始悲剧的真正题旨是神性的东西，这里指的不是单纯宗教意识中那种神性的东西，……在这种形式里意志及其所实现的精神实体就是伦理性的因素。这种伦理性的因素就是处在人世现实中的神性的因素……"（《美学》第三卷下册，第285页）
② （英）马丁·艾思林：《戏剧剖析》第七章，第62页。
③ （德）莱辛：《汉堡剧评》第七十七篇，张黎译，上海译文出版社1981年版，第392页。

记》语），与诗论中的"雄不以色，悲不以泪，乃可谓之悲壮雄浑"（王夫之《明诗选评》卷六评高启诗语），原是相通的。又王夫之论《诗·小雅·采薇》时说："以乐景写哀，以哀景写乐，一倍增其哀乐。"（《姜斋诗话》卷上）这种审美特性在戏曲中用例很多，如在被王国维称为"最具悲剧之性质者"、诸家均无异议的悲剧杰作《赵氏孤儿》第三折中，当屠岸贾胁迫程婴一道往太平庄"搜孤"时，屠处心积虑地令程执杖拷打公孙杵臼，为解除屠的狐疑，程婴只得咬紧牙关着实去打，年迈的公孙难以支持，在昏迷中对程产生了误会：

> 打的我无缝可能逃，有口屈成招，莫不是那孤儿他知道，故意的把咱家指定了。（〔得胜令〕）

他甚至在神志不清之时，险些露了底——将二人共同计议保护赵氏孤儿的事和盘托出："俺二人商议要救这小儿曹。"结果是"一句话来到我舌尖上却咽了"。这就使剧场气氛异常紧张，观众的心提到了喉咙口。这场"戏中戏"分明在悲剧情境中融入了喜剧性因素，因为观众知道得比剧中人物多，几乎要惊叫起来：千万别露馅，程婴是不得已的呵！这种"突然的震动和意外的重新调整是乐趣和洞察力的源泉"①，亦即深刻的喜剧性的根源。《抱妆盒》杂剧中也有相类似的喜剧性穿插：李美人无意之中拾得宋真宗从

《赵氏孤儿》插图

---

① （英）马丁·艾思林：《戏剧剖析》，第71页。

御园中打出的弹丸，天子遂临幸其宫。第一折中通过天子与殿头官之口，反复渲染李美人之"好有福"。〔赚煞〕一曲末尾，预示了"好姻缘扭作恶姻缘"的悲剧性。果然，李美人怀孕，刘皇后千方百计要置新生太子于死地。寇承御欲救太子而遇陈琳，情急之中，恳请陈与她一同计议救太子对策。陈琳这时作"背躬"科，要试探寇承御的决心。他佯装不想救太子，劝承御按刘娘娘旨意办，将小太子杀死后弃之金水桥河内。承御誓死要救太子，陈琳慨叹道："谁想寇承御是个三绺梳头两截穿衣女流之辈，倒有这片忠心。"这就在紧张而又触目惊心的气氛之中，融入了些许喜剧性，既使剧情跌宕有致，又丰富了人物个性。陈琳于千钧一发之际，竟从容若定，甚至还有暇开玩笑、卖关子，亦使戏剧情境平添无限机趣。《抱妆盒》无疑也是一出悲剧。虽然作为同题材作品相比较而言，《抱妆盒》写得不如《赵氏孤儿》，但却不能不将它认作悲剧，事实上"悲剧情势不够充分，悲剧冲突缺乏强度"云云，正是在将此剧视为悲剧的意义上说的。说来《抱妆盒》自有其写法上的独到之处。如第四折是在二十年之后，宋仁宗令陈琳讲述自己身世的情境下展开的，在剧作的艺术构思与结构布局上，正是所谓在危机上开幕，决定了动作中的一部分必然是回忆的这样一种特殊的结构形态。此外，此剧有两个楔子，在元杂剧中亦属特例。李美人的遭受迫害，中宫侍女寇承御的触阶而死，穿宫内使陈琳的忠义智信，连同八大王赵德芳的养育太子，共同构成了正义行动的波澜起伏。明人据此剧改编的《金丸记》传奇曾"感动宫闱"（吕天成《曲品》），也说明杂剧原著情节动人，为改编提供了一个很好的基础。

　　从戏剧发生学的角度来看，戏剧艺术的最初分为悲剧、喜剧，与一时期的风气与剧作家的最初作品样式有关。一时期风气的相对稳定不变，即成了传统。古希腊悲剧与古希腊奴隶制民主运动的兴起关系密切，而其"具有自身的性质"，又与三大悲剧诗人的创作实践是分不开的。然而，戏剧艺术总是在不断地丰富与发展。古希腊悲剧毕竟是人类童年时期的产物，黑格尔索性称之为"原始悲剧"。它的"不可企及"，有如成年人学画天真稚拙、情趣盎然的儿童画。从中外戏剧发展史上看，愈是戏剧发展的高潮期，悲、喜剧的分类情况就愈是复杂。晚于莎士比亚二百多年的约翰逊博士说："莎士比亚的剧本，按照严格的意义和文学批评的范畴来说，既不是悲剧，也不是喜剧，而是一种特殊类型的创新。"[1] 鲍桑葵在《美学史》中也有相类似的看法[2]，并认为这正是戏剧发展高级阶段才有的现象："当喜剧中出现了严肃地正视现实苦难的故事的时候，喜剧和悲剧之间的绝对差别就开始消失了。"[3] 中国古典悲剧、喜剧从它形成之初就是一种"特殊的类型"。《陈州粜米》自不必说，他如《救风尘》《秋胡戏妻》等这样的喜剧（从约定俗成之看法），其背后不是潜藏着深刻而又令人战栗的悲剧性吗？想想看，当解救自己苦难的姊妹，除了以色相为诱饵，别无他计时，赵盼儿只能"强打入迷魂阵"，我们岂不同主人公的内心一样悲凉、酸楚？劳动妇女罗梅英含辛茹苦，企盼丈夫归来，然而她盼回来的却是一个沐猴而冠般的伪君子，她的那份伤心和绝望该是何等强烈。结局的圆满实在是牵强而又万般无奈，罗梅英的悲剧几乎是注定了的。这类作品可以说既非喜剧又非悲剧，而是一种独特的、戏剧类型牢笼不住的样式，称之为中国气派、民族风格的代表作品，未尝不

---

① 见中国社会科学院外国文学研究所外国文学研究资料丛书编辑委员会编《莎士比亚评论汇编》，中国社会科学出版社 1979 年版，上册第 43 页。

② （英）鲍桑葵著、张今译《美学史》第九章："歌德把莫里哀的《悭吝人》叫做悲剧，但是第一位戏剧理论家莱辛却在一七四〇年左右把这个剧本看作是真正的喜剧在近代的最早的例子。我们大家也全知道莎士比亚的喜剧在最严肃的场合究竟是怎样一种戏剧。我们很难说《一报还一报》和《无事生非》究竟是真正的喜剧，还是具有愉快结局的真正悲剧。"商务印书馆 1985 年版，第 303 页。

③ （英）鲍桑葵：《美学史》，第 114 页。

可。因此我们不必为中国古典戏曲中有无严格意义上的悲剧或喜剧而感到自矜或自卑，除却明显可以指认和经过探讨可以约定俗成的悲剧或喜剧之外，有些自可以特殊类型甚或存疑目之，不必强为判断。乔伊斯（Joyce）在《英雄斯蒂芬》中的一段话很是耐人寻味，同时对我们辨识中国古典悲剧和喜剧，亦富于启发性：

> 靠传统的灯笼照路的美学理论……是没有价值的。我们用黑色象征的东西，中国人可能用黄色来象征；每一个民族都有自己的传统。希腊美人嘲笑古埃及美人，而美洲印第安人则对两者都嗤之以鼻。各种传统之间几乎是无法通融的。①

若说完全无法沟通，显然是过于绝对化了，但这段话中不主张强为攀比，避免削足适履的精神，还是值得我们再三玩味的。

本文辨识元人悲剧，主张既依一般规律，又须变通。在前贤与时贤认定的基础上有所增删，识得元人悲剧 28 种②，未敢自专，尚祈专家同好指正。

五

元人的悲剧意识是深沉的，总体性的，这当然与时代的特殊性有着密切的关联。一般的知识分子悲叹生不逢时，哀感仕路闭塞，

---

① 张隆溪编《比较文学译文集》，北京大学出版社 1982 年版，第 62 页。鲍桑葵在他的《美学史》"前言"中，也认为东方艺术（主要是指中国和日本的艺术）"是另外一种东西，完全不能把它放到欧洲的美感自相连贯的历史中来。如果有哪一位高手能够按照美学理论对这种艺术加以研究，那对近代的思辨一定会有可喜的帮助"。

② 参阅谢柏梁《中国悲剧史纲》第五章所列之表格，在其认定的 25 种基础上剔除《鲁斋郎》《冯玉兰》2 种，增加《救孝子》《蝴蝶梦》《神奴儿》《伍员吹箫》《抱妆盒》5 种。余 23 种为：《窦娥冤》《双赴梦》《哭存孝》《五侯宴》《梧桐雨》《汉宫秋》《荐福碑》《青衫泪》《生金阁》《潇湘夜雨》《赵氏孤儿》《贬黄州》《魔合罗》《灰阑记》《火烧介子推》《东窗事犯》《霍光鬼谏》《豫让吞炭》《孟良盗骨》《张千替杀妻》《货郎担》《朱砂担》《盆儿鬼》。总为 28 种。

他们愤世嫉俗，呼号宣泄；出仕新朝者怨官场凶险，哀苍生，悯黎庶；广大的民众则苦生计，哀生死，悲生路之艰难。反映到杂剧创作之中，从题材的角度则有形形色色的悲剧形态，如历史悲剧、社会悲剧、公案悲剧、家庭伦理悲剧、爱情悲剧等；又可以按照悲剧冲突的不同，分为性格悲剧、过失悲剧、阴谋悲剧、命运悲剧等；从结构形式上来划分，则有始困终亨、从顺境到逆境、一逆到底及顺逆交错的不同形态。本节拟选择三种元人悲剧中有代表性的作品进行分析研究，以略见杂剧作品中所蕴含的元人浓厚而沉重的悲剧意识。考虑到一些名著如《窦娥冤》《赵氏孤儿》以及《汉宫秋》《梧桐雨》等，前贤与时贤已谈得很多，故我们这里选士人悲剧《贬黄州》、市民悲剧《替杀妻》和公案悲剧《神奴儿》三本，来领略一下元人悲剧的大致风貌。

费唐臣的《贬黄州》杂剧，借苏轼被贬黄州事，曲折地展现了元代士人的困窘之境，它与马致远的《荐福碑》、郑光祖的《王粲登楼》如出一辙，乃是借历史上著名的文人之口，抒发对现实社会的一腔愤懑与牢骚。

有元一代，蒙古文化与汉族传统文化之间的碰撞与冲突是贯穿始终的，或者说，终元之世，汉族传统文化受元蒙统治者漠视的状况都不曾得到根本的改变，尽管太宗窝阔台、世祖忽必烈以及仁宗爱育黎拔力八达都做出过实行汉法的姿态，而在实质上并未扭转漠视汉文化的大局面。赵翼在《廿二史札记》中说得非常明白："如仁宗，最能亲儒重道，然有人进《大学衍义》者，命詹事王约等节而译之，则其于汉文盖亦不甚深贯。至朝廷大臣亦多用蒙古勋旧，罕有留意儒学者。"（《元诸帝多不习汉文》条）不深贯汉文，又多用本民族勋臣耆旧，如何能真的推行汉法呢？想来如仁宗这等所谓"亲儒重道"的元蒙帝王，对汉文化亦不过是叶公好龙般装点门面罢了。这恐怕正是儒道式微，造成"儒人颠倒不如人"状况的根本原因。散曲中感叹于此的篇什可以说是汗牛充栋，俯拾即是。如无名氏的〔朝天子〕《志感》：

> 不读书有权，不识字有钱，不晓事倒有人夸荐。老天只恁忒心偏，贤和愚无分辨。折挫英雄，消磨良善，越聪明越运蹇，才高如鲁连，德过如闵骞，依本分只落的人轻贱。

张可久的〔醉太平〕小令也说："文章糊了盛钱囤，门庭改做迷魂阵，清廉贬入睡馄饨，葫芦提倒稳。"看来在当时的士人眼中，现实社会荒诞无序，是非颠倒，简直是彻底阻塞了读书人的途路。有如《王粲登楼》第三折中王仲宣所慨叹的那样，"有路在青霄内，又被那浮云塞闭"，"百忙里寻不见上天梯"（〔满庭芳〕）。《荐福碑》更是劈头里就发牢骚，指斥尖刻，不遗余力：

> 这壁拦住贤路，那壁又挡住仕途。如今这越聪明越受聪明苦，越痴呆越享了痴呆福，越糊突越有了糊突富。则这有银的陶令不休官，无钱的子张学干禄。（第一折〔幺篇〕）

牢骚不平的原因无非是困窘受穷，读书无用，即"我少年已被儒书误"（同上〔六幺序〕）。

《贬黄州》似乎牢骚更盛，直吐"胸中有物（指才学文章）肚里无食"的悲愤，发出"堪悲，虎病山前被犬欺"（第三折〔紫花儿序〕）的怨尤。在这类知识分子的悲剧中，悲剧意识甚至是深入骨髓的，可以说元代社会的悲剧，知识分子是首当其冲的，因为悲剧的根源在文化的冲突之中，士人的感受必然是最敏锐也最强烈。

费唐臣选择苏轼被贬的历史事实来抒发其现实感喟是有深意的。与《荐福碑》相较，张镐的悲剧命运有很大的偶然性，是真正意义上的命运悲剧。若与《王粲登楼》比较，则王粲家道本贫，遇与不遇只是个时间的问题，况其岳父蔡邕又使曹植暗中帮助他，故

其始困终亨似在必然之中，不仅剧作不能视为悲剧，其不遇也缺乏
共鸣性与震撼力。《贬黄州》则不同，一方面是苏轼由顺境而逆境，
反差极为强烈，这就暗示了元代士人的心理落差之大，同样的士人
若不生于异族统治的特殊时代，那就是青霄有路，登天有梯（尽管
并非每个士人都能如意，但希望总是有的）。而因了生不逢时，他
们则只能绝望。《贬黄州》突出了这种失落感与绝望感，因而发掘
得很深。如第三折写苏轼被贬前后生活状态的对比：

〔小桃红〕想西湖风月绕苏堤，尚觉王孙贵，银烛高烧照
珠翠。如今百事成非，江山不管春憔悴。想金勒马嘶，玉楼人
醉，依旧画桥西。

（云）前日如此快乐，今日这般生受，想造物好无定也。
（唱）

〔天净沙〕住的是小窗茅屋疏篱，吃的是粗羹淡饭黄齑，
穿的是破帽歪靴布衣，一身褴褛。便休题、卧重裀列鼎而食。

"如今百事成非，江山不管春憔悴"，可视为整个时代的概括
写照，而昔日的西湖繁华，说穿了是一种故国之思，或言是对汉民

金　武元直　赤壁图

族传统文化的眷恋与追怀之情，一种生不逢时的怨怅意绪悄然透出。在第一折〔赚煞〕曲中，作者又借苏轼之口，揭露了官场的险恶："这里有当途虎狼，那里有拍天风浪，我要过水云乡，则是跳出是非场。"一方面是仕途闭塞，一方面是官场险恶，读书人只有一条路可走了，那就是隐迹山林。看第二折中的两支曲：

〔五煞〕我情愿闲居村落攻经典，谁想闷向秦楼列管弦。枕碧水千寻，对青山一带，趁白云万顷，盖茅屋三间。草舍蓬窗，苜蓿盘中，老瓦盆边，乐于贫贱，灯火对床眠。

〔四煞〕从教头上青天鉴，不愿腰间金印悬。受他冷冷清清，多多少少，避是是非非，万万千千。或向林皋声里，舣艋舟中，霍索溪边，一壶村酒，白眼望青天。

这与散曲中高唱避世的调子如出一辙。这哪里是苏轼，分明是元人心境，元曲家情怀，甚或就是费唐臣郁勃心绪的宣泄。费唐臣为费君祥之子，而君祥乃是关汉卿的同辈曲家，则唐臣行辈当略迟于关汉卿。从他在剧中以苏轼声吻所发牢骚来看，其与元前期许多曲家一样，也是一个沉抑下僚、志不得伸者。在第一折首曲〔点绛唇〕中，苏轼一出场，就抒发了一腔豪气："万顷潇湘，九天星象，长江浪，吸入诗肠，都变做豪气三千丈。"第三折〔绵搭絮〕曲，又借苏轼而自况："有一日君胜唐尧，宣的我依旧抽毫侍禁闱，似禹门平地一声雷，把蛰龙重振起。"可知唐臣是一有抱负之士，他不过是抬出苏轼来一吐心中积郁罢了。

《贬黄州》之所以是一本悲剧，还在于苏轼虽被召回朝廷，但心已如死灰，他的心境反而是异乎寻常的悲愤："一身流落楚江滨，少年心等闲灰尽。"（第四折〔双调·新水令〕）他还当着天子的面，指斥时弊，大骂群小，实质上是费唐臣对现实冷峻而清醒的认识：

〔川拨棹〕这世里欠田文，都是些吃敲的石季伦。屋也似金银，山也似珠珍，有一个为富不仁，傲贫人谄富人。

〔七弟兄〕清浊不分，仁义不存。只理会得自推尊，饥寒壮士无人问。似昌黎重作《送穷文》，鲁褒再作《钱神论》。

作者扬孟尝君而抑石崇，对世风日下、人伦日丧予以猛烈抨击，对颠倒的世道人心痛心疾首。同时对知识分子困顿受厄、儒尊荡然的现实境遇义愤填膺，怒不可遏，恨不能请韩愈再世，重作《送穷文》；晋鲁褒复生，再作《钱神论》。他骂那些"依主欺宾、仗富欺贫、倚势欺人"之辈是"类飞禽"，失人伦；对当朝"闭贤门，使牛人"（〔梅花酒〕）的用人之道詈骂不止，痛恨有加。末了，苏轼甘愿去做"闭草户柴门，做一个清闲自在人"（〔得胜令〕），即不合作，宁愿归隐，这改变了历史上真实的苏轼，抒发的完全是元代士人的心绪。

我们说《贬黄州》是真正意义上的悲剧，不仅仅是因为剧作描写了苏轼被贬黄州吃尽苦头、饱尝人世间的世态炎凉，更在于第四折写苏轼的哀莫大于心死。剧作在苏轼在天子面前的痛骂声中结束，明确表示了不合作的态度。这正是元代士人最突出的一个悲剧意识的情结。如此结尾的杂剧不能说绝无仅有，至少是不多见的。这是刻骨铭心的悲剧意识，它是心理上的、内在的悲剧，与死亡和流血的悲剧相较，它就不仅仅是刺激感观，而是震撼心灵。

剧作把王安石作为反面人物处理，这一方面是宋元人的流俗，费唐臣取于约定俗成的流行看法；一方面此剧压根儿就不是历史剧，它只是取来现成的、人们所熟悉的苏轼被贬黄州故实之外壳，内囊已超出故实本身，或者说作者乃是借苏轼之酒杯，浇自己心头块垒，其意原不在评价历史人物。

费唐臣堪称大家，然我们过去对他的作品研究得不够，特别是对《贬黄州》，未予以足够的重视。明人颇重视费唐臣，如朱权的《太和正音谱》列"古今群英乐府格式"元一百八十七人，费排在第六位，在乔梦符之后，在王实甫、关汉卿、宫大用等之前。朱权评其曲云："费唐臣之词，如三峡波涛。"又云："神风耸秀，气势纵横，放则惊涛拍天，敛则山河倒影，自是一般气象，前列何疑？"观费唐臣曲词，知朱评未大谬，费曲固自饶特色。兹仅举《贬黄州》第二折写大风雪中苏轼与童子苦苦趱行之〔叨叨令〕曲：

> 寒森森朔风失留疏刺串，舞飘飘瑞雪踢良秃栾旋。骑着匹慢腾腾瘦寨必丢不答践。冻的个立钦钦稚子滴羞笃速战，兀的不冻杀人也么哥，兀的不冻煞人也么哥，空教我瘦岩岩老夫迷留没乱倦。

这是本色一路的曲子，或即如朱权所说的是"敛"，形影如见，绘声绘色。"放"的曲子可以举第一折中的〔混江龙〕为例：

> 想着那丝纶阁上，常则是紫薇花对紫薇郎。步九重春色，拂两袖天香。万里云烟挥翰墨，一天星斗焕文章。翰林风月，京洛山川，洞庭烟雨，金谷莺花，怎能够一轮皂盖飞头上。诗吟的神嚎鬼哭，文惊的地老天荒。

如此二曲，大致可以窥见费唐臣曲的风貌了。不过，与他的悲剧布局相比，曲词总是第二义的，无论如何，《贬黄州》杂剧都可以视为元人悲剧中的出色之作，它所反映出的剧作家浓重的悲剧意识，以及作品悲剧性的深度与广度等，都是值得称道的。

六

在元人悲剧中，《替杀妻》是一个相当复杂的作品。

剧写某员外与屠夫张千结拜为兄弟，一日因员外到浙西去索债，张千便陪同员外妻去祭扫祖坟，不意员外妻欲火中烧，百般挑逗、勾引张千，而张千却不为所动，诈许回家再作计较。员外归家，其妻正备酒欲同张千饮，员外多吃了几杯，昏昏欲睡，她遂萌生杀机，怂恿张千杀了员外。张千见妇人不义，心肠歹毒，拿起刀来，将员外妻杀死。郑州地方官拘员外问罪，押解开封府。包拯疑此案有冤情，亲讯员外。张千见员外蒙冤受苦，便出面自首伏法，并陈述自己杀死妇人的理由。张千被判死罪，法场上，张千嘱员外代为赡养老

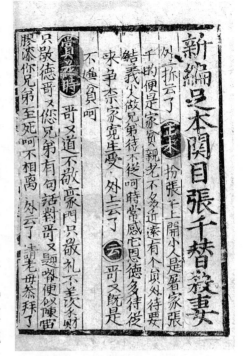

《元刊杂剧三十种·替杀妻》书影

母。此剧只有元刊本，科白过简，结局不明。从题目正名中"贤明待制翻疑案"一句来推测，张千应被赦免死罪。

此剧本事当出于唐人沈亚之的传奇文《冯燕传》，《沈下贤文集》与《太平广记》卷一九五均载之。传奇写冯燕意气任侠，因搏杀不平，而流亡于滑。相国贾公耽在滑时，将冯燕留在军中候用。有滑将张婴者，其妻姿色冶丽。冯燕使人通融，与张婴妻私通。一日，冯燕正与妇人狎昵，张婴返家，其妻见丈夫酒醉，以裙裾蔽燕，掩燕避遁。燕头巾遗枕间，示意妇人递出，巾与佩刀靠在一起，妇人遂以刀授燕，燕挥刀断妇人颈，遂匿去。官收婴入狱，将赴市曹斩首示众。燕乃出首，贾公请免燕死罪，上招免张婴、

冯燕。

汪辟疆先生《唐人小说》考冯燕事曰:"《旧唐书·贾耽传》,耽以贞元二年改检校右仆射,兼滑州刺史、义成军节度使。至九年五月征为右仆射,同中书门下平章事。《传》中贾在滑以状上闻,则冯燕此事当在贞元二年至九年之间。流传数十年,沈氏始据元和中外郎刘元鼎之语,而为此《传》。司空表圣又为作《冯燕歌》,并载本集,则固当时实录也。"可知冯燕杀张婴妻事是实有其事,在唐代就已广泛流传。司空图的《冯燕歌》全据沈亚之《冯燕传》,故事情节无甚变化。

至宋初,李昉等修《太平广记》,收入《冯燕传》,删去后面一段论赞。真宗朝,张君房编《丽情集》,又及冯燕事,不过错以《冯燕歌》亦为沈亚之撰。王明清《玉照新志》卷二载:"《冯燕传》见之《丽情集》,唐贾耽守太原时事也。元祐中,曾文肃(布)帅并门,感叹其义风,自制《水调歌头》以亚大曲。然世失其传,近阅故书得其本,恐久而湮没,尽录于后(略)。"曾布词乃隐括司空图《冯燕歌》而成,故事情节、人物关系及思想内容均无甚发展,倒是在冯燕与张婴妻偷情寻欢的描写上更为细致了。曾词结尾处写道:"至今乐府歌咏,流于管弦声。"这说明冯燕故事在北宋时已被之弦管,广泛传唱,以歌唱的形式广为流布了。

又,南宋皇都风月主人《绿窗新话》一书,下卷亦载《冯燕杀主将之妻》。罗烨《醉翁谈录·小说开辟》条载当时说话人"幼习《太平广记》,长攻历代史书。烟粉传奇,素蕴胸次之间;风月须知,只在唇吻之上。《夷坚志》无有不览,《琇莹集》所载皆通。动哨、中哨,莫非《东山笑林》;引倬、底倬,须还《绿窗新话》"。由此可见,《绿窗新话》一书,是当时说话人的重要参考资料,据此完全可以断定,两宋时冯燕故事曾以说话的形式流传着,且基本故事情节与沈亚之《冯燕传》、司空图《冯燕歌》以及曾布《水调歌头》相去不会太远。

　　元佚名的《替杀妻》杂剧，取了以上冯燕故事的轮廓，加以再创造，演变之迹是明显的。第一，是人物身份的变动。滑将张婴变为一个普通员外，从他往浙西去索钱的情节来看，他似兼营商业；冯燕则由一豪侠而变作市井间鲠直的屠夫张千，或者说由一风流偶傥之任情任性者变为重义君子；原型张婴妻的变化也很大，由多情闺妇偶一失足变为淫荡的员外妻；与以上人物变化相应，滑帅贾耽也随之变为杂剧中经常出现的开封府尹包拯；此外，杂剧中又添出张母一个角色。第二，是情节上的变化。从传奇文到说话艺术，冯燕都是偷情的主动者，而杂剧中的张千则是重义而轻色的，员外妻从坟地到家中，反复勾引张千，张千百般不从，并晓之以礼义，他是在万不得已的情况下，才杀死员外妻的，若不杀妇人，结义兄长便有性命之虞。还有一个细节的变动，就是传奇文头巾与佩刀放在一处，张婴妻乃是因误解而递刀与冯燕，杂剧中的员外妻却是有意要除掉亲夫。第三，创作意图上的根本性变化。传奇文本于实事，前后是矛盾的，冯燕猎艳偷情反杀所恋，仗义与偷情之间有难以弥合的漏洞，若说人有时就是矛盾的，善恶之间都可展示人性的复杂性，但传奇文并没有揭示出来，它差不多只是复述了一件曾经发生过的事实。杂剧的倾向却十分显豁，它要颂扬的正是城市平民鲠直重义者的形象，它所反映出的平民的道德伦理观念和市井间的审美情趣，都是值得深入探讨的。

　　《替杀妻》杂剧的复杂性在于，市民阶层的"义"及一系列相关的伦常观念与觉醒的人性意识之间的冲撞。"义"，是市民阶层朴素伦常观的基础，它与儒家的仁义思想有关联，但又有市民阶层自己的理解。它的形成说来相当复杂，也容易为封建统治者所利用，却自有其存在的合理性。无论如何，它是属于市民阶层的东西，是一种观念形态，也是一种约定俗成的制度，甚至无形地渗透进法律之中（如因张千之"义"，即可赦其死罪）。"义"之中，有些是平民们的美德，如扶弱济困、重情感恩、孝敬老人等，但将这些东西推向极端，"义"即走向了反面，成了迂且执的一种戒律和教条。《替杀妻》杂剧在说明这种复杂性方面，其实是一个极好的活的例证。

弄清楚员外妻这个形象，对我们把握全剧的思想倾向至为重要。宋元时代，是一个大变革大动荡的时期。随着蒙古贵族统治的逐步稳定下来，北方少数民族的风习与伦理观也开始有形无形地向中原汉族地区渗透，长期凝固下来的礼教禁锢便不能不有所松弛。表现在两性关系上，亦有些新的气息。崔莺莺在大殿上公然"拈花笑介"，对张生频频送去秋波，不消说，在追求自主婚姻与恋爱自由方面，这位相国小姐是极其主动的。《墙头马上》也是如此。李千金春日深闺寂寞，怨怅的正是"流落的男游别郡，耽阁的女怨深闺"（第一折〔混江龙〕）。她从墙头一望见裴少俊，便"转星眸上下窥，恨不的倚香腮左右偎；便锦被翻红浪，罗裙作地席"（〔后庭花〕）。何其泼辣，何其率真！李千金显然比崔莺莺还要主动："既待要暗偷期，咱先有意，爱别人可舍了自己。"（同上）在元剧中，似此等在情爱追求中主动的女性形象还可以举出许多。连贵族妇女都是这样，何以市井平民女子不能如此？仅仅一个女性形象表现为主动或可能是一种特殊与个别，元杂剧中多数女子都如此，你就不能不说这是一种思潮。《替杀妻》中员外妻对张千的情挑之主动，超过了所有杂剧中的同类形象。假使我们抛开员外妻淫荡的成见，将其还原为普通市井女子，那么她的追求张千是否有令人同情的一面呢？

困难在于此剧为"末本"，张千一人主唱，员外妻只有科白，且几乎全被删却了，对这一形象的行为动机我们看不很清楚。员外常年在外，其妻大概多是空闺自守。他们是二十年的夫妻，想来员外妻已过中年，员外或许有五十岁了。这妇人的境遇与阎惜姣、潘金莲、潘巧云是否有同病相怜处呢？从现在的元刊本也看不清楚。但有一点是值得注意的，即在员外妻初调张千时，她已有杀员外的想法，这与传奇一切都出于偶然的描写大相径庭。

（旦云了）（正末云）这妇人待要坏哥哥性命！（唱）

〔幺篇〕嫂嫂道瓦罐终须不离井边，你未醉后怎狂言？你气的我手儿脚儿滴修都速战。

（带云）莫动！不！嫂嫂和俺哥哥是几年夫妻？（旦云）二十年夫妻。又不想同衾结发，情深义重，夫乃妇之天。（正末唱）

〔后庭花〕你休要犯王条成罪愆，则索辨人伦依正典。不听见九烈三贞女，三从四德贤。今日个到坟园，祖宗如见，有灵魂在墓前，你狂言不怕天。胡寻思无一点，留声名百世传。

这两支曲子连同中间的夹白告诉了我们不少东西。一、员外夫妻感情很可能早已破裂，故员外妻一遇时机，就急不可待地去追求自己的幸福，她爱上了鲠直的张千。二、二十年夫妻的情义一旦即抛，说明员外妻别图非止一日，她似早已反复想过自己的命运。三、张千满口伦理教条，"九烈三贞""三从四德"，他显然除却鲠直一面，还是一个典型的朴素卫道者，他以封建伦理对妇女的戒律为不可动摇的行为规范、妇人本分，冲突由此而正面展开。这场戏选择在祖宗坟墓前，客观上也含讽刺意味。员外妻竭力要挣脱的东西，正是张千真心实意要维持的东西，这是悲剧的根源；员外妻拼死想得到的东西，却是张千最怕的东西，这是悲剧的导火线。让我们抛开正面人物、反面人物这样的习惯思维模式，只是从社会人的实际情况出发来考虑问题，两个主要人物的心态都有其合理的一面，但又都异常复杂。员外妻为追求一点起码的人性的自由，失去了生命；张千为了维护"义"，成了杀人犯。也就是说，本质上员外妻是为"九烈三贞""三从四德"等礼教教条和"义"所残害致死。剧中最悲惨的人物无疑是员外妻。这样看来，《替杀妻》是真正意义上的悲剧，是礼教吞噬了人性的悲剧。

然而，问题又远没有那么简单。在元蒙统治阶级文化与汉族传统文化的冲突中，又有些特殊的情况。双方都在维护着自己的文化，故元代汉人维护纲常秩序，呼唤传统道德伦理，与其他时代又有着不同的意义负载和特殊内涵。许多杂剧宣扬孝道，张扬传统人伦思想，都是针对所谓"纲常松弛""世风日下"的现实社会弊端的。张千形象显然是杂剧作家在此思路中所塑造的一个典型。他的悲剧性在于：在新的文化碰撞格局中，他成了夹缝中的人物。"义"可以赦他免于一死，但他的心灵其实难以安宁，毕竟员外夫人的血不会让他无动于衷。他向母亲说："杀人贼有下落，杀人贼有归着，杀人贼今日有根苗。"（〔快活三〕）杀人偿命，自古有训，张千是准备着去死的，他要去报员外赍发之恩，"义"杀了员外妻，也杀了张千。《录鬼簿续编》中《替杀妻》题目正名只有两句："贤明待制翻疑案，刽头张千替杀妻。"依此推测，张千或被处死行刑，或自杀身死，而所谓"翻疑案"，当是指包拯找出真凶张千，解脱了员外的杀妻嫌疑。若是这样的结局，此剧便是一本极其深刻的大悲剧，无名氏作者也就当得起头脑清醒的悲剧作家了。

此剧具有浓厚的市民意识，如结拜兄弟，张千之义，员外之仁，张千对老母之孝等，都很能说明问题。第三折结尾处三曲尤其值得注意。"俺哥哥恩义多，你兄弟情分少，为人本分天之道"（〔二煞〕）；"怕有钱时截取匹整布绢，无钱时打取条孝系腰，泪不住行行落，哀哀父母，生我劬劳"（〔三煞〕）。这些曲子写得平易真切，哀而动人，是市民声吻，更是市民意识，其审美意趣也完全是市民阶层的。市民阶层对于"义"的理解，与学者有不同处，学者释"义"，处于有常，同时并言行权；市民阶层往往将"义"绝对化，宁舍生而取之。元人何荣祖有一篇《权说》，载于《元文类》卷三十八，文不长，全录于下，或可对我们探讨《替杀妻》杂剧有所帮助：

> 或问：权之为说，汉儒解之于前，宋儒非之于后，不识权者果何物也。愚曰：权亦事之宜也。然则权与宜同乎？曰：不同。请闻其说。曰：有常之宜曰义，临时之宜曰权。问者未达，曰：权之说如此，不有害于道乎？曰：否。孟子尝言之矣，权正谓害道者设也。窃尝思之，盈天地之间，往者过，来者复，裁制万事，变通无穷者，惟其义而已。盖仁者义之爱也，智者义之辨也，礼者义之仪也，中者义之则也，信者义之实也。虽然，人之情万殊，事之出万变，或爱有不可施，智有不可用，礼有不可执，中有不可定，信有不可必，是皆孟子所谓害道者也。圣人知其然，故曰：可与共学，未可与适道。可与适道，未可与立。可与立，未可与权。夫权者，圣人忧道之深，谋处变之大用也。如可乎可，不可乎不可，此义也；或可之中有不可，而不可之中有可，此权也。权与义，无非道也。然君子之用心，所当日进者学也。深造者道也，谨守者义也，不可预知者权也。愚故曰：有常之宜曰义，临时之宜曰权。

元儒直取孟子权宜之说，非宋儒天理之论，此学者之"权"、学者之"义"也。何氏所谓"权正谓害道者设也"以及"谨守者义也，不可预知者权也"的议论，所言无非变通之理。即"人之情万殊，事之出万变"。《替杀妻》中之张千，正是一个"谨守者"、不知变通者。悲剧之酿成，正是凝固了的天理在作祟，狭隘的"礼""义"连杀二人。张千完全可以既不杀嫂，又不通嫂，但这样的假设并无意义，因为那样的话，《替杀妻》这一深刻而独特的悲剧也就不存在了。

《替杀妻》曲词只求达意而已，平朴有味，别是一格。第一折连着用三曲写明媚之春光，姹紫嫣红之美景，正为员外妻春思张本。曲词富有动作性，时时推动着情节发展，也是《替杀妻》明显的特色，张千出首认罪前与其母告别的数曲连同在包拯面前所供原委的曲词，都是明例。

七

《神奴儿》杂剧在元人公案剧中算不上是上乘之作，然它颇为典型，也很有特色。第一，它横跨在家庭伦理悲剧与公案悲剧之间，应是当时有影响的广为流布的传说①。第二，它的人物形象塑造生动传神，充满了市民阶层的理想色彩，特别是院公形象，更是活泼如见，极饶个性。第三，它的曲词亲切自然，于朴素之中见出鲜活明畅，在布帛菽粟之中偶出奇丽，大是元人风致（一般认为它是元末明初无名氏的作品）。郑振铎先生在《元代"公案剧"产生的原因及其特质》一文中，将《神奴儿》与《窦娥冤》《生金阁》《碛砂担》《盆儿鬼》等归为一类，叫做"鬼的控诉的故事"。并称第三折中的〔尧民歌〕和〔耍孩儿〕二曲"骂得够痛快了"。

我们知道，公案戏是元杂剧中的一大宗，至少有二十种以上，且公案剧中多悲剧，元代的公案戏与宋代的公案故事（如"说话"艺术中的公案类）、明代的公案传奇，有着很大的不同。元代公案戏"孕蓄着很深刻的当代的社会的不平与黑暗的现状的暴露"，"平民们去观听公案剧，不仅仅是去求得故事的怡悦，实在也是去求快意，去舞台上求法律的公平与清白的！当这最黑暗的少数民族统治

---

① 《曲海总目提要》卷四谓《神奴儿》与干宝《搜神记》中"苏娥诉冤"事相类，实为牵强附会。

的时代，他们是聊且快意的过屠门而
大嚼"（郑振铎《中国文学研究》）。
这就决定了元人公案剧浓重的浪漫色
彩与理想化的结局模式，清官断案的
料事如神，鬼神灵应超现实的奇妙力
量等，都构成了吸引观听者的重要而
有效的艺术手段。可以说，公案剧从
审美心理到情趣趋向，都是属于市民
阶层的。从以上诸意义上去看《神奴
儿》，应该说它是很有代表性的一个
剧目。

《神奴儿》插图

　　剧写汴梁李德仁、李德义兄弟同
居，德仁妻陈氏生子神奴儿，德义夫
妻却膝下无子。于是，德义妻便逼丈
夫与兄嫂吵闹分家，致使德仁气病而死。两家分开后，神奴儿与自
家院公出门玩耍，院公让神奴儿站在桥边等候，自己去为小主人买
傀儡儿玩。适逢李德义乘醉走过桥边，便将侄儿抱回自己家中，途
中碰到公人何正。结果德义妻乘丈夫醉酒昏睡之机，用绳索勒死了
神奴儿，将尸首匿于水沟石板下。院公回来寻不到小主人，焦急万
分，只得回到家中，向神奴儿母亲说明经过。二人一时惊慌失措，
便到德义家询问。德义妻百般抵赖，并恶人先告状，向官府诬告陈
氏与奸夫合谋害死亲子，官府受贿，将陈氏屈打成招。包拯复勘此
案，传来公人何正与李德义对质，神奴儿鬼魂也来到开封府诉冤，
遂将真凶德义妻拿获归案。

　　德义妻残忍地杀害神奴儿，最直接的原因是自己无子引起的妒
忌，而深层原因则是财产的再分配——宗法社会财产继承权引起的
争端所致。这与《老生儿》杂剧所描写的情况有些相似。李氏兄弟

名作"德仁""德义",也透露出某种消息来,即宣扬传统的宗族观念与人伦思想,这一类的作品在现存杂剧中还有《灰阑记》《合同文字》等。在异族统治的特殊时代,渲染汉民族礼俗文化中的这一最基本的思想,自有民族意识在其间,当结合当时的社会实际情况来分析,未可一笔抹杀。况且,元代现实社会中类似这样的狱案一定不会少,甚或《神奴儿》杂剧所本很可能就是从当时案卷、判牍中来,又加以敷演创造而成。因为元代确有官府草菅人命、吏制腐败的问题,冤狱颇多,流传民间,就成了公案杂剧创作的活的素材。《元文类》卷四十五有一篇宋本写的《工狱》,记述的就是延祐初年的一桩冤案,可以视为纪实性的报道。一木工与其伍长(领班)不和,众工置酒请二人同饮,以求和解。木工大醉归家,其妻趁其醉,与奸夫合谋杀之,分其尸,藏于炕洞之中。妇人又佯装不知,哭喊着到伍长家寻夫,并诉诸警巡院。官府以伍长与木工有隙,逮伍长押解至公堂。伍长被逼刑招供,问其尸所,言弃壕沟中。刑部促具狱结案甚急,地方官命公人往寻之,不得。命再寻,言十日不得,将重笞。限期不多,二公人情急之中便将一骑驴老翁堕于水中,视老翁尸在水中泡得无法辨认时,拖去塞命。骑驴翁族人寻翁不获,适有得驴皮者,被拿到官府酷刑逼供,屈招之,言尸在某处,亦索而不得。持驴皮者反复被刑,竟死于狱中。不久伍长处斩,木工尸仍未获。适有一惯偷,在木工家潜伏时,窃听得木工妻藏其夫尸之秘,告众木工,得赏钱若干。众木工突入启炕洞,案始明。遂处决木工妇及其奸夫。此案前后屈死四人,公人二人及牵连官吏不计在内,再加上奸夫奸妇,至少死六人以上。这故事有些像明郎瑛《七修类稿》卷四十五中的《沈鸟儿》事,原本简单一案,波及无辜,"一鸟而及人命有五",亦冤狱之奇者。由《工狱》而窥元代狱案,不失为一斑之窥,全豹庶几得见。德义妻藏尸于水沟中石板下,还有《盆儿鬼》中销尸于瓦窑内,与《工狱》中的藏尸炕洞，可能都有案牍或传说为依据，元代法律之疏漏，可想而知。郎瑛虽生活在明中叶，所记事则必在中叶前，而"明兴百年间，其实与元代的一个世纪，是难于分析为二的"①。特别是元末明初的杂剧，就更难与元杂剧断然切开。明初杂剧是元剧余绪，精神上属上而不属下，这是治戏曲史的学者们约定俗成的看法。

《神奴儿》杂剧的悲剧性有两点最震撼人心，一是天真无邪的孩子惨遭杀害，看上去仿佛是偶然因德义带侄儿回家，实质上是一种偶然之中的必然，根子还是子嗣财产观念。德义妻在动手勒神奴儿之前，自语道："我如今得做就做，趁他（指德义）睡去，便将他（指神奴儿）勒死了。"所谓"得做就做"，潜台词是机会难得，今日不做，更待何时？德义妻的心理已扭曲变态。既是兄弟已分了家，财产问题已基本上解决，何以还如此苦苦相逼，必欲置一个天真的孩子于死地呢？唯一的解释，只能是自己未曾生得尺男寸女，妒火使她变得疯狂了。这一笔相当深刻，无论无名氏作者是否想到，我们都觉得这是对宗法社会极其深刻有力的批判。当然，就里还是夹带着一个财产问题，神奴儿一死，陈氏不能将李家产业带走，只能归李德义，故德义妻说："眼见的神奴儿勒杀了也，家私都是我的。"神奴儿的被杀，以及他的鬼魂后来闯开封府为门神户卫所阻，包拯命烧牒文放冤魂进衙门，都写得丝丝入扣，前后照应，相当感人。二是院公与神奴儿之间感情的渲染，一支笔作两面写，把两个人物都写得活泼如见，既丰满了人物个性，又增强了悲剧气氛。看第二折中正末扮院公唱的两支曲子：

〔隔尾〕我将你怀儿中撮哺似心肝儿般敬，眼前觑当似在手掌儿上擎。（带云）神奴儿哥哥，（唱）我叫道有二千声神奴儿将你来叫不应。为你呵走折我这腿脡，俺嫂嫂哭破那双眼

---

① 郑振铎：《中国文学研究》，中册第 509 页。

睛，我这里静坐到天明将一个业冤来等。

〔牧羊关〕我则怕走的你身子困，又嫌这铺卧冷，我与你种着火停着残灯。怕你害渴时有柿子和梨儿，害饥时有软肉也那薄饼。我将你寻到有三千遍，叫道有两千声，怎这般死没堆在灯前立？（带云）小爹爹，家里来波！（唱）你可怎生悄声儿在门外听？

更深夜静，院公坐在门口，焦急等待着小主人归来。〔隔尾〕曲是院公的一番剖白，主要是讲家主人死后，他与女主人眼珠也似地看承、呵护着宝贝疙瘩神奴儿，不料竟因自己一时疏忽，丢失了小主人。老人愧悔交加，痛恨不已。院公与神奴儿感情非常深厚，这大约是孩子一直是由他带着的缘故吧。他几乎是老泪纵横，声声呼唤着小主人。"我将你"二句，言老院公十分疼爱神奴儿，常常搂揣在怀中，看做是心肝宝贝儿，他把眼珠儿般瞅着孩子长，常擎在手中哄逗。这样看来，院公平时与神奴儿是朝夕相伴的。"我叫道"句极写老院公的急切不安心情。任你声声呼唤神奴儿的名字，终是无人应答，老院公一阵阵失魂落魄。"为你呵"以下三句，写老院公东奔西找，数不清跑了多少路。脡，指小腿。院公发誓在门首坐等到天明，也要等到小主人归来。"业冤"，爱极之反语，元剧中多用之。"业"本是佛家语，即梵语之"羯磨"。佛教谓六道中生死轮回，皆是业决定的。此处用作亲昵爱极之谓。犹言"小冤家""小祖宗"等。这一曲感情真挚，如泣如诉，神情逼肖，相当动人。它最突出的特点是声情并茂，一如老人叠掌扪膝的神态、声吻，的确是将人物写活了。

〔牧羊关〕曲写神奴儿的冤魂归家，托梦于老院公，一切都是从老院公的眼睛去看，感受自然也是老院公的。此曲进一步刻画了老院公慈祥忠厚、淳朴善良的性格。听到小主人的敲门声，院公一阵狂喜，忙不迭准备这安排那。曲词细腻真切，于迷离恍惚之中最见人物心地。因是梦境，故有闪闪灼灼、若隐若现之感。"我则怕"三句，表现了老年人的心细和有经验：怕孩子困乏，老人笼着火，守着灯。他满怀孩子能回来的希望，苦苦地守着，等着。残灯如豆，微光中老人凄凄然的神色被刻画得生动逼真。种，读 zhǒng，是口语中维持灯火不灭之意。又怕孩子口渴，又怕孩子肚子饿，想得何其周到！然而，他却不知道自己是在梦中，更不知道眼前归家的神奴儿是鬼魂。曲词巧妙地通过院公的自言自语，传达出梦境和魂灵出现的特征。结句前的〔带云〕穿插得颇有趣，显得十分亲切。"你可怎生悄声儿在门外听"一句，简直就是老人哄孩子时的絮叨口吻，既迷惑又含无尽温存，一种特殊的韵味从平白如话、朴素自然中流出，值得再三玩味。清人徐大椿云："因人而施，口吻极似，正所谓本色之至也。此元人作曲之家门也。知此，则元曲用笔之法晓然矣。"（《乐府传声·元曲家门》）以上二曲，正可悟元曲之家门。声吻酷肖，直取人物神韵，是其最堪玩味之处。二曲全用家常语，不用典实，不施藻绘，浅中有味，平中出奇，处处展现人物性格，亦如徐大椿所言，"直必有至味，俚必有实情，显必有深义"（同上），乃可谓之元人风致，元人家法。

附带说到，院公与神奴儿感情深厚，丢失孩子至为痛心，女主人虽是悲伤痛苦，却不曾埋怨与怪罪老人。况李家兄弟分家后，德仁妻家境并不好。因此，院公形象不应视为"义仆"形象。将其当作一位善良慈祥的老人来看，似更贴近剧情。

元人喜剧述略

一

元杂剧中的喜剧作品，作为文学艺术发展"一定繁盛时期"的产物，从内容到形式都是独特的，带有它浓厚的历史和民族烙印。因此，探讨、研究元人喜剧的艺术风格及其特殊的美感、韵味，无疑是有意义的。王国维在《宋元戏曲考》中说，《窦娥冤》《赵氏孤儿》"即列之于世界大悲剧中，亦毫无愧色也"[①]。这评价是恰当的。王又说："明以后，传奇无非喜剧，而元则有悲剧在其中。"[②]明以后之传奇不必都是喜剧，而元杂剧中亦不必都是悲剧，其中喜剧的数量是相当可观的。我们说，以关汉卿、王实甫等为代表的元代剧坛上的泰斗们，他们精心结撰的《救风尘》《拜月亭》《西厢记》，以及戴善夫的《风光好》、郑廷玉的《看钱奴》等喜剧杰作，列之于世界经典性的著名喜剧行列，同样是当之无愧的。

中国传统喜剧真正描写人生，反映活生生的现实生活，刻画鲜明生动的人物形象，应该说是从杂剧文学开始的。尽管杂剧文学中的喜剧作品还带有戏曲形成初期的某些局限，然而它是那样浑朴、犷悍、恣纵、奔放，古拙中透出浓郁的生活气息，具有强烈的时代

①②《王国维戏曲论文集》，第85页。

感和极为独特的艺术魅力。一句话，它是标新立异的"一代之文学"。明清传奇中的喜剧，虽说在元杂剧基础上有所承继和发展，亦不乏差足继武、精彩奇绝者，但从总体来看，无论是就内容方面的战斗精神、生活气息，还是就形式风格方面的淳厚自然、通俗晓畅，都稍逊元人一筹。而元人喜剧的长处恰恰在此。十七世纪西班牙著名戏剧家洛贝·台·维加曾说："你们看喜剧怎样反映人生，怎样逼真地模仿了老老少少的人，怎样把微妙的机智和精粹的修辞压缩在短短一段时间内而加以提炼。此外还可以看到严肃的思虑中掺合了嘻笑，有趣的笑谈里带着正经；……"① 维加这段话正与李渔在《闲情偶寄》中说的"于嘻笑诙谐之处，包含绝大文章"暗合，用以状我国元杂剧中的某些喜剧作品，也是非常贴切的。对于文学艺术作品的分析，黑格尔在《美学》中说得更为具体："每种艺术作品都属于它的时代和它的民族，各有特殊环境，依存于特殊的历史和其他的观念和目的。"② 如此看来，我们完全有理由将元杂剧作为认识当时社会生活的一面镜子，而且，它比历史所提供给我们的认识更生动、更形象，从某种意义上说，也更富于真实性和典型性。

　　悲剧的时代产生悲剧的作品，王国维正是从这个意义上才说"元则有悲剧在其中"的。从总体上看，我们说元杂剧中的悲剧更其悲，即使是喜剧作品，往往也蕴藏着一股抑郁的悲剧意味和潜在的反抗意识。或是于悲歌壮号之中洋溢着战斗的乐观精神，或是以喜剧性的形式来表现悲剧性的社会生活。元人喜剧的独特艺术风格，首先在于它饱含深刻的思想内涵。"禾黍之悲，河山之感，抑

---

① （西班牙）洛贝·台·维加：《编写喜剧的新艺术》，杨绛译，《古典文艺理论译丛》第十一辑，人民文学出版社 1966 年版，第 174 页。

② 转引自伍蠡甫主编《西方文论选》，上海译文出版社 1979 年版，下册第 234 页。

郁不得志之苦心，欲死不得死，欲生不得生的渴望"①，等等，都在作品中顽强表现出来，从而引起人们的笑是"思考的笑"，"含泪的笑"。如关汉卿的《救风尘》，无疑是喜剧。当赵盼儿打扮得花枝招展，要到郑州去营救宋引章时，她与张小闲之间有这样一段对话：

> （正旦上云）小闲，我这等打扮，可冲动得那厮（——指周舍）么？（小闲做倒科）（正旦云）你做甚么哩？（小闲云）休道冲动那厮，这一会儿连小闲也酥倒了。

接下去便是正旦（赵盼儿）连唱的〔端正好〕和〔滚绣球〕两支曲子。粗粗看去，这无非是为了活跃舞台气氛，充其量不过是说明赵盼儿打扮得俊俏动人，为后面计赚周舍做个小铺垫。通观全剧，详察细究，却并非那么简单，这个类似过场戏的关目安排的深义还在于：首先是赵盼儿对周舍这类恶棍十分了解，抓住了对方好色的弱点，投其所好，精心布下了"迷魂阵"——这是她聪明、有心计的表现；其次，赵盼儿为了营救自己的患难姐妹，不惜牺牲自己的色相，她自己说是"惯曾为旅偏怜客"，"自己贪杯惜醉人"，是强打入"迷魂阵"，一个风尘女子，去解救别人，除了靠自己以色相为诱饵，是别无办法的——她是不得已而为之，这就流露出无限悲凉的意味；最后才是赵盼儿知己知彼，做好了思想上、物质上充分的准备，诚如她所说的："到那里呵，也索费些精神。"——正为后面智赚休书，战胜色厉内荏的周舍作铺陈和张本。这看上去似乎无关紧要的一个过场，绝非闲笔，实在是为写出人物性格的丰富性不可缺少的颊上添毫之笔。

在元代剧坛上，特别是所谓杂剧创作的高峰期、饱和点的元

---

① 郭沫若：《〈西厢记〉艺术上之批判与其作者之性格》，《郭沫若古典文学论文集》，上海古籍出版社 1985 年版，第 668 页。

贞、大德时期，产生了大量的公案戏和水浒戏，这是因为"覆盆不照太阳辉"的现实生活激怒了剧作家，他们便以"开封府南衙"和"梁山泊东路"来宣泄人民的愤怒，寄托人民的理想。其中包公戏和李逵戏尤为突出，具有鲜明的人民性。这类戏的艺术风格极饶民间文学色彩，本来主题至为严肃，甚至是悲剧性的，但往往采取喜剧性的表现手法，格调明快，自然淳朴，悲凉而不使人绝望，无情的揭露和辛辣的讽刺之中夹带着幽默、诙谐。以无名氏的《陈州粜米》为例，李健吾先生认为它是喜剧，特别指出第三折中的"两场绝戏，可以比美任何一出喜剧"。理由是"喜剧性是根据性格发展而出现的隽永境界，意想不到和不伦不类让我们好笑"。结论是："这样看来《陈州粜米》该是喜剧了吧？是的，可以这样说。"[①] 理由是充足的，结论自然是正确的。即便我们以西方戏剧理论的戒律来衡量，也是符合的：一是剧情从逆境转为顺境，结尾人心大快；二是包拯的微服查访，一身老农打扮，从外表到心地简直就是个和蔼可亲的庄家老汉，他风趣谐谑而又不失机智慧诘，与张千的打诨，与王粉莲的遭遇，都从人物性格生发出偌多的逸趣生机，妙语绝戏。因此说这本杂剧是喜剧是没有问题的。剧中可爱而又可敬的、喜剧性格的包拯形象，带有浓厚的人民生活的情趣，可以

《陈州粜米》插图

① 李健吾：《戏剧新天》，上海文艺出版社 1980 年版，第 191 页。

说是属于人民的。值得我们注意的是，当我们看罢戏或掩卷沉思，总不免觉得被一种隐隐约约的压抑情绪所笼罩。那象征着特权的血腥的紫金锤，尽管最后也用它击杀了小衙内，但那毕竟带着浓厚的理想色彩。张懒古临终前那威武不屈的倔强神态，那义愤填膺、睚眦必报的大段曲白，无疑是悲剧性的、动人心魄的场面。小衙内的"任意不任法"，他轻俏地说："把你那性命则当根草，打什么不紧！是我打你来，随你那里告我去。"这时，我们不是感到愤愤不平而又觉得无限酸楚嘛！笑亦笑了，悲的阴影无论如何无法抹掉。其他公案戏中的喜剧作品亦复如是。关汉卿的《调风月》《金线池》，郑廷玉的《看钱奴》，戴善夫的《风光好》以及石君宝的《秋胡戏妻》等，不属于公案戏、水浒戏之列，却也不同程度地给我们以"悲剧喜唱""哀泪笑洒"的感觉。如《看钱奴》，是典型的古典讽刺喜剧，悭吝的财主贾仁的形象，足以与莫里哀笔下的阿巴贡媲美。在第二折中，尖酸刻薄的贾仁乘人之危，要买落难秀才周荣祖的幼子。卖儿鬻女，肯定是沉痛、悲伤的场面，然作者完全采取了另外一种笔调来写这场戏，可谓典型的"寓哭于笑"手法。大段的科诨，诙谐的调侃，似乎笔调很轻松。贾仁的吝啬、耍赖放刁，好心的门馆先生陈德甫的敦厚善良，周荣祖的无限伤情和百般无奈，都活生生地呈现在舞台上。尤其是作者对贾仁辛辣嘲讽的那些喜剧性描写，在引人腾笑的同时，又夹杂着一抹使人悲怆酸鼻的况味。这折戏的剧情变化有致，人物性格鲜明生动，乍读好似轻松，在作者却成于苦心。这位七百年前的喜剧作家，以其深刻的思想和高超的艺术手段，"收获了"观众和读者"含泪的笑""思考的笑"。

王朝闻先生曾说过："笑料，也可以说相当于绘画中构成冷调子的热色。正如中国传统戏曲、外国戏，例如莎士比亚的作品，也讲究冷色调子中的热色，悲剧中结合了喜剧成分的。"① 我们不能说元杂剧作家已经深谙此种艺术辩证法，至少可以说他们在创作实践中的具体运用是十分灵活、非常巧妙的。在元人喜剧作品中"悲喜相生""苦乐交错"，喜剧中透出悲剧时代的气息，几乎是一个普遍的规律，用例之多，不胜枚举。在外国作品中，只有莎士比亚和莫里哀的某些喜剧有此韵味。

二

　　元人喜剧独特的艺术风格，还在于其巧妙的关目处理，奇思妙构，自有别趣，富于理想色彩。

　　前文已谈及，在某种意义上，元杂剧中的公案戏、水浒戏，其中那部分好的作品基本上是属于人民的创作，包含了当时人民，特别是灾难深重的汉族人民要求改变现实的强烈愿望。这类戏的意旨多半倒并不在于颂扬清官廉吏，而只是借助于清官断案的形式（或称外壳）来反映当时人们的苦难生活，暴露统治阶级和贪官污吏的罪恶，寄托作家和人们美好的理想。这正是元杂剧中现实性最突出、时代色彩最鲜明、反抗精神最强烈的部分。这类作品并不都是喜剧，往往却都有喜剧性关目，特别是结尾部分，常是异峰突起，豁然开朗：或是包拯一类清官平了冤狱，惩了恶人；或有水浒英雄、侠义之士伸张正义，诛恶锄奸。于是使人痛快淋漓地透出一口气来，明显地流露出人民的幻想、巧思和聪明才智。关汉卿的《鲁斋郎》，最后解决矛盾是包拯将"鲁斋郎"三字写成了"鱼齐即"，瞒过了皇帝老儿，判斩时又添加笔画改成"鲁斋郎"。严格地说，这在现实生活中简直是不可能的事，似乎近于文字游戏。然而，戏

① 王朝闻：《一以当十》，作家出版社 1959 年版，第 57 页。

毕竟是戏。事实上类似的喜剧关目已经得到了欣赏者的认可，六七个世纪过去了，也并没有人去追究它的真实性和可能性与否。恰如威廉·阿契尔所说的："剧作者并不轻视、弃绝真实，而是在原则上使真实从属于有趣。"这类剧本的"迷人之处在于那种精巧的、渗透于全剧之中的不可信性，在于其中注入一种如此巧妙的幻想，任何地方人们也不可能说'这是不可能的'"①。关汉卿的另一个剧本《绯衣梦》中亦有借文字的巧思来解决矛盾的关目。戴善夫的《风光好》是一本独特的讽刺喜剧，假道学的伪君子陶谷龌龊的灵魂是通过藏头诗露了马脚的。这样的喜剧性关目对后世戏曲小说影响很大，甚至被变幻、摹仿，不断翻出新花样来，成了传统戏中一类作品解决矛盾纠葛有意味的关窍。如蒲仙戏《春草闯堂》中春草和小姐李半月偷改宰相给知府的信，将"不"易为"本"，"付"改作"府"；香港影片《审妻》中将"王日臣"改作"金昌宦"，都可视为此类关目的流变和发展。《春草闯堂》的编剧陈仁鉴说他正是受了元杂剧和《隋唐演义》的影响②。总之，不外乎在方块汉字上做文章，在"偷改"上发掘喜剧性。

元杂剧中靠语言和文字的错讹、谐音、谐意等修辞手法来创造笑料的例子是很多的。关汉卿的《拜月亭》，是一本杰出的爱情喜剧。全剧结构严谨，文心缜密，阴差阳错，始正末奇，据此改编的南戏，被李卓吾称为"化工"之作。其中的误会、巧合正是建立在"瑞兰""瑞莲"的谐音之上。至于插科打诨中利用谐音等多种修辞手法的例子就更多了。《单刀会》中鲁肃求见司马

① （英）威廉·阿契尔：《剧作法》，吴钧燮等译，中国戏剧出版社 2004 年版，第 230 页。
② 见《戏剧艺术》1979 年 3、4 期合刊。按：《隋唐演义》中有这样的情节：李世民为程咬金所擒，缚见李密，李密给徐懋公的手谕中有"不赦南牢李世民"的字句，秦叔宝伙同徐懋公将"不"字改作"本"字，放走李世民。元剧中有郑德辉《老君堂》一剧，手谕为"南牢二子，不放还乡"，后亦有将"不"易"本"的关目。

徽，看门道童用"子敬"的谐音
"紫荆"来嘲弄这个失败的将军。赵
景深先生曾援引柏格森的话来说明
此等巧思的妙味："有许多滑稽不能
把它从甲国的语言翻译成乙国的语
言，因为它们是由特殊社会的风俗
和思想而来的。"① 所谓特殊的社会
风俗，是指民族的生活风气、习俗，
包括语言、文字运用的习惯等；而
特殊的思想，正是指特定历史时期
的社会环境、世态人情以及那个时
代特殊的社会心理状态，不去追究
这些东西，则无法理解那个时代的
艺术，也就无从具体把握那种艺术
美的独特风格。

《灰阑记》插图

　　我们再来看李行道《灰阑记》的结尾——"灰阑断子"的关
目。《圣经》中有所罗门断子的故事，希腊、印度以及我国西藏都
有相类的传说。大约是五方殊俗，异域同归的不约而同吧。包待制
公堂断案，竟然是用石灰画个圆圈，将孩子放到中间站定，由两个
妇人去拉拽，谁将孩子拉出圈子，孩子就归谁。这岂不是有些荒唐
吗？然而，且慢，让我们来看包待制在解释这个灰阑时说："你看
这一个灰阑，倒也包藏着十分利害。那妇人本意要图占马均卿的家
私，所以要强夺这孩儿，岂知其中真假早已不辩自明了也。"原来
"灰阑断子"不过是个形式，至多是包待制想就此验证一下自己判
断得是否正确罢了。它毕竟带着一点浪漫色彩，属于理想化的东

① 赵景深：《戏曲笔谈》，中华书局上海编辑所 1962 年版，第 57 页。

西，包待制的机智和聪明正是人民智慧的体现。这个喜剧关目实在
是巧得足快人意，它让我们为正义得到伸张而感到畅快，替张海棠
这个柔弱多难的妇女感到莫大的宽慰。因此，我们说这是一个富有
浓厚喜剧意味的结局，作者是那样轻松愉快地解决了矛盾，如游刃
断丝，利刀割麻，我们不能不佩服元人写戏的高明手段。德国马克
思主义戏剧家布莱希特曾受此剧影响，于 1944—1945 年间写成了
《高加索灰阑记》，并借歌手之口说，这是 "一个非常古老的传说。
它叫《灰阑记》，从中国来的。我们的演出在形式方面做了更动"。
又说："酒不同，羼起来不一定对头，新旧智慧倒是调和的。"① 足
见中国古典戏曲对布莱希特的影响。

　　元杂剧中其他的公案戏，如《魔合罗》《蝴蝶梦》《盆儿鬼》
《朱砂担》等，都有类似的喜剧性关目，都有一个巧妙的结尾，即
所谓 "首似散漫，终致奇绝"②。这些关目，都有很大的偶然性，
同时又都带着浓重的理想（或者说幻想）色彩。仔细咀嚼，偶然性
中又包含着水深火热中的元代人民 "为自己开辟道路的内在必然性
和规律性"③，即奇而不谬，含情入理。黑格尔有一句名言："理想
就是从一大堆个别偶然的东西之中所拣回来的现实。"④ 恰是从这
些偶然性的东西中，我们看清了元代社会，所谓 "观其舞而知其
德"，也正是从元人喜剧的这些关目中，我们可以看出当时作家和
人民的理想与愿望，这就是理想化的喜剧关目值得我们重视的理
由。看来，对大团圆的结局，不能持一般的否定态度。正如李渔所
说的，要看有否 "团圆之趣"。就这一点来说，元人喜剧中的大团
圆，是后世一般才子佳人式的大团圆所不能比拟的。

---

① （德）布莱希特：《布莱希特戏剧选》，人民文学出版社 1980 年版，下册第 257 页。
② 见李卓吾批本《拜月亭记》眉批。
③ （德）恩格斯：《家庭私有制和国家的起源》，《马克思恩格斯选集》第四卷第 171 页。
④ （德）黑格尔：《美学》，商务印书馆 1982 年版，第一卷第 201 页。

从人物性格出发安排和组织情节，是喜剧中造成"热调子"的关键。由于元人注意到了精心刻画人物、遴选真实而生动的细节以塑造主要人物，因此，元人喜剧中一些喜剧性很强的关目又多是性格化的。这正是"活文学"与"死文学"的分水岭。《拜月亭》《西厢记》《墙头马上》等喜剧杰作之所以不同于一般才子佳人戏，主要是因为关汉卿、王实甫和白朴等戏剧家重视细节描绘，写活了人物，于是便有奇绝的关目，便有瑰奇的妙语。

三

优秀的文学作品，往往以必不可少的细节描写和人物声吻的个性化来刻画人物，元人喜剧中每多此类精彩之笔，而且，又必然是与笑结合在一起的。

《拜月亭》中的"幽闺拜月"一折，写尽了小儿女细微的心理情态。《西厢记》更不必说，崔、张、红之间的喜剧性冲突，都是人物性格在情节发展中的凸现。有名的"闹简""赖简"，便是通过极细微的心理描写和几近琐屑的普通生活细节，将三个主人公刻画得形神毕肖的。我们来看《墙头马上》第二折中白朴是如何描写李千金的心理活动的。裴、李二人相见于"墙头马上"，互相属意，"相约黄昏后"。千金使梅香去迎接少俊，她再三叮咛，心情急切：

〔骂玉郎〕相逢正是花溪侧，也须穿短巷过长街。（梅香云）到那里便唤你来。（正旦唱）又不比秦楼夜宴金钗客，这的担着厉害，把你那小性格，且宁奈。

千金自己盼得心都提到了嗓子眼儿，却告诉自己的丫环"且宁耐"，恰恰道出了自己无法宁耐的心情，这细微的一笔，"意、趣、神、色"俱到。接下去一支曲子更妙：

〔感皇恩〕咱这大院深宅，幽砌闲阶，不比操琴堂、沽酒舍、看书斋。（梅香云）迟又不是，疾又不是，怎生可是？（正旦唱）教你轻分翠竹，款步苍苔。休惊起庭鸦喧，邻犬吠，怕院公来。

作者在这里将李千金那种急急切切、忪忪怛怛的微妙而又复杂的内心活动写得自然真切，细腻有致。她唯恐梅香匆促中惊动院公、嬷嬷，甚至庭鸦夜犬，同时又巴不得即刻见到少俊，这便构成了心理上的矛盾，以致梅香"迟又不是，疾又不是"，不知"怎生可是"。至此，不能不使人忍俊不禁，顿足喷笑。

白朴选了一个极为普通的细节赋予他的主人公以生命力。这个选择是很高明的，它的妙处在于"其体贴人情，委曲必尽；描写物态，仿佛如生；问答之际，了无捏造；所以佳耳"[①]。不消说，类似的例子，在元人喜剧中还可以找出许多。

在杨梓的《敬德不服老》杂剧中，有一场极妙的戏：功臣尉迟敬德在庆功宴上打了皇叔李道宗，被贬解甲归田。高丽国闻知大唐贬了尉迟，病了叔宝，就派大将铁肋金牙大举侵犯。唐天子要起用尉迟，但听说他抱恙乡里，便使徐勣（茂功）前往探虚实。其实敬德根本没病，不过心有积郁，托词不出山罢了。以上是前二折。第三折是尉迟与老伴商议，欲仍以有病瞒过徐茂功。因他明知军师"徐勣是足智多谋之人"，便提醒老伴，在自己与徐交谈时，"倘或挑起往年间相持厮杀的事情"，忘了装疯病，千万叫她在旁边提醒一句："老爷，你的拐儿。"交代罢了，才与茂功相见。

（徐）老将军请了。（尉）军师少礼也。

〔小桃红〕不知今日甚风吹。（徐）久别尊颜，我这里有一拜。

---

① （明）王世贞《曲藻》语，《中国古典戏曲论著集成》（四），第33页。

（尉）军师，老夫回礼不得了。我如今讲、讲不得这里可便权休罪。
（徐）老将军，我和你自别之后，不觉又是三年光景了。（尉）军师一
自离朝到今日，（徐）老将军染甚病证？（尉）天有不测风云，人有旦
夕祸福。谁想我临老也带着残疾。军师，唐家十路总管，都好么？
（徐）也都没了。（尉）消磨了往日英雄辈。高士廉、杜如晦如何？
（徐）都闲了。（尉）他可都闲身就国，殷开山、程咬金他两个如何？
（徐）都已亡了。（尉）他两个都归泉世。刘文静、秦叔宝他两个如
何？（徐）都病了。（尉）军师，唐家十路总管，闲的闲，病的病，死的
死，如今止有军师和老汉，俺一班儿白发故人稀。

　　这一曲白相间的场面写得细腻有致、情趣盎然。尉迟往事历
历，感情起伏，大有"老骥伏枥，志在千里"之慨。他表面上不动
声色，内心却感慨万端。徐勣呢，则小心翼翼，详察细辨，又不时
吐出几个字来挑动尉迟的心绪。当徐勣终于说明来意，尉迟就百般
推却，执意不肯挂帅出征。徐勣毕竟足智多谋，他假意告辞，略施
了一个小小的计谋，令小校们扮作高丽小军，破门而入，用恶言秽
语挑起尉迟满腔怒火。尉迟一时性起扔了拐棍，准备与军校厮打。
这时徐勣才笑着慢慢走出，待尉迟夫人提醒"拐棍"时，已来不
及了。

　　这场戏将叙事、抒情以及喜剧性细节熔为一炉，使得尉迟和徐
勣两人性格呼之欲出，活脱脱立在目前。同时也为后边徐勣激将、
尉迟挂帅提供了思想感情变化的依据。这折戏情节平淡无奇，全剧
故事亦不见惊人之处，然却充满戏剧性。一个细节，生出无穷机
趣。如同张岱（1597—1689）所说的那样："布帛菽粟之中，自有
许多滋味，咀嚼不尽。传之永远，愈久愈新，愈淡愈远。"[1] 无名
氏的《诌范叔》也有相类的韵致。可见，简单的戏剧结构并不简

① （明）张岱：《答袁箨庵》，栾保群注：《嫏嬛文集》，第165页，故宫出版社2012年版。

单。尤涅斯库说："拒绝去'磨去棱角'，就是要勾勒出明晰的轮廓，提供强有力的形式，而且，运用简单的手法创作的戏剧，并不一定是简单化的戏剧。"尤涅斯库说他十分讨厌欧洲传统戏剧，酷爱木偶戏，小时候他的母亲简直没有办法把他从卢森堡公园的木偶剧场里拉出来。他写道："这就是人世的戏剧演出，它既是异乎寻常的，又似是而非，但是比真实还要真实，以一种极度简化和漫画式的形式展现在我面前，好像要竭力突出那种既滑稽可笑而又粗犷的真实。"① 纵观元剧，其总体风格，倒与尤涅斯库所论木偶戏有相似的韵味，这就是我们常说的虚实相间，重在写意吧！《敬德不服老》《诓范叔》等剧如果能够演出②，那该是何等迷人，就是以文学剧本观之，那古朴自然的情味已够醇厚醉人了。

元人喜剧的语言，往往简捷明快，一碰即响，尤重人物语言声吻的个性化特征，绘形绘声，摹写酷肖，且看无名氏《渔樵记》中号称"玉天仙"的朱买臣妻对丈夫的一番抢白：

> （旦儿云）朱买臣，巧言不如直道，买马也索籴料；耳檐儿（按，指冬天裹在耳朵上的一种防寒皮毛小套）当不的胡帽（按，指皮帽），墙底下不是那避雨处，你也养活不过我来，你与我一纸休书，我拣那高门楼大粪堆，不索买卦有饭吃，一年出一个叫化的，我别嫁人去也。

这连珠炮似的一大串令人捧腹的诨语，既活脱出她性格中的那股子泼劲儿，又暗含对豪门贵族的鄙夷不屑。一席快人快语，一方面引人发笑，同时又颇富于个性，无疑是性格化的语言。真可谓以滑稽当铸鼎，绝非漫作也。

再看石君宝《秋胡戏妻》第三折中秋胡"桑园误挑"时，罗梅

① （法）尤涅斯库：《戏剧经验谈》，朱静译，王道乾校，载《外国戏剧》1983 年第 1 期。
② 川剧有《赠绨袍》，当是承元杂剧中的《诓范叔》变化而来。

英愤极怒斥的两支曲子:

> 〔二煞〕俺那牛屋里,怎成得美眷姻。鸦窠里怎生着鸾凤雏,蚕茧纸难写姻缘簿,短桑科长不出连枝树,沤麻坑养不活比目鱼,辘轴上也打不出那连环玉。似你这伤风败俗。怕不的地灭天诛。

> 〔三煞〕你瞅我一瞅,黥了你那额颅;扯我一扯,削了你那手足;你汤我一汤,拷了你那腰截骨;掐我一掐,我着你三千里外该流递;搂我一搂,我着你十字街头便上木驴。哎!吃万剐的遭刑律!我又不曾掀了你家坟墓,我又不曾杀了你家眷属。

此等语言,痛快淋漓,不亦快哉!它不仅使人物形象生动传神,也增强了作品的喜剧性,为剧作平添无限机趣。

元人喜剧的风格意蕴特点,不止以上三个方面,他如结构布局的单纯、朴素,高度夸张与写意笔法的运用,等等,也都非常突出。唯这些特点不仅仅在喜剧中,同时在悲剧和正剧之中也不乏用例,故这里不再展开分析了。总之,作为特殊时代的产物,反抗母亲的胎儿,元人喜剧的确是卓异的,在把握其基本风格的基础之上,若再联系戏曲艺术自身发展的脉络,作家群共同的思想意识和艺术修养,并与当时人们的欣赏习惯、审美趣味等结合起来综合研究,我们是能够把握住元人喜剧美的特征及其艺术价值的。

第二讲

名曲详释

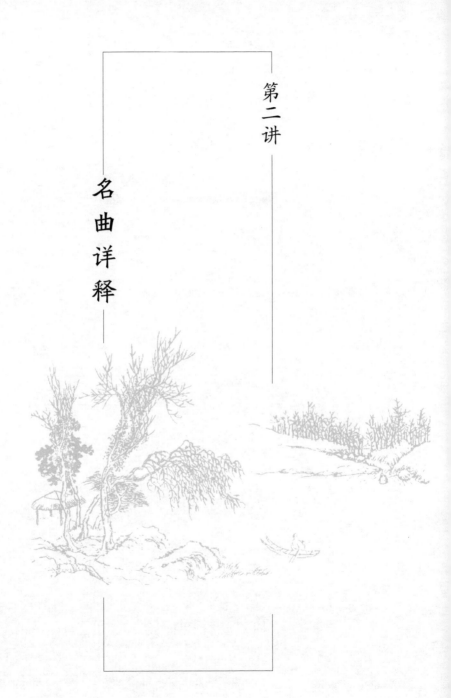

剧　曲

窦娥冤　第三折　　　　关汉卿

〔正宫端正好〕没来由犯王法，不提防遭刑宪，叫声屈动地惊天！顷刻间游魂先赴森罗殿，怎不将天地也生埋怨。

〔滚绣球〕有日月朝暮悬，有鬼神掌着生杀权。天地也，只合把清浊分辨，可怎生糊突了盗跖颜渊：为善的受贫穷更命短，造恶的享富贵又寿延。天地也做得个怕硬欺软，却原来也这般顺水推船。地也，你不分好歹何为地？天也，你错勘贤愚枉做天！哎，只落得两泪涟涟。

这是历来为人们所反复赞叹的两支名曲。

关汉卿的《窦娥冤》是我国古典悲剧中具有典范意义的杰作。王国维在《宋元戏曲考》中说，元剧"最有悲剧之性质者，则如关汉卿之《窦娥冤》、纪君祥之《赵氏孤儿》。……即列之于世界大悲剧中，亦无愧色也"。学者们一致认为，《窦娥冤》为关汉卿晚年所作，即作者思想和艺术均进入纯熟阶段的作品。全剧悲慨苍凉，凄怆欲绝：笔致淋漓酣畅，汪洋恣肆。称得上字字本色，语语天然，当推为本色派作品之翘楚。明人孟称舜曾谓"汉卿曲如繁弦促调，风雨骤集，读之觉音韵冷冷，不离耳上，所以称为大家。……《窦娥冤》剧词调快爽，神情悲吊，尤关之铮铮者也"（《古今名剧合选》）。

窦娥本名端云，是秀才窦天章的独生女儿。她三岁丧母，七岁时又因父亲窦天章要上朝应考，迫于无奈，只得将她典与蔡婆婆做童养媳。她十七岁时与丈夫完婚，当年丈夫就死了。她与婆婆双双守寡，相依为命。不料张驴儿父子闯入蔡婆婆家，张驴儿要霸占窦娥，遭到窦娥的严厉拒绝。张驴儿寻来毒药欲害死蔡婆婆，达到霸占窦娥的目的，谁知阴错阳差，竟毒死了自己的父亲。官府昏庸不察，将窦娥断成死罪，使这个年轻善良的寡妇含冤负屈，无端遭到屠戮。以上二曲是第三折中窦娥被押赴刑场时所唱。

第三折是悲剧的高潮，关汉卿重彩浓墨，倾注了饱满的激情来塑造冤深似海的窦娥形象。你看她怨愤冲天，怒火喷涌，对"覆盆不照太阳晖"的黑暗社会现实进行了血泪控诉。一开场，作者就营造了一种紧张而又凄惨的氛围：监斩官的严命吆喝；列队森严的公人；三通鼓，三遍锣；刽子手提旗磨刀。在一片杀气腾腾的渲染中，正旦扮窦娥披

《窦娥冤》插图

枷带锁上场。"没来由""不提防",都是无端受屈、无辜含冤之意。
"叫声屈动地惊天"一句,撕肝裂胆,催人泪下。这声震四座、徐
迂环绕的唱词,恰是点题之笔。因为这本杂剧的"题目正名"是
"秉鉴持衡廉访法,感天动地窦娥冤"。

　　值得注意的是,关汉卿有意识地让一个没有宿怨,更无世仇,
甚至根本没有具体冤家对头的弱女子,一个不会去招谁惹谁的善良
寡妇来面对那无边的黑暗。处处是陷阱,那么多的坏人,昏聩绝顶
的官府衙门,这社会连一个柔弱的年轻寡妇也容不下,她在飞来的
横祸面前,孤立无援,只有引颈受戮,以死去控诉。她拼却一腔热
血来做最后的反抗。这不禁使我们想起高尔基《鹰之歌》中的名
句:"鹰虽然搏击着流尽了最后一滴血,但是它的血变成了火焰,
照亮了生活。"窦娥不是英雄,她是一个极普通的不幸女子,然她
拼却了最后一滴血,她的呼号唤醒了反抗的人民。说来窦娥形象起
点并不高,反抗并不是与生俱来的。她甚至抱怨自己的命运不济,
也曾对官府存有幻想:"大人你明如镜,清似水,照妾身肝胆虚
实。"(第二折〔牧羊关〕)关汉卿以他那忠实于生活的细致笔触,
描绘出了窦娥反抗性格的形成过程,她确实是万般无奈。这样写,
人物形象才显得真实而动人。在前二折情节发展中,作家做了大量
铺垫,故这里的"叫声屈动地惊天"才愈显得力重千钧,使人惊心
动魄,怵目发指。在严峻的现实面前,在寒光闪闪的屠刀高悬的时
刻,窦娥不仅对官府彻底绝望了,同时对天地鬼神一并怀疑。她呼
天抢地,指斥控诉,倾吐出愤怒的诅咒。

　　有的研究者认为〔滚绣球〕曲明显受到了屈原《天问》和蔡琰
《胡笳十八拍》第八拍的影响。其实,这还是从形式上着眼。从思
想内容的深度和广度来分析推究,屈赋和蔡诗都主要从个人感情出
发,表现为一己的人生迷茫、怅惘和叹息;关汉卿直面惨淡的现实
人生,借角色之口,抒发了更为广阔、更为深切的带有明显社会意

识的愤怒和反抗。当然这与抒情诗和戏剧诗形式不同，戏剧诗更富广泛的深刻性。日月朝暮当空，鬼神掌握着生死大权，人世间却颠倒不平，这是为什么？封建时代的人们相信天地鬼神，并不奇怪，不能简单地以什么迷信色彩去苛求于古人。在当时社会，敢于怀疑和否定天地鬼神，无疑是一种最彻底的反抗了。清浊不辨，善恶颠倒，贤愚不分，好坏混淆，明显是在指斥当时的整个社会。特别是"为善的受贫穷更命短，造恶的享富贵又寿延"二句，窦娥的个人冤情已与整个社会的黑暗、不平融在了一起，其含义之深刻，揭露之彻底，都表现了作家的敏锐和大胆，这是"真正艺术家的勇敢"！王季思主编的《中国十大古典悲剧集》，在这两只名曲眉端批道："本折为全剧高潮，悲愤激越，千古绝唱。""日月喻君临天下的皇帝，鬼神喻掌握百姓生杀大权的官吏，窦娥呼天抢地的哭号，对等级社会提出了最有力的控诉。"这是很有见地的评点，可见关汉卿笔下的天地鬼神原是有着双关意义的。

在第三折戏中，关汉卿还从不同侧面，进一步塑造了窦娥形象，全折一套曲都是十分精彩的。窦娥对天地鬼神从埋怨到否定，直至命令和驱使，便是所谓的"三桩无头誓愿"：

> 我不要半星热血红尘洒，都只在八尺旗枪素练悬。（〔耍孩儿〕）

> 若果有一腔怨气喷如火，定要感的六出冰花滚似绵！（〔二煞〕）

> 做甚么三年不见甘霖降，也只为东海曾经孝妇冤。如今轮到你山阳县。（〔一煞〕）

鲜血倒流、六月飞雪、令楚州地方亢旱三年，这是怎样的奇思妙想！又是何等令人战栗惊诧！

在这样的戏剧场面之前，观众宁愿相信这一切都是真实的。这是因为深切同情之帆，鼓起理想之风，人们亟待在幻想中求得一丝快慰，以便在压抑和愤怒中痛快地呼一口气，这就是为什么长期以来人们接受了，并且一而再、再而三地赞赏三桩无头誓愿情节的奥秘。此外，〔快活三〕〔鲍老儿〕二曲的如泣如诉，亦极饶特色，"念"字冠于句首，哀而动人，比较集中地体现了关曲浑朴自然、"语无外假"的作风。

单刀会 第四折 关汉卿

〔双调新水令〕大江东去浪千叠，引着这数十人驾着这小舟一叶。又不比九重龙凤阙，可正是千丈虎狼穴。大丈夫心烈，我觑这单刀会似赛村社。

（云）好一派江景也啊！（唱）

〔驻马听〕水涌山叠，年少周郎何处也？不觉的灰飞烟灭，可怜黄盖转伤嗟。破曹的樯橹一时绝，鏖兵的江水犹然热，好教我情惨切！（云）这也不是江水，（唱）二十年流不尽的英雄血。

《单刀会》是关汉卿历史剧中的代表作。按元杂剧形式的惯例，此剧的结构很特别。前三折的铺垫、渲染，千呼万唤，为第四折的高潮奠定了足够的蓄势。一、二折，关羽甚至没有出场，分别通过乔公、司马徽二人，从侧面叙述关羽的英雄事迹和胆识气魄，借客行主，进行烘托。第三折又通过关平劝说父亲切勿赴会，进一步突出关羽的无所畏惧。三折戏引而不发，终于逼出第四折的高潮。这与元剧通常将高潮安排在第三折的情况颇不相同。鲁肃要索回荆

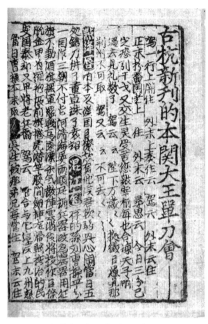

《元刊杂剧三十种·单刀会》书影

州，偏偏荆州守将是关羽，使强硬攻显然行不通，于是鲁肃设计三条，请关羽赴会，准备在宴席上相机而行。老臣乔国老以为不妥，历数关羽的勇武威烈，鲁肃又请来关羽的故人司马徽，司马徽自然又称赞一番关羽的英雄本色，告诫鲁肃，宴会上绝口不要提索荆州的事。如此铺垫，反复制造蓄势，及待关羽带了周仓，提了大刀，登船渡江时，其英雄气概已是呼之欲出了。英国戏剧评论家威廉·阿契尔说："戏剧建筑的秘密的最大部分在于一个词——'紧张'。而剧作家技巧的主要内容就是在于产生、维持、悬置、加剧和解除紧张。"① 《单刀会》前三折所做的，正是这些。然而，在解除紧张之前，必要的穿插也是不容忽视的，犹同曹孟德的横槊赋诗，关羽面对浩浩大江，无限感慨，他想起了赤壁鏖兵，壮怀激烈，情不能已，这就是〔新水令〕和〔驻马听〕二曲所要表现的意境。这仍然如同阿契尔所说："一个伟大的艺术家可以利用悬置紧张的方法来产生一种特殊的、令人惊异的效果。在激变的边缘，如果来个突然的穿插，常常会刺激观众想要知道后事如何的欲望。"② 。其实这里还有一个艺术节奏的问题，只张不弛，一味紧张，便失却了韵致。关汉卿深知此中壶奥，第四折一开始出现的舒缓乃是精心布置的。

---

① ② （英）威廉·阿契尔：《剧作法》第 164 页。

元人为曲，善于点化或隐栝前人诗词名作，《西厢记》之"长亭"，《倩女离魂》之第三折等，都有这种情况。关汉卿的此二曲，便明显借鉴了苏轼《念奴娇·赤壁怀古》的写法，或者说关曲是由苏词蜕化而来。由于特定戏剧情境的作用，加之前面充分的铺垫和渲染，关曲又造成了一种新的意境。

〔双调新水令〕曲突出的是关大王的从容镇定、临危不惧的气度和胸襟。广阔的江面，浪涛涌动，一叶小舟颠簸于波峰浪谷间。阔大的江面，映衬了关羽的胸怀；飘摇的小舟在浪中穿行，处变不惊，从容自若。关羽深知此行不是筵宴盛会，而是不入虎穴难得虎子。真正的伟丈夫与常人想法自是不同，面对充满杀机的所谓宴会，关大王只当是逛逛庙会，观观社火。正因为关羽气势逼人，一身凛然，他才能在宴会上应对自如，威慑东吴群僚，顺利返回荆州。

〔驻马听〕曲由豪放转为慷慨。一番触景生情，无限苍凉。"无情未必真豪杰"，关羽想到当年赤壁鏖兵，火烧曹军战船，至今江水犹热，仿佛一切都发生在昨天。"流不尽的英雄血"一句惨恻悲怆，化苏词而出新意，格调雄浑壮阔，读来令人心驰神往。此曲"水涌山叠"，写出动势。小舟疾行，两岸山岭重叠地映入眼帘。"年少周郎何处也"，又仿佛是驾舟搜索，仔细寻觅，动势更强。"不觉的灰飞烟灭"，既是写旧迹荡然，又是写江波浩渺，因而才引出一番追怀，见出关羽的心潮起伏。

元人的化用前人诗词，是一种普遍的现象，或许因为诗词名作的深入人心吧。戏曲语言要求"造语必俊，用字必熟"，出口便能入耳，入耳即晓。明乎此，对前人诗词名作的巧点妙化便好理解了。问题是如何用得自然、贴切，并翻出新意来。关汉卿在这点上堪称行家里手。每一个时代有每一个时代的审美情趣，每一个时代有每一个时代的特殊技巧。美国著名戏剧理论家、教育家乔治·贝克说："过去任何一个时代的戏剧，仔细研究一下，都必定显示出那整个时代中戏剧的素质。它也必定显示出对那个时期的观众能产生效果的方法和手法，但在今天就不能产生效果。"① 因此，对于元剧的一些常见手法，如科诨穿插、熔铸前人诗词以及大团圆结局等，必须进行具体的、切合当时人们审美要求与习惯的分析，未可简单加以非议。

诈妮子调风月　第三折　　　关汉卿

〔越调斗鹌鹑〕短叹长吁，千声万声；捣枕捶床，到三更四更。便是止渴思梅，充饥画饼。因甚顷刻休？则伤我取次成。好个个舒心，干支剌没兴。

〔紫花儿序〕好轻乞列薄命，热忽剌姻缘，短古取恩情！（见灯蛾科。云：）哎！蛾儿！俺两个有比喻。（唱）见一个耍蛾儿来往向烈焰上飞腾，正撞着银灯，拦头送了性命。咱两个堪为比并：我为那包髻白身，你为这灯火清荧。

〔幺篇〕我把这银灯来指定，引了咱两个魂灵，都是这一点虚名。怕不百伶百俐，千战千赢，更做道能行怎离得影？这一场了身不正！怎当那厮大四至铺排，小夫人名称？

《诈妮子调风月》见于《元刊杂剧三十种》，原题为《新刊关目

---

① （美）乔治·贝克《剧作技巧》第一章，余上沅译，中国戏剧出版社 2004 年版，第 3 页。

诈妮子调风月》。元刊本此剧有曲而少科白，情节线索不甚清楚，读起来很困难。王季思先生曾加以整理，称为"写定本"，并撰有《写定本说明》。后徐沁君又有《元刊杂剧三十种》整理本。这样，剧本读起来才顺畅些。剧写金代洛阳地方一个贵族家中的侍婢燕燕，聪明伶俐，心地善良，得到了这家夫人的信任。夫人的亲戚中有一个小千户来探亲，夫人命燕燕服侍小千户。不想这个贵族青年诱骗了燕燕，假意答应燕燕说要娶她做小夫人。仅仅过了三四天，小千户郊外踏青，又遇到了另一家贵族的小姐莺莺，便去追求她。晚上燕燕服侍

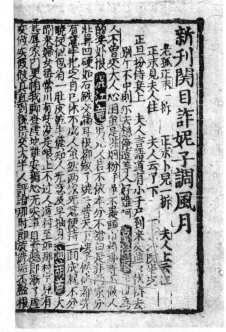

《元刊杂剧三十种·调风月》书影

小千户换衣服时，发现了莺莺小姐送给他的手帕，知道自己轻信上当，非常气愤。小千户又央求夫人委派燕燕到莺莺家去为他说亲，燕燕真有说不出的苦。到了小千户与莺莺结婚的晚上，燕燕无法抑制自己的愤恨与痛苦，鼓起勇气当众揭穿了小千户的所作所为，结果是由相公和夫人做主，把燕燕配给小千户做第二个夫人。剧中的燕燕实际上是胜利者，她通过自己的斗争，得到了在当时社会条件下差不多是最大限度的也是唯一的归宿，我们不能简单地将剧本的结局视为一种调和矛盾或勉强的大团圆，应该历史地实事求是地去分析。诈妮子的"诈"，为宋元间口语，是聪明伶俐的意思。宋元人又将侍婢称作妮子，故"诈妮子"就是聪明的婢女，"诈"字用作形容词。

　　以上三曲为第三折中燕燕知道自己上当受骗后，内心充满痛苦和悔恨时所唱。它一如关汉卿的一贯作风，刻画声吻毕肖，以本色当行胜场，韵味醇厚，情致真切。

　　〔斗鹌鹑〕曲，句子短促，音韵跳荡，描写燕燕心理情态，细致入微，突出的是燕燕的悔恨。她觉得自己一个心眼儿，诚心诚意对待小千户，结果换来的是自己的被遗弃，她怨恨自己的轻率。"因甚倾刻休？只伤我取次成"，是说转眼间爱情、婚姻都成了泡影，到底是为什么呢？只怪我轻易答应了他。取次，轻易之意。燕燕是单纯的，心地是柔善的。"好个个舒心"，乃是就别人而言，指小千户、莺莺、夫人等，一个个都遂意了，高兴了；"干支剌没兴"，是就自己而说，犹言干干地将我燕燕撇在一边，叫人添愁扫兴。王季思先生曾说到这里依元曲惯例应有衬字，如说"好让他个个舒心，单教我干支剌没兴"，故疑其有删略或脱误（《诈妮子调风月》写定本说明）。这说法是有道理的。此一曲写小儿女细微心态，写失身又被抛弃的女孩儿愧悔自怨的心理，刻画逼真，语语堪听。

　　〔紫花儿序〕和〔幺篇〕二曲，即景生情，燕燕以飞蛾扑火来比喻自己的不幸遭遇，以一个巧譬妙喻写活了曲子，也写活了人物，以此使一折戏乃至一本戏俱活，这是关汉卿常用的手法。后世高明《琵琶记》中的《糟糠自厌》，赵五娘将糠和米比作"奴家和夫婿"，亦属此等。"轻乞列""热忽剌""短古取"均无义，意在前一个字，即犹言"好薄命""热姻缘""短恩情"。上一支曲子中的"干支剌"用法亦同。白身，指良民，或以为指脱掉奴婢身份的自由民。"包髻白身"，当指做了小夫人后自然脱却奴婢身份。"能行怎离得影"，为宋元时熟语惯口，这里乃是指无法把握自己的命运，难以挣脱为奴为婢。"了身不正"，当作"其身不正"。《论语·子路》："其身不正，虽令不从。"此处指燕燕与小千户的婚姻无望。"大四至"，大约是对当时万户、千户等世袭军官的泛指。《元典章·兵部一》中提到过，金元时期当同指世袭贵族。此指小千户家的门庭显赫。二曲写燕燕永夜孤灯，自怜自怨，情调凄苦。曲中多当时口语，朴茂味厚，曲尽人情，真不愧为既本色又当行之大作手风范，直如王国维评元曲所说的那样："写情则沁人心脾，写景则在人耳目，述事则如出其口者。"（《宋元戏曲考·元剧之文章》）

剧中的燕燕，一心想做个小夫人。我们不必拔高这个形象，也不能忽略了形象背后的那个社会环境。与许多戏曲小说中写妓女渴望从良嫁人的情况相仿佛，燕燕要摆脱奴隶地位，舍此还有什么办法呢？因此，她想做小夫人是无可非议的。关汉卿剧作多写下层妇女，并对她们寄以极大的同情，又总是在结局中赋予她们以最后的胜利，然而关剧从不拔高人物。窦娥信命，又曾对官府抱有幻想，直待临刑前才爆发出不可遏止的反抗，发出三桩无头誓愿，这样写不仅真实，而且力度更强。同样，燕燕一直到小千户与别人成亲时才忍无可忍，愤怒地去揭露小千户的劣行。关汉卿将大量笔墨花在描写燕燕内心的痛苦和心灵的创伤上，从而使剧作更富艺术感染力。一个卑贱的婢女，要改变自己的命运，该是何等困难！灯蛾扑火的比喻，令人惊心动魄、怵惕震颤！这就从广阔的社会意义上，揭示出当时下层妇女，特别是处于奴隶地位的女子所遭受的欺侮和凌辱。

关汉卿长于代下层女子立言、写心，这是因为他熟悉她们的生活，素材和语言都来于生活本身，因而最能表现生活。英国当代著名戏剧评论家兼导演马丁·艾思林说得好："一个剧作家，在想象他的角色及其对话时，如果他真有本领，就必须深入到每个角色的情感、反应和个人说话的方式中去。"① 关汉卿笔下的燕燕之所以动人，正因为剧作家以燕燕的思想而思想，以燕燕的方式在懊悔，

---

① 马丁·艾思林：《戏剧剖析》，第102页。

并以燕燕的声吻在说话。以上三曲的妙处恰恰在此。从排场上看，演燕燕的角色在这一折中有大量内心独白，依中国戏曲的演出形式，是要唱出来，以感染观众，曲词如不精彩，是很难支撑台面的。我们须特别注意那灯蛾扑火的比喻，不仅是贴切的，也是美的、艺术的。原本在〔紫花儿序〕与〔幺篇〕之间有一段白，是关汉卿的竭力发挥之处，想元刊本有所删略，但已足够动人了：

> （云）我救这蛾儿。（做起身挑灯蛾科）
>
> 哎，蛾儿，俺两个大刚来不省呵！

不省，即不省悟。燕燕在这个贵族家中该是多么孤独！她内心的苦楚向谁倾诉？她只能与灯蛾剖白心迹。这是怎样细致精巧的文心！又是何等真切动人的巧思！

关汉卿驾驭语言的能力是惊人的，你看那看似平淡却耐人反复咀嚼的曲词："短叹长吁，千声万声；捣枕捶床，到三更四更。"如弹丸脱手，风行水上，自然而不乏厚味，平白中藏着沉重。用王国维的话说则是"直是宾白，令人忘其为曲"。至于"轻乞列""热忽剌"等口语的巧妙点缀，不仅增强了韵律感，同时也平添了生活气息，此又是不待言的。百炼钢而化绕指柔，关剧语言的本色当行于此可见。

西厢记　第一本第三折　　　　王实甫

〔越调拙鲁速〕对着盏碧荧荧短檠灯，倚着扇冷清清旧帏屏。灯儿又不明，梦儿又不成，窗儿外渐零零的风儿透疏棂，忒楞楞的纸条儿鸣；枕头儿上孤另，被窝儿里寂静，你便是铁石人，铁石人也动情。

明 仇英 西厢记图页

王实甫是一位能文能谐、能雅能俗的剧作家，他的笔墨，随着人物性格的发展和场景时序的流动，变化莫测，几使人无法揣度。上面这支曲子，是张生在"隔墙酬韵"之后，独自回到房中时所唱。先是张生高吟"月色溶溶夜"一绝，莺莺依韵和得一首"兰闺久寂寞"。张生兴奋异常，突然"撞出去"，见到月光下的莺莺正向着他"笑脸儿相迎"；不料红娘在一旁说"怕夫人嗔着"，竟携小姐回房而去。于是张生茫然若失，在心里怨恨"不做美的红娘忒浅情"。"忽听""一声""猛惊"的所谓"六字三韵语"正是此时所唱。按周德清《中原音韵》曾引此语，并认为作此语极难。此语及〔幺篇〕曲中的"宿鸟飞腾""花梢弄影""落红满径"，都是雅而又雅的曲词，或所谓"花娇月媚"的文字了。然而，及待张生满怀愁闷地回到自己房中，所唱曲词则完全是另一种格调了，即有俗有谐，颇入俚耳，无须加任何注释，一般读者都不难读懂。这支〔拙鲁速〕曲的妙处恰恰在此，它使我们在一睹"王实甫之词，如花间美人"（朱权《太和正音谱》）之后，再味王词的晓畅流宕，浑朴醇厚。因而于此曲我们看到了王实甫笔致的富于变化，并善于熔雅俗于一炉的独特风貌。

雅俗共赏，实在是一种很高境界的审美效应，莱辛在《汉堡剧评》中说得好："感情绝对不能与一种精心选择的、高贵的、雍容造作的语言同时产生……然而感情却是同最朴素、最通俗、最浅显明白的词汇和语言风格相一致的。"我国明代的戏剧评论家徐渭（1521—1593）亦谓："吾意，与其文而晦，曷若俗而鄙之易晓也。"（《南词叙录》）当然，这个问题是相对的，不能推向极端。王实甫此曲也不就是"俗而鄙"之词。作为戏曲语言，不能离开人物性格发展和特定场面。"酬韵"时宜雅，张生归舍后俗，乃是由场面和情境所决定的。关键是我们要深味王实甫怎样将二者融为一体，又十分协调。

闷在屋里陷入单相思中的张生，与逞才使能"高吟一绝"时的张生，心态是完全不同的。对着孤灯，斜倚帏屏，那神志是近乎呆痴的；灯影昏黄，辗转无眠，那心情是黯淡的；风透窗棂，窗纸呼啸，他感到凄凉和孤寂；孤枕独眠，又害相思，他怎能不失眠。所有这一切，都是因了"临去秋波"那一转的崔莺莺，那"笑脸儿相迎"，该是有情意吧？张生如何不动情！王实甫以朴实无华的语言，细致地描写了张生的神情心态，真的抓住了神髓，将这多情多义的西洛才人写活了。难怪金圣叹在此曲后面批云"亦是奇语"，又批道："至此始放笔正写苦况也。读之觉其一片迷离，一片悲凉，盖为数'是'字下得如檐前雨滴声，便摇动人魂魄也。"既说通俗晓畅，那么何以金圣叹要称奇呢？此曲奇在意脉，奇在细致的人物心理刻画，更奇在作者的能谐上。游殿相逢，隔墙酬韵，在莺莺仅仅是"拈花笑介"，"笑脸相迎"，也可以理解为客气与礼貌，然这位西洛才子则一痴再痴，以致不能自拔，这岂不是自作多情吗？王实甫写出了张生的钟情和几近痴狂，使人物性格可感可见，这不是奇笔又是什么？故以俗出奇乃是此曲的最大艺术特色。

西厢记　第二本第三折　　　　　王实甫

〔双调离亭宴带歇拍煞〕从今后玉容寂寞梨花
朵，胭脂浅淡樱桃颗，这相思何时是可？昏邓邓黑
海来深，白茫茫陆地来厚，碧悠悠青天来阔；太行
山般高仰望，东洋海般深思渴。毒害的怎么！俺娘呵，
将颤巍巍双头花蕊搓，香馥馥同心缕带割，长挽挽
连理琼枝挫。白头娘不负荷，青春女成担搁，将俺
那锦片也似前程蹬脱。俺娘把甜句儿落空了他，虚
名儿误赚了我。

　　此曲为《赖婚》一折的尾曲，是莺莺埋怨母亲、独倾内心愤恨
之词。先是张生修书白马将军杜确，解了普救寺之围，老夫人事前
曾当众宣布，谁能解围，即将莺莺嫁给谁。不料事平之后，老夫人
又以种种借口赖婚，让莺莺拜张生为哥哥。张生又气又急，十分烦
闷；莺莺更是从心底里怨恨不已，以为"老夫人谎到天来大"。上
面这支曲子正是莺莺在气恼怨怒之时，忍无可忍的内心独白，其妙
处在于作者体贴人物心理活动恰切、生动，又"以神以韵"，巧到
独至，谓"从人心中偷取出来"，不为过也。首句由白居易《长恨
歌》中的"玉容寂寞泪阑干，梨花一枝春带雨"二句蜕化而来，可
谓雅之至矣。然"实甫要是读书人，曲中使事，不见痕迹，益见炉
锤之妙"（王骥德校注本《西厢记》评语）。"胭脂"句承上文义，
写愁容憔悴，暗淡无光。"何时是可"，犹言（相思愁绪）何时是

了。"昏邓邓"以下三句排比，写老夫人突然变卦，使得一对有情
人被阻隔，更增相思之苦。"太行山"二句极言莺莺对爱情幸福之
渴望和企盼。以上数句不为不雅，使事作譬颇多书卷气。从"毒害
的恁么"始，纯是怨恨牢骚，笔致也自然而然地有了变化。"俺娘
呵"衬字以下又是三句排比，与前面"昏邓邓"等三句皆为"扇面
对"，或称"鼎足对"，下得极巧，韵律亦谐调上口。尽言老夫人拆
散一对有情人的无情无义。"白头娘不负荷"，犹如说俺母亲不负
责，将俺的青春、前程都断送了。故结二句说误了张生，也误了莺
莺我。"甜句儿落空了他"，指老夫人赖婚，出尔反尔。"他"，指张
生。"虚名儿"一句，指老夫人如此背信弃义将莺莺也误煞了。全
曲所流露出的愤怨简直无法遏制。后半部分写得似喁喁小儿女细微
心地，传神入化，令人叹为观止，其俗味自出，恰与前半部分形成
映照，且浑化蕴涵，耐人咀嚼。这是一种大俗大雅、浑然一体的
美，非大手笔难以措置。王骥德评曰："《西厢》妙处，不当以字句
求之，其联络顾盼，斐亹映发，如长河之流，率然之蛇，是一片

明　仇英　西厢记图页

段好文字，他曲莫及。"又云："《西厢》诸曲，其妙处正不易摘。王元美《艺苑卮言》至类举数十语，以为白眉，殊未得解。"意即欣赏《西厢》之曲，不可断章取义，寻文摘句，而当从戏剧情境和矛盾冲突、人物性格着眼，方能领略到其中奥妙。这其实也是欣赏剧曲与欣赏诗词的不同之处，明乎此，乃可读戏曲作品。金圣叹读《西厢》可以说是读出了真味，他在"昏邓邓"等三句后批道："索性畅然并自己言之，真不复能忍也。"又在"毒害的恁么"后面批道："高鸟良弓，千古同叹！"对曲中的"白头娘""青春女"之对举，看做是"锥心出想"。圣叹读书之抉微探幽精神，正可为我们提高鉴赏能力提供启发。更有趣的是圣叹在此曲最后的批语："看他至篇终，越用淋淋漓漓之墨作拉拉杂杂之笔。盖满肚怨毒，撑喉拄颈而起；满口谤讪，触齿破唇而出。"就是说读了此曲，我们仿佛看到了莺莺咬牙切齿，怨恨之火中烧，但又不好当着母亲面发作，只能回到房中暗自生气的神情，人物心理活动和外部形态一并活脱脱呈现出来，王实甫之笔用作几面，力度之遒劲，正自可见。

西厢记　第四本第三折　　　　王实甫

〔正宫端正好〕碧云天，黄花地，西风紧，北雁南飞。晓来谁染霜林醉？总是离人泪。

〔滚绣球〕恨相见得迟，怨归去得疾。柳丝长玉骢难系，恨不倩疏林挂住斜晖。马儿迍迍的行，车儿快快的随，却告了相思回避，破题儿又早别离。猛听得道一声去也，松了金钏，遥望见十里长亭，减了玉肌：此恨谁知？

〔叨叨令〕见安排着车儿马儿，不由人熬熬煎煎的气；有甚么心情花儿靥儿，打扮的娇娇滴滴的媚；准备着被儿枕儿，只索昏昏沉沉的睡；从今后衫儿袖儿，都揾做重重叠叠的泪。兀的不闷杀人也么哥？兀的不闷杀人也么哥？久已后书儿信儿，索与我恓恓惶惶的寄。

《西厢记》的第四本第三折通常称为"长亭送别"或"哭宴"，它紧接"拷红"，老夫人对张生称"俺三辈儿不招白衣女婿，你明日便上朝取应去"，分明是赖婚故伎的重演，说是逼试亦未为不可。张生只得打点行囊，赴京取应，崔家一家人送张生来到十里长亭，与张生饯别。这时莺莺的内心愤怨更有甚于老夫人赖婚之时，而且，一朝与张生私下结合，情意笃深，怨怅更兼离愁，心情十分复杂。徐士范本此折题评曰："此折叙离合情绪，客路景物，可称词

清　费丹旭　风月秋声　西厢记图册

曲中赋。"赋者敷陈铺排、竭力渲染者也。莺莺和张生乍相谐又各东西，正是所谓"却告了相思回避，破题儿又早别离"。离别在即，依依难舍，又恰值暮秋时节，更增人无限伤情。

〔正宫·端正好〕曲抒情写景融成一片，以萧瑟秋风、霜林尽染来衬托离人心绪。本来碧云黄花，大雁高飞是很美的，富有诗情画意，然结二句一问一答，遂使景物染上了感伤色彩，正是金圣叹所说

的"滴泪滴血而抒是情"。"霜林醉",是说红叶烂漫,红得醉人,或理解为红叶如同醉了般殷红,古人素有"醉颜酡"之说。此曲从范仲淹〔苏幕遮〕词化来,然贴切自然,使人不觉。一折之首曲,点出时、地、人,且色彩斑斓,秋色如绘,是好丹青手!此曲所以历来为人们所激赏,更在于它情景交融,滴泪滴血,至真至切,堪称绝唱。如用金圣叹的话说,是"绝妙好辞"!

〔滚绣球〕曲全写莺莺的心理活动,细微真切。"恨相见得迟,怨归去得疾",纯是怨词;接着以柳丝系马、疏林挂住夕阳的想象,以状莺莺心中对别离的诅咒和怨怼。至"马儿迍迍的行,车儿快快的随",就更是绝妙无比了。金圣叹曾在此洋洋洒洒有一段批文:"必也马儿则慢慢行,车儿则快快随,车儿既快快随,马儿仍慢慢行,于是车在马右,马在车左,男左女右,比肩并坐,疏林挂日,更不复夜,千秋万岁,永在长亭。此真小儿女又稚小、又苦恼、又聪明、又憨痴一片的微细心地,不知作者如何写出来也。"这里戏剧情境是张生在马上,走在前;莺莺坐车儿,行在后,马快车慢,要图得两人眼相望,目相招,就必须马走得慢些,车行得快些,为图得相守一刻,但愿时间停滞。这是怎样一种微妙细致的心态啊!结句点出恨字,悲戚沉郁,使人黯然。而"松了金钏""减了玉肌",都是极度夸张的。妙在这种相思之恨,唯有两人互知,别人是无法想象的,这就将莺莺这一贵族少女恋爱的心理情态发掘得更为细微,也更富有层次感,故金圣叹在"此恨谁知"后批道:"惊心动魄之句,使读者亦自失色。"这不仅是代角色立言,更是代角色立心的曲词。

紧接着的〔叨叨令〕曲,更加细腻生动地揭示了莺莺的黯然神伤、无情无绪,将离愁别绪写得更加生动感人。此曲全用口语,音韵跳荡多用叠字句,与莺莺焦灼、伤感的情绪恰好合拍,如泣如诉,声声悲咽。值得我们注意的是,这折俗称"哭宴"的曲词宾白,始终没让莺莺哭出来,只是"阁泪汪汪不敢垂"。莺莺是相国千金，守着老夫人、红娘以及法本，强忍泪水。这就显得格外的真实，加倍的感人。这种引而不发、含蓄蕴藉的艺术手法，给我们以丰富的启发。有的研究者认为，在这折戏中，作者的心与他笔下的男女主人公是相通的，否则很难写得如此动人。从中国古典美术角度视之，乃是"写忧造艺"之法。钱锺书先生在《管锥编》中说："不平之善鸣，当哭之长歌，即为'为缠''为膺'，化一把辛酸泪为满纸荒唐言，使无绪之缠结，为不紊之编结，因写忧而造艺是也。""写忧造艺"，就是胸有不平，心有积郁，借文学作品的形象而出之，深切体察，攫魂取魄，只有这样，才能造成魅人之意境。比如〔叨叨令〕曲一如小儿女的絮絮聒聒，喃喃碎语，似俗而率；细味之，又可感可知，妙趣迭出。徐士范谓："连句用重叠字便见情深。"王伯良曰："'书儿信儿'句，悲怆之极。"从本质上看，所有这些，都是作者"写忧造艺"的结果。

总之，以上三曲，缠绵流转，雅俗相济，与"惊艳"之"秋波一转"相较，又别是一番情趣。但含蓄深邃、不刻不露，却是王实甫的一贯风致，亦即既华美又自然，无怪数百年来人们反复赞叹，激赏不已。

梧桐雨　第四折　　　　　白　朴

〔滚绣球〕这雨呵，又不是救旱苗，润枯草，洒开花萼；谁望道秋雨如膏。向青翠条，碧玉梢，碎声儿毕剥，增百十倍歇和芭蕉。子管里珠连玉散飘千颗，平白地濺瓮番盆下一宵。惹的人心焦！

〔叨叨令〕一会价紧呵，似玉盘中万颗珍珠落；

一会价响呵，似玳筵前几簇笙歌闹；一会价清呵，似翠岩头一派寒泉瀑；一会价猛呵，似绣旗下数面征鼙操。兀的不恼杀人也么哥，兀的不恼杀人也么哥！则被他诸般儿雨声相聒噪。

〔黄钟煞〕顺西风低把纱窗哨，送寒气频将绣户敲。莫不是天故将人愁闷搅？前度铃声响栈道，似花奴羯鼓调，如伯牙水仙操。洗黄花润篱落，渍苍苔倒墙角；渲湖山漱石窍，浸枯荷溢池沼；沾残蝶粉渐消，洒流萤焰不着；绿窗前促织叫，声相近雁影高；催邻砧处处捣，助新凉分外早。斟量来这一宵，雨和人紧厮熬。伴铜壶点点敲，雨更多泪不少。雨湿寒梢，泪染龙袍；不肯相饶，共隔着一树梧桐直滴到晓。

《梧桐雨》杂剧有些特殊，与通常杂剧的高潮在第三折不同，此剧高潮在第四折。然这个高潮不是人物行动与戏剧冲突带来的，而是由一种情绪引发的，或言一种无限伤感的主观意绪促成的，是最为典型的夺他人酒杯浇自家块垒。白朴借唐明皇自蜀还京，凝望杨妃影像的孤独和悲凉景况，衬以秋夜苦雨滴打梧桐的环境，尽情地抒发了内心的失落感与幻灭感。故国之思的切肤之痛，壮志难酬的抑郁之情，前路茫茫的无法预料，汇聚拢来，形成一种不可抗

《梧桐雨》插图

拒的情绪流，喷涌而出，无法遏止。一套〔正宫·端正好〕，连续23支曲子，一气呵成，淋漓尽致，只有马致远《汉宫秋》第三折〔双调·新水令〕套曲或孔尚任《桃花扇·余韵》中的〔哀江南〕套曲，方能与之媲美。因此，或可以说，《梧桐雨》在某种意义上可以看做是一种完全独特的情绪剧或抒情诗剧，而非通常意义上的情节剧或冲突型戏剧。或者也可以说，这部作品是具有更多诗人气质的抒情性作品，而不是通过故事情节和戏剧冲突去表现一个明显的思想，塑造一个鲜明生动的人物形象，甚至也无多么具体意义上的所谓寄托，这是白朴的一种艺术追求，若以通常衡量戏剧的尺子去看此剧，怕是明显的枘凿不入。关于这一点，吴瞿安先生看出了个中消息，他在《中国戏曲概论》中说："《秋雨梧桐》，实驾'碧云黄花'之上，盖亲炙遗山謦欬，斯咳唾不同流俗也。"在《瞿安读曲记》中，他说得更为明确："仁甫之编声谱，亦用以自晦也。"一是指出了作品的诗化倾向，二是道出了白朴在剧作中的主观情绪抒发。

　　曲论家们对白朴《梧桐雨》评价都很高，主要是着眼于曲词的优美。如清朱彝尊称"览金元院本，最喜仁父（甫）《秋夜梧桐雨》，以为出关、郑之上"（《天籁集·序》），梁廷枏也说《梧桐雨》"数曲力重千钧"（《曲话》）。王国维谓"白仁甫《秋夜梧桐雨》剧，沉雄悲壮，为元曲冠冕"（《人间词话》）。又在《录曲余谈》中说："余于元剧中得三大杰作焉。马致远之《汉宫秋》，白仁甫之《梧桐雨》，郑德辉之《倩女离魂》是也。马之雄劲，白之悲壮，郑之幽艳，可谓千古绝品。"

　　这里所选三曲，是23支曲中写雨的连宵不断，令人心焦部分。〔滚绣球〕曲中的"增百十倍歌和芭蕉"句，说的是雨不仅敲打着梧桐叶，也断断续续敲打在芭蕉叶上，两种声音交替着此起彼伏。歌和，指声音交替相和。子管里，亦作"则管里"，意为一味地、无休无歇地。"子管里"与下文"平白地"相对，谓没来由雨下得如此之大且没完没了。〔叨叨令〕曲连着八句，以各种不同声响比拟雨声，似受白居易《琵琶行》中以水流比拟弦声，乃是一种通感。第四折的最后一曲〔黄钟煞〕尤妙，你看曲家大处着眼，细处落笔，意韵不尽，余味绵渺。大处是西风寒气、铃声栈道，如羯鼓琴音。花奴，指唐玄宗时汝南王李琎，其小名花奴，善击羯鼓（西域所传一种打击乐器），为玄宗所喜爱，事详唐南卓《羯鼓录》。传说春秋时的伯牙，学琴于成连先生，三年而未成。成连带伯牙往东海蓬莱，伯牙面对汹涌的波涛和山林鸟鸣，谓"先生移我情矣"，于是创作了流传千古的琴曲《水仙操》。事见《乐府解题》。

细处则在"洗黄花"以下。文心之美，尽在于此。看那雨洗黄菊，格外鲜艳；苍苔润雨，湛绿无比；湖山濛濛，奇石棱棱；枯荷斜倚，池水流溢。特别是"洒流萤"以下数句，悬想遥思，以揣以摩；的的微细，妙语连连。蝴蝶不见了踪影，怕是其翅膀被打湿了；萤火虫躲起来了，雨雾潮湿使它无法展开萤囊。蟋蟀在轻轻地叫，大雁在高高地飞……极目遥想，浑融一片；泪水雨水，难分难解。总之，此尾曲将此前数曲所营造的意境推向了极致。

白朴剧作风格多样，笔调各异。他擅写悲剧，也长于喜剧。前者以《梧桐雨》名于世，后者则以《墙头马上》最具代表性。《梧桐雨》第四折的 23 支曲，表现了白朴的诗人气质，以及这部剧作艺术风格上的不同追求。

汉宫秋 第三折　　　　　　马致远

〔七弟兄〕说什么大王、不当、恋王嫱，兀良，

怎禁他临去也回头望！那堪这散风雪旌节影悠扬，
动关山鼓角声悲壮。

　　〔梅花酒〕呀！俺向着这迥野悲凉，草已添黄，
兔早迎霜。犬褪得毛苍，人搠起缨枪，马负着行装，
车运着穰粮，打猎起围场。他他他，伤心辞汉主；
我我我，携手上河梁。他部从入穷荒，我鸾舆返咸
阳。返咸阳，过宫墙；过宫墙，绕回廊；绕回廊，
近椒房；近椒房，月昏黄；月昏黄，夜生凉；夜生
凉，泣寒螀；泣寒螀，绿纱窗；绿纱窗，不思量。

　　〔收江南〕呀！不思量除是铁心肠！铁心肠也
愁泪滴千行。美人图今夜挂昭阳，我那里供养，便
是我高烧银烛照红妆。

清　袁耀　汉宫秋月图

　　《汉宫秋》是著名历史悲剧。作品以长
期流传于民间的王昭君故事为题材，突破了
前人在处理这一题材时的窠臼，以汉元帝与
王昭君的生离死别作为主要情节，突出地表
现了王昭君的民族气节以及她对故国、家园
的深切怀念之情。按正史所载，宁胡阏氏，
八十而终。王昭君出塞和番后同呼韩邪单于
生有一子，单于死后，昭君又按匈奴习俗同
呼韩邪大阏氏的长子生有两个女儿，最后终
老匈奴。马致远的《汉宫秋》杂剧却写昭君
与元帝相别，留下汉家衣裳，在番汉交界处
的黑江，自沉明节。这个关目与历史事实距
离很大。应该说，这是整个杂剧艺术构思的

焦点。马致远这样写，与他所处的社会现实密切相关。着力描写汉元帝与昭君的依依别情，正在于突出昭君的牺牲精神。可见，这本杂剧虽然是"末本"戏，以元帝为主角，但剧作家的用心明显在塑造王昭君这样一个为国家和民族利益不惜牺牲个人生命的艺术形象。也就是说，作品在人物关系上以汉元帝为主，而在思想意义的表达上又是以王昭君为主。一切从元帝眼中看去，昭君的情态意绪却被刻画得细致生动，鲜明突出。这是非常巧妙的处理。这折戏一般称为"灞桥饯别"，或简作"饯别"，是全剧的高潮所在。淋漓尽致的抒情，一唱三叹的急促节奏，是这折戏最突出的艺术特色和基调。这里选的三曲，一气呵成，不容间阻；长歌当哭，不可遏止。它有力地表现了汉元帝望着昭君留下汉家衣服随番使远去时，那种捶胸顿足、愧悔不迭的感伤心情。

〔七弟兄〕一曲，短促有力，声情并茂。"大王、不当、恋王嫱"，正是所谓"六字三韵语"，元人周德清在《中原音韵》中曾举《西厢记》中的"忽听、一声、猛惊"为例，认为作此语甚难。其实关键在于用得自然巧妙，"六字三韵语"并不神秘的。这里就下得极巧，也很自然。马致远不仅是杰出的戏曲作家，更是散曲大家，他的"六字三韵语"与剧中人物感情起伏、声泪俱下的情境十分吻合，曲词断而不断，似断实连，恰好写出了元帝哽咽的情态。风雪旌节，鼓角声声，概括地勾勒出塞上风光，特别是写昭君步步回头的一笔，造型力极强，也极饶感情色彩，一个风沙满鬓、怀抱琵琶、一步一回头的昭君形象，仿佛也进入了读者的视野。马致远毕竟是"曲状元"，他接下来以"兀良"作感叹，更增强了曲词的感染力。"兀良"是用于句首的感叹词，无实意。结二句的"散"字、"动"字都用得既巧妙而又富神韵。"散"字极写塞上风雪之猛、之大；"动"字更是写出了鼓角的气势。

〔梅花酒〕和〔收江南〕二曲，先写塞外的悲凉景色：草衰霜严，继写犬、马、人、车，进一步突出异域风情。"兔早迎霜"（《元曲选》本作"色早迎霜"，误）句中的迎霜，指白色，迎霜兔即指白兔，此处乃以兔白以状霜白。写景之后，着重写昭君的伤心辞别，元帝的凄然遐想。景致的悲凉凄迷，异域的风土人情，既是生离死别的场所，又是人物心绪的衬托。一个渐行渐远，一个上岗凝望，元帝禁不住想到返回咸阳宫中后，物在人渺，寂寥和思念一定会苦苦缠绕着他，于是就有下面"返咸阳，过宫墙"等一连串黯然神伤的曲词。这是古典戏曲中描绘人物心理情态不可多得的佳构妙想。其中"携手上河梁""高烧银烛照红妆"是化用古人成句，前者出于《文选》中《李少卿与苏武诗》，后者出于苏轼《海棠诗》，然点化得极巧，也极自然，平添了全曲的抒情诗意味，故历来为人们击节叹赏。一系列三字粘连句的使用，显得急促悲怆，犹如口中喃喃、心中默念，写尽了元帝魂不守舍的颓然情态。如此回环复沓、催肝断肠的曲词，充分发挥了曲的长处，艺术效果十分强烈。王季思主编的《中国十大古典悲剧集》在《汉宫秋》第三折三支名曲上端批道："〔七弟兄〕以下三曲，先写别离场景的悲凉，字字着色，语语生情；'銮舆返咸阳'以下，以首尾相接、回环相生的叠句，抒发别后凄凉的想象，节促音哀，沉痛欲绝；至〔收江南〕曲，忽又下一转语'不思量，除是铁心肠'，见得这种因国家的衰弱而带来的民族灾难，绝不是元帝个人的悲哀，意境就更深广了。"这是很有识见的批评。明人孟称舜也说，《汉宫秋》第三折"全折俱极悲壮，不似喁喁小窗前语也"（《古今名剧合选·酹江集》）。可见《汉宫秋》虽写了爱情，但在爱情描写的背后，更有深意在，那就是对家国兴亡的无限感慨，这在当时是有着深刻的历史背景的。马致远对昭君出塞和番这一历史事件的重新处理，分明是有所寄托的，可以说这反映了元代知识分子的共同心态。

这三支曲子还有一点值得我们特别加以注意，即马致远伤感得几近绝望的情绪，在通过曲词表达出来的时候，却又很有意境、很美。这不仅仅依赖于马致远高超的技巧，关键还在于作家对宇宙人生的执著谛视，即所谓"意境的深广"。意境的独辟和灵透，来源于真切的感受，亦在于深邃的人生思考和宇宙意识。宗白华在说明什么是"艺术境界"时指出："以宇宙人生的具体为对象，赏玩它的色相、秩序、节奏、和谐，借以窥见自我的最深心灵的反映；化实景而为虚境，创形象以为象征，使人类最高的心灵具体化、肉身化，这就是'艺术境界'。"（《中国艺术意境之诞生》）① 玩味这段话，再观三曲，不难看出，马致远的心灵乃借昭君故事折射出来，这便是此三曲的深层意蕴。至于马致远的能虚能实，空灵得好似碧玉剔透，扎实得有如把手扪桩，已是第二义的东西了。

看钱奴　第二折　　　　　　　　　郑廷玉

〔滚绣球〕我这里急急的研了墨浓，便待要轻轻的下了笔划。呀！儿也，这是我不得已无如之奈。可着我斑管难抬。这孩儿性情乖，是他娘肠肚摘下来。今日将俺这子父情可都撇在九霄云外，则俺这三口儿生扢扎两处分开。做娘的伤心惨惨刀剜腹，做爹的滴血簌簌泪满腮，恰便是郭巨般活把儿埋。

〔倘秀才〕俺儿也差着一个字千般的见责。那员外伸着五个指十分的便搵，打的他连耳通红半壁腮。说又不敢高声语，哭又不敢放声来，他则是偷

---

① 宗白华：《艺境》，北京大学出版社 1987 年版，第 151 页。

将那泪揩。

〔滚绣球〕也曾有三年乳十月胎，似珍珠掌上抬。甚工夫养得他偌大，须不是半路里拾的婴孩。我虽是穷秀才，他觑人忒小哉。那些个公平买卖，量这一贯钞值甚钱财。他道我贪他香饵终吞钓，我则道留下青山怕没柴。拼的个搁笔巡街。

〔倘秀才〕如今这有钱的度量呵，做不的三江也那四海，便受用呵多不到十年五载。我骂你个勒掯穷民狠员外，或是有人家典段匹，或是有人家当环钗，你则待加一倍放解。

〔塞鸿秋〕快离了他这公孙弘东阁门程外。再休想汉孔融北海开尊待。多谢你范尧夫肯付舟中麦。怎不学庞居士豫放来生债。他他他则待掐破我三思台，他他他可便撷破我天灵盖，走走走早跳出了齐孙膑这一座连环寨。

〔随煞〕别人家便当的一周年，下架容赎解。他巴到那五个月，还钱本利该，纳了利从头儿再取索，还了钱文书上厮混赖。似这等无仁义愚浊的却有财，偏着俺有德行聪明的嚼齑菜。这八个字穷通悫的排，则除非天打算日头儿轮到来。发背疔疮是你这富汉的灾，禁口伤寒着你这有钱的害。有一日贼打劫火烧了你院宅，有一日人连累抄没了旧钱债，恁时节合着锅无钱买米柴，忍饥饿街头做乞丐。这才是你家破人亡见天败。你还这等苦克瞒心骂我来，直待要犯了法遭了刑，你可便恁时节改！

《看钱奴》杂剧是我国古典讽刺喜剧中具有典范意义的杰作，只要剥去它轮回转世、因果报应的外壳，就能尝到其独特的美味。本剧第二折周荣祖夫妇为穷所迫，在大风大雪中出卖儿子的那一场，写得特别好。以上六曲，便是第二折中正末扮周荣祖所唱。

卖儿鬻女，本是人世间最令人伤心惨目的景象，但本剧作者却出之以别一种笔调，穿插了大量的科诨，以突出地主贾仁的吝啬。一方面是周荣祖夫妇的无限伤痛，与自己的亲生骨肉诀别；另一方面是贾仁既要买人家的儿子，又放刁要赖，不肯出钱。两相映照，涉笔成趣。

《看钱奴》插图

戏的规定情境是风雪交加，寒风凛冽。穷秀才周荣祖挈妇将雏急着赶路，由于饥寒交迫，实在无奈，于是通过门馆先生陈德甫说合，狠狠心，决定将儿子长寿卖与地主贾仁。一干人来到贾仁家门首，贾仁要周荣祖立下文书字据，立约之后不许反悔，如反悔，须罚宝钞一千贯。这时周荣祖十分痛楚，万般割舍不下却又无可奈何，终于拿起了沉重的笔。

〔滚绣球〕"我这里"二句，写周荣祖狠下一条心，正待下笔写文书。"急急的"二字下得极妙，使我们仿佛看见了走投无路的穷秀才为摆脱这种令人难以忍耐的痛苦和煎熬，内心如焚。"轻轻的"三字更富于表现力。亲手写文书卖掉亲儿子，如何下得手啊！因此，三个字写出了周荣祖的几乎无力握笔。他手中的笔也好像有千斤重，遂有"斑管难抬"之词。孩子是那样聪明，又是爹的骨娘的肉，眼下，还说什么父子之情，母子之恋，一家三口硬是要分开了。接下来两个对句，将父母疼爱亲子的感情写得更加细致、真切。"伤心惨惨刀剜腹""滴血簌簌泪满腮"，写尽了荣祖夫妇骨肉分离时撕心裂胆般的伤痛心情。结句以郭巨埋子事作比，是进一步强调无可奈何。郭巨为晋时人，事母至孝，因其子分食祖母食物，巨故欲掘地埋儿。事见干宝《搜神记》。郭巨是二十四孝之一，这里只取无可奈何方埋子之义，非取孝顺义。

〔倘秀才〕曲写周长寿不肯在贾仁面前改口说自己姓贾，竟招贾仁及其妻子的毒打，荣祖夫妇亲眼看见，不胜悲戚。原剧在〔滚绣球〕与〔倘秀才〕之间有一大段科白，叙述的正是长寿挨打经过。"差着一个字千般的见责"即指此。"那员外"指贾仁，"掴"，以掌击面。"十分的"，犹言恶狠狠的，一点儿也不手软。"说又不敢"以下三句，细致刻画出长寿的表情，"偷将那泪揩"句，读之令人酸鼻。亲生父母未离开尚且如此，何况日后寄人篱下，长寿的苦难还在后头哩。

接下来的〔滚绣球〕曲，着重揭示周荣祖的内心活动，同时对贾仁的不仁不义进行谴责。穷人家的孩子也是母亲十月怀胎、三年哺乳，也都是父母的心肝宝贝，托在掌上，抱在怀中。含辛茹苦抚养长大，一样的不容易啊。贾仁以一贯钞与荣祖，简直是乘人之危，恃强抢夺。就是这一贯钞，也等于抽贾仁一条筋一样。荣祖妻说得是：一贯钞便买个泥娃娃儿，也买不得。荣祖也看出来，贾仁分明是以饵相钓，巧取豪夺。于是荣祖想到"留得青山在，不怕没柴烧"的俗话，决定即使沿街卖诗文讨吃，也不卖儿子了。

原剧在〔滚绣球〕曲之后，是大段科白，好心的陈德甫在贾仁面前为周荣祖斡旋，说一贯钞太少了，天色已晚，人家周秀才要领儿子上路。贾仁咬咬牙，又添一贯钞，还振振有词地说如若反悔，罚钞一千贯，最后还是陈德甫以自己辛辛苦苦得来的两个月的教书所得，凑成四贯钞给周荣祖。周荣祖一面谢过门馆先生，一面破口大骂贾仁，这便是下面的〔倘秀才〕曲。"如今这"等三句，挖苦贾仁悭吝、小气，度量小得可怜，诅咒这地主享受不了多久。"我骂你"等四句，揭露了贾仁残忍和作孽。"勒掯"，就是勒索逼迫。"典段匹"与"当环钗"相对，指为穷困所迫，典当衣物、首饰；"加一倍放解"，是说赎当之时要加一倍的利息。贾仁是一个穷凶极恶的地主，他家有"鸦飞不过的田产"，却悭吝苛刻，贪得无厌，是一个十足的吸血鬼。作者通过周荣祖的痛骂，深刻地揭露了封建时代财主们横行乡里、压榨穷人的丑恶嘴脸。

　　紧接着的〔塞鸿秋〕曲，写荣祖与贾仁的正面冲突进一步激化，几乎动起手来。"公孙弘东阁门楹外"二句，是反语讥诮，言外之意穷富之间不相干涉，还是早抽身离开这是非之地好。公孙弘，汉代元朔中为丞相，封平津侯。传说他曾开东阁以延士，将俸禄都拿来招待宾客。门楹，即门柱。孔北海，就是东汉的孔融，因其曾为北海相，故称。《后汉书·孔融传》中载孔融喜宴宾客，曾说："座上客恒满，樽中酒不空，吾无忧矣。""多谢你"句是对陈德甫讲的，"怎不学"句则又是挖苦和警告贾仁。范尧夫，指宋代的范纯仁，范仲淹之子，传说他载一船麦子回家，路上遇到好友石曼卿，知道石家有三件丧事未办，就慷慨地将一船麦子送给了石曼卿，后来便以此事喻指那些慷慨解囊、助人为乐的人。事见宋人洪迈的《冷斋夜话》。庞居士是指唐朝的庞蕴，传说他放债从不催债，一日竟梦见家里的牛马谈话，说都是前世欠了庞家的债，今生转为牛马来还债的。于是，庞蕴便将所有的钱都丢到海里，并称不敢收取来生的债务。以下三句写荣祖的话激怒了贾仁，这黑心的财主竟要动手打穷秀才。"三思台"和"天灵盖"都是指脑壳。荣祖无奈，只好离开了这无理好讲的是非之地。孙膑连环寨，指战国时齐魏"马陵之战"中齐孙膑布阵大破魏兵事，见《史记·孙子吴起列传》。这里只是一般借用，说贾仁家是多是多非的危险处所。

尾曲〔随煞〕写荣祖边走边骂，骂得更加痛快淋漓。荣祖说别人即便典当，少不得一年还可赎当，这贾仁竟不到半年就索本逐利，甚至人还未走，文书字迹未干就耍赖放刁，世间无仁无义之辈竟如此可恨。"似这等"以下荣祖骂不绝口的一段，发泄的乃是作者主观上一种对当时社会总体的愤怒和不平。"无仁义愚浊的却有财"，"有德行聪明的嚼齑菜"，这世道明明是颠倒的。说什么八字命定，却是应该再颠倒过来。这反映了元代知识分子的苦闷和牢骚心理。齑菜即腌菜。"轮到来"即颠倒过来。"发背疔疮"以下数句，是荣祖对贾仁的刻薄诅咒。疔疮，在古代被认为是一种绝症，背上长疔疮尤其凶险，九死一生。禁口，指不能吃东西；伤寒在古代也是一种绝症。总之荣祖仇恨贾仁，咒他遭天报，临祸殃，咬牙切齿，什么解恨骂什么。其神情声吻之酷肖，如在眼前。

这六支曲子颇能代表郑廷玉的语言风格，即通俗朴素、质实逼真，具有浓厚的生活气息。特别是〔随煞〕曲，泼辣爽利，直是口语，读起来火辣辣的。行文造语如掉臂而出，飞行自在，有喷涌激跳、淋漓痛快之感。郑廷玉之曲质而不俗，文而不涩，介在微茫间，乃元人本色派中突出一军旅也！

风光好 第一折 戴善夫

〔金盏儿〕我这里觑容颜，待追攀。嗨、畅好是冷丁丁沉默默无情汉。则见那冬凌霜雪都堆在两

眉间，恰便似额颅上挂着紫塞①，鼻凹里倘着蓝
关②。可知道秀才双脸冷，宰相五更寒③。

　　戴善夫的《风光好》是元人杂剧中一本韵致独特的风情喜
剧。剧写宋初翰林学士陶谷奉使南唐，名以索图籍文书，实则充
当说客劝降。南唐丞相宋齐丘将陶羁留馆驿之中，并与升州太守
韩熙载计谋，欲赚陶谷。初以金陵名妓秦弱兰陪侍陶谷宴饮，陶
摆出一副正人君子、不近女色的面孔。接着韩熙载于驿馆粉壁之
上发现陶谷写的一首藏头诗，知其不堪旅邸寂寥，便又使秦弱兰
扮作驿吏之妻挑之，遂戳穿陶谷假象，并赚得陶写在汗巾上的情
词《风光好》。待到陶发现上了圈套，已不能再回大宋，只得往
故友杭州钱俶处。宋灭南唐，弱兰避难杭州，由钱俶出面斡旋，
陶、秦终于结为夫妻。杂剧本于宋郑文宝《南唐近事》中关于
《风光好》词的逸话，又见于宋人洪遂《侍儿小名录》及僧文莹
《玉壶清话》，冯梦龙《情史》中辑有此事，入"情累类"。此外，
《宋元戏文辑佚》存《陶学士》残曲两支，戴善夫杂剧或许受到
过早期南戏的影响。
　　这支〔金盏儿〕曲，是第一折中秦弱兰唱的。当韩熙载命秦弱
兰以陪侍宴饮为名，实施智赚陶谷计划之前，弱兰凭着自己对士大
夫文人的深切了解，认为陶谷的所谓"生性威严，人莫敢犯"不过
是假相而已。她十分自信，不无嘲弄地认为"则消得我席上歌《金
缕》，管取他尊前倒玉山"，"则着这星眸略瞬盼，教他和骨头都软
瘫"（〔后庭花〕）。结果在席间却完全出人意料，陶谷竟丝毫不为

---

① 紫塞：指长城，亦泛指北方边塞，此喻指霜雪。
② 蓝关：即蓝田关，在今陕西蓝田东南，此借指冰雪。
③ "秀才双脸冷"二句：古时读书人寒窗苦读，冬天冻得周身冰冷；古代宰相和大臣冬天早晨
　列队上朝，冒着严寒，故以此借喻。

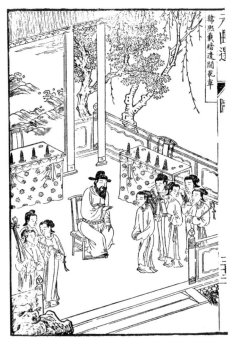

《风光好》插图

所动。作者着眼于全剧通体结构，在这里安排了一个充满喜剧气氛的跌宕，使这里的戏剧场面特别富于情趣。酒宴上，陶谷冷鼻子冷脸，正襟危坐，俨然是个圣贤夫子，他说什么"大丈夫饮酒，焉用妇人为！吾不与妇人同食，教他靠后，休要恼怒小官"。又说"小官一生不喜音乐，但听音乐头晕脑闷"。看来，席间的陶谷是断断不近声色了。正是在这样的戏剧情势下，旦扮的秦弱兰唱了这支〔金盏儿〕曲。此曲写得活泼跳脱，异常生动，且介于雅俗之间，浑朴自然。一个"觑"字，写尽了弱兰在特定场合的神态举止——她在察言观色，伺机行动，也就是"待追攀"。又一个"嗨"字，写尽了弱兰最初施展手段不能奏效的无可奈何。接下去的"畅好是冷丁丁沉默默无情汉"一句，是将信将疑。眼前这人如何是这等古古板板呢？外表倒像个贤人君子，骨子里究竟如何呢？弱兰在思索判断着。接着，以弱兰眼中所见，细写陶谷的一张脸。写脸又重在写神色，集中突出了一个"冷"字。作者连用三个极度夸张的比喻：两眉间如冬凌霜雪，额颅上挂着紫塞，鼻凹里好似躺（倘，同躺）着蓝关。紫塞，使人联想到塞北的雨雪风霜，大漠的凄寂苍凉；蓝关，则会让人油然吟起韩愈的诗句："云横秦岭家何在？雪拥蓝关马不前。"（《左迁至蓝关示侄孙湘》）紫塞和蓝关对举，工整而不失其雅，用来写一个人的脸，却是奇特而又别致的；巧妙自然，又不令人费解，戴善夫匠心独运处，庶几可见。

吴瞿安说："戴善夫《风光好》俊语翩翩，不亚实甫也。"（《中国戏曲概论》）俊语，非指丽词艳藻，而是指戏曲语言的活泼生动、真切自然。不亚实甫，亦当指在刻画细微、传神毕肖方面可与《西厢记》齐观。至于此曲的结尾二句，更是轻轻道出，将"冷"写到了极致。此刻才领教了读书人和做官者的脸冷面寒，简直有些阴森可怕了。就中透出轻蔑和不屑，同时也暗暗预示了冷脸背后的假来。这里值得我们注意的是，作者有意造成一种蓄势，反复渲染陶谷的虚张声势，连呼"靠后"。十分有趣的是，这个"靠后"竟穿插出现了五次，每次出现都伴随着陶谷的阔论高谈，这就把陶谷的假撇和虚伪写得淋漓尽致，读来叫人忍俊不禁。而所有这一切，又都为秦弱兰的最后胜利作张本。果然，我们在第三、四折中，看到了陶谷假相被揭穿了。秦弱兰努力要改变自己的命运，她是主动的，也是最终的胜利者。

风光好 第三折　　　　戴善夫

〔滚绣球〕这酒则是斟八分，学士索是饮一巡，则不要滴留喷噀。学士这玳筵间息怒停嗔，你则待点上灯，关上门，那时节举杯丰韵。这里酒盏儿不肯沾唇，却不道相逢不饮空归去[1]，则这明月清风也笑人，常索教酒满金樽。

---

[1] 相逢不饮空归去：点化苏轼诗句"相逢不用忙归去，明日黄花蝶也愁"（《九日次韵王巩》）而来。

〔叨叨令〕学士写时节有些腔儿韵，妾身讴时节有些词儿顺。做时节难诉千般恨，写时节则是三更尽。学士你记得也么哥，记得也么哥？兀的是亲笔写下牢收顿。

〔滚绣球〕那素衣服是妾身，诈作驿吏妻把香火焚。我诵情诗暗传芳信，向明月中独立黄昏。见学士下砌跟，瞻北辰，转身躯猛然惊问，便和咱燕尔新婚。咱正是武陵溪畔曾相识，今日佯推不认人①，道的他满面似烧云。

〔倘秀才〕妾身本不肯舒心就亲，学士便做不的先奸后婚。学士早回过，灯光掩上门。妾身谋成不谋败，学士宜假不宜真，不信不自隐。

〔滚绣球〕好也啰学士你营勾了人，却便妆忘魂。知他是甚娘情分，你则是憎嫌俺烟月风尘。昨夜个我虽改换的衣袂新，须是模样真。咱只得眼前厮趁，实丕丕与你情亲。你把万般做作千般怒，兀的甚一夜夫妻百夜恩，则是眼里无珍。

〔三煞〕贱妾煞是展污了个经天纬地真英俊，为国于民大宰臣。贱妾煞不识高低，不知远近，不辨贤愚，不别清浑。这的是天注定的是非，天指引的前程，天匹配的婚姻！咱兀的教太守主婚，则这《风光好》是媒人。

---

① 武陵溪畔曾相识，今日佯推不认人：这是宋元间演唱词话的两句常用语，以刘晨、阮肇入天台山采药，遇仙女于武陵溪的故事，借喻男女欢会。关汉卿《救风尘》第三折〔幺篇〕："那唱词话的有两句留文：'咱也曾武陵溪畔曾相识，今日佯推不认人。'"可知这是戏曲和说唱艺术中的习用语。

《风光好》第三折是剧本的高潮所在。在此之前，秦弱兰已扮作驿吏之妻"智赚"了陶谷，一方面完成了被"唤官身"的使命，另一方面也为自己的脱籍从良找到了理想的途径。秦弱兰身在风尘，却不堪忍受那强作欢颜的卖笑生涯，她向往着过正常女子的幸福生活，因此，我们不能将秦弱兰赚陶谷仅仅看做是被动的"唤官身"，她是主动而且积极的。第三折中作者巧妙地安排了重开宴以对质的场面。这里有趣的是秦、陶两人的戏剧性冲突，以及秦弱兰既是为官府所遣迫，然而又是十分自愿的矛盾性。故而在此

《风光好》插图

折唱词中，秦弱兰虽然表面上咄咄逼人，骨子里却是情意真切。身为妓女的秦弱兰要想获得自由，不得不依靠自己的色相，她自知风尘女子的卑下地位，所以在曲中又透露出一丝悲怆和凄凉，这些都是理解第三折曲词的关键。

〔滚绣球〕曲从容调侃，禁不住心中暗自好笑。如同她夜扮驿吏之妻赚得陶谷时那样想道："想昨日在坐上，那些儿势况，苦眼铺眉尽都是谎。"（第二折〔隔尾〕）同时，她又为自己戳穿陶谷的假相而自矜："他兀的锦绣文章，更做着皇家卿相，被我着个小局段儿早打入天罗网。"（〔三煞〕）到秦弱兰将《风光好》词拿到手，那位在宴席上连呼"靠后"的"道学家"的遮羞布就被彻底扯下来了。酒斟八分，是说怕陶谷喝醉，连下文一味是揶揄和挖苦。喷嚏，即喷水，这里有喝醉了道出隐私、信口胡说之意，话是反说

的，完全是嘲弄和戏谑的口吻。"你则待点上灯"二句，更是含有
提醒和讥刺的意味。犹如说，此刻你又一本正经了，写《风光好》
词时你可不是这副恼怒的样子哟。末三句，一路揭露陶谷的假撇和
造作。"明月清风也笑人"句意含双关，表面上似在说面对良辰美
景，相逢不饮，岂不有负眼前景物，实则暗含明月清风可做证见，
亦笑陶谷假正经之意。此曲以下，原来写秦弱兰随口唱出了《风光
好》词，陶谷情急中继续抵赖，装作不认识秦弱兰，竟将自己亲手
写的词说成是"淫词艳曲"，不得不故作镇静，妄图一赖到底。

　　〔叨叨令〕曲写秦弱兰旁敲侧击，暗点明指，提醒陶谷：难道
你忘了昨夜之事？这"淫词艳曲"原是你亲自写下的，白纸黑字，
耍赖是赖不掉的。接下来的一曲〔滚绣球〕，平白如话，爽畅痛快，
弱兰直道出自己扮作驿吏之妻赚陶谷的全过程，说得眼前的大学士
满脸通红。〔倘秀才〕曲中的"妾身谋成不谋败，学士宜假不宜真，
不信不自隐"三句，可以看成是本折中的警拔之语，也是点明题旨
之笔。"谋成不谋败"，表明了弱兰的决心和意志；"宜假不宜真"，
活画出士大夫阶层的强作修饰和虚伪；至于"不信不自隐"，则带
有某种挑战性，犹如说：你骗得了别人，却瞒不过我。果然，下面
的一曲〔滚绣球〕，便对陶谷的虚伪进行更为彻底的揭穿。

　　"营勾了人"，却又"妆忘魂"，直戳陶谷心尖。至此，弱兰已
开始采取凌厉的攻势，一举要撕下陶学士的遮羞布。忘魂，即过于
健忘，强装出的健忘，足见陶谷的心虚。此一曲动作性极强，陶谷
的装腔作势激怒了秦弱兰，我们仿佛看得见她胸脯起伏、怒不可遏
的神情。你这大学士也忒薄情了，无非是烟花女子配不上你，这会
儿你一本正经，吮吮喝喝，全不念昨夜的浓情蜜意。妓女也是有人
格的，恨只恨你有眼无珠，不识真情，辜负了俺的一片心意。如果
说这一曲〔滚绣球〕使我们听到了弱兰捍卫人格尊严的呼声，那么
在下面的一曲〔三煞〕中，我们更看到了弱兰自己主宰自己命运的

执著个性。你看她斩钉截铁，义正辞严："这的是天注定的是非，天指引的前程，天匹配的婚姻！"这使我们很自然地想起白朴《墙头马上》中李千金和裴尚书的争辩，千金也曾说过"这姻缘也是天赐的"。二者如出一辙。同李千金有某些相似之处，秦弱兰也是一个有主见的女子，她有棱有角，毫不扭捏，她把自主婚姻看做是正当的、合理的、天经地义的。但是，她毕竟是下层妇女，故而反抗精神较李千金更为强烈，甚至带有浓厚的野性色彩。

陶谷的形象也很突出，原剧中他虽只有插白，偶有点染，然面目却是清晰可见的。作者没有把他写成一个鼻梁上涂白粉的角色，剧中陶谷既非丑扮亦非净扮，而是由正末扮演的。这正是作者的高明之处。如将陶谷写成个草包窝囊废，秦弱兰也就犯不着以身相托；反之，秦弱兰如不是三番两次，陶谷的假面具也绝难扯下。陶、秦二人最终能偕为秦晋，却又是作者把风流才子的陶谷塑造为一个有情人的苦心。作者在全剧中是对秦、陶爱情取着歌颂的态度的。因此，赚得陶谷的过程，正是作者对人物复杂心理细致的刻画过程。作品不仅揭示了封建时代妓女的苦难生活和内心痛楚，同时歌颂了她们与命运抗争的顽强意志。此外，作品对于封建传统道德观念也有所批判，戳穿了违背人性的假道学和"片面贞洁"的虚伪性。

至于结局以秦弱兰如愿以偿而终，那是剧情趋势之必然，不能以大团圆老套视之。因为秦弱兰付出了努力，陶谷终究还算是个"有灵魂的郎君"。

就曲词而言，戴善夫的风格也是独特的。朱权《太和正音谱》说"戴善夫词如荷花映水"。细味之，《风光好》的曲词的确本色自然，朗朗可读，以"荷花映水"喻之当不为过之，正是所谓"清水出芙蓉，天然去雕饰"。本折数曲，便是明例。作者绝少或索性不用典实，按人物个性和戏剧冲突，将曲词写得简朴清爽，口语化的特点也十分明显。〔三煞〕一曲最有代表性。如〔三煞〕的尾句

"则这《风光好》是媒人",其中包括了多少潜台词,以其深出之以浅,是耐人反复回味的。官不为媒,人不为媒,大媒正是弱兰自己赚得的情词。这样的曲词离开了排场,它的包孕量就会顿减,这是不言而喻的。

倩女离魂 第二折　　　　郑光祖

〔小桃红〕蓦听得马嘶人语闹喧哗,掩映在垂杨下,唬的我心头丕丕那惊怕,原来是响珰珰鸣榔板捕鱼虾。我这里顺西风悄悄听沉罢,趁着这厌厌露华,对着这澄澄月下,惊的那呀呀呀寒雁起平沙。

〔调笑令〕向沙堤款踏,莎草带霜滑;掠湿湘裙翡翠纱,抵多少苍苔露冷凌波袜。看江上晚来堪画,玩冰壶潋滟天上下,似一片碧玉无瑕。

〔秃厮儿〕你觑远浦孤鹜落霞,枯藤老树昏鸦,听长笛一声何处发,歌欸乃,橹咿哑。

〔圣药王〕近蓼洼,望蘋花,有折蒲衰柳老兼葭;近水凹,傍短槎,见烟笼寒水月笼沙,茅舍两三家。

《倩女离魂》第二折的曲词,一向为人们所推重、赞赏,它集中代表了郑光祖剧作的曲词风格。明朱权《太和正音谱》对郑氏评价极高:"郑德辉之词,如九天珠玉。其词出语不凡,若咳唾落乎九天,临风而生珠玉,诚杰作也。"短短一段评语,竟两次用"珠玉"作比,无非是说郑词的雅洁剔透,美文美声。有人甚至认为在

"四大家"中当"以郑为第一"（明何良俊《曲论》），其实将"四大家"次第排列不尽合适，难免有偏爱和溢美之嫌，然《倩女离魂》杂剧以文采斐然和情意缠绵见长，确是很明显的。

这本杂剧突出表现了封建时代青年男女追求婚姻自主和爱情幸福的反抗心理以及他们挣脱礼教钳制的强烈愿望。礼法可以拘系和限制他们的行动，却不能控制和束缚他们的思想，正是所谓"你不拘箝我可倒不想，你把我越间阻越思量"（《楔子》〔幺篇〕）。压迫愈深愈重，反抗也就更强烈，更彻底。反击的力量在作品中竟能超越生死，灵与肉竟可以分离。情之所至，鬼神可通，金石可感。这就是这本杂剧的深刻之处。剧本的第二折写张倩女的灵魂出窍，连夜飘飘忽忽地去追赶王文举。以上四曲都是"正旦别扮离魂"所唱。作者以秋江月夜作为背景，细致刻画了倩女担惊受怕、急急切切赶路时的心情，曲词即景抒情，情景交融，既清丽流转，亦不乏妩媚多姿，是以抒情见长的优美动人的佳构。

〔小桃红〕曲，写夜的寂静手法很特殊，即以渔人敲响榔板、寒雁闻声惊乍而起来渲染静。以动衬静，更显其静。敲榔板在静夜中无疑是格外响亮的，这使得倩女的离魂心里一阵急跳。她夜行追赶王生，心情本已焦灼、急切，又遇一惊，就更是怵惕不已了。惊起寒雁，又深一

《倩女离魂》插图

层。她只顾赶路，趁月光，踏露华，全然未曾想到寒雁群起惊飞。
这哪里是写景，分明是描摹人物的细微心态。这里，人物的神态、
心理与水乡深秋凄清的夜色融成了一片，构成了协调、浑化的意
境。宗白华说得好："在一个艺术表现里情和景交融互渗，因而发
掘出最深的情，一层比一层更深的情，同时也渗入了最深的景，一
层比一层更晶莹的景；景中全是情，情具象而为景，因而涌现了一
个独特的宇宙，崭新的意象，为人类增加了丰富的想象，替世界开
辟了新境，正如恽南田所说'皆灵想之所独辟，总非人间所有！'
这是我的所谓'意境'。"（宗白华《艺境·中国艺术意境之诞生》）
郑光祖的"灵想"和"独辟"于此可见一斑。

　　〔调笑令〕和〔秃厮儿〕二曲，以画境胜，乃又是一种"灵
想"。画境既出，人物便被置于其中，贯穿的仍然是倩女之离魂的
寻觅、追求。秋江夜月，天光与水色澄澄一片，犹如玉壶之冰、无
瑕之玉。万籁俱寂中，偶尔传来捕鱼人的榔板声、有节奏的摇橹
声，更有不知何处传来的笛声，为寂静的江上月夜平添无限情趣。
所有这些描写，从词采、声韵到意境、韵致，都是充满了诗情画意
的，这就很好地衬托了离魂追寻意中人那种迫切的心情。你看她徘
徊江边，寻寻觅觅，疑虑重重；她倾听着、窥探着，又是担惊受
怕，更兼焦虑不安。然而，她又是不顾一切的：什么露珠湿袜，霜
草路滑，裙湿衣透，筋力疲乏。她只有一个信念、一个目标，就是
尽快找到王生，与他同行。倩女的离魂一往情深，对爱情坚贞执著
的性格，被描写得何其充分，何其生动！

　　〔圣药王〕一曲，历来为曲论家们交口称道。离魂赶路匆匆，
又是在细细寻找，因而江边景物尽在其眼中：苦草丛生的沼泽中，
浮萍斑斑，更有断苇折柳，芦花低垂；凹处水面之上，有小小木筏
停泊，月光朦胧，水色苍茫，远处依稀可见二三茅屋。看得真切，
才见得少女游魂之有心，须知她是在苦苦搜寻她的意中人啊！郑光

祖的文心细密、灵透，艺术感觉又非常敏锐，能将艺术的"内在生命"与人的"情感生命"一并发掘得既深又细，从而极大地激发起读者的审美感受。若将四曲连起来看，或是将全折曲词连起来看，艺境的丰富多彩，韵味的含蓄隽永，均可谓之独步，不愧为元曲中的精妙之笔，诚如明人李开先所说："他调少有俪其美者。"（《词谑》）这支曲子的确是写得极美。此外，郑光祖同王实甫一样，善于随手拈来古人诗词巧妙自然地化入曲中，如"见烟笼寒水月笼沙"一句，就是由杜牧的《泊秦淮》诗点化而来；"远浦孤鹜落霞"句又是化用王勃《滕王阁序》中的意境，但用得贴切自然，令人不觉。至于化用同时代人马致远〔天净沙〕小令中的"枯藤老树昏鸦"，就更为明显了。

总之，浓厚的诗情画意与细腻真切的人物心理刻画相互融合渗透，是以上四曲的突出特色，当然，这与作品总体的浪漫情调以及作家个人艺术修养有关。无论如何，这个特色对后世戏曲影响极大。明人孟称舜评此剧云："酸楚哀怨，令人断肠。昔时《西厢记》，近日《牡丹亭》，皆为传情绝调，兼之者其惟此剧乎！《牡丹亭》格调原祖此，读者当自见也。"（《古今名剧合选·柳枝集》）此评显然是得当的。

张生煮海　第二折　　　　李好古

〔南吕·一枝花〕黑弥漫水容沧海宽，高崒峍山势昆仑大；明滴溜冰轮出海角，光灿烂红日转山崖。这日月往来，只山海依然在，弥八方遍九垓。问甚么河汉江淮，是水呵都归大海。

〔梁州第七〕你看那缥缈间十洲三岛，微茫处
阆苑蓬莱，望黄河一股儿浑流派。高冲九曜，远映
三台，上连银汉，下接黄埃。势汪洋无岸无涯，出许
多异宝奇哉。看看看波涛涌光隐隐无价珠玑，是是是
草木长香喷喷长生药材，有有有蛟龙偃郁沉沉精怪灵
胎。常则是云昏、气霭，碧油油隔断红尘界，恍疑在
九天外。平吞了八九区云梦泽，问甚么翠岛苍崖。

这两支曲子是《张生煮海》第二折中正旦扮毛女所唱。毛女乃
秦时宫人，后采药入山，得道成仙。承第一折，张羽于石佛寺中月

《张生煮海》插图

下弹琴，巧遇龙女琼莲出游，琼
莲约张羽中秋节在海边相会。张
羽按时来到海边，遇到了秦时毛
女，她告诉张羽，琼莲乃是龙
女，其父暴戾凶狠，不会答应这
桩婚事。遂赠张羽以银锅、金钱
和铁杓，说舀海水入锅，置金钱
于锅中，以火煎煮，锅中水减一
分，海水去十丈，若煎干了锅，
海水便干涸见底。以此法宝威
力，不愁龙王不招张羽为婿。这
两支文辞华美，具有浓厚抒情色
彩的曲子，是毛女游至海之东
岸，面对碧波万顷、浩浩荡荡的
大海时所唱。《一枝花》曲，劈
头便写海之弘阔和雄奇，比喻奇

诡，气势不凡。"黑弥漫水容沧海宽"写出了大海的横无际涯，"黑
弥漫"用得奇而又险，为景物笼上了一层神奇莫测的面纱。"高崒
峍山势昆仑大"是写海边山势的雄伟险峻，崒峍，亦作崒崒，山势
高峻而危险的样子。接下来写明月生海上和旭日出山颠的壮观景
象，极饶色彩，亦极为恢宏。由日月转而写到岁月流逝，沧桑变
迁。"日月往来"句轻松自如，由写景过渡为慨叹和抒情。世事更
迭，兴衰陵替，只有这山和海依然如故，仍是这般烟波浩渺，仍是
那样多姿多彩。"弥八方遍九垓"，既写了山海之辽阔，又写了山海
之生生不息。四方四隅合而为八方；九垓，指天空极高远处，犹言
九天。九垓又同九州、九畤。"八方九垓"，在这里极指无限的空间
和地表。"河汉江淮"，指黄河、汉水、长江、淮河，泛指天下江
河，他们奔腾到海，日夜不息。

　　此曲气势雄浑，文字华美，讲究对仗，色彩浓丽，尤重在抒
情。盖作者借仙人之口，寄托了自己的主观感受。如此写来，既突
出了仙人出没的特定环境氛围，又抒发了作者的某种空幻意绪，在
元剧借人物抒情写景的作品中，不失为独特之一格。

　　〔梁州第七〕曲，进一步从各个角度写大海的缥缈瑰奇。"十洲
三岛"，乃神仙居所，故前置"缥缈间"。传说在八方大海之中有十
洲，均为神仙居住的地方，见《十洲记》。"三岛"，即所谓的蓬莱、
方丈、瀛洲三仙山，为秦汉方士所称东海中仙人聚集之处。"微茫
处"与"缥缈间"相对，皆谓仙人居所之杳不可求。首二句进一步
渲染了神仙世界的瑰奇，同时也是在淋漓挥洒，描摹海上景致。仙
人十洲三岛尽收眼底，黄河在仙人眼中也只是小小的"一股"，气
势之雄阔自不必言。

　　接下来仍写海。九曜，总指日月星辰。"高冲九曜"，是在写浪
涛。巨澜暴起，飞沫直冲天际，其景其势，该是何等动人心魄！
"三台"，仍是言广阔无极。古代有灵台、时台、囿台，合起来称为

三台。汉许慎《五经异义》："天子有三台：灵台以观天文，时台以观四时施化，囿台以观鸟兽鱼鳖。"三台自然是在高处，因此这里说"远映"。"银汉"即河汉，总指天穹；"黄埃"就是尘埃，泛指地表。海天一色，一线相连；海岸相毗，浑成一体。所以用"上连""下接"以喻混沌天地。至此，海之无涯，天之无极，地之无尽，连成一体，呈现出令人浩叹不止的苍茫景象。

"势汪洋"句以下描写海上奇光异彩和异宝奇珍，平添了迷离惝恍的幻想色泽。作者连用"看看看""是是是""有有有"等叠字，以唤起人们的想象力。波涛汹涌，溅起无数珠玑般的泡沫，这说的是海面。海中有浮动的海草水卉，似散发出阵阵异香，这便是仙人们得以长生的各种药材吧。深海中更有蛟龙出没，在碧绿郁蓝的海水中，或卧或游；也还有其他的精灵异怪。其实，这三句都有表面意义和隐寓意义两层蕴含，分别是：波涛飞溅的水花——无价珠玑；海中的植物——仙人药材；海底的各类动物——蛟龙和其他精灵怪胎。手法是含蓄的，意境是优美的，造语是整齐相对的。

"常则是"三句，写海上仙境的云遮雾罩，与世隔绝。前面写了天地与大海的相连，这里又说"碧油油隔断红尘界，恍疑在九天外"，意在突出神奇世界的虚幻色彩。"碧油油"，极言海水之绿，恰与红尘相对；红尘不惹，恍如世外，便增强了仙境的不知烟火食气感，从而与剧中神仙故事相吻合。结句"平吞了八九区云梦泽，问甚么翠岛苍崖"，又是总括写之，以俯瞰总览的开阔视角，展现出大海的广博和雄壮。"平吞"二字，很有气势，写出了海的动势。此处云梦实为泛指，八九区亦极言范围之广。"翠岛苍崖"，作为全景的点缀，为蔚蓝的大海平添了层次和色彩，意境极美，令人神往。

二曲最突出的特色是气象万千，变化莫测，且一气呵成，令人目不暇接。作者紧紧扣住仙人出没这样一种特定情境，既有实写又

有虚写，既写全景又写局部，笔调十分灵活。从音律上看，也相当
出色。〔南吕·一枝花〕套很适于写景抒情，特别是〔梁州〕曲，
句式变化大，篇幅也长，适用于大段淋漓描绘。作者多用衬字，却
又十分注重句子的起承转合乃至排比、对偶，使全曲读起来铿然有
力，富于音乐感。首曲中的"黑弥漫""高崒嵂"，以及"明滴溜"
"光灿烂"等都是衬字，作者用来娴熟自然，似难以剔除。它们不
仅增饰了文面，突出了意境，也加强了曲词顿挫抑扬的音乐感。
〔梁州〕中的"你看那""问甚么"以及"看看看""是是是""有有
有"等道理亦同，都是在欣赏时要加以注意的地方。清代李渔曾将
《张生煮海》与《柳毅传书》合并而改编为《蜃中楼》，其曲词明显
吸取了此曲营养。

竹叶舟 第三折　　　　　范　康

　　〔三煞〕趁着这响咿哑数声柔橹前溪口，早看
见明滴溜几点鱼灯古渡头。则见秋江雪浪拍天浮，
更月黑云愁。疏剌剌风狂雨骤，这天气甚时候。白
茫茫银涛不断流，那里也骑鹤扬州。

　　《竹叶舟》杂剧虽然是一本宣扬道教思想的度脱剧，但它与马
致远等的《黄粱梦》有相通之处，即在度脱故事的背后，分明寄托
着元代知识分子的苦闷、愤懑和牢骚。剧中的陈季卿屡试不第，怀
才不遇。一日，他在终南山的青龙寺中遇到吕洞宾，吕一心劝陈出
家，陈再三拒绝。吕洞宾把一小片竹叶粘到墙上，变成一只小船，
说可以载陈归家。陈不相信，恍惚睡去。陈在梦中乘船归家，与家

人谈话犹孜孜于功名，遂别家人乘船赴考，结果遭遇风浪，船被掀翻，惊叫而醒。这时陈季卿始知吕洞宾非是常人，急忙追寻，恳求度化成仙。吕引陈见八仙，共赴蟠桃仙宴。如果剥去这度脱的外壳，不难发现这本杂剧曲折地反映了元代知识分子的共同心态和情绪。

上面这支〔三煞〕曲是第三折中正末扮吕洞宾所唱。吕洞宾以竹叶化舟，又幻化作渔翁，撑船载陈季卿去赴考，突然狂风大作，巨澜叠起，舟中的陈季卿惊恐万状。这曲子的妙处在于即景生情，描摹生动；其词清奇俊爽，古朴典雅。

首二句，写橹声欸乃，咿咿呀呀；渔火点点，灯影绰绰。正当夜幕初临之时，是在出溪口远望渡头的江上。起句的"趁"字极有趣，既有乘船赶渡之义，又有趁声远望之情，写出了渔翁内心的悠闲自得——仙人的自在之情。橹声伴着水声，渔火衬着夜幕，其情其景，点染而出。下面陈季卿一句插白"兀的不起了风也"，使眼前景致顿时发生了变化，引出渔翁一段唱。从渔翁眼中看风狂浪急的江上景致，我们仿佛看到一叶扁舟在惊涛骇浪中颠簸起伏。"则见"二句写怒浪拍天，狂涛咆哮，白色的水珠和泡沫在夜幕的衬托下，显得格外明晰。一个"雪"字，一个"黑"字，强调了这种对比；而"浮"字和"愁"字更形象地凸显了夜幕笼盖、白浪滔天的气势。"疏刺刺风狂雨骤，这天气甚时候"二句颇为奇特，也颇耐人费解。既是"几点鱼灯古渡头"，那至少是薄暮时分了，此处又何言"甚时候"呢？揣摩全剧和这支曲的上下文，似应作这样的理解：即陈季卿这时已被突然出现的险情惊呆了，况又是在梦境之中，梦中人的时间意识往往是模糊不清的，因此这一笔是十分绝妙的，它与后面的突然惊醒恰成映照。着此句还在于提醒人们，这是梦境，而不是现实。渔翁又是仙人，梦境也是他幻化而出的。与《黄粱梦》中的卢生一样，陈季卿梦醒之时，青龙寺中的小僧正等着他去吃斋饭呢。"甚时候"句正在于点出这个"时间差",平添了神奇迷离色彩,是耐人寻味的一笔。

结尾二句说狂风巨浪相阻隔,要求取功名怕只是妄想了。"骑鹤扬州",典出南朝梁殷芸的《殷芸小说》。相传几个人在一起谈论各自的志愿,一个说要到维扬去做官,一个说要有万贯家财,一个说要骑鹤上青天,第四个人说要"腰缠十万贯,骑鹤上扬州"。后来人们便以这个故事比喻贪得而妄想。元代知识分子处世艰难,多怨生不逢时,不得伸展抱负,凡此种曲词并不罕见,隐约透露出期期艾艾的叹息和怅惘,这是要加以注意的。

此曲干净利落,形象生动,画面感强烈,人物动作与环境描写相映成趣,下笔如有神韵。《录鬼簿》中称范康"一下笔即新奇,天资卓异,人不可及也"。"人不可及"未免溢美,而"天资卓异""下笔新奇"却是的评。你看作者写风狂雨骤,用语与人迥异,很是独到,且简洁精警,出神入化,其点染处,传神生动,涉笔成趣,可概见范康曲词之风貌。

冻苏秦 第四折　　　　无名氏

〔鸳鸯煞〕想当初风尘落落谁怜悯,到今日衣冠楚楚争亲近。畅道威震诸侯,腰悬六印,也索把世态炎凉,心中暗忖:假使一朝马死黄金尽,可不的依旧苏秦,做陌路看承被人哂。

这支〔鸳鸯煞〕是《冻苏秦》杂剧的最后一曲,它是全剧的一个总结和概括,尽管文字浅显平朴,却很警拔,它突出的只有这八个字：世态炎凉，人情冷暖。从某种意义上看，这实际上是封建时代知识分子共同的感慨，特别是抒发了失意文人的愤懑和牢骚。

《冻苏秦》杂剧取材于《史记·苏秦张仪列传》，又杂以民间传说。作者甚至改变了历史记载，以突出指摘世态炎凉的主题。如按历史记载，是苏秦先为赵相，张仪去求苏秦，苏秦故意窘辱张仪，同时暗地使人资助张仪入秦求官。后来张仪成为秦惠王的相国，才明白了苏秦当日轻慢自己，原因在于激励失意者发愤。那么，杂剧为什么将二人的关系颠倒了呢？说来这种"张冠苏戴"完全是作者表达思想的需要。杂剧的第二折，写的是苏秦求官途中病倒，钱财用尽，只得冒着大风雪回家。他的父母兄嫂以及妻子，对他十分鄙视。他忍饥受冻归家时，父亲冷言冷语，嫂不为炊，妻不下机；更有哥哥苏大，冷嘲热讽，语语相逼。苏秦一气之下，离家而去。这时苏秦唱了一支〔煞尾〕，正与第四折的〔鸳鸯煞〕形成前后呼应，为了更好地赏析〔鸳鸯煞〕曲，不妨先来看第二折结尾处的〔煞尾〕："盼的是冬残晓日三阳气，不信我拨尽寒炉一夜灰。我则今番到朝内，脱白襕换紫衣。两行公人左右随，一部笙歌出入围，马儿上簪簪稳坐的。当街里劬劬恁炒戚，亲爷亲娘我也不认得。那其间我直着你手拍着胸脯恁时节悔！"

不必解释，《冻苏秦》的曲词写得爽快透亮，通俗自然。家中人的态度使苏秦发誓要出去做官。他心里想着：一朝脱白挂紫，定叫家人后悔，他要出一口气。苏秦于是去找张仪，不料张仪对苏秦更是冷淡，竟在冬天里大开门窗，又在"冰雪堂"中给苏秦吃冷酒、冷馒头，还有冷汤。原来张仪故意激怒苏秦，待苏秦一怒而去时，则暗遣仆人陈用，以陈的名义资助苏秦去秦国求官。作者把家人的冷淡和朋友的轻慢，集中在苏秦身上，突出了"逼"字和"冻"字，以利于人物塑造和思想表达。后来明人苏复之的《金印记》传奇承袭了此剧，索性只写苏秦，而无张仪出场了。

"想当初"二句，苏秦将为官前后人们对他的态度作了对比，"谁怜悯"和"争亲近"形成强烈对比，很富于戏剧性，说的是人情冷暖。畅道，即正是，如今苏秦声名大振，富贵之极，与被家人和朋友冷淡之时相比，已是天壤之别了。腰悬六印，指苏秦做了六国都元帅。衣锦还乡，苏秦并没有忘记当年的受窘辱、受冷落，他牢记当年自己所发的誓言，也就是"也索把世态炎凉，心中暗衬"。"假使"句是说苏秦离家求官途中，曾因病困卧于客店中，弘农王长者看苏秦非寻常之辈，曾赠苏秦金银衣马，以资助苏秦作为求官去的路费。苏秦想起往日的困窘，看看眼前的峥嵘，不禁感慨万端。途穷末路之时，也受了些窝囊气，若马死财尽，不得腰悬六印，苏秦仍是老样子，世人对他也依旧是冷眼相待，甚至还会取笑和嘲讽他。哂，这里是取笑和冷淡之意。总之，苏秦通过自己境况的改变，洞察到了人情世态的反复无常，因而抒发了一腔愤懑。

此曲不用典故，不施藻绘，平直道来，收到了水到渠成、自然洒脱的艺术效果，可视为元曲中本色派作品的一个较突出的例子。此外，曲词注意到了前后剧情的照应，紧紧扣住了主题，十分注重人物感情的宣泄，同时又起到了临末了再点染一笔的作用，临去秋波，令人余思不绝，咀嚼不尽。

西游记　第五本第十八出　迷路问仙　杨　讷

〔南吕·玉交枝〕贪杯无厌，每日价泛流霞激滟；子云嘲谑防微渐，托鸱夷彩笔拈。季鹰好饮豪兴添，忆莼鲈只为葡萄酽，倒玉山恁般瑕玷。又不是周晏相霑，糟腌着葛仙翁，曲埋那张孝廉。恣狂

情，谁与砭。英雄尽你夸，富贵饶他占。则这黄垆
畔有祸殃，玉缸边多危险。酒呵播声名天下嫌。

〔幺〕待谁来挂念，早则是桃腮杏脸。巫山洛
浦皆虚艳，把西子比无盐。那里有佳人将四德兼，
为龙鬟衾枕是干戈渐，锦片似江山着敌敛。可曾悔
恋了秋纤，碎鸾钗，间宝奁。这风情，怎强谄。眼
见坠楼人，犹把临春占。笑男儿自着鞭，叹青娥藏
刀剑。色呵播声名天下嫌。

〔幺〕富豪的偏俭，奢华的无过是聚敛。王戎
郭况心无厌，拥金穴握牙签。可知道分金鲍叔廉，
煞强如牢把铜山占，晋和峤也多褒贬。恰便是朱方
聚歼，有齿的焚身，多财的要谦。斗量珠，树系缣，
刑伤为美姝，杀伐因求剑。空有那万贯钱，到底来
亡沟堑。财呵播声名天下嫌。

〔幺〕英雄气焰，貔虎般不能收敛；夷门燕市
皆为僭，空偻愁枉威严。探丸厉刃掀紫髯，笑谈落
得填坑堑，尽淋漓一腔丹慊。惹傍人血泪横霑，冷
觑王侯，暖守兵钤①。发冲冠，雄猛添，惊皇博浪
椎，寂寞乌江剑。恁忘了泡影与河山，算相争都无
餍。气呵播声名天下嫌。

这出戏写的是唐僧师徒过了女儿国之后，行经一个月时间，来
到距火焰山不远处，有采药仙人指点他们，说要过得火焰山，别无
他路，只有向铁锉山铁扇公主借来宝扇，可灭火焰山之火，非得此

---

① 兵钤：钤即钤记，亦指印。兵钤指执掌兵权。

扇是无法过山的。唐僧师徒无奈，只得着
孙行者往铁鎈山寻铁扇公主借扇。以上四
曲，即由正末扮采药仙人所唱，乃是规讽
酒、色、财、气的四支曲子。这四支曲子
似与杂剧故事情节关系不大，盖元人以酒
色财气为题所写散曲，数量颇多。文人作
剧，随手之得，信手拈来之曲不乏其例，
况且是采药仙人出场，唱此四曲就更不足
怪了。

　　第一曲是写酒戒。"贪杯无厌"四句，
初揭酒之得失，微讽贪杯之弊。流霞，原
指仙人的饮物，后作为美酒的代称。"每
日价"一句用夸张手法，将酒比作湖水，
可泛舟其上，极言一个酒的世界。价，语
助词，无义。潋滟，水波相连的样子。子
云，指汉扬雄，雄字子云，以文章著称于
世。因扬雄写过《酒赋》，对纵酒有微讽

清　金廷标　采药图

之意，故言"嘲谑防微渐"。鸱夷。古时盛酒器。鸱本传说中之怪
鸟，以其腹大而状酒器。扬雄在《酒赋》中说："鸱夷滑稽，腹如
大壶，尽日盛酒，人复借酤。"彩笔，借南朝江淹夜梦郭璞索五彩
笔事。"托鸱夷"句是说借酒以焕发文采。

　　以下用张翰宴饮之事，进一步指出酒虽能添人豪兴，然亦是瑕
疵，不若冰清玉洁的好。季鹰是晋张翰的字。翰吴郡人，有清才，
善属文，纵任不拘，时人比之阮籍，有"江东步兵"之号。传说张
翰因秋风起而思吴中莼菜、鲈鱼，竟弃官归隐。"秋风莼鲈"因而
常被用来喻指归隐。这里是说因酒而思家乡美味，继而思隐，而且
张翰似乎喝醉了才如此的，因此说"恁般瑕玷"。曲子意旨在酒戒，

当然就以酒为瑕疵了。葡萄酽，泛指酒。酽，味厚之义。倒玉山，指醉倒，《世说新语·容止》："山公（涛）曰：'嵇叔夜（康）之为人也，岩岩若孤松之独立，其醉也，傀俄若玉山之将崩。'"

"又不是"句以下，点出了酒是祸根险苗，劝人们远避它。周晏相霑，用周侯藉卉饮宴、新亭对泣事，典出《世说新语》之《言语》门《过江诸人》条。东晋王朝初立，中州士族多渡江南下，"过江诸人，每至美日，辄相邀新亭，藉卉饮宴。周侯中坐而叹曰：'风景不殊，正自有山河之异！'皆相视流泪"。"糟腌"和"曲埋"都是指耽酒过甚，浸于酒中之意。葛仙翁，指晋葛洪之族祖葛玄，他学道成仙，并以其丹术授弟子。张孝廉，即张翰。此处列举二人，皆视以仙人名士。"又不是"总领三句，意思是周颛、葛玄、张翰非同寻常之辈，其饮酒也，均非出于无端，常人嗜饮，是不能

元　王振鹏　唐僧取经图·过女儿国

与他们相提并论的。因此，恣纵任情、狂饮无度，应该受到指责和针砭。夸海口，逞英豪，显富贵，炫家资，贪杯恋盏，争强好胜，都是要不得的。要知道，酗饮尽醉是危险的。黄垆，即黄公酒垆，原是说王戎过黄公酒垆，回忆起与嵇康等曾酗饮于此的情景，典出于《晋书·王戎传》。元剧和散曲中以黄垆喻酗饮场所。玉缸与黄垆对举，亦指酒。最后总以酒是天下有名的讨人嫌厌之物，作为诫语。

第二曲是色戒。一开始便点出了"桃腮杏脸"和"巫山洛

浦"之虚幻，继而讲美女、丑女各得其长，美而又贤的女子，四德兼备的佳人是不存在的。无盐，名钟离春，《列女传》谓其貌丑而德盛，被齐宣王纳为后。一般将无盐作丑女的通称。这里将西施、无盐并提，是说貌、德难以兼得。龙漦衾枕，指龙漦流入后宫，使周厉王一宫女怀孕生褒姒事，典出《史记·周本纪》。漦，是龙所吐的泡沫。这里是说因贪图美色而使江山遭受到危险。"可曾"句有提醒义，即应悔却贪恋声色。这里的"秾纤""鸾钗""宝奁"，皆指美色；"悔恋""碎""间"都是劝诫及早醒悟，尽快远离。这道理说来很明显，还有什么可争辩的呢？谵，多言之义。"眼见"二句，用"绿珠堕楼"之典。晋石崇在洛阳西北修造金谷园别业，歌妓绿珠善歌解律，艳冶无比。石原有家臣孙秀，后成为赵王司马伦亲信。孙秀仗势欲夺绿珠，石崇不允，竟逼得绿珠坠楼而死，以谢石崇知遇之恩。事见《晋书·石崇传》。至此，得两句结论为："男儿自着鞭，青娥藏刀剑。"最后，一如前曲，总以一句为诫：色也是天下有名的讨人嫌厌之物。

　　第三曲是财戒。财为聚敛而得，越富越吝啬，越豪奢越贪婪。王戎、郭况在这里都是指贪得无厌的人。《晋书·王戎传》中说王"性好兴利，广收八方园田水碓，周遍天下。积实聚钱，不知纪极，每自执牙筹，昼夜算计，恒若不足。而又俭啬，不自奉养，天下人谓之膏肓之疾"。郭况，后汉藁城人，光武郭皇后之弟，帝数赐其宅第，赏奉无极，时京师谓郭家为金穴。事见《后汉书》。"拥金穴"指郭况之富；"握牙签"指王戎日夜以牙筹（计算钱财之象牙筹码）盘算资财。二句写尽贪利吝啬之辈的行状。"可知道"以下三句写义比利更值得珍重。管鲍分金，事出《史记·管晏列传》："管仲曰：'吾始困时，尝与鲍叔贾，分财利多自与，鲍叔不以我为贪，知我贫也。吾尝为鲍叔谋事而更穷困，鲍叔不以我为愚，知时有利不利也。'"此处以鲍叔分金的重义轻利，来贬斥聚敛悭吝，说鲍叔之举强如家资如山。和峤，晋西平人，官至中书令，少有盛名，庾颙称其"森森如千丈松，虽累砢多节，施之大厦，可作栋梁"。峤家资富豪而贪吝，杜预说他有钱癖。事见《晋书》和峤本传。多褒贬，即指其既"累砢多节"，又"可作栋梁"，贪吝无疑是其瑕疵。

"恰便是"以下三句，以战国时齐人庆封全族灭于朱方之事，说明了钱财可致杀身之祸。朱方，吴地名，在今江苏省镇江市东丹徒南。《左传·襄公二十八年》说齐国的庆封逃亡到了吴国，吴子勾余把朱方给了他，庆封在那里聚集族人住，财富超过了以往。子服惠伯对叔孙穆子说："上天大概有意让坏人富有，庆封又富起来了。"叔孙穆子说："好人富有叫奖赏，坏人富有就是灾殃。上天恐怕这是在降灾给他，要让他们一族聚拢而一起被杀吧。"果然，昭公四年秋七月，楚伐吴，楚子以屈申围朱方，执庆封，尽灭其族。"朱方聚歼"，说的正是这段故事。"有齿的"，指年轻人，这里指年轻的国君被弑。《左传·昭公四年》中载，楚王杀庆封之前，令其巡行示众，叫庆封说："不要像庆封一样，杀了国君，削弱国君孤儿的势力，与诸侯会盟。"庆封却说："不要像楚共王的庶子围那样杀死他的国君——哥哥的儿子麇——从而取代了他，来和诸侯会盟。"于是楚王赶紧叫人杀死庆封。"多财的要谦"一句殊难解，大约是说多财的人要谦和恭让，免得与财共灭。"斗量珠"以下句，谓资财之多，到头来终究致祸。缣，细绢。尾句照例作结说：财是天下万事的祸根，是人所共知的讨人嫌厌之物。

第四曲是气戒。此曲一开始便指出争强斗胜的不可收敛。貔是传说中的一种猛兽，貔虎连用有时指勇猛的军队，此指气焰之不可遏止。夷门，指战国魏隐士侯嬴，因其曾为大梁夷门监者，故有夷门之称。信陵君宴宾客，亲自驾车迎侯生，引为上座。秦围赵，求救于魏，侯嬴向信陵君荐朱亥，击杀晋鄙，以却秦存赵。燕市，指荆轲，轲嗜酒，终日于燕市中与狗屠及高渐离饮酒，后刺秦未遂而被诛。左思《咏史》八首之六："荆轲饮燕市，酒酣气益振。"这里夷门燕市对举，正是取其"气振"而行事意，并以为这是僭越之举，是枉有威严，不值得称道的。"探丸"等三句，谓使气任性，不能自持之辈只图一时冲动，全不想自己的结局。慊，指仇恨、不满。"惹旁人"句是说使气的结果。"冷觑王侯"，指傲然于群雄之上，"暖守兵钤"，是说热衷于执掌兵权。"发冲冠"以下言气盛之时，不顾一切，并以张良和项羽作比，突出了气之误人。"惊皇"二句用张良之刺秦皇和项羽自刎乌江事。所有这些相争相斗，无餍无足，终归都是泡影，气，不消说，也是令人嫌厌的。

这四支曲子一气呵成，对仗整齐，回环复沓，每曲结句结构相同，读来铿锵跳荡，别有一番情致和韵味。它所流露出的消极退避、空幻虚无情绪今天固不可取，不分是非，混淆了正义和非正义的行为亦不足为训，然我们不能脱离了剧本孤立去看。仙人自有仙人语，而且作者对江山兴亡的感慨完全承袭了传统诗词的一般情调，未可厚非，亦不必苛求。

善于用典，是四支曲子艺术上的又一个特点，它反映了元末明初文人作剧的案头化倾向，值得注意。作为一格，读读此曲，可以加深我们对戏曲发展史的感性认识。有此四曲，不等于《西游记》杂剧通体都是如此，这只是个穿插。《西游记》中的第六出《村姑演说》、第十九出《铁扇凶威》等折子写得还是比较通俗生动的。

毋庸讳言，这四曲用典过密，且多僻典，大有掉书袋之嫌，这是在阅读欣赏中要加以注意的。

散曲小令

〔仙吕〕醉中天　咏大蝴蝶　　　王和卿

弹破庄周梦，两翅驾东风。三百座名园、一采
一个空。谁道风流种，唬杀寻芳的蜜蜂。轻轻飞动，
把卖花人扇过桥东。

美丽的蝴蝶，千姿百态，色彩斑烂斓，或飞逐流连于花丛之
中，或翩翩起舞于绿草之上。诗人们陶醉了，画家们着迷了。生物
学家凝神沉思，引起遐想无限；孩子们跃跃欲扑，紧张地屏着气
息。……蝴蝶，这可爱的小生灵，和文学也曾结下了古老而又神秘
的不解之缘。

20世纪30年代初，郑振铎先生曾写过一篇别致的文字，题目是
《蝴蝶的文学》。文章在以优美的文字描写蝴蝶和春天之后，谈到了蝴
蝶和文学的关系，并举许多例子说明："蝴蝶在我们东方的文学里，
原是具有异常复杂的意义的。"不过，他没有谈及王和卿这支颇为有
名的小令《咏大蝴蝶》，说到"异常复杂的意义"，这支小令似乎更能
说明问题。这是一首奇特的作品，它夸张得几近荒诞：

一只大蝴蝶从庄周的梦中挣脱出来，乘风而起，腾云驾雾，颇

有"其翼若垂天之云","抟扶摇而上者九万里"(《庄子·逍遥游》)之势。它见了花就采,数不清的花园都被它一个个地采空了。而天职是采蜜的蜜蜂,却被大蝴蝶吓得忙跑不迭,就连卖花人也被这大蝴蝶的翅膀轻轻一扇,就扇过桥对岸去了。显然,作者是在用极度夸张的语言和巧妙的隐喻手法,来突出大蝴蝶的专横和贪婪。全曲滑稽佻达,谐谑幽默,读来别有一番情趣。

曲中的大蝴蝶明显被赋予了比喻和象征的意义,但又不是直截明了的,而是隐晦曲折的,即"具有异常复杂的意义"。据元人陶宗仪《辍耕录》记载:"大名王和卿,滑稽佻达,传播四方。中统初,燕市有一蝴蝶,其大异常。王赋〔醉中天〕小令云……由是其名益著。时有关汉卿者,亦高才风流人也,王常以讥谑加之,关虽极意还答,终不能胜。"这条材料说明王和卿与关汉卿处在同一时期,并且透露出"燕市有一蝴蝶,其大异常"的事实乃是小令写作的契机。于是有人推测说此曲的用意"可能是借咏大蝴蝶,对关汉卿的寻芳采花的风流生活进行善意的戏谑"。这看法应该说不无依据。然而,评论作品将其寓意坐实为某一具体事件,总归不是良策。文学作品的产生可能是因某一具体人或事的触发,但作品一经流传,它的思想内涵就不再拘泥于原型事件,而要深刻得多,广阔得多。

也有另一极端的理解:哪里有这么大的蝴蝶呢?这不过是给当时那些任意污辱妇女的花花太岁、权贵人物画像罢了。联系元杂剧中的某些作品(如《鲁斋郎》等),这种见解似亦并非穿凿附会。

不过,我们只要涉足一下曲学文献资料,不难发现,关于元代曲家和演员"滑稽""善谑"的记载特别多,这绝不是孤立的现象,乃是当时的一种风气。在这种"玩世滑稽"的争奇斗胜之中,实在蕴积着愤懑、牢骚以及反抗、不平。就现存元代散曲来看,滑稽戏谑一类作品,即所谓"俳谐体格势"几占半数之多,正是"小令务在调笑陶写"是也。因此,王氏小令不必就是戏谑关汉卿,亦不必就是讥刺花花太岁、权豪势要，总然有一种牢骚不平之气在其中就是了。漫作而后思，余味正无穷尽。人们可以自己去体会理解，说得太实、太满或太死板，韵味反会被冲淡。如将其理解成《诗经》中《硕鼠》《新台》式的寓意佳作之什，未尝不可。

这支小令艺术上最大的特色是高度的夸张。作者紧紧扣住蝴蝶之大，甚至夸张到了怪诞不经的程度。但是，怪而不失有趣，它使人在忍俊不禁之余，反复寻味，逼着人们去思索。从语言上看，小令恣肆朴野，浅近通俗，几无一字客词装饰，虽是随手之作，其味却端如橄榄，这正是散曲的上乘之境。

〔南吕〕四块玉 别情　关汉卿

自送别，心难舍，一点相思几时绝。凭阑袖拂杨花雪。溪又斜，山又遮，人去也。

泰纳论莎士比亚时曾说过："他属于那种感情细致的心灵，像一具精巧的乐器，只要略一触碰，就会颤动起来。我们在他身上最早发现的就是这样优美的敏感性。"（《莎士比亚论》）读关汉卿的戏曲和散曲作品，我们不难发现，关汉卿也是一位具有"感情细致的心灵"和"优美的敏感性"的天才，戏曲作品不必说，就是上面这支令曲，亦足以说明问题。

游子思妇，离愁别绪，是古代诗词中的最常见题材，要写出新意来诚为不易。关汉卿撇开饯行话别或临歧挥袂的一般写法，纯用微妙的心理刻画来写思妇，劈头便是别时的回忆，并点出相思之苦。这犹如猛然间触响了心灵的乐器，引起了一阵震颤，继之而起便是幽怨的旋律，远微怅惘，不绝如缕。曲中人为相思之情苦苦缠绕，想要摆脱，却又万般无法割舍，见得她对情人的感情是无比深厚的。曲起以真率，毫不掩饰，含几分泼辣，亦见不尽痴情。关汉卿毫不藻饰，也不雕琢，仿佛率然而起，随手便成。细细寻味，乃是法极无迹，经营而不失法度。这正是曲之化境。

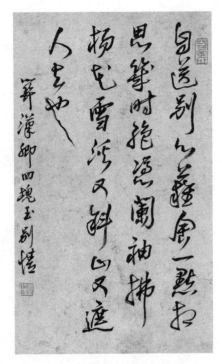

　　既然一开始就将情写到了极致，一往情深，相思永无消歇，再循此境写下去似无可措手。蓦地，冒出一句"凭阑袖拂杨花雪"，转笔去勾勒出思妇的微妙动作。乍看上去，似意脉不接，实与相思怀人有关。首先，它写尽了思妇的无情无绪，被相思搅扰得憔悴慵懒，人凭阑，闷无端，愁无绪，些微动作盖见人之心态。其次，点出了季节，是在暮春。"忽见陌头杨柳色，悔教夫婿觅封侯"（王昌龄《春怨》）。原来思妇凭阑，望见乱煞年光，相思之情更加浓稠。再次，也是最重要的，乃是在结构上的特殊作用，此句之前是遥想，此句之后仍是回忆。只有此句是对眼前的描写。如此切入，便形成了一种独特的结构方式，中间一句将回忆切断，有"间离"作用。由眼前的春望领起送别的回忆：当时相送时，曾经翘首颙望，一直目送到看不见情人的身影。便是"溪又斜，山又遮，人去也"，意境与《西厢记》"长亭"中的"四围山色中，一鞭残照里"差足近之。更妙的是思妇凭阑远望，柳絮飞，杨花舞，遮住了视线，她拂袖掸去发上鬓边的飞絮，久久寻觅情人的踪影——她仍在痴痴地望着。晏殊词曰"春风不解禁杨花，蒙蒙乱扑行人面"（《踏莎行》），这是杨花扑面、遮人视线的另一种表达形式，可以印证。

小令整个情调是怨艾和愁苦，故一切景致均被蒙上了凄凉的色调。柳絮杨花，溪水潺湲，山叠新绿，登高春望，这一切都是极美的，但在曲中都变得那么黯淡，这就是主观意念的渗入，也就是移情作用，犹同绘画和音乐，基调无论如何都是不可忽视的。

〔双调〕沉醉东风　　关汉卿

　　咫尺的天南地北，霎时间月缺花飞。手执着饯行杯，眼阁着别离泪。刚道得声"保重将息"，痛煞煞教人舍不得，"好去者，望前程万里！"

这支令曲精巧别致，颇为脍炙人口。作者抓住了送别时最为普遍的对话，以口语形式出之，使曲的韵律活泼跳脱，读来格外亲切感人。篇幅虽小，却语简意多，情景如画。

大约是一个女子送别她的情人，两个人欢会了一段时间，转眼间就要天南地北，相隔遥遥了。古人每每以月圆喻人圆，月缺，自然是指分别了。苏轼《水调歌头》有句："人有悲欢离合，月有阴晴圆缺，此事古难全。"花飞，指花落，落花离枝，飘零而去，仍喻离别。"手执"二句言不得已而举起饯行杯，强忍着不使眼泪流出来。《西厢记·长亭》中有"阁泪汪汪不敢垂"句，"阁"字用法相类。"刚道得"二句写送行者（那多情的女子）与即将远别的人（她的丈夫或情人）分袂之前互相叮嘱。"保重将息"是口边上的话，寻常熟语，因情境不同，故此刻道来格外动情，也格外感人。崔莺莺在长亭送别张生时说："到京师服水土，趁程途节饮食，顺时自保揣身体。荒村雨露宜眠早，野店风霜要起迟。鞍马秋风里，最难调护，最要扶持。"因为是戏曲，一折戏可用一套曲铺排开来写，故而王实甫写得充分。关汉卿写的是小令，必须"约要于繁"，抓住最富于包孕和最富于表现力的东西。关汉卿以"保重将息"四个字写那"无语凝噎"的送行者，看似平淡，实为老到。正像明人何良俊所说的那样："只说寻常话，而中间意趣无穷。"（《曲论》）"痛煞煞叫人舍不得"的"得"字，读若 děi，是韵句，方言口语多读此音。"好去者"一句，仍是送行者的嘱语，亦为送人时的常套语。孤立看，不见其高明，浑然一体来看，妙味自出。这便是关汉卿"出奇于腐"的从容老辣处。一支小令，差不多可视为一折浓缩了的"长亭送别"。关汉卿是伟大的戏曲作家，他善于抓场景，捕捉人物心灵的微妙变化。送行者的再三叮嘱，肖其声吻，而被送者却终未出一语，这种艺术上的省略是耐人寻味的。实际上离别在即，两人有许多的体己话，作者只选取了最平常的送别语，正是布帛菽粟之中，味愈厚愈远。几句明白如话的低诉，加上泪水盈眶，一个多情女子的形象不是就活生生地站立在我们面前了吗！

〔中吕〕十二月过尧民歌　别情　王实甫

〔十二月〕自别后遥山隐隐，更那堪远水粼粼。见杨柳飞绵滚滚，对桃花醉脸醺醺。透内阁看风阵阵，掩重门暮雨纷纷。　〔尧民歌〕怕黄昏忽地又黄昏，不销魂怎地不销魂。新啼痕压旧啼痕，断肠人忆断肠人。今春，香肌瘦几分，缕带宽三寸。

　　王实甫是曲家圣手，其"天下夺魁"的《西厢记》，曲词华艳秀雅，举世共称。朱权喻之为"花间美人"，曹雪芹借黛玉之口赞之为"词句警人，余香满口"。这首作者在《西厢》之外仅存的小令，同样以曲词的流丽秀美、玲珑婉妙而令人味之不尽。

　　这首题为"别情"的带过曲，实际上写的仍然是闺怨，抒发了闺中女子与丈夫离别后对景伤怀的缠绵沉挚的怨情。〔十二月〕一曲借春景烘托闺中离情。闺中人与丈夫分别时即目送丈夫消失于隐隐遥山与粼粼远水之间，从此以后，日复一日、年复一年地深情注目于遥山远水，盼望从此而去的丈夫又蓦然从此而归。前二句在遥山远水的画面上叠印了闺中人自送别至盼归的形象，融进了一种痴情，一片怅惘与忧伤。下句写杨花漫漫，桃花红绽，浓郁的春意困扰着香闺，无边的丝雨牵动着情思，一种缠绵幽怨的情思流溢于字里行间。这支〔十二月〕曲景中寓情，淡远取神，只描取景物，而神致自在言外，称得上是情词并胜、神韵悠然。〔尧民歌〕一曲，情调由缠绵转为沉郁，下语亦刻露深重，上承"暮雨"而突出叵奈黄昏，不堪离愁而伤情泪落，此情此景令人黯然"销魂"，为之"断肠"。末三句补写闺中人为相思所苦，衣带渐宽的憔悴形象，可谓神形俱完，情貌无遗。

　　这支曲子的句法最为完美，其流走如丸的节奏与春日暮雨、黯然神伤的意境天衣无缝地结合在一起，变得不可剥离，似乎除去这种句式便不可传其情、达其意。〔十二月〕一曲句句用叠字，共六对，音节之妙宛若珠走玉盘，音声琅琅中似觉感情之流汩汩而至。妙在一片神行，妥帖自然，如闻天籁，不见人工。同时又传神尽相，两字穷形。如"隐隐"之状远山，迷离而悠远；"粼粼"之写远水，清澈而深长。再如以"飞绵"喻杨花，以"滚滚"写其飞扬弥漫；以"醉脸"拟桃花，以"醺醺"写其浓烈红艳；都能以少总多，随物赋形，使"味飘飘而轻举。情晔晔而更新"（刘勰《文心雕龙·物色》）。再者，这一气吐出的六对叠字又与两句一组的三对排偶句式相结合，使句子在整饬中寓有流动的气势，做到复而不厌，赜而不乱，和谐而婉转。

〔尧民歌〕采用了连环句法，同一字眼在一句中先后出现，在回环往复中表达了强烈的情感。相同的字眼不是简单重复，而是层层深入。"怕黄昏"是主观心理，"又黄昏"是现实处境；前一"不销魂"是不愿如此。后一"不销魂"是不得不如此，事与愿违，其情何堪！"新啼痕"是今，"旧啼痕"是昔；前一"断肠人"是我，后一"断肠人"是彼，两地相思，非止一日。这种词句重复而句意深入的连环句法，传达出了一种浓郁的怨情，读来觉其扑面而至，牵动肺腑，而不仅仅是令人叹赏其回环谐婉。

〔仙吕〕寄生草 饮　　白　朴

长醉后方何碍，不醒时有甚思。糟腌两个功名字，醅渰千古兴亡事，曲埋万丈虹霓志。不达时皆笑屈原非，但知音尽说陶潜是。

这首小令平白如话，好似随口吐出，细细咀嚼，又别有一股深深的苦涩，即表面上"其情似旷达"，骨子里"实亦至所哀痛矣"（刘永济《元人散曲选·序论》）。其不思自思、欲罢不能的格外强烈的兴亡之感、哀伤意绪，给人以突出的印象。白朴字仁甫，幼年恰值金末战乱，"甫七岁，遭壬辰之难"，"自幼经丧乱，仓皇失母，便有山川满目之叹"（王博文《天籁集序》）。破家失国，颠沛流离，这不能不使作家痛心疾首，悲愤满腔，深怀黍离之悲，这对白朴一生的创作影响至为深远。

"长醉"和"不醒"二句，言杯中物可以使人忘掉一切，醉乡无碍无思。足见作者的倡饮，醉翁之意原不在酒，而仅仅是为了摆脱当下痛苦。以下三句"鼎足对"道出了痛苦的主要内容：功名、兴亡、壮志。曲中连用三个同义词发语，好像要将功名富贵、家国兴亡、宏图壮志一股脑否定，随同一醉而归泯灭。这恰恰透露出作者原本是一个积极入世、胸怀济世救民、建功立业大志的人。江山依旧，人世瞬变，对于兴亡的无可逆料，作者感到失望；泪痕犹在，心已成灰，一种空幻感和失落感袭上心头。于是便索性摆脱这种痛苦的搅扰，用杯中物（糟、醅、曲）来腌掉、潆（yǎn，淹）没、埋去所有的烦恼和牵挂，字里行间，溢出无限酸楚。说来这正是元代知识分子的共同心态，一种时代性的文化心理现象，它负载着深刻而又苦涩的特定的社会内容。有趣的是，白朴并非豪饮者，他甚至不大会喝酒。他曾在《水龙吟》之一小序中说："遗山先生有《醉乡》一词，仆饮量素悭，不知其味，独闲居嗜睡有味，因为赋此。"可见白朴的饮酒，只为求"嗜睡"而忘忧。"饮量素悭"且又"不知其味"的人大倡纵酒，有几分滑稽，而滑稽背后却是几近呜咽的哀伤。

结二句是全曲的一个总结，也是点睛之笔。元人周德清《中原音韵》评论此曲说："'虹霓志''陶潜'是务头也。"所谓"务头"，乃指曲中"可施俊语于其上"的至关紧要处。这里并非嘲笑屈原众人皆醉我独醒的积极态度，只是片时酣醉、嗜睡，聊求麻木一下，因此要效法陶公的酒中忘忧。我们不可以消极、积极做简单化的仲裁，因为在元代的特殊情况下，寄情诗酒，不与统治者合作，本身就是一种反抗。

小令虽短，内涵却相当丰富。看似随手得之。实则句句皆明心迹。放达中分明有至哀至痛，奇笔中透出复杂的历史和人生的种种矛盾，正话反说，苦语乐道，给人以极为特殊的审美感受。至于简捷明快的语言，夸张的修辞手法以及节奏流畅的音韵又在其次了。周德清评此曲说得好："命意、造语、下字，俱好。"此外，全曲构思奇巧，写来全不费踌躇，浑然天成，洒脱自如，堪称曲中珍品。

〔中吕〕阳春曲 题情　　　白　朴

> 从来好事天生险，自古瓜儿苦后甜。奶娘催逼
> 紧拘钳，甚是严，越间阻越情忺。

在《太平乐府》卷四中，录有白朴以《题情》为题的〔阳春曲〕共六首，此曲原为第四首。曲写小儿女萌情心态，细微真切，颇为生动。不难看出，它从民歌中汲取了营养，一反文人词曲的雅致，表现为泼辣真率，朴拙自然，在白曲中又别是一番情趣。

首二句言好事多磨，纯以俗语出之，一如小儿女自言自语，喁喁自慰，虽未涉笔去写人物的神情举止，焦灼、掬怼之态却宛然在目。后三句是怨语，明怨的是奶娘，实怨的是父母，情形有些像

《西厢记》中的崔莺莺，明里抱怨小梅香"行监坐守"，"看护的勤"，实则是不满于老夫人"拘系的紧"。这里的"催逼紧拘钳"，当然也是受命于封建家长了，从"催逼"二字来看，奶娘其实是宽厚善良的，很可能闺中女正与她的心上人私会，奶娘在一边望着风，因而奶娘又急又怕，催小姐有什么话快说，早些回房，免得惊动了老夫人。这样推测不是无稽，因为首二句已说明"苦后甜"了，甜，当然指闺中女与情人的欢会了。况且，在封建家庭中奶娘的地位是很低的，"催逼""拘钳"都只能是指具体而特殊的场合。"甚是严，越间阻越情忺"，此句可能又是转而对封建家长的怨怒，用意同郑光祖《倩女离魂》杂剧"楔子"中"你不拘钳我可倒不想，你把我越间阻越思量"是相仿佛的，或许是郑光祖受了白朴此曲的启发。忺（xiān），合也，情忺，就是两情欢洽，犹如说要好、相好。结句斩钉截铁，又像是赌气，酷似小儿女声吻。

　　小令代闺中女立言，只是捕捉了一个细节，平白如话，不假任何修饰，就生动毕肖地勾勒出人物的神态，所谓语简意丰，一以当十。全曲极饶民歌风味，采取一种"奔迸的表情法"（梁启超《中国韵文里头所表现的情感》），就更是非常显然的了。

〔双调〕驻马听　吹　　　　白　朴

　　裂石穿云，玉管宜横清更洁。霜天沙漠，鹧鸪风里欲偏斜。凤凰台上暮云遮，梅花惊作黄昏雪。人静也，一声吹落江楼月。

　　这是一组四曲（吹、弹、歌、舞）之一，全曲突出玉管——

笙、箫、笛一类乐器在演奏时所产生的极大魅力，实际上表现的是一种独特的审美情绪和生命律动。有趣的是声音形象在曲中均被物化为一个个具体的形象，音乐的存在全赖于交替出现的一幅幅画面：响遏行云的音乐吹得霜飞沙扬，鹧鸪闻声失去了飞行的平衡，就连那善吹箫的箫史、弄玉引凤仙去的凤凰台，也为音乐声所缭绕，千树万树的白梅，也惊异得从枝上抖落下来，好似黄昏时分的漫天飞雪。这是比喻，也是夸张，更是通感。一管横吹有如此之大魔力，这就是钱锺书在《通感》一文中所讲的"以耳为目"、"听声类形"、虚构成象的表现手法。音乐的美是抽象的、无形的，画面的美却是可感的，可见的，在我国古典诗词曲中这种以构虚之象状无形之声的通感现象，很值得认真加以研究。

结尾二句写曲终人静，江楼月夜，一片恬淡静谧，所谓"曲终不见，江上峰青，绵邈含情，正在烟波不尽"。世间万物都有节奏，生命的节奏激缓张弛、噪静动敛，一如音乐，一味吹奏下去，总那么裂石穿云，"清更洁"的玉管怕也会破裂，因而结尾处的舒缓而归于寂灭是着意之笔，也是一种情绪的转换。如若执著于对此曲的思想内容作追寻，实在很难说得清楚，犹如倪云林逸笔草草的山水小品，它总能使我们窥视到元代知识分子的一种微妙的心态和意绪，于萧疏淡远中透出一股芒角四射的英锐之气，元人的追求未可概以消极视之。

此曲构思奇巧，通体灵透幽峭，只在结处出现了一个"声"字，实则

元 倪瓒（传） 秋林远山图

处处写声。月映江中而言落，尤奇。细绎之，声既裂石穿云，自然亦能使江面兴起波涛；必待音歇，江面才复归平静，皎月这时才能清映在水中，"一声"与"落月"之间的联系也显然很紧密。作者正是在动静之间来实现其巧思妙构的。

〔越调〕天净沙　秋思　　　　马致远

枯藤老树昏鸦，小桥流水人家，古道西风瘦马。夕阳西下，断肠人在天涯。

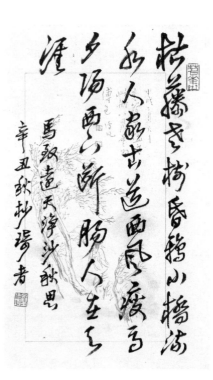

　　这首小令是一首名曲，历来为人们所击节赞赏，拍案称奇。周德清《中原音韵》甚至称其为"秋思之祖"，这无疑是曲史上的一首杰作。

　　小令一字不闲，通篇不过28字，仿佛逸笔草草，即画出一幅萧疏、肃杀的秋色图，色调虽暗淡、昏沉，却展示出一种别样的美。前三句18字近于鼎足对，共排列九种景物，且全用名词，但意境却非静止的，昏鸦聒噪，流水潺湲，瘦马迤迤而行。从时空角度视之，时是黄昏，地在天涯，大开大合，直至结二句，方点出游子漂泊。景物既黯淡又生疏，是在异地他乡；正逢天色已晚，尚在途中，未知何处栖息。于是，思乡想家的愁苦顿上心头。"小桥流水人家"一句尤妙，乍看此句与前后完全不谐调，何以在衰飒景物中插入一句恬淡悠闲的抒情景象呢？初读此曲不免有此疑问。仔细品味，始知此句恰是神来之笔，断非漫然而为。沈祖棻先生说得好："小桥流水，风景幽静，而人家安居其间，是显得非常安逸、悠闲，比起自己的奔波不定来，更引起羁旅之苦。而别人的一家团聚，也更引起自己的思家。自己不是也有一家老小吗？故居或故乡不也是有这样的小桥流水吗？然而对于这个旅人来说，这却是旅途，是天涯。"① 原来这里用的是"反衬"手法，即以别人家的安逸悠闲衬托出游子的漂泊无依，艺术效果非常强烈。

尝读董解元《西厢记诸宫调》，在其卷六写长亭送别之后，张生单人匹马赴京应举，有〔仙吕调·赏花时〕一曲：

> 落日平林噪晚鸦，风袖翩翩吹瘦马，一径入天涯。荒凉古岸，蓑草带霜滑。瞥见个孤林端入画，篱落萧疏带浅沙，一个老大伯捕鱼虾。横桥流水，茅舍映荻花。

将其与马致远《秋思》小令对读，不难悟到两者之间似有某种联系。小令像是这支〔赏花时〕的一个压缩简括版，但是更加精洁凝练，也更加醒人耳目。类似情况在古人并非个例，似亦无须忌讳，或可称之为再创制，只要简括得体，有所升华，即会被认可。郑光祖有一首〔双调·蟾宫曲〕，与此似亦有些瓜葛：

> 弊裘尘土压征鞍，鞭倦袅芦花。弓剑萧萧，一径入烟霞。动羁怀，西风禾黍，秋水兼葭。千点万点，老树寒鸦。三行两行，写高寒呀呀雁落平沙。曲岸西边，近水涡鱼网纶竿钓槎，断桥东下，傍溪沙疏篱茅舍人家。见满山满谷，红叶黄花。正

---

① 沈祖棻：《谈马致远的〈天净沙〉》，载《语文教学》1957 年第 1 期。

是凄凉时候，离人又在天涯。

此曲意象差近于董、马，其中"老树寒鸦""断桥东下""茅舍人家"以及"离人又在天涯"等，在董、马曲中皆可找到对应。郑光祖为元曲四大家之一，剧曲、散曲皆精，钟嗣成《录鬼簿》以及朱权《太和正音谱》均对其有极高的评价。这首〔蟾宫曲〕果若为郑光祖所作，如何这位卓然大家的"郑老先生"，竟也有蹈袭他人之嫌？元曲中常有署名错讹不定的例子，如一首〔蟾宫曲〕《题金山寺》，或署为张养浩，或署为赵天锡，便是〔天净沙〕《秋思》曲，署作马致远也是有疑问的，或以为它是佚名曲家的作品，应署为无名氏。按，马致远本有被称作"万中无一"的〔双调·夜行船〕《秋思》套曲，写秋天淋漓尽致，言思绪说尽道透，何必再去写一同题小令呢？尽管这完全是一种推断，但亦非无根之论，因历来有以《秋思》小令为无名氏所作的说法。自然，无论是何人所作，小令精警峭拔，笔力雄浑劲健，它布在人口，为人们所激赏，泂为千古不朽之佳篇妙构。

末了，还可发掘一下《秋思》小令的寄托。除却前文所揭示的羁旅无助，念远思家的愁苦之外，曲子背后是否有所寄寓呢？说来羁旅之苦，怀乡之愁只是一望可知的浅层意蕴，不难领略。按约定俗成它是马致远所作，联系马的生活经历与生存状态，它的隐喻或者寄托，还是有迹可寻的。

马致远生于富豪之家，他在〔大石调·青杏子〕《悟迷》套的〔归塞北〕曲中写道："当日事，到此岂堪夸，气概自来诗酒客，风流平昔富豪家。两鬓与生华。"这是他晚年时对自己青少年生活的回忆。又在〔双调·拨不断〕中有云："九重天，二十年，龙楼凤阁都曾见，绿水青山任自然。旧时王谢堂前燕，再不复海棠深院。"可见其二十岁之前，家境非常好，在京城中称得上是大户人家。他早年和所有的士子们一样，曾一度醉心于功名利禄："且念鲰生自年幼，写诗献上龙楼，都不如半纸来大功名一旦休。"（〔黄钟·女冠子〕残套之〔黄钟尾〕）入元之后（马致远生于 1250 年前后，入元已近 30 岁），功名路断，家道亦中落，为了生计，只能去做小吏，即《录鬼簿》中所说的"江浙行省务官"，称名虽有个"官"字，实际上只是掌管文书簿籍的小吏。北人南迁，从大都到杭州，可谓背井离乡，流离飘零。关键是仕路闭塞，志不得伸，苦闷与彷徨不言而喻。且看：

> 夜来西风里，九天鹏鹗飞。困煞中原一布衣，悲，故人知未知？登楼意，恨无上天梯。（〔南吕·金字经〕）

倾吐的是投谒无门、沦落他乡之悲。以"中原布衣"自称，强调的是汉人士子。"中原"二字在元代往往有特指之义。起句仿佛是梦境，或是梦想，是遂志后如大鹏展翅高飞，象征着仕途畅通，一朝中得龙头选的春风得意。然而，现实是残酷的，困在小吏生涯中疲于奔命，便是自己的夙命。"登楼意"句，以王粲自况，抒发了无尽的愤懑与牢骚。将此曲与〔天净沙〕《秋思》对读，不难发现二者之间是息息相通的。"小桥流水人家"，不正是江浙一带的景物吗？在古代从今北京到杭州，差不多真的是遥杳的天涯了。

古道是那样的萧索，更兼西风吹寒，正是仕途的比况。刘永济先生说："北宋犹能继轨前代，增华曩时，一旦宗社迁移，沦为异域，北方人士，已失去此文化之中枢。及金、元相继入主，中原人士，望霓旌之无日，伤汉仪之难睹，又自深其摧痛冤结之情。"（《元人散曲选·序》）汉仪，在这里当主要指科举进身之途径，金、元既不能继轨，中原士人便失却了进身之阶，于是"摧痛冤结之情"挥之不去，便是"断肠人"流离天涯。马致远由金入元，恰值其时。故其言"布衣中""一场恶梦"（〔双调·拨不断〕）。此亦一代中原人士共同的命运遭逢，无论《秋思》小令是马致远所作，还是无名氏所作，心迹与意绪都是一致的。

〔双调〕清江引 野兴 马致远

西村日长人事少，一个新蝉噪。恰待葵花开，
又早蜂儿闹。高枕上梦随蝶去了。

号称"曲状元"的马致远在做了多年了无生趣的小吏之后，不堪其苦，终于义无反顾地在杭州附近的一个村庄隐居了。"林泉隐居谁到此，有客清风至。会作山中相，不管人间事。争甚么半张名利纸。"（〔清江引〕）这里马致远以南朝齐陶弘景自况，值得注意。所谓山中宰相，指陶弘景隐居茅山，梁武帝多次礼聘，请其出山，都被拒绝。陶是著名道教学者、炼丹家及医药学家。既然礼聘不成，梁武帝退一步，每每遇吉凶大事与征讨策略，便往山中咨询求助，故人称陶弘景为山中宰相。马致远多写神仙道化剧，尤其对宋金时的全真道教情有独钟，其神仙道化剧中明显具有全真家的思想烙印，故人亦称其"马神仙"。"会作山中相"流露出其对道家思想及道教宗师的倾慕。此曲可与"西村日长人事少"相互印读。两首〔清江引〕均为退隐后所作，且前者用了"庄生梦蝶"的典故，同样流露出对道家思想的津津乐道。

西村，当指隐居之村落。人事，即农事，亦即农活。陶渊明《归去来兮辞》有云："农人告余以春及，将有事于西畴。"春天来了，田里的躬耕之事提上了日程。乡村里的农活以春秋两季为多，夏季和冬季要少得多。夏天天长，相对又是农闲时节，故言"西村日长人事少"。新蝉，亦称早蝉，指农历大暑之后幼虫羽化，蝉始援树枝间鸣叫。唐王翰诗云："满地残花过雨天，槐阴庭院响新

蝉。"（《和黄体方伴读新蝉韵》）蝉鸣往往经久不歇，即噪。唐卢全《新蝉》有句："长风蓊不断，还在树枝间。"小令首二句，笔简意远，夏日午时景象栩栩然如在眼前。接下来写葵花与蜜蜂，一个"闹"字，反衬出庭院之静，为下面的午睡张本。尾句以"庄生梦蝶"事收煞。或以为这个结尾只取文面，不过是言睡去而已。联系马致远的《陈抟高卧》杂剧，便知其睡是大有文章的，说到底，长睡忘忧，是对严酷现实的一种消极对抗。

马致远美化了隐居生活环境，营造出一个无忧无虑、宁静和谐的世外桃源般境界，一方面在告别了艰辛乏味的小吏生涯之后，终于可以舒一口气；同时也隐隐透露出几分无可奈何的苦涩。末句始点出，这种恬淡、自适的生活也只有在梦中才会有吧。

这支小令是《野兴》八首重头组曲之一。由此可见马致远曲风格多样，其闺情曲清丽流转，写景曲妍炼味永，不愧为"曲状元"之誉也。

〔双调〕寿阳曲 山寺晴岚 马致远

　　花村外，草店西，晚霞明雨收天霁。四围山一竿残照里，锦屏风又添铺翠。

这首小令为八首组曲"八景"之一。据《宣和画谱》记载，宋人宋迪曾绘有"潇湘八景"图，后人诗词曲（包括绘画）遂以"八景"形式吟咏和描绘某地风景名胜。马致远沿用八景形式，名称与旧题"潇湘八景"完全相同，但其取景当有杭州附近或江西一带景象①。

---

① 马致远至治末年由浙江改调江西（详孙楷第《元曲家考略》，上海古籍出版社 1981 年版）。

此景写的是雨后黄昏时的山光水色，笔简而意丰，色彩明丽，画面诱人，得幽静恬淡之致，古雅蕴藉，几令画境所难企及。"花村外"二句，极写山村之美，一个"外"字宕开去，惊鸿一瞥，掠过花团锦簇的村落；草店，或山里酒肆，或货卖杂物的乡间小屋，一个"西"字，亦宕开去，有如山水画崇山峻岭中点缀一房舍，将笔势推移至开阔的雨霁明霞中。山，在四围之中，寺，则不点出，由人去想象。晴字则由"天霁"出，岚，本指山林中雾气，不写自在。要之，此曲妙在写与不写之间，给读者留下无尽的想象空间，可谓清空绝尘，有空谷无人迹，清辉照潭影之妙。"四围山"句，当与王实甫《西厢记》第四本第三折〔收尾〕曲有关联，王曲作"四围山色中，一鞭残照里"。马曲作"一竿残照里"，"一竿"谓日将落。日上三竿，喻日升；一竿，低也。元曲家佳句往往互为借用，然只要用得巧妙，未为不可，谓其脱化可，谓其抄袭则不可。王、马二家几乎同时，均为大都人，后一在北方，一在江南，难以确指是谁借鉴了对方。尾句写的是雨后山色更显葱郁。锦屏风，指画屏，山峦起伏连绵，如长卷，似画屏，绿意充盈。

马致远笔调灵动多变，既能放旷，

清　佚名　渔庄雨霁图

亦能清雅；长于叙事，亦擅议论。"八景"之中，并非每一首都是写景。如《潇湘夜雨》一首，就很特殊，既未放开写景，也不知写的是何处，大约只是借用题面以抒怀。或许"八景"非写于一时一地。不妨来看看这首《潇湘夜雨》：

> 渔灯暗，客梦回，一声声滴人心碎。孤舟五更家万里，是离人几行清泪。

曲中未着一个"雨"字，但通体都在写雨，是离人的心理感受，分明是在抒发漂泊的游子思乡怀人之苦闷。劈头里六字亦非如实写景，不过交代了所处环境——雨夜孤舟之中。故马致远的"八景"，与其说是在写景，不如说主要是在抒怀。《山寺晴岚》实际上应看作是他对隐居生活的向往，抑或是已隐居后对隐逸生活的美化，更透露出这一组八首小令绝非写于一时一地。

〔双调〕蟾宫曲　　　卢　挚

想人生七十犹稀，百岁光阴，先过了三十。七十年间，十岁顽童，十载尫羸。五十岁除分昼黑，刚分得一半儿白日。风雨相催，兔走乌飞。仔细沉吟，都不如快活了便宜。

此曲平白如话，一泻无余，仿佛老朋友酒酣耳热之际对面谈心。细细体味，其于简易平淡之中分明蕴含着无尽痛楚，狂放旷达背后又见出天真率性。作者将人生历程算了一笔账，是再简单不过的一道算术题。人们常说的人生百年，其实是个虚指的概数。在古代医疗卫生条件相对落后的情况下，能活到百岁者寥若晨星，倘超过百岁的差不多就成了神仙了。故作者劈头里就言明"七十犹稀"，所谓百岁人生，先就得减去三十年。在这七十年中，还要减去前后各十年：前十年是懵懂稚童，不谙世事，体会不到人生的快乐与忧伤，似不能算作真正的人生；后十年则体衰多病，风烛残年，成了别人的负担，自己也完全失却了欢娱。这样一来，就剩下五十岁了。这五十岁还必须被二除一下，因昼往夜来，人睡觉睡掉了一半时间。如此，只剩下区区二十五岁了。这么一算，还真是不算不知道，一算吓一跳。原来人真正充分体味和享受生命赐予的时间是如此之短呵！我们这里不妨再发挥一下卢挚的这个思路，事实上这个净剩的二十五年也不可靠。人吃五谷稻粱，总要生病吧？三灾八难，五劳七伤，是否还要再减？此外，人生或许还有许多的坎坷，数不清的磨难。虽说逆境也是一种人生，但那毕竟不是快乐愉悦的时光。按林语堂的说法至少不是悠闲自适的人生享乐。这二十五年是不是还要一减再减呢？纵然就生存时间来说，只有减与除，没有加与乘。

古往今来，叹喟人生须臾的诗篇不知凡几，却仿佛都不似元人这般沉重。如《古诗十九首》中的"生年不满百，常怀千岁忧"，曹操《短歌行》中的"对酒当歌，人生几何？譬如朝露，去日苦多"等。然而，元代的文人士夫发这样的感慨，承载却是格外沉痛，特别悲怆。它饱含着一个特定时代的一种别样的况味：元人无论在朝在野，一种没着没落的失落感，选择生存道路的"两难"，生存空间的窘迫，以及前途未可逆料、寓客于当世的几近绝望的意绪，则是通同的。至于此曲结尾处的感叹时光易逝，大倡及时行乐，也不能简单认为是一种消极、颓伤的情绪，元前期散曲正是在消极表现中深藏着不甘沉沦、拒与元蒙贵族合作的棱棱芒角的。这种潜藏着的芒角，说到底乃是一种对人生意义与价值的重新求索，保持人格尊严卓然独立的精神追求。这其实可视为解读元前期散曲的一把钥匙。

　　卢挚此曲，艺术上最值得我们注意的，乃是语言运用上的"言文一致"，这是一种义无反顾的选择，也是一种极高的境界。正是这种"言文一致"，划开了曲语与诗词语的界限。所谓"言文一致"，是指对语言的锤炼熔铸达到相当自由、极为自然的火候。不消说，这种自由而又自然地运用口语又必须是艺术的、美的，不能仅停留在原生口语状态。曲中除了"兔走乌飞"一句之外，今天的读者完全可以不要任何注释。"兔走乌飞"与"风雨相催"对举，是说时光迅疾。兔、乌分别代指月、日。"言文一致"的说法最早是胡适提出来的。言，指平时说话；文，则指"为文"。胡适早在20世纪初的《尝试集自序》中就说过，元代的俗文学作品"皆第一流之文学，而皆以俚语为之。其时吾国真可谓有一种'活文学'出世"，如若不遭明代"复古之劫"，"则吾国之文学必已为俚语之文学；而吾国之语言早成为言文一致之语言，可无疑也"。这里所言之"俚语"，即指口语化之语言，毫无贬义，而是褒义的；而"言文一致"分明指的是以口语为基础、经加工提炼而成的文学语言。

　　附带说到，元散曲家在曲子中所谓的"快活""闲快活"等语，骨子里是一种自嘲式的反讽之语。这个失落的群体，内心太多的苦闷与彷徨，更怀一腔牢骚与愤懑，如何快活得起来呢？张申府先生别解"快活"二字，很有意味，也颇富启迪性："人生最好的境界只是活得快，死得快。人生最不好的境界只是活不得死不得。"（《所思》）此真可谓睿哲之思。想必元曲家们是硬将后者说成了前者，非为调侃，实是至哀至痛之苦涩之言，不快活而向往快活而已。

〔双调〕折桂令 金陵怀古   卢 挚

记当年六代豪夸，甚江左归来，玉树无花。商
女歌声，台城畅望，淮水烟沙。问江左风流故家，
但夕阳衰草寒鸦。隐映残霞，寥落归帆，呜咽呜笳。

卢疏斋的散曲作品，今仅存小令。贯云石《阳春白雪序》称疏
斋曲"媚妩，如仙女寻春，自然笑傲"。他的诗文与当时刘因、姚
燧齐名，看来写散曲大约是他的余事。从这首令曲来看，其除了
"媚妩"一面，亦能雄沉，见得他是有几副笔墨的。

小令明显受到刘禹锡《金陵五题》之三《台城》诗的影响。刘
诗劈头里一句"台城六代竞豪华"，而卢曲首句明显由刘诗点化而
来。刘诗中"万户千门成野草，只缘一曲《后庭花》"二句，又衍
成卢曲中的"玉树无花""商女歌声"，以及"但夕阳衰草寒鸦"等
句。所谓台城，指晋宋宫城。晋宋间称朝廷禁省为台，故称禁城为
台城。曲中之"台城畅望"，当是指从禁城城墙上极目远眺。曲中
之淮水，乃指秦淮河，秦淮西出三山水门，沿城西又折向西北入大
江。故刘梦得诗云："淮水东边旧时月，夜深还过女墙来。"（《金陵

五题·石头城》）"淮水烟沙"句，出于杜牧《泊秦淮》中的"烟笼寒水月笼沙"句，而"玉树无花""商女歌声"亦由杜牧诗句"商女不知亡国恨，隔江犹唱《后庭花》"脱化而来。足见卢曲与刘、杜写金陵诗作的联系。曲中两次出现"江左"的字样，盖以江北视之，江东在左，江西在右，江东、江左皆指今江苏一带，因其在大江以东也。作者以北人声吻度曲，故如此称谓。"风流故家"，是说六朝金粉之地往昔的繁华，作者畅望间，但见残照当楼，眼底衰草萋迷，更有寒鸦绕树，抖翅哀鸣。面对这一片凄凉，作者禁不住发问：往昔的吴宫晋阙，金陵王气，如今安在？这虽然是一般的怀古意绪，未脱前人窠臼，然一代人有一代人不同的历史沉思，潜台词是各不相同的。卢挚为元至元间进士，官做得不小，至翰林学士承旨，但他与白朴那样不屑仕进、诗酒优游的遗老式的人物，还有马致远那样的书会才人，甚至朱帘绣辈的戏曲演员交往甚密，对蒙元贵族的入主中原内心是相当矛盾的，他有没有所谓"身在曹营心在汉"的民族意识？恐怕是不可避免的，元代汉族知识分子都回避不了这个问题。因此，卢挚的怀古诗，与一般的抒发兴亡感慨又自不同，"但夕阳"句以下，悲怆苍凉，几欲堕泪。"衰草寒鸦"，"鸣咽鸣筲"，尤当引起我们特殊的注意。元人多以"昏鸦""寒鸦"

明　魏克　金陵四季图（部分）

来状悲凄，"鸦"之特定含义差不多是约定俗成的一种象征意象，犹如"青山"在元散曲中几乎成了归隐的同义语，"鸦"也是元人内心凄苦的同义语。且不说马致远的"枯藤老树昏鸦"，只要看下面几例便可以明白：

> 孤村落日残霞，轻烟老树寒鸦，一点飞鸿影下。（白朴〔越调·天净沙〕）
>
> 晨鸡初叫，昏鸦争噪，那个不去红尘闹。（陈草庵〔中吕·山坡羊〕）
>
> 夕阳芳草废歌台，老树寒鸦静御街，神仙环佩今何在？（张可久〔双调·水仙子〕《西湖废圃》）
>
> 落日昏鸦，西风归雁，叹崎岖途路难。（徐再思〔中吕·朝天子〕《常山江行》）

还可以列举出许多，从语义学角度视之，这种现象可以理解成一代人的思维用语的约定俗成，值得深入研究。此外，结句的"呜咽鸣笳"，也耐人寻味，须知此曲题作"金陵怀古"，写的不是边塞。笳，当然指胡笳，是少数民族乐器。六朝故都竟传来胡笳声，不能不说是别有隐曲。其实，胡笳声不必切实听到，作者内心深处有黍离之悲、河山之感，就可能在耳际出现阵阵笳鸣。呜呜咽咽、如泣如诉，不绝于耳。如此微妙处，也可以看作是元人敏感或心有块垒的表现。这正是此曲独到之处，也是它虽可看到刘梦得、杜牧之诗的影响，却又有独立存在意义的理由。

〔黄钟〕人月圆　为细君寿　　魏　初

冷云冻雪褒斜路，泥滑似登天。年来又到，吴

头楚尾，风雨江船。　　　　但教康健，心头过得，莫
论无钱。从今只望，儿婚女嫁，鸡犬山田。

　　这首令曲，是为妻子祝寿之词。乍看上去，平白浅近，并无惊
人之语，实则于质朴中寄深情，于淡泊中寓厚意，颇耐细细咀含，
再三品味。作者魏初（1226—1286），字太初，号青崖，弘州顺圣
（今河北阳原）人。曾从学于大诗人元好问。中统初出为中书省掾史
兼掌书记，后以祖母年迈辞归乡里，隐居教授。至元七年（1270）授
国史院编修官，拜监察御史。历任陕西、河东按察副使，行台扬州、
江西按察使等职。这首令曲，当是作者赴江西任时所作。
　　一说到爱情，人们很自然地会想到刻骨铭心的爱慕，生死相随
的恋情；天长地久、永不离分的理想爱情固令人为之动容，然而，
生活又是具体的，甚至是平淡的。爱，也需要平常心，更需要共同
面对艰难困苦。只有欢乐没有痛苦的人生是不完整的，也是不存在
的。这首曲子的妙处恰恰在此，即以平常心去面对爱。褒斜路，亦
作褒斜道、褒斜谷，古地名，在今陕西省西南部。作者带了家眷从
家乡河北出发，往江西赴任，要经过褒斜。时值冬令，冻雪寒天，
行走艰难，看看又到了年关，一家人却奔波在地北天南。吴头楚
尾，指今江西北部，因其处在春秋时吴、楚两国的交界之处，故有
此称。为仕宦生计，鞍马舟车，由北而南，作者的心境是复杂的。
恰于赴任途中，逢妻子诞日，作者写下了这首《为细君寿》。从曲
中希望"儿婚女嫁"来看，作者赴江西任时已近知天命之年，老夫
老妻，仕于异乡，风雨江船，其艰难可知。正是在这种艰难之中，
夫妇之爱才显得格外动人。曲子的后半部，既像是对老妻述说，又
像是自言自语。一家老小，康健第一；日子虽难，却还过得，倒也
知足常乐，有钱无钱，与幸福快乐无涉；但求男婚女嫁，过普通人

清贫却舒心安稳的日子。尾句流露出作者向往隐居生活的心志，也是对漂泊生涯的厌倦。元蒙一统中国时是 1279 年，这时的太初已逾 50 岁了，他对自己的归焉之计是不能不盘算的。

　　按说此曲主要是写仕途艰辛，写老夫老妻的情感倒在其次。但不知为什么我们读了它之后，印象最深的却是太初内敛而外抑的深情，对妻子、对子女的那样一种深沉的爱。也许正是由于它文面的质朴、率直，家常语、平常心，却强烈地反衬出爱的切实与真挚。结尾处的达观平易，亦可见出太初的饱经风霜和对人生深切的体会。池田大作曾在《我的履历书》中说过这样一段话：

　　　　从多年风霜中跋涉而来的人们，不管有无名气，其足迹都放射出如同熏银一般深沉的光泽。这样的人方可称作人生之达人。他们往往深沉，年纪不轻，每当我见到这样的人，我就要说："这才是真正的人。"从其尊贵的风采中，你可想象出他们以往坚忍的历程，感受到人生的真谛。纵然他们在面对末日时仍那么平凡，但不管怎样也竭尽全力度过了人生，这便是崇高。对此，不由使人产生炽热的敬爱之情。

　　平凡与崇高只有一步之遥，而这一步说到底不过是对人生的感受力与认知力的作用。就爱情而言，少男少女刻骨铭心之爱自然是动人的，但平凡的老夫老妻的贴心贴肺的爱，同样具有震撼人心的力量。絜妇将雏，地北天南，老夫为老妇祝寿，是年关来到之时，在吴头楚尾之地，太初对妻子的爱有多么深沉，可想而知。心头缠绕之事，无非一家人平安康健，过无忧无虑的日子。没有奢望，更无非分之想，太初以平常心思平常事，在经历忧患与颠簸之后，已与崇高不远了，或者说由于他的人生经历而称得上是达人了。

　　或以为太初好歹为官一方，其艰难毕竟与患难的平民夫妻不可同日而语吧？且不论元代汉人为官的艰难，以及每多掣肘、进退两难的处境，但说冰天雪地奔赴任所途路的艰辛，太初于字里行间所流露的对故乡的留恋，特别是他的归隐之想，其内心的矛盾与苦闷，读者是不难体会到的。褒斜路上的行进之难，也正是仕途艰难险阻的缩影，也是人生路上难关重重的象征。但是，因为有了爱，也便有了力量，只要一家人能在一起，再苦再难，也是苦中有乐，贫中有味——太初一家人是幸福的。

太初是诗人，偶一为曲，便出手不凡。你看他于平实浅近之中，揭示了人生的真谛，品出了生命的真味。叔本华在《人生的智慧》中说："人生前40年提供了正文，而随后30年则提供了对这正文的注释。后者帮助我们正确理解正文的真正含意及其个中相互的关联，并揭示出它包含的道德教训和其他多种微妙之处。"（《人生的各个阶段》）这"多种微妙之处"中显然包括了爱情。一种成熟了的、将人性的东西理性化了的平凡而又动人的爱情，是要到为正文作注时——40岁之后才能深切感受与体会到的。

常常感叹元人曲子的妙处，恰在能于家常语中寄深情厚味，太初此曲可谓是一个明显的例子。此外，有所言说而又言说不尽，亦是元人曲子佳妙处之一。无名氏〔双调·山丹花〕：

> 昨朝满树花正开，蝴蝶来，蝴蝶来。今朝花落委苍苔，不见蝴蝶来，蝴蝶来。

此亦令曲中之杰作，其妙正在有所言说而又言说不尽的多意性。太初亦然，以家常语状人生况味，令人联想无限，思绪绵长。

〔双调〕蟾宫曲　梦中作　　　　郑光祖

半窗幽梦微茫。歌罢钱塘，赋罢高唐。风入罗

帏，爽入疏棂，月照纱窗。缥缈见梨花淡妆，依稀
闻兰麝余香。唤起思量，待不思量，怎不思量！

　　郑光祖主要是杂剧作家，剧作见于著录者 18 种，今存 8 种。
其散曲作品传世不多，仅存小令 6 首，套曲 2 套。这首《梦中作》
写法极为独特，在清丽一派的曲作中，堪称别调。它以虚用实，虚
实浑然一体，迷离惝恍之中，将浓情蜜意融于一片化机之中。
　　曲家梦中究竟如何？似语焉不详，只有"微茫"二字，令人颇
费揣摩。"歌罢""赋罢"二句，分明是已然出梦。但从所用典实，
可知梦中情境是有情人幽会。钱塘苏小小歌舞（见何蓬《春渚纪
闻》），楚怀王游高唐梦见与巫山神女欢会（见宋玉《高唐赋》），
二事用意甚明。"风入罗帏"句始，写梦醒之后的感受，风爽月皎，
回味梦中情状，仿佛一切仍历历在目：情人的妆束以及其散发出的
幽微体香，似还未曾淡去。"缥缈"句于朦胧迷茫中略带清愁，令
人想起白居易《长恨歌》中的名句"玉容寂寞泪阑干，梨花一枝春
带雨"。"依稀"句似脱化于欧阳修〔浣溪沙〕中的"兰麝细香闻喘
息"。"缥缈"
"依稀"，既是
对梦境的回味
与追寻，也是
对微茫恍惚梦
境的再延伸。
可惜，梦已逝
去，回到现
实，只有夜阑
人静中孤身一

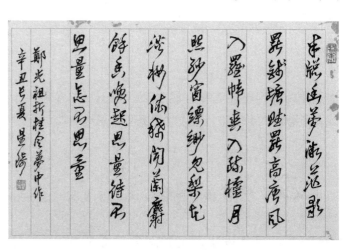

人，冥冥遥想，苦苦追忆。便是"唤起思量，待不思量，怎不思量"。东坡〔江城子〕《乙卯正月二十日夜记梦》有云："不思量，自难忘。"晏小山〔临江仙〕亦云："月堕枝头欢意，从前虚梦高唐，觉来何处放思量。"

曲写梦中与情侣欢会，颇得"花间"之趣。尝洛诵花间词，见写梦篇什极有情趣。如韦庄〔浣溪沙〕：

　　惆怅梦余山月斜，孤灯照壁背窗纱。小楼高阁谢娘家。
　　暗想玉容何所似，一枝春雪冻梅花。满身香雾簇朝霞。

谢娘，本指李赞皇（德裕）小妾谢秋娘，后泛指情侣或意中人。此词与郑光祖《梦中作》小令意趣相近。又毛熙震〔临江仙〕有句："淡蛾羞敛不胜情，暗思闲梦，何处逐云行？"写梦醒追思，行云何处。怅惘幽远，有余不尽。闲梦，犹春梦、欢梦。此亦是寻梦、追梦。汤显祖《牡丹亭》写了"惊梦"，又写"寻梦"，杜丽娘说："有心情那梦儿还去不远。""花间"对郑光祖有影响，汤显祖亦偏爱"花间"；郑光祖的《倩女离魂》首开离魂型戏剧先声，汤显祖的《牡丹亭》何尝不是继轨《倩女离魂》？离魂，犹梦也。故写梦乃是文学之一大宗。

王国维评郑光祖曲云："郑德辉清丽芊绵，自成馨逸，均不失为第一流。"又云《倩女离魂》第三折〔醉春风〕〔迎仙客〕二曲"如弹丸脱手，后人无能为役"（《宋元戏曲考·元剧之文章》）。观其《梦中作》，一如其剧曲，诚为清丽派散曲中之佳作。

〔双调〕殿前欢　　　　贯云石

畅幽哉，春风无处不楼台。一时怀抱俱无奈，

总对天开。就渊明归去来，怕鹤怨山禽怪，问甚功

名在。酸斋是我，我是酸斋。

    贯云石于仁宗朝官拜翰林侍读学士，对官场污浊、吏治腐败，有较清醒的认识。他称疾辞仕，移居江南，改姓换名，卖药钱塘市中。又自号芦花道人，过着诗酒自娱的隐逸生活。关于他的退隐，有说是忽发奇想，以为辞尊居卑，昔贤所尚，因而效法前贤，身退形隐了。这支小令则说明，贯云石原是有志之士，总为"一时怀抱俱无奈"，才步陶潜踪迹"归去来"的。所谓"一时怀抱俱无奈"，便是说空怀一腔抱负而不得施展，他是无可奈何而辞仕的。因此，这支小令对我们了解作者生平事迹乃至深入理解他吟咏退隐一类作品大有帮助，值得我们重视。

    "畅幽哉"二句，写春光洒遍，到处是一片春意盎然。作者登高望远，心旷神怡，满眼春色；楼台逢春，绿烟袅袅；春风阵阵，吹绽花蕾。生机勃勃的春天，激起了作者对跃动的生命力无比的钦羡，转而想到自己空有抱负，伸展不能，不由地一阵伤感。这伤感来得突然，且又很深，有什么办法呢？人生短暂，春光却是无限，春光年年如是，人生追求探索也永无际涯，一腔牢骚愤怨，与此春光明媚，不是太不协调了吗？"总对天开"，是说春天来临不以人的意志转移，这是无可奈何的。这一切还是不去想它吧，不如像陶渊明那样"载欣载奔"，归园田居。"就"，在这里是跟从之意。"归去来"，指陶渊明的《归去来兮辞》。"怕鹤怨山禽怪"，是说归隐犹迟，白鹤及山中飞禽要怪怨自己的，言外之意是早该痛下决心。"问甚功名在"，犹言管他什么功名前程，唯闲为乐。结句亮出家门，直如隐者的立世宣言：决心隐逸的就是我贯酸斋，我就是跟从陶渊明踪迹的贯酸斋，仿佛拍着胸脯，直言不讳，大言不惭，表现

出倔强和执拗的性格。

小令随手写来，不假外语，一如直言道出，全无扭捏之态，坦率得可爱，真诚得有趣，不愧为曲中"捷才"。

严格说来，元代的知识分子并不真正以隐逸为乐，这正是所谓"虽语似旷达，而讥时疾世之怀，凛然森然，芒角四射，可谓怨而至于怒矣"（刘永济《元人散曲选·序言》）。酸斋身为官宦士族，世爵之后，能有此种情愫，也正说明了元代知识分子的遭遇。

〔双调〕殿前欢　　　贯云石

楚怀王，忠臣跳入汨罗江。《离骚》读罢空惆怅，日月同光。伤心来笑一场，笑你个三闾强，为甚不身心放。沧浪污你，你污沧浪。

贯云石曲或豪放恣肆，如"天马脱羁"（朱权《太和正音谱》），时亦有清新俊逸之作，表现出俏丽而又柔美的和谐。这支小令，显然既不属于豪放一格，更不见清润之味，当别属一调，即所谓豪辣俳谐体势。曲中时出反语，间或流露出辛酸和愤懑。

首二句点出楚怀王昏庸不察，逼得忠心耿耿的屈原自沉

元　盛著　秋江垂钓图

汨罗。出笔便劈题，凭空起势，写出了屈子一跃冲向波涛的悲壮气势。"《离骚》读罢"一句，方揭出作者是在作历史的沉思，那久远的、深邃的思索，尽在"空惆怅"三字中了。作者惆怅之余，撒然省悟：古往今来，凡有作为的积极进取者，皆屡遭磨难，命运多舛，不如放达超脱，尽山水之乐。"日月同光"，指屈原的精神和品质光照千古。"伤心来笑一场"，乃充满苦涩之反语，先贤的命运为什么如此凄惨？就里分明蕴含着《天问》式的无尽诘难。"笑"与"伤心"搭配，似有些荒诞，实质上这是一种极为复杂的情绪，是一种愤极的苦笑。贯云石仕途多蹇，后借病弃官归隐，虽为贵族功臣之后，却向往"一笑白云外"（〔清江引〕）的隐逸生活。旷达超然的背后，明明潜藏着对黑暗社会现实的牢骚和愤慨。"笑你个三闾强"以下，是解释前文"笑一场"的缘由，倔强的屈原，你为什么不放达超脱一点呢？曲意与白朴〔寄生草〕《饮》中的"不达时皆笑屈原非，但知音尽说陶潜是"用意大略是一致的。笑屈原之非，乃"不达时"之辈；骨鲠正直者都是崇敬屈原的。这里分明是以反言正，其实作者对屈原也是钦佩之至的。故可认为元散曲中非屈原之语，皆是愤极之反语。结二句以沧浪水清衬托屈原之高洁，同样是正语反说。文面的意思是：沧浪清澈之水玷污了你，而你的自沉也使沧浪之水污浊了。无非是对屈原投江持非议的态度。承上文，仍是说屈原不够旷达。这恰恰透露出所谓旷达和超脱原是出于无可奈何，痛苦和矛盾，复杂和微妙，是正可玩味处。

　　小令最突出的特点是苦语乐道，糊涂中反更清楚，诙谐中藏着苦涩，其韵味是耐反复咀嚼的。

　　贯云石为"一时之捷才，亦气运所至，人物孕灵如此"（《至正直记·酸斋乐府》）。他有几副笔墨，极尽笔调变幻，能豪放，能清新，亦能俳谐幽默，这支小令颇能说明他的多方面才能。

〔双调〕折桂令 过金山寺 张养浩

长江浩浩西来，水面云山，山上楼台。山水相连，楼台相对，天与安排。诗句成风烟动色，酒杯倾天地忘怀。醉眼睁开，遥望蓬莱，一半儿云遮，一半儿烟埋。

《阳春白雪》收此曲，题为"题金山寺"，注赵天锡作。张养浩《云庄乐府》亦收此曲，题为"过金山寺"。玩其曲意，题"过金山寺"者恰切，大概作者此次并未驻足，乃是舟行大江，遥望金山寺见到的景象。元周德清《中原音韵》称"此词称赏者甚众"，可见为一时名篇。细按曲之佳处，全在王世贞所评"景中壮语"（《王氏曲藻》）四字。

首句运用侧笔，先写大江奔涌、浩浩而来，令人联想到杜甫的名句"不尽长江滚滚来"，奠定了全曲骏爽雄壮的基调。次句方落笔写金山寺，由水到山，由山写到寺之楼台，层层烘托，突出了金山寺"苍波万顷孤岑矗，是一片水面上天竺"（王恽《黑漆弩·游金山寺》）的壮观。"山水相连"三句，就山水楼台合写，打成一片，"天与安排"总写赞叹。"诗句成"二句，袒露了诗人"应物斯感"中常见的诗情酒兴和忘怀一切的狂态。诗成令云山耸动改容，饮酒令人忘怀天地，与万物冥合，写得意兴飞扬，手舞足蹈而不自觉，壮景激发豪情，相得益彰。末四句承上二句之云山动色、酒杯倾倒，又落笔于金山寺。作者强睁醉眼，遥望如海上蓬莱仙景的金山寺，觉其一半云遮，一半烟埋，既写山寺之虚无缥缈，又体现了作者醉意蒙眬的情态，景中有人，曲意深厚而又灵动。末尾别出境界，归于苍茫的写法，在金山寺雄壮的景象之上增加了几分烟云缭绕的迷幻，在"景中壮语"上平添了一种深邃的意境。

这支曲子的句法颇可玩味。一则它在简短的篇幅中，有意反复出现山、水、烟、云、楼台、天地等字样，突出强烈的印象，扩展壮阔的境界，形成了一种回环往复、铿锵响亮的修辞效果。二则由水到山，由山到楼台，时作递进，时作分合，与由景到情、由情到景的章法相结合，层层相生地展现了"过"金山寺见到的景象。这两种句法的运用，自然浑成，颇具气度，丝毫不流于纤巧，很好地表现了"景中壮语"的特点。

〔中吕〕山坡羊 潼关怀古　　张养浩

峰峦如聚，波涛如怒，山河表里潼关路。望西都，意踟蹰，伤心秦汉经行处，宫阙万间都做了土。兴，百姓苦；亡，百姓苦。

元文宗天历二年（1329），关中大旱，张养浩被征召为陕西行台中丞，前往赈灾。他行经秦汉故地洛阳、潼关、骊山、咸阳等，吊古伤今，一气写了九支怀古曲。其中《潼关怀古》是最负盛名的篇章，成为元曲中不可多得的珍品。

元曲中的怀古之作，主题意义一般比较消极。元代文人从历史发展中看到的多是埋葬一切的无情，功名不可凭，富贵不可恃："功，也不久长；名，也不久长。"（张养浩〔山坡羊〕《洛阳怀古》）怎是显赫的王朝，怎是英雄豪杰，都要归于荒草烟树、丘垅一堆，"唐家才起隋家败，世事有如云变改"（张养浩〔山坡羊〕《咸阳怀古》）。当张养浩立足雄伟的潼关，西望秦汉故都时，同样也看到了历史的无情，看到了"宫阙万间都做了土"。因而心意踟蹰，伤心不已；但他伤心处别有怀抱，他并不是为封建王朝的陵替而伤心，而是在为人民的无尽苦难而痛惜："兴，百姓苦；亡，百姓苦。"从顿挫曲折中逼出的这两句，顿使全曲深刻警辟，使它在大量的元人怀古词中一下子呈现出了非凡的光彩。其立意超卓、领新标异之处，盖在于从人民的角度评判历史，从历史的发展中痛惜百姓的苦难，把历史判为一部人民的苦难史。如此深邃的目光，如此痛下针砭的魄力，在元曲家中甚或在封建文人中，屈指能数出几人？

这支曲子的艺术特点，首先表现在它大气包举，纵横捭阖，短短一支小令能容纳如许内容，堪称笔力如椽。其妙处在于沉郁顿挫。开头落笔潼关雄伟气势，一"聚"一"怒"，运用拟人手法，以凝练灵动的字眼，写群山峥嵘、黄河奔涌。接下点出潼关山河表里的险要地势，其为西都屏障，历来兵家必争。这个开头耸动昂扬，流露出一种郁勃不平的情感，自然地引发了下二句"望西都，意踟蹰"，句势缓缓平推，似觉情感在涌动、聚集。接下来由"踟蹰"到"伤心"，陡然推出一副"宫阙万间都做了土"的景象，既阔大，又沉郁，令人怵目惊心，笔力千钧，横扫万古，直逼出末尾二句议论，犀利中见沉郁。首尾一景一情，雄浑犀利，顿挫有力。全曲似直而曲，似显而郁，精悍之色，令人难以逼视。

元人乔吉论元曲章法为"凤头、猪肚、豹尾"，"大概起要美丽，中要浩荡，结要响亮，尤贵首尾贯串，意思清新，苟能若是，斯可以言乐府矣"（《南村辍耕录》）。张养浩这支曲子可为范例。其"首尾贯串、意思清新"自不待言，论开头，如奇峰突起，美丽中寓有气势；结尾不加衬字，一字一句，短促有力，掷地有声，可谓响亮。"凤头豹尾"之间，觉其收纵自如，大开大合，似是包容了浩荡的时间与空间，涵蕴深厚。这种"凤头豹尾"的结构与其沉郁顿挫的气骨相结合，构成了这支小令特定的艺术魅力。

〔双调〕雁儿落兼得胜令 退隐 张养浩

　　云来山更佳，云去山如画，山因云晦明，云共山高下。倚仗立云沙，回首见山家。野鹿眠山草，山猿戏野花。云霞，我爱山无价。看时行踏，云山也爱咱。

　　从曲词的内容来看，本曲当是作者隐居历城时的作品。张养浩曾任礼部尚书、监察御史等要职。其隐居历城是在英宗至治元年（1321），时五十二岁。退隐的借口是父亲年迈，实际上是因直言敢谏，数忤人君。故知他的退隐实是出于不得已。不管怎样，远祸避身，离开恶浊的官场，在张养浩看来也不是什么坏事，"辞却凤凰池，跳出醯鸡瓮"（〔庆东原〕），他甚至庆幸自己的隐退。"远是非，绝名利"（〔普天乐〕），"紫罗襕，未必胜渔蓑"（〔收江南〕），他似乎决计要与官场彻底诀别了。以后朝廷曾多次征召，张养浩一概拒辞。所谓"屈指归来后，山中八九年，七见征书下日边"（〔西番经〕），差不多平均每年征召一次哩。因此，张养浩对山水渔樵

明　沈周　溪山行乐图

的津津乐道，更其复杂，亦更间杂以凄楚苍凉。

这首带过曲写云、写山，画就一幅云山缥缈的优美图画，流露出作者对云山图景的依恋和挚爱。前面的〔雁儿落〕，纯然描摹自然风物，从云、山的映衬关系上，写出了云山景致的变化之势。只有山而没有云，未免单调；只有云而没有山，又嫌过于虚幻。云、山之间的虚虚实实，才呈现出变幻之美，迷离之美，若隐若现的飘忽之美。首二句，写高山之上，云雾缠绕。云隔断了山，山衬出了云的飘逸和轻盈；因了云而山势更巍峨险峻，因了山而云行更袅娜多姿。作者采用中国画中的横云断山、意到笔不到的画法，以文字作画，气象万千，美不胜收。云来，山色更柔美神奇；云去，山亦苍翠欲滴。虚幻之美，坦露之美，意味不同，情趣各异。"来""去"二字，既写出了云的动势，又写出了山色的变化，更写出了云山浑然一体、互相映衬所造成的奇观。其手段之高超，令人叹服。"山因云晦明"二句，更进一步从显隐、高低的角度来表现云山相依赖而逞其美的妙境。云来山晦，云去山明，云遮山显得愈高远，云开山色则更加明晰。晦明变化，真有瞬间天上人间之妙。短短四句，极尽显隐变幻之致。云雾山中，如仙山浮于海上；碧空响晴，则青山兀立眼前。其神奇诡谲，未可控揣。此为"无人之境"。

后面的〔得胜令〕曲，为"有我之境"。"倚仗"二句，写人的瞻顾不已，"仗"即杖，诗人拄杖而行，停停走走。"立"，写尽了作者对云山景色的无限眷恋，注目而观，生怕放过了这变幻莫测的奇妙景致。云沙，犹言云海，"沙"字极尽云海之苍茫。立在云海之中，纵目远望，大有飘然欲仙之态。"回首"二字，写作者的四顾不暇，"家"，同"价"，山家即山那边。可知作者已登至半山腰了，回过头去看山中景致，竟是一片恬静、平和：野鹿在山坡的草地上卧着，悠闲得好似睡去了；顽皮的山猿跳着跑着，在花丛中嬉戏。这分明是人迹不到的世外桃源。这样的去处，对于在官场上已感到极度疲惫和厌倦的作者来说，实在是太怡人、太舒畅了。"云霞"二句，写作者对山中景色的眷眷深情。在作者看来，山中的云霞开合、晦明变化，以及麋鹿山猿、茅草野花，都是那样的怡然自得，温馨静谧，那样地令人爱怜。如此超然物外的心情是过去不曾有的，他感到一种解脱与松弛，觉得这是人生无法用金钱衡量的乐趣，俗辈是无法体会此中之乐的。可见，作者一时间似乎忘却了一切的忧愁和烦恼，完全陶醉于云山景色之中了。正是所谓"青山看不厌，流水趣何长"（钱起《陪考功王员外城东池亭宴》）。结尾两句，写作者边走边看，细味山色景观，渐渐地，感到物我交融，人山之间似乎产生了浓厚的感情。人看山，山看人，自然的山被人化了，深情的人又好像被物化了，从而造成了物我浑然一体的交融境界，完成了这幅绝妙的山中行乐图。这正是作者理想的退隐生活，事实上有着浓重的主观色彩。咱（zá），即咱家，自称之谓。

　　张养浩毕竟是一位有志之士，他的忘情山水之间，不过是暂时的。果然，到了天历二年（1329），六十岁的张养浩毅然应召，出任陕西行台中丞，到关中赈济灾民，竟死于任所。可见在这类退隐的散曲中，张养浩虽表面上有些消极，但就里还是潜蕴着万千感慨和郁勃之志的。

〔越调〕凭阑人　闺怨（二首）　　王元鼎

　　垂柳依依惹暮烟，素魄娟娟当绣轩。妾身独自眠，月圆人未圆。

　　啼得花残声更悲，叫得春归郎未知。杜鹃奴倩伊，问郎何日归？

前人颇重词曲之别，大致说来，词多比兴，重含蓄委婉，隐多于显；曲多用赋，重直陈明说，显多于隐。但事有不尽然者，如这里二首闺怨曲，其格调近词，但又有曲的特点，其佳处恰好在于隐显之间。

〔越调·凭阑人〕的曲牌是小令中的短篇，共四句，为"七七五五"的句式。此二曲谨遵格律，未加衬字，短小的篇幅使其无法铺叙挥洒，再加上还想传达一种幽约的怨思，自然就会追求小令"言外有余味"（刘熙载《艺概》）的表现特色，从而形成一种偏于隐约含蓄的基本格调。

第一首以写景起，垂柳依依，暮烟笼罩，一"惹"字既状"染柳烟浓"的景象，又逗人情思。下句写娟娟明月，照临绣户，引惹起女主人公当春对月的离情，顿生人不如月之感。全曲情景相映。在迷离清幽的境界中传达出绵绵离情，词约意丰，令人觉其"深文隐蔚，余味曲包"（刘勰《文心雕龙·隐秀》），这是其"隐"的一面。而同时作者又直言"独自眠""人未圆"，并不隐约其情，这又是其"显"的一面。"隐"之得"显"，有情景相生、曲意鲜明之妙；"显"之得"隐"，又使曲子蕴藉婉约、短语长情。

第二首与上首微异，在曲意显豁中带有几分机趣。女主人公从杜鹃啼叫中感受到花残春归，想到郎行在外似并未理解"不如归去"的杜宇叫声，从而引发出"杜鹃奴倩伊，问郎何日归"的一片痴情。这种写法显过于隐，但在显露的表达中仍重婉转曲折，意在言外。它运用曲喻的手法，从杜鹃的啼鸣引发出啼哭义，传达出忧伤的情感，从"花落春归"又令人联想到女主人公花容月貌的衰残；而杜鹃鸟"不如归去"的鸣声则引发出"郎未归"的思念，再转出倩（请）鸟问归的想象，女主人公的愁思、埋怨、想念、企盼都在不言之中流露着。在"显"言之中同样有"余味曲包"的"隐"的意味。

这种隐显之间的表达方式，使这两支曲子既有曲之明爽，又有词之远韵，浅而能深，近而能远，在显言直说中能令人品味出一种渊深味永的情趣。

〔双调〕水仙子　寻梅　　　乔吉

　　冬前冬后几村庄，溪北溪南两履霜，树头树底孤山上。冷风来何处香，忽相逢缟袂绡裳。酒醒寒惊梦，笛凄春断肠。淡月昏黄。

　　此曲为乔吉名作，前三句是鼎足对，突出了一个"寻"字，真的是寻寻觅觅，踏遍村庄、溪流与山峦，不见梅花不罢休。冬前冬后，指的是冬至前后，隐含一个盼字，即期待梅花开放，从时间上拉开了一个过程，亦即冬至前已开始探求梅消息，直至冬至后仍在各处遍寻。"溪北"句言天气寒冷，奔波之苦，霜雪沾满双脚。这里的溪水指的是杭州西湖之里外湖，因孤山恰在里外湖之间。孤山实际上是西湖中一个最大的岛屿，山势其实并不高，不足40米，但面积却很大，有多处景点。最有名且与梅花相联系的是宋林逋曾隐居于此，植梅养鹤，有"梅妻鹤子"之美谈。孤山上草木森森，繁花茂盛，尤其是多植梅花，品种亦夥，如檀香梅、绿萼梅、宫粉梅、朱砂梅等，万紫千红，争奇斗艳。想来千寻万觅，不辞艰辛，曲家是兴致极高的。"冷风"句以闻香领起，写终于得见寒梅。先看到的竟是"缟袂绡裳"，即粉白俏丽、香气袭人的宫粉梅吧。风送幽香，令人陶醉。迷离恍惚中，犹如宿酒若醒，大梦觉来，突闻笛声凄楚，又知春事将尽，无限伤情，这是一个突转，意绪遂陷于黯然。"酒醒"二句，化用宋代连静女《武陵春》词中的"笛里声声不忍听，浑是断肠声"二句而来。结句则是点化林逋《山园小梅》中"暗香浮动月昏黄"句。元人曲化用前人成句，乃是惯例，只要贴切，即是佳构。

此曲似亦暗用《龙城录》中赵师雄罗浮山遇梅花仙子事，既突出了梅花的风神秀逸，又使曲子笼罩在朦胧缥缈的意境之中。"酒醒"二句幽峭杳远，有余不尽，令人闻笛声而悬想不已。全曲句句写梅，却通体未着一个"梅"字（题目除外），用典明暗互济，自然妥帖，堪称咏梅曲中之佳构。

乔吉为南渡曲家，自太原至杭州，并终老于此。明清人多将其与张可久并称为"乔张"，视为元后期元曲大家，他的"凤头、猪肚、豹尾"所谓"作新乐府法"（详陶宗仪《南村辍耕录》卷八）对后世影响颇大。刘熙载谓乔、张皆"为曲家翘楚"，"两家固同一骚雅，不落俳语，惟张尤倏然独远耳"（艺概·词曲概）。元后期散曲，芒角锐减，倾向于靠拢诗词。观此曲，雅字当先，颇类于诗，是所谓清丽派一路，且梦符曲的确不如小山曲幽远自在，空灵剔透。或换一角度，梦符曲变犹未竟，仍处在探索中。此曲应该算作是发挥得较为充分也很出彩的一首，不失为上乘之作。

〔双调〕折桂令　荆溪即事　　乔　吉

　　问荆溪溪上人家，为甚人家，不种梅花？老树支门，荒蒲绕岸，苦竹圈笆。寺无僧狐狸弄瓦，官无事乌鼠当衙。白水黄沙，倚遍阑干，数尽啼鸦。

乔梦符散曲亦有老实痛快、本色当行的篇什，承袭的是前期作家棱角分明作风。如〔正宫·绿幺遍〕《自述》云：

> 不占龙头选，不入名贤传。时时酒圣，处处诗禅。烟霞状元，江湖醉仙。笑谈便是编修院。留连，批风抹月四十年。

此曲题作《自述》，写的是自家放旷不羁的生活态度。诗酒生涯，江湖岁月，傲煞群儒，俨然仙家。"批风抹月四十年"，正是其一生的真实写照。联系梦符由北至南的漂泊人生经历，不难窥见其颠沛流离、志不得伸的苦闷与不平。曲中"烟霞"二句，透露出其道家思想的人生观，即离群索居的出世之念。钟嗣成《录鬼簿》为其所作吊词云："平生湖海少知音，几曲宫商大用心。百年光景还争甚，空赢得，雪鬓侵，跨仙禽，路绕云深。"是为知梦符之语。梦符自己则云："看一卷《道德经》，讲一会渔樵话。"（〔玉交枝·闲适〕）又云："不应举江湖状元，不思凡风月神仙。"（〔双调·折桂令〕）

然而，此一时彼一时，梦符毕竟要面对现实，他无法闭起眼睛无视尘世，一时也不可能腾云驾雾飞升仙去，故其也有针砭时弊、关心民瘼之作，尽管这类篇什很少。〔双调·折桂令〕《荆溪即事》便属此等。这是一首灰色情调的曲子，也是一幅死寂而无生气的画面，其在梦符曲中是不可多得的。

此曲劈头里便问人家何以不种梅花。梦符爱梅花，曾于西湖遍寻梅花。他到了荆溪（今江苏宜兴），却寻不见梅花。荆溪梅花向来有名，宋人赵蕃曾有"十里荆溪溪上梅，故人几日寄诗来"的名句，词人蒋捷亦有"今夜雪，有梅花，似我愁"（〔梅花引〕《荆溪阻雪》）的感叹。荆溪不见梅，梦符感到诧异。待步入村落，则见一派荒凉："老树支门，荒蒲绕岸，苦竹圈笆。"寺院中更加破败，僧人不知去向，狐鼠乱窜。出而凭栏远望，但见流水无语，岸沙裸露，更有啼鸦哀鸣，人踪寂灭，死气沉沉。曲子虽是"逸笔草草"，却笔笔沉痛伤怀，其愁痛不亚于阻雪看梅的阳羡蒋竹山。曲子分明有所寄托，即对现实社会的悲观与绝望，就中也夹杂着因个人的失意而油然流露出的牢骚愤懑。画面依稀揭示了元代社会后期农村破产、税赋严苛以及民不聊生的真实写照，同时似亦具有某种象征性，流露出作者悲观厌世、痛彻心底的意绪。一方面怜悯民生疾苦，一方面也是对元代社会一种夸张了的嘲讽，"寺无僧"三句仿佛暗喻世事颠倒、贤愚不辨、吏制腐败、奸佞得势的窳败现实。作者一肚皮怨愤不平，或许全曲只是借荆溪凄凉景象，一吐胸中积郁。狐鼠当道，世道人心可不言而喻。

总之，此曲与梦符清丽流转一类曲风相较，可谓另一种笔调。

〔商调〕碧梧秋　出金陵　　　　乔　吉

尘暗埋金地，云寒树玉宫，归去也老仙翁。东北朝宗水，西南解愠风，船急似飞龙。到铁瓮城边喜落篷。

此曲题作《出金陵》，乃写乘船南行时江上所见，就中流露出一种出世归隐之想。

据三国时张纮说，金陵自古有王气，楚威王曾埋金于此以压之。小令首句之"埋金地"，暗用此事。人在船上，由江中望金陵城，但见尘雾笼罩，一片迷离；云烟缭绕处，吴宫晋阙，梁陈亭台，若隐若现。首二句以朦胧的意境，勾勒着金陵城云水苍茫的轮廓，给人以距离感，以突出登程离去之意，即点明出金陵之"出"字。一如乔梦符制曲的一贯主张："凤头，猪肚，豹尾。"不消说，

"起要美丽"之说在此再明显不过了。两句以隔水望津、雾里看花之法，于若即若离、乍隐乍还现之中，将读者引入胜境。接下来作者又以"老仙翁"自况，补足了缥缈如同仙境的景观，同时又透出断尘念、思林泉之消息。六代豪华之地，固堪企羡，然五色盲目，五音噪耳，非处士恬安之所，仙翁嘛，自然要归于山幽林渺之地。与许多元曲家一样，乔吉的超尘出世之想未必是出于一种甘心追求，只不过是以一种世外之想权作心灵的慰藉，他的"不思凡、风月神仙"（〔折桂令〕《自述》），"买田阳羡，挂剑长林"（〔折桂令〕《毗陵晚眺》），"酒翁诗瓢，小隐烟霞"（〔折桂令〕《自叙》）等，都是万般无奈的"屈己降志"，这种心态是元代知识分子所共有的，绝不能理解为一般意义上的消极出世，而是一种复杂又痛苦的心理反应。

长江由金陵西南而来，先向东北再东折入海，故有"东北朝宗水"句。"西南解愠风"，是说船顺流顺风，令人不亦快哉。风畅船疾，直到铁瓮城边，才高高兴兴落下帆篷。与白朴寓金陵一样，乔吉雅爱江南山水形胜，过着一种寄情诗酒、潦倒穷困的生活。这位自号笙鹤翁、惺惺道人的"江南倦客"，始终未能施展他的抱负，"鹏抟九万"（〔山坡羊〕《寓兴》）之志被消磨殆尽，落得个终老异乡。船至镇江，作者看到铁瓮城内外墙垣环绕，似可与世隔绝，一阵喜悦之情油然而生，遂命船家落帆靠岸，想在此地流连一番。令曲结尾，以铁瓮城之可喜，使曲终徐歇之中又有跌宕，可谓出奇制胜之笔。这就是结得响亮的"豹尾"。

　　乔梦符曲，以清丽新奇见长，又以婉媚流畅取胜。这首小令写买舟南游路上所见所思，一气贯注，法乎自然，既不见忸怩之态，又未着藻绘之迹，于清新淡泊之中，透出了作者的个性追求。总写金陵的以少总多，船行水上的适意快人，用笔娴熟、自如，技巧高超，却不见刻意求巧痕迹，确乎是曲中上乘之作。

〔双调〕殿前欢　登江山第一楼　乔　吉

　　　　拍阑干。雾花吹鬓海风寒。浩歌惊得浮云散。
细数青山，指蓬莱一望间。纱巾岸，鹤背骑来惯。
举头长啸，直上天坛。

　　乔吉的散曲以清丽婉约见长，一般认为其散曲创作的成就高于剧曲，并将其与张可久并列为"乔张"。然这首〔殿前欢〕在其散曲作品中可视为特例，写得狂放开张，气势雄浑，不失为元人散曲中的佳篇妙构。

　　江山第一楼，即镇江北固山上的多景楼，亦称北固楼，为长江流域三大名楼之一。宋书法家米芾《题多景楼》云："华胥兜率梦曾游，天下江山第一楼。冉冉明庭万灵入，迢迢溟海六鳌愁。"陆放翁亦有〔水调歌头〕《多景楼》词谓："江左占形胜，最数古徐

明　魏克　金陵四季图（局部）

州。连山如画，佳处缥缈著危楼。"此古徐州即镇江。东晋南渡，曾以徐州治镇江，后称镇江为南徐州。宋张邦基《墨庄漫录》卷四载："镇江府甘露寺在北固山上。江山之胜，烟云显晦，萃于目前。旧有多景楼，尤为胜览之最。盖取李赞皇（德裕）《题临江亭》诗有'多景悬窗牖'之句，以是命名，楼即临江故基也。"又，陆放翁《入蜀记》云："登多景楼，楼亦非故址，主僧化昭所筑。下临大江，淮南草木可数。登览之胜，实过于旧。"可知多景楼称作"江山第一楼"，始于米芾，而乔吉所登临的，是宋代所重筑之多景楼。

"拍阑干"，是赞叹之意，这里犹如拍案称绝。盖因多景楼在北固山后峰绝顶，向东望，江天一色，大江滚滚；西视之，但见山峦叠翠，起复连绵。近可见金山，隔江远眺，隐约可见扬州的文峰塔。宋人晁端友《登多景楼》诗有云："登临真伟观，回首重歔欷。""拍阑干"说到底也是为多景入眼的一种唏嘘感叹。"雾花"句突出了一个"寒"字，人在高处，风卷雾锁，湿气掠面，正是"高处不胜寒"。旧时镇江处于长江入海口，登上北固山可以看见大海，故此曰"海风"。值此隔断尘世喧嚣之境，独立寰宇之间，不免心潮澎湃，岂有不放声啸歌之理？浮云，有多重寓意，一指富贵荣华。夫子自道曰："不义而富且贵，于我如浮云。"（《论语·述而》）亦指仕途，李太白云："我亦东奔向吴国，浮云四塞道路赊。"（《扶风豪士歌》）有时亦指漂泊的游子，或又指器小与对立、阻碍自己的一方。乔吉这里当泛指，无非是人世间种种的烦恼与不

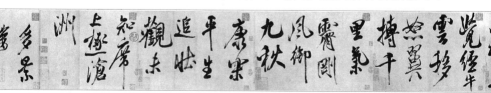

如意，而所有这些，均于浩歌啸傲之中烟消云散。"细数青山"二句，暗用"买山钱"的典故，喻归隐出世之意。《世说新语·排调》："支道林因人就深公买印山，深公答曰：'未闻巢、由买山而隐。'"刘禹锡《酬乐天闲卧见忆》："同年未同隐，缘欠买山钱。"乔吉北人南迁，颠沛流离，怀才不遇，浪迹江湖。与许多元代士人一样，久有超脱出尘的隐逸之想。看到周遭青山蜿蜒起伏、峰壑争秀，不免动容。蓬莱，传说中的海上三仙山之一，这里指隐逸生涯俨然仙家。宋葛长庚〔水调歌头〕有句："人在泥丸上，归路入蓬莱。"元胡炳文〔水调歌头〕亦有"明日赋归去，回首望蓬莱"句。纱巾岸，即岸纱巾，指高戴头巾，露出前额，是潇洒不拘的表现。岸，傲岸、伟岸。"鹤背"句是自比仙人跨鹤翱游。《文选》晋孙绰《游天台赋》谓："王乔控鹤以冲天。"此以仙人王乔自况，与上文"指蓬莱"句相照应。结二句豪气冲云霄，有不可一世之慨，且"长啸"与前"浩歌"呼应，独倚高楼，风环雾鬟的曲家形象，兀然清晰地凸现在读者面前。天坛，犹言天台。

此曲写登临望远，心游万仞，气象既恢宏，心境复辽阔，文心意脉，通透明晰；此呼彼应，一气呵成。蓬莱一望间，逗出神仙之想，复含归隐出世之意。曲小势大，字少意多。如"细数青山"一句，已为"直上天坛"设伏。"青山"在元曲中有特定所指，如马致远"青山正补墙头缺"句，正暗含归隐山水林泉之意，此曲亦然。

附带说到，乔吉晚年足迹，不出江浙及太湖流域一带。他是从

宋 米芾 行书多景楼诗册

金陵乘船到镇江的，前首〔商调·碧梧秋〕《出金陵》可证："东北朝宗水，西南解愠风，船急似飞龙。到铁瓮城边喜落篷。"铁瓮城位于北固山前峰，为吴大帝孙权所筑（《舆地志》）。因其形似巨瓮且坚固，故名。镇江自古多名胜，乔吉游览金陵之后，慕名往镇江，及待船至铁瓮城边，便落帆下船。一个"喜"字，流露出一睹北固与金山风貌的急切心情。《登江山第一楼》与《出金陵》二曲，可对读并览。

〔中吕〕喜春来 金华客舍　　张可久

　　落红小雨苍苔径，飞絮东风细柳营。可怜客里过清明。不待听，昨夜杜鹃声。

　　张可久真不愧为描春的能手。这首小令落笔轻倩，潇洒飘逸，宛如一幅湿淋淋的水彩写生。它几乎是一挥而就，色彩鲜明而不浓艳，玲珑剔透却又意境开阔，读来令人抚玩不止。

　　春天来了，万物复苏，整个世界悄然间绽开了妩媚的笑容。面对着大好春光，每个人的感受是各自不同的；即使是同一个人，因了情绪和境况之不同，其感受此一时彼一时亦不尽相同，甚或是大相径庭的。张可久善于捕捉这种极为微妙的差异，因而他的描春之作面貌也就各有其独特之处。此曲写于客中，写景中便蕴藏着一丝隐约的轻愁。然而，这愁绪淡得如西施颦眉，美极了！只是在结尾处，那愁绪才以杜鹃鸣叫声的回忆，显得浓重了。在优美的景物描写中掺入了些许思归之情，又达到了水乳交融的程度，它的通体是隽永的、和谐的。

　　金华，元代称婺州，为婺州路治所，是浙江西南的交通枢纽。小山在金华客舍之中，适逢清明佳节，他春思难遣，不免要踏青赏春，外出游览一番。首二句纯然写景，一如唐人绝句，对仗工稳，色彩明丽，轻巧中极见功力。落红轻飘，细雨蒙蒙，苔径苍翠欲滴；飞絮袅袅，柳丝摇漾，东风阵阵送暖。细雨将落红洗得更艳，将苔径滴得更绿；东风也为春天吹来无限生机，柳絮杨花迎风轻飏、吐穗。"细柳营"，原指汉文帝时大将周亚夫驻守细柳的军营，此处借其名而指春风杨柳的景致，以之与"苍苔径"相对，用来装饰文面。紧接着一句"可怜客里过清明"，流露出一种他乡异客的凄凉况味。这样美好的春光，却不是在家乡与亲朋好友共度良辰，不仅满含遗憾之意，亦复透出一种油然而生的孤独感。

　　结尾的"不待听，昨夜杜鹃声"，是说思乡的情绪并非看到春意盎然之后才生起的，昨夜依稀闻到杜鹃声声"催归"之时，就已然满怀惆怅了。或许作者离家时间很长了，思归之情又添感时伤春，怎能不叫人陡增愁闷呢！"不待听"，犹言不忍听。

　　〔喜春来〕即〔阳春曲〕，适于作短小精悍的写景作品，一般不加衬字。张可久写散曲技巧娴熟高超，尤长于令曲，他写过不少〔喜春来〕曲，都很精彩。这支小令字少意多，颇能代表小山曲清丽流畅、情款味厚的格调和作风。

〔中吕〕普天乐　秋怀　　　张可久

　　会真诗，相思债。花笺象管，钿盒金钗。雁啼明月中，人在青山外。独上危楼愁无奈。起西风一片离怀。白衣未来，东篱好在，黄菊先开。

　　写闺中怀人，多以写景起兴，这首小令却以咏物开始。会真诗，即游仙诗，亦即情词。会真，是说同神仙相会。唐元稹有《会真诗三十韵》，写了一对青年男女自由结合、欢会缱绻的故事，诗作与他的《莺莺传》传奇是互为表里的。因此，人们便将情词称作"会真诗"。闺中女子看到"会真诗"，便勾起了相思债。元人小令多将相思说成是欠债一样，如徐再思〔清江引〕《相思》："相思有如少债的，每日相催逼。"相思既上心头，又看到了案头纸笔（"花笺象管"），还有定情的"钿盒金钗"，于是睹物思人，情不能禁。钿盒金钗，是指定情信物。白居易《长恨歌》中有句："惟将旧物表深情，钿盒金钗寄将去。"此处即用其典。"雁啼"一联，也不是描摹景物，而是以雁喻人。妙在一行大雁正飞在一轮满月中，澄黄透澈的圆月作为衬景，雁阵横斜，意境是绝美的。月圆雁归，而自己的情人却在青山之外，相隔遥遥，怎不叫人格外思念呢！欧阳修〔踏莎行〕词云："平芜尽处是春山，行人更在春山外。"曲中的"人在青山外"句便是从欧词化来。显然，这位闺中女子是读过书的深情少女，"会真诗"和"花笺象管"可证。所谓"会真诗"，很可能是她的情人写的，记述描绘了两人相逢的一段经历；花笺象管，大约是她和情人和诗酬韵时所常用的，更有钿盒金钗，那是他们爱情的凭证。这些具体的东西，是最容易勾起怀人之情的。表面上看，这里既不描摹景致，也不渲染人物的内心活动，只是罗列了几样东西，客观地将静物展示给人看。然而，这都是一些特定的物体，组合起来之后，意义便明确了。接着的“雁啼”一联略加点缀，曲中的深切感情就自然流露出来了。如此写法，颇为别致，足见小山散曲创作是富于变化的，他不仅有多副笔墨，而且很有独创性。

“独上危楼愁无奈，起西风一片离怀”二句，渲染了离怀难遣、愁绪无尽的复杂感情。“一片”承“起西风”，以状离怀，拈来自如，情味含蓄。而且登高颙望，西风拂人，这情境又与前面的“近景静物”描写形成对照，意境一下子开阔了，袭上心头的相思如同秋风乍起，来势猛烈。此二句，当是受晏殊“昨夜西风凋碧树，独上高楼，望尽天涯路”（〔蝶恋花〕）词意的启发。以下三句，“白衣未来，东篱好在，黄菊先开”，写怀人之极，无以排遣，自然想到了酒。白衣，即白衣人，指童仆。南朝宋檀道鸾《续晋阳秋》：“陶潜九月九日无酒，于宅边菊丛中摘菊盈把，坐其侧，久之，望见白衣人，乃王弘送酒也，即便就酌，醉而后归。”这里暗用“白衣送酒”之典，言外之意是，陶潜毕竟有王弘使白衣人送酒，而眼下白衣人没有来，只好先赏东篱黄花，聊以排遣了。这里突出了一句“白衣未来”，写尽了闺中人的孤独和愁闷。况且赏菊东篱，亦非情致所至，只是一种无法解脱时的不得已之计，这就使先开的黄菊也染上了一层惨淡的色彩。

这首小令写得十分朴素。全曲不过五十字，却真实而细腻地传达出一个多梦时节的少女复杂而又微妙的心理情态。“雁啼”一联，用反衬法，以一当十，既点明了题旨，又渲染了基调，疏淡而又蕴藉，是耐人寻味之笔。朴素是不排斥雅致的，小令写了月色，也写了菊花，色彩调和而清淡，情绪的凄凉和寂寥，又同背景色彩相一致，总体看来，如一幅水墨淡彩，雅趣横生。结尾也没有像李清照词那样，写人比黄花瘦，或写满地黄花堆积，只是轻轻一笔，点缀了一下。"好在",含无可无不可意味,百无聊赖,只好赏菊排遣。能排遣得开吗?作者不言,想来赏菊也是心不在焉,"一片离怀"如何轻易就能驱散?可见,结三句,重在情调渲染,这惆怅的情绪是贯穿始终的。

你看小山起笔就铺排,几种物件罗列起来,似全无章法。然读罢全曲就看出了他的高明处。他的简捷利落,他的不动声色而情动于中,他的冷隽与秀曼,他的"模糊"之美与含蓄之趣,所有这一切,构成了这首令曲的独特韵味。附带说及,小令题作《秋怀》,既怀人,也伤时感事,同时又流露出一种孤独感,意味是相当复杂的。正因为如此,它才更耐咀嚼,更耐寻味。

〔双调〕水仙子 秋思   张可久

天边白雁写寒云,镜里青鸾瘦玉人,秋风昨夜愁成阵。思君不见君,缓歌独自开樽。灯挑尽,酒半醺,如此黄昏。

这是一支怀念远人的闺怨小令。作者的感受是独特的,写法上也是别开生面的。起句以客观之景致笼盖全曲,突出了秋天之苍凉寂寥。白雁秋风,又值黄昏时节,"愁"字不点自出。"写寒云"的"写"字用得极为巧妙,写者,画也。大雁高飞,在云间或排成"一"字,或排成"人"字,故谓"写寒云"。这里以天边的白雁暗喻远方的丈夫。白雁是似雁而小的一种白色候鸟,杜甫诗有句"旧国霜前白雁来",说的就是此鸟。与"天边白雁写寒云"句相对,是"镜里青鸾瘦玉人"。"鸾",传说中凤凰一类的鸟,喜欢对镜而舞。南朝刘敬叔《异苑》载："鸾睹影悲鸣，冲霄一奋而绝。"后世便将镜称为青鸾镜。这里是说闺中女子对镜，犹如青鸾顾影自怜，为自己的憔悴而伤感。正是所谓"落叶西风时候，人共青山都瘦"（辛弃疾〔昭君怨〕）。前两句一写景，一写人。天上白雁，人间鸾女，既是映衬，也是对照，且都写得不同凡响。玉人瘦损，以青鸾顾影自怜作比，意味无尽。第三句猛一回首，说到了昨夜秋风，自然而然点出"愁"字，并不避讳语直。愁也罢了，偏又"成阵"，可见昨宵今日，陷入愁阵而不能自拔，愁绪未曾稍减。"思君"二句，点明题旨，即愁之根由。思念自己的情人，却又百般无奈，无法见到，于是寻求排遣，歌一番，唱一阵。"缓"字透露出歌的节奏，一定是凄婉怨艾之曲；也隐隐透露了歌的内容——无非怀人忧怨之词。一人哼唱，不仅不能排遣愁闷，反而更添抑郁。继而又开樽独酌，以求到醉乡去摆脱愁苦困扰。就这样苦苦地坐着，闷闷地饮着，慢慢地挨着。然而，此时此刻，才刚刚是黄昏时候，那漫漫的长夜，将如何熬过呵！结尾的"灯挑尽，酒半醺，如此黄昏"，令人黯然伤神。特别是"如此黄昏"，为读者留下无尽的联想余地，人们自然会想到"恁般长夜"，有余不尽，味永且长。

　　张可久是元代数量不多的专门从事散曲创作的作家，他的作品题材广泛，大多采自平凡的现实生活，往往每作必是有感而发。他善于通过对生活中习见事物的细微观察，写出自己独特的感受来。这支《秋思》小令，就有这个特点。闺怨悲秋，是屡见不鲜的传统题材，写出新意来是不容易的。劈头一句

清　项圣谟　芦雁图

就令人惊叹不已，一个"写"字，足见小山才情。愁而成"阵"，又是一奇，以陷阵喻愁绪不解，似亦小山独创。再看他的转合起承处，似转且直，直而又曲。"思君不见君"句是何等率直，承上文之愁，简朴地交代了愁因，何其明净！何其洒脱！张可久把豪放、精丽、清秀、爽利统一在创作中，率直的情趣中微杂着文人创作所独具的雅致，在散曲创作自然流利的基础上达到了转粗为细、变俗为雅的高度。应该说，这是张可久的可贵之处。是的，他不避雕琢，甚至有时不厌精雕细琢，但他雕琢得是那样精巧、自然，不露一丝痕迹。除"写"字外，还有"缓"字。这"缓"字包孕的东西就太多了，大凡是苦索得来的，读者不觉，只味其美，却未必知小山苦心。

过去有一种说法，认为散曲与诗词相较，自由、灵活得多，是诗体的一种解放；而小山则将散曲写得靠近了诗词，衬字少了，句法趋于规矩整齐了。其实，文学史上任何一种体裁、形式，都是在变化中向前发展的。"若无新变，不能代兴"。张可久显然在借鉴传统诗词的同时，苦索散曲之变。功过成毁，还可以讨论，但无论如何，张可久曲都是散曲花园中一枝秀美的奇葩。

〔双调〕水仙子　西湖废圃　　张可久

　　夕阳芳草废歌台，老树寒鸦静御街，神仙环珮今何在？荒基生暮霭，叹英雄白骨苍苔。花已飘零去，山曾富贵来，俯仰伤怀。

题目是《西湖废圃》，自然是在兴废上抒发情怀了。这一类作品在小山令曲中数量不少，且多有佳构。有的论者指出："夫俯仰古今，发摅感慨，易入雄肆，或则苍凉。而元人为之，则多寒峭。寒峭者，阴刚也。张可久尤多此类。李中麓许为清劲，尚隔一尘。"（刘永济《元人小令选·序论》）其实，细味小山此类作品，是很难以一两个字眼去概括其独特韵致的。不错，小山抒发兴亡感慨的令曲与前人诗词大异其趣，但又不是完全无相通之处的，正是所谓"虽世殊事异，所以兴怀，其致一也"（王羲之《兰亭集序》）。继承和独创是融合在小山曲中的。如说小山此类作品一味只是冷峻寒峭，怕是不确切的。就这支《西湖废圃》而言，应该说它既雄肆苍凉，又冷峻孤峭，韵味是相当复杂的。

南宋　李安忠　雪岸寒鸦图

　　首句连用三个名词，点出三种事物：夕阳、芳草、歌台。着一"废"字，全句皆哀，景物俱愁，为全曲奠定了感伤的基调。第二句看似写景，实则带有浓重的主观感情色彩。仍然是三种事物：老树、寒鸦、御街。着一"静"字，全句凄然，景物生悲，一派死寂和萧疏。两句对仗工稳，情境互发，笔简而意厚。第三句突出设问，是说西湖的声歌旖旎、热闹繁华如今已成过去，烟消云散了。"神仙环珮"，暗用《洛神赋》中"解玉珮以要（同邀）之"的典故。常建诗云："寂寂见神女，金纱鸣佩环。"（《古意》）人们将西湖比作西子，也比作神女。这里泛指西湖繁盛时的迷人风物，犹言往日繁华如今哪里去了？"荒基"二句是虚写，废圃上暮霭缭绕，想那苍台处处，埋葬了多少英雄豪杰！意境是幽深的，情绪是怅惘的。这情绪不限于西湖一废圃，分明包含了总体性的历史探索：对兴亡未可逆料的惆怅意绪，对现实人生的牢骚愤懑，以及元代知识分子苦痛的失落感，尽在其中了。曲中不乏雄肆苍凉，以西湖一圃，拓展为天下兴亡，人世沧桑，实为至沉至痛之笔。结尾处，更将这种情绪推上了极致。花开花落，山穷山富，是不由人意的，登高处，俯瞰西湖眼前景致，回首其旧日繁华，如何不让人伤怀无限啊！这里的"俯仰"，既是景致的对比，也是对历史和人生的思索，意境同样是广阔而拓展的。如同阿拉伯人大食帷寅称赞小山时所说："气横秋，心驰八表快神游。"（〔燕引雏〕《奉寄小山先辈》）小山间亦豪放，于此可见。

　　此曲一气呵成，不容间阻，有如诉如泣之妙。贯穿的意脉是伤今怀古，所寄寓的情怀又不限于易代兴衰，也有对个人生命意义和功名富贵的思考探究。好的作品总是这样，它的意味是哲理的、深邃的、无穷尽的。从写法上看，精简而厚重是这支小令的突出特色。一"废"一"静"，其意蕴沉厚而冷峻，即所谓"寒峭"。问句一转，便由废圃扩及整个西湖、整个历史兴衰、人世沧桑。笔触虽简，却是粗重有力的。由眼前景物而百代英雄豪杰，笔势是跳跃的，却又是自然衔接的。犹如中国书画中的笔断而意不断，文气和意脉始终是有迹可求的，这就是一支小令写了那么深沉的感情和那么丰富的内容，并不显得散，相反却浑然天成的道理。

　　此曲又能概见小山曲意境幽远，清奇流转，形式工整，技巧娴熟的基本风格，间有诗词的典雅含蓄和散曲的活泼舒展，艺术个性是相当强的。前三句颇富散曲的流宕风韵，却又透出诗词的工整典丽，结合得相当完美，写法近于马致远的〔天净沙〕《秋思》小令。中间的"荒基"二句，诗词韵味似更浓些，唯字数错落，又用一"叹"字，便显得活泼跳脱了。末三句，先是两句工整的五言对，又以四字句作结，也是工整中有变化，间得诗词与散曲之妙的。曲重收束，所谓"诗头曲尾"，便是说诗以起句为难，曲以收句见工。响亮有力的"豹尾"是一格，有余不尽又是一格，此曲当属后者。结句可以说是王羲之《兰亭集序》中"俯仰一世"和"俯仰之间"感慨的浓缩。小山在"俯仰之间，已为陈迹，犹不能不以之兴怀；况修短随化，终期于尽"的浩叹中融进了个人的独特感受。

〔双调〕殿前欢 离思　　　张可久

月笼沙，十年心事付琵琶。相思懒看帏屏画，
人在天涯。春残豆蔻花，情寄鸳鸯帕，香冷荼蘼架。
旧游台榭，晓梦窗纱。

云驰月走，夜色深沉。闺中女子无心赏月，更无心去看帏屏上的图画，她心事重重，神情抑郁，思念着相隔遥遥的情人。离别已经十年，苦思苦想，不堪忍受。相思之苦，向谁倾吐？只得把一腔深情寄托于琵琶弦上。这意境该是多么优美！这情调又是何等凄凉！"月笼沙"，从杜牧《夜泊秦淮》中"烟笼寒水月笼沙"句借来，只三个字，就概括地揭示出人物活动的背景。"十年心事付琵琶"，语言凝练而意味深厚，既雅致且又蕴藉。陆侃如、冯沅君《中国诗史》评小山曲曰："'骚雅'与蕴藉，这是构成张曲的风格的两方柱石。"读此令曲，可见陆、冯二先生所评的是。

以下二句"相思懒看帏屏画，人在天涯"，明确交代所谓"心事"究竟何指，点出"相思"和怀人的意旨，干净利落，率真自然。"春残豆蔻花"，含惜时自爱、感叹青春流逝之意蕴。豆蔻，是一种形似芭蕉的草本植物，因其夏初开花，故诗人咏之谓"春残"。

杜牧诗《赠别》中有句云："娉娉袅袅十三余，豆蔻梢头二月初。"
后因称少女十三四岁为"豆蔻年华"。此令曲中，诗人以豆蔻喻未
嫁之少女，言其少而美也。"情寄鸳鸯帕"，写闺中女子将缕缕情思
寄托在绣鸳鸯巾帕上，很显然这块鸳鸯帕是定情的信物。荼蘼，亦
作酴醾，花名，属蔷薇科，夏日开花。苏轼诗云："荼醾不争春，
寂寞开最晚。"（《杜沂游武昌以荼醾花菩萨泉见饷》）承上文，仍
是感叹青春流逝，所以说是香冷，意即荼蘼虽香，但寂寞、冷落，
未赶上大好春光。结尾二句，是说苦恋伤神，愁肠百转，不得见其
意中人，只好在梦中重温旧情，与恋人相会。"旧时台榭"，点化晏
殊词〔浣溪沙〕中"去年天气旧亭台"句，言闺中人看到旧时并肩
共游的楼台亭阁，与情人相会的渴念更增，无奈只好到梦中去追寻
那美好的记忆了。全曲笼罩着深深的惆怅和急切的企盼，令人感到
一种谐美和悲凉相夹杂的复杂况味。艺术技巧是很高的。从韵律上
看，句子长短参差，始慵懒，后急切，读起来跳荡有致。

　　张小山之散曲，多以清丽秀雅的笔调，写人间的春怨秋愁，又
以含蓄华美的语言，搜抉人间的休戚隐衷。他既写山川的秀媚，也
写春秋的伤怀；既写人生的失意，也写惶惑的追寻，他是个真正的
独特的曲家。他常常把个人生活的细微感受、喜怒哀乐，与社会联
系起来，表达出对人生和社会的种种思索和探求，因此，他的作品有
景致更有情致，这支令曲就充分表现了这种景致与情致，表现了他对
爱情的看法。韶华转瞬，青春不再，青年男女的爱情理想和执着追
求，是符合人情物理的，张可久是同情他们的。郑振铎曾高度评价张
可久的作品："张可久的才情确足以领袖群伦。他的作风，和前期的
马致远有些相同，却绝不是有意的模拟。前期的诸作家，往往多随笔
遣兴之作。到了可久起来后，方才用全付心力在散曲的制作上。他的
作风是爽脆若哀家梨的，一点渣滓也不留下；是清莹若夏日的人造冰
的，隽冷之气，咄咄逼人。他豪放得不到粗率的地步。他精丽得不到

雕镂的地步。他潇疏得不到索寞的地步。他是悟到了'深浅浓淡雅俗'的最谐和的所在的。"(《中国文学史·散曲作家们》）读了这段评论，再回过头来审视这支《离思》令曲，其妙处就可以悟到了。用短小的篇幅反映丰富的内涵和深刻的思想，正是小山作品的最大长处。

〔双调〕折桂令 九日 张可久

对青山强整乌纱，归雁横秋，倦客思家。翠袖殷勤，金杯错落，玉手琵琶。人老去西风白发，蝶愁来明日黄花。回首天涯，一抹斜阳，数点寒鸦。

这支令曲以重九游赏为题，抒发了作者暮年的愁怀。

元人散曲中，隐居乐道和纵酒放达题材的作品数量相当多，散曲作家们常以"尘外客""酒中仙"自矜自娱，或者说是自嘲。这当然是和时代的大气候、大氛围有关的。因此，虽关、郑、白、马诸家亦不能例外。元人的隐居、纵酒以求排遣，也同魏晋文人的饮酒、吃药一样，一时期几乎成了一种社会风气。津津乐道归隐田园一类作品在张可久散曲中所占比例之大，是值得注意的。据《录鬼簿》等书记载，小山曾以路吏转首领官，又曾为桐庐典史，晚年"尚为昆山幕僚"。总之，一生仕途颇不如意，后隐居西湖，过着诗酒自娱的生活。他在不少散曲作品中倾吐了牢骚、愤懑，一面是要"急疏利锁，顿解名缰"（〔满庭芳〕《山中杂兴》之二），一面是向往着"看云坐，听雨眠，鹤飞归老梅庭院；青山隐居心自远，放浪他柳莺花燕"（〔落梅风〕《闲居》）的生活。这样的心情是矛盾而

明　陶泓　平林暮归图

痛苦的。因为对封建时代的知识分子来说，仕途是唯一出路。隐居乐道不过是一种暂时的解脱，旷达背后潜藏着不可解脱的内心痛苦。这首小令正是这种矛盾心情的真实写照。

起首三句，直抒胸臆，仿佛是油然升起了思归之情，实际上是苦苦缠绕心头、久思而未能作出决断的问题。

"青山"，在小山散曲中是有特定含义的，即归隐。源出于马致远〔夜行船〕《秋思》中"绿树偏宜屋角遮，青山正补墙头缺"句。"对青山强整乌纱"，用孟嘉"龙山落帽"事。晋孟嘉曾为征西大将军桓温参军，九月九日游龙山，群僚聚集，风吹孟嘉帽落，他竟如无事一般，照样饮酒应酬。这里是说面对秋景斑斓，想到的是"青山隐居心自远"，于是觉得头上乌纱帽实是无聊，弃之可惜，留则难堪，这表现了作者对官场的厌倦，这种心情与陶潜归隐前的思想是相通的。"归雁横秋，倦客思家"二句，明里是乡思，实则仍是仕途与归隐之间的矛盾，作者分明将为官做吏看作是客寓，而将归隐当作正当的归宿了。"横"字下得极巧，既写出了一行大雁的孤寂，又将画面"定格"了，给人的印象是极深刻的；"倦"字也有沉重感，因张可久七十多岁尚为昆山幕僚，他的确太累了。

以下"翠袖殷勤，金杯错落，玉手琵琶"三句突然转入富贵生活的描写，初看殊不可解，怎么文意被切断了呢？细味之，原来是作者有意设置的一个跌宕，回忆起做官生活中的一些片段：翠袖美人殷勤陪侍，斛光杯影，酒绿灯红，更有歌女舒玉手挡琵琶。言外之意，这一切都过去了，似无可留恋。"翠袖"句从晏几道〔鹧鸪天〕中"有彩袖殷勤捧玉钟"句而来。总之，一生坎坷，官场险恶，纵有短暂欢乐，也不堪回首了。如今是人已垂垂老矣，官场倾轧，是非窝里，怕是无力角逐了，"人老去"一联流露的正是这样的心情。

　　结尾"回首天涯，一抹斜阳，数点寒鸦"三句，一片凄凉。回顾一生道路，看看眼前风吹白发，正如同那残阳西下。几只悲鸣的寒鸦，在远处无力地飞着，此景此情，怎能不令人伤感。"数点"之"点"字，写出了乌鸦和人的距离感，是很有意味的。

　　小令并非通体皆哀，中间插入温馨旧梦，遂使全曲有了变化，无形中造成一种对比，唯因如此，既丰富了作品的色彩，更显其凄凉和哀愁。这是作者的高明处。刘熙载在《艺概》中称赞小山令曲"尤倏然独远耳"。刘氏还认为："曲家高手，往往尤重小令。盖小令一阕中，要具事之首尾，又要言外有余味，所以为难，不似套数可以任我铺排也。"这支令曲首尾贯通，深沉厚重，悠悠流出，至为沉痛，堪称小山令曲中之佳作。"以倏然独远""言外有余味"概括其特点是非常恰当的。

　　还应该提到，此曲用典化句处不算少，但都十分自然，直是令人不觉。除了上文提到的之外，如"玉手琵琶"，乃是暗用白居易《琵琶行》中意境，"明日黄花"句又是从苏轼诗"相逢不用忙归去，明日黄花蝶也愁"（《九日次韵王巩》）点化而来。至于结尾"一抹斜阳"二句，那是用秦观〔满庭芳〕中"斜阳外，寒鸦数点，流水绕孤村"词意。所有这些，都是十分巧妙地融入令曲中的。

〔双调〕折桂令 次韵 张可久

唤西施伴我西游，客路依依，烟水悠悠。翠树
啼鹃，青天旅雁，白雪盟鸥①。人倚梨花病酒，月明
杨柳维舟。试上层楼，绿满江南，红褪春愁。

明 居节 江南春图

这是一首描春的令曲。

小山长于写江南的明山秀水，每写情调都不尽
一致，总是要在短短的一支小令中，给人一点新鲜
的感受。此曲首句劈头一个"唤"字，音节响亮，
出人意料之外。纵有西施伴游，也不能免淡淡凄
凉，缕缕愁绪。"客路依依，烟水悠悠"一句，藏
深情于风物迷离之中，语短意长，殊为蕴藉。且连
用叠字，乍看似疏淡任笔，实则是苦心琢炼之句。
以下三句"翠树啼鹃，青天旅雁，白雪盟鸥"，短
促的鼎足对，色彩浓丽，用字隽逸，一句一个画
面。作者情怀之幽远高渺自在其中。绿树与杜鹃，
蓝天与大雁，碧水与白鸥，动静互寓，为画面增添
了盎然生机。接着写人："人倚梨花病酒，月明杨柳
维舟。"人置于景中，醉意未减，倚立花下，春愁
顿生，惆怅不已。夜色降临，更有清风明月，杨柳
婆娑，扁舟轻荡，恬静优美之中，曲折透出几分哀
伤。最后三句写登高望远，看到的是满眼翠色，在
单调的绿色中，揉进花的红色，对比强烈，色彩鲜

---

① 盟鸥：谓与鸥鸟为盟友，喻退隐。

明。着一"褪"字，写出了季节的推移，也写出了两种色彩的交相辉映。整个画面好似一幅刚画就的水彩画，水淋淋的，是那样的诱人。春愁难遣，蓦然间看到远处火红的花团，点点簇簇，不由得让人血涌心跳，刹那间，惆怅和凄清似乎无影无踪了。这就是结句"红褪春愁"的意蕴。这种感受是微妙的，也是真实的。

朱权《太和正音谱》评小山曲曰："张小山之词，如瑶天笙鹤。其词清而且丽，华而不艳，有不吃烟火食气，真可谓不羁之材；若被太华之仙风，招蓬莱之海月，诚词林之宗匠也。当以九方皋之眼相之。"说得有些玄妙，评价似亦过高。然小山曲格调之高雅却是实在的。此曲四层，时空转换，似断非断，然贯穿的是人的感受。可见"张可久虽是明山秀水的歌颂者，但不曾忘却'人间世'"（陆侃如、冯沅君《中国诗史》）。

此曲的出色处，在于作者高超的以文字作画的本领，全曲几乎每句一个画面，"客路依依，烟水悠悠"二句，酷似水墨淋漓的写意画；"翠树鸣鹃"三句又有装饰画风；"人倚"两句则似工笔重彩；而结尾意境则宛若水彩画了。此外，值得我们注意的是一首小令竟反复变幻场景，时空是移动的。"青天""月明"显然不是同时，而"客路"和"层楼"亦分明不是同一处所。这写法倒真的要以九方皋巨眼观之了。至于结尾从李清照词"绿肥红瘦"点化而来，亦了无痕迹，全是另一种感受，不能不令人叹为观止，这也是不可轻轻放过的俊逸之笔。

〔双调〕落梅风　客金陵　　　张可久

台城路，故国都，湿胭脂井痕香污。后庭不知谁是主，乱蛩吟野花玉树。

　　隋军入建康时，陈后主与他的妃子张丽华、孔贵嫔曾躲进台城景阳宫井中，这件事，成了史家和文人墨客着意渲染的熟典，元曲家对这"辱井"格外敏感，不仅以此题材创作杂剧，还反复不断地在散曲作品中提及它，这大约与元代文人心态有关，他们的故国之思、河山之感，借历史上陈朝的灭亡而格外悲怆地显现出来。此曲中的"后庭不知谁是主"句，就语含双关，甚至是多意性的，而就中所流露出来的失落感、幻灭感以及迷惘和苦闷，给人的印象则格外的深刻、痛楚。你可以照一般理解，这句是说亡国在即，后宫中却依旧日日笙歌旖旎，夜夜豪奢淫靡；亦可理解成江山易代，舆图换稿，大宋子民对元蒙贵族入主中原的一种消极反抗和不合作；更可理解成小山浪迹江南，身若飘蓬，望中犹记故国家园。小山是庆元路（路治在今浙江宁波）人，曾出任下层小吏，仕途上颇不得志，先漫游江南，后定居杭州，专力从事散曲创作。他是元散曲作家传世作品最多的一位，也是元朝散曲作家中的翘楚。这首小令当作于作者漫游江南时期。

　　台城，建于东晋，为南朝禁城，作者漫步在古台城路上，置身于六朝都城的中心，首先想到的就是那个饱含亡国之哀的胭脂井，它引起了作者深深的思索。按《六朝事迹类编》："隋克台城，陈后主与张丽华、孔贵嫔俱入井，隋军出之。"故杜牧之诗云"三人出智井"，谓此也。传说井有石栏，上多题字，以帛拭之，作胭脂痕。或云石头的纹理呈胭脂色。这就是胭脂井的来历。作者客金陵，沉思六朝都邑之兴衰陵替，又瞻顾自身的漂泊不定，心情抑郁，时近黄昏，秋虫阵阵悲鸣，野花随风摇曳。这里的玉树，亦含双关，既指暮色中临风的花木，又隐含陈后主与张贵妃等游宴时所歌之《玉树后庭花》曲，个中涵浸着历史与现实的对照。

小令突出的艺术特色是精巧凝练，不粘不滞，将历史与现实打成一片，于深沉冥思中又见出几分空灵。小山小令，多用正格，很少加衬字，故论者以为有雅化倾向。此令曲读起来仿佛唐人绝句，似脱口而出，近乎天籁。

〔中吕〕朝天子 西湖　　　徐再思

里湖，外湖，无处是无春处。真山真水真画图，
一片玲珑玉。宜酒宜诗，宜晴宜雨。销金锅、锦绣
窟。老苏，老逋，杨柳堤梅花墓。

徐再思小令作风近于张可久，特别是一些描写江南风光的令曲，妩媚而又富于色彩，这首描摹西湖春色的〔朝天子〕，疏爽俊逸，简淡清奇，艺术概括力很强，是甜斋散曲中比较突出的篇什。

南宋　李嵩　西湖图

　　首二句，总览西湖之春，写出了武林胜境韶光好趁、春色满眼的诱人景象。西湖以苏堤为界，分为里湖和外湖。"无处是无春处"句，并不避讳两个"无"字，自然巧妙，虽不去写具体景观，却给人一个春到西湖、生机盎然的总印象。以下两句，进一步渲染春满西湖的景象，先以画图作比，又以美玉相喻，意象更为具体了。仍然是总览全景，不求细致刻画。"真山真水真画图"句甚妙，明明是真山真水，而不是画图，偏说是"真画图"。三个"真"字与上句的两个"无"字又造成了呼应，使曲语呈现出故意重复用字的格律美。"一片玲珑玉"，总括西湖之澄澈明净，犹如玲珑剔透的美玉，而且是一片，不是一块。这就使人们联想到以孤山、白堤、苏堤等分割开来的里湖、外湖、后湖和南湖，又兼亭台水榭，湖光山色，一处一景，景景毗连，如串珠累玉，令人目不暇接。作者以"一片"句大笔晕染，泼墨泼彩，不视每一珠，却见一片玉，概括得十分精到。这种写法局部上有所模糊，总体感却是非常突出的。

　　"宜酒宜诗，宜晴宜雨"两句，是写西湖的迷人风景无时无处不撩人心动。诗酒唱和于西湖之上，面对绮丽景致，更发人豪兴，牵惹诗魂：春日妍丽，夏日瑰奇，三秋桂子，雪掩断桥，四时西湖，姿态各异。便是晴、雨、霁不同之时游湖，美感亦有别。苏东坡诗云："湖光潋滟晴方好，山色空蒙雨亦奇。"（《饮湖上初晴后雨》）这就是"宜晴宜雨"的出处。明人史鉴有《晴雨霁三游西湖》一文，描写了不同时间游览西湖的不同体味。如写雨中西湖是"顾望四山，云雾蒙幂①，霮䨴②淋漓，俨如水墨画中"（《西村十记·记西湖》）。而写雨后西湖则是"空翠如滴，众壑奔流，水色弥茫，湖若加广，草木亦津津然有喜色焉"。史西村所写，感受独

----

① 蒙幂（mì）：遮盖。
② 霮䨴（dàn duì）：露滴的样子。

特，可以参读，有助于我们对"宜晴宜雨"的理解。"销金锅"，喻西湖是个挥金如土、用钱如沙的胜地。《武林旧事》载："西湖天下景，朝昏晴雨，四序总宜，杭人亦无时而不游，而春游特盛……日糜金钱，靡有纪极，故杭谚有'销金锅儿'之号。""锦绣窟"喻西湖如衣锦披绣的窟穴。二句极写繁盛，含无限感慨，有赞叹，也有思索。结尾二句，以林逋和苏轼二人的高节，映衬西湖的格调清雅，并以苏堤和孤山作为西湖有代表性的景观，以收束全曲。老逋，即指林逋，字君复，杭州钱塘人，《宋史》卷四百五十七有传。他性恬淡而疏荣利，初游于江淮间，后隐居西湖孤山，终身不娶，与梅花、仙鹤为伴，人称"梅妻鹤子"，后人又称其为"和靖先生"，曲中的梅花墓，又称和靖墓。老苏，指苏轼，他任杭州刺史时，曾主持疏浚西湖，灌溉良田，又利用葑泥筑堤，即"苏堤"，堤上杨柳成荫，亦称杨柳堤。如果说全曲前半部分是写一片玉，那么结二句则是具体写两颗珠——孤山和苏堤。有全景也有局部，写轮廓也写细部，整个西湖春色便尽收眼底了。

从写法上看，最突出的特点是用笔简淡而又粗豪，多以全景和远景出之，不弄小巧，使画面有酣畅淋漓之美，即使写具体景观，也以写意笔法为之，点到为止，全是远眺式的。张小山〔沉醉东风〕《湖上远眺》中有一联云："林君复先生故居，苏子瞻学士西湖。"甜斋此曲结尾，用意与小山差足近之。〔朝天子〕曲牌又称〔谒金门〕，句式参差错落，短则只有二字，长则有六字，甜斋巧妙利用曲牌形式上的特点，选择了"鱼模"韵，一反南吕宫的"感叹伤悲"为粗豪酣畅，颇有创造性。其中"销金锅、锦绣窟"一句，加一字又断读，使曲子句式参差错落的特点更为突出。

〔中吕〕普天乐 垂虹夜月　　徐再思

玉华寒，冰壶冻。云间玉兔，水面苍龙。酒一
樽，琴三弄。唤起凌波仙人梦，倚阑干满面天风。
楼台远近，乾坤表里，江汉西东。

　　本曲系徐再思的《吴江八景》组曲（共八首）之第一首。吴
江，今属苏州。古代的吴江，又泛指吴淞江流域，大致包括苏州、
太湖和长江下游一带。垂虹桥，是吴江一座有名的桥，号称"江南
第一桥"。桥上共有七十二洞，俗称长桥。因桥形若虹，故称"垂
虹桥"。桥上有亭，叫"垂虹亭"。可惜此桥今已不存。乔吉有〔水
仙子〕《吴江垂虹桥》一曲，说"飞来千丈玉蜈蚣，横架三天白蟏
蛸，凿开万窍黄云洞"。可概见此桥气势之恢宏。

　　甜斋此曲，写的是垂虹桥夜景，作品情调悠深，气势雄伟，想
象瑰奇，意兴强烈。虽是写景之作，却耐反复玩味，颇能代表甜斋
小令的另一种格调。

　　"玉华寒，冰壶冻"，起笔写月。玉华，指月亮的光华；传说月
宫寒冷，故曰广寒。冰壶，以盛冰之玉壶喻月光之皎洁明净。鲍照
《白头吟》有云："直如朱丝绳，清如玉壶冰。"此二句写月光皎洁，

元　赵孟頫　垂虹秋色图（局部）

清辉遍洒，是一个美好的月夜。"云间玉兔"仍是写月，传说月中有白兔，因称月亮为玉兔。"水面苍龙"喻吴江上的垂虹桥，与"云间玉兔"对举。此句化用唐人杜牧《阿房宫赋》："长桥卧波，未雨何龙"句意。云笼明月，桥似苍龙，云驰月走，苍龙飞舞，从天空写到水面，遂造成一幅迷人的画图。接下来写人。"酒一樽，琴三弄"，是说游客在垂虹亭上酌酒抚琴。三弄，即演奏三支曲。"唤起凌波仙人梦，倚阑干满面天风"二句，意谓值此月夜良宵，倚靠桥亭阑干，面对寥阔江天，把酒赏月，静听琴声，顿觉神清意爽，逸兴遄飞。仿佛阵阵天风拂面，唤起水边的仙女凌波微步而来。曹植在他的《洛神赋》中说他曾于洛川梦见洛水女神，"凌波微步"，"罗袜生尘"，飘飘而来。这里借用洛神女的飘然出现，以映衬月色之美，琴音之妙。所以称"天风"，原是与整个缥缈境界相协调的，此风宜人，只应天上

才有。一个"天"字，包孕着无尽的幻想，为全曲平添了神秘色彩。结尾三句写极目远眺，但见远近楼台错落，灯光摇曳；天高地阔，水天一色；江水浩渺，星汉灿烂。这个"鼎足对"将江面写得十分开阔。"乾坤表里"，言天地相映衬；"江汉西东"，云水面浩渺，横无际涯。江，指长江；汉，是汉水。"江汉"与"乾坤"、"表里"和"东西"都是互文对举的。曲尾写出了天地江月之无限，曲终人杳，江上峰青，有余不尽之意蕴自然流出。

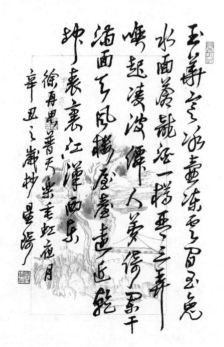

此曲境界开阔，想象奇特，写得迷离惝恍，悠远缥缈，富于艺术表现力。表面上看一味写景，人的思索似未着一字，实际上思索尽在不言之中。它的格调近于张若虚的《春江花月夜》，通体亦近于诗词风味。按《中原音韵·小令定格》，此曲未加一个衬字，简捷纯净，工稳平整。这与周德清"文而不文，俗而不俗，要耸观，又耸听，格调高，音律好，衬字无，平仄稳"（《中原音韵·正语·作词起例》）的要求是符合的。散曲发展到元代中后期，诗词味更为浓重，然仍有许多不同，曲并没有完全失去自己的特点。明乎此，对张小山、徐再思等曲家才能理解得更深。

〔中吕〕朝天子　常山江行　　　徐再思

　　远山，近山，一片青无间。逆流泝上乱石滩，险似连云栈。落日昏鸦，西风归雁。叹崎岖途路难。得闲，且闲，何处无鱼羹饭。

　　题目作"常山江行"，写的是"逆流泝上"途中所见所想，由"途路难"扩及而为人生世事之艰辛，继而升起了一种归隐避险的感叹，这就是甜斋这支〔朝天子〕曲所表达的内容。

　　常山，在今浙江常山县南三十里，又作长山，因绝顶有湖，亦称湖山。唐以常山名县，宋改为信安，元复称常山。江行不写江，劈头便写山，以突出环境之险。"远山，近山，一片青无间"一句，以大笔挥洒、恣意泼彩的手法，晕染出山峦重叠、青葱蓊茸的大背景，色调是单纯的"青"，令人想起小山曲中"山似佛头青"（〔一枝花〕）的意境。"逆流泝上乱石滩，险似连云栈"二句，写溯源而上，乱石满目，路途艰险，有如栈道。所谓栈道，是指古时山险无路，用竹木靠山架起来修成的道路。"连云"是状栈道之高、险，好像架在云端。"落日昏鸦，西风归雁"两句，写溯流山行举首所见：落日余晖中，寒鸦数点；秋风凛冽里，北雁南飞。"落日"乃一天之将尽，"西风"乃一岁之将尽，二句不仅点明了秋季黄昏的时令，流露出几分悲凉，而且妙在只写眼前景物，却能景中寓含一种发人深思的哲理意味：昏鸦、大雁在碌碌奔忙中都在寻找自己合适的归宿，它们终日在奋翅拼搏，能无"畏途巉岩不可攀"之感吗？禽鸟尚然，人何以堪！故自然引出下句的感叹："叹崎岖途路难。"一个"叹"字，耐人寻味：表面上看是对眼前山路崎岖，途路艰难的感叹，实际上是对整个人生道路曲折艰险的叹喟。如果不是这样，结句的向往归隐之情就不好解释了。甜斋好甜食，也写过不少风味甜蜜的曲子，而这一首却含有浓重的苦涩和辛酸意味。

明　陈济和　观雁图

　　结尾二句也有两层意蕴。表层是，因畏惧眼前山高水长、途路艰难，想到了不如不去跋涉，以一闲对百忙，索性以渔樵山野生活为乐；深层意蕴是，厌倦了官场的险恶，深味了人生的凄苦。所谓千古江山，忽忙忽闲；名缰利锁，总归虚幻。于是产生了不如归去、远避祸患的思想。甜斋曾做过嘉兴路吏，对元代社会和官场险恶是大有感触的。他曾写下过"三千尺侵云粪土，十万家泣血膏腴"（〔折桂令〕《姑苏台》）这样亢奋的句子，认为姑苏台是用百姓的血汗堆积起来的。也写过"九殿春风鸂鹲楼，千里离宫龙凤舟。始为天下忧，后为天下羞"（〔凭阑人〕《咏史》）这样沉痛而警拔的作品，可见甜斋也是一位忧国忧民、时发兴亡之慨的诗人。如此看来，令曲结句"何处无鱼羹饭"更有深层意蕴在，即白眼官场，厌倦名利，以退隐作为归宿的情绪。鱼羹饭，指以鱼羹为饭，言清苦而自乐也。很难用积极或消极这样的字眼来论定元代士大夫的这种情愫，这是特定时代特有的东西，元代知识分子以此来完善自己的人格，不与统治阶级合作，站在同情人民一边，自有积极的意义在。

　　令曲艺术上最突出的特点是写江行观感，很自然地融情于景，寓理于景，含蓄蕴藉，且从容写来，全无躁气。明明山路险峻，却偏偏写它的"青无间"；明明向往归隐闲逸，又大写山路奔波之忙。作者迤逦用笔，一支小令，有波有折，读来别有一番风味。以溯流江行之苦喻人生道路之艰难也是很巧妙的，曲中句句扣住"江行"，又处处隐喻世事人情，逼到结尾，才使人豁然开朗，顿悟作者旨趣，这是作者技巧娴熟的表现。此外，小令严守韵律，却又显得洒脱奔放，毫无拘泥感。曲中"叹"字，用得极巧，平添了顿挫，增强了感情色彩。可见衬字的用法也是要恰到好处的。

〔中吕〕普天乐　西山夕照　　　徐再思

　　　晚云收，夕阳挂，一川枫叶，两岸芦花。鸥鹭栖，牛羊下。万顷波光天图画，水晶宫冷浸红霞。凝烟暮景，转晖老树，背影昏鸦。

　　这支曲是《吴江八景》组曲之第八首，即最末一支曲。它犹如一幅恬淡的风俗画。

　　曲的前四句连着三字句，结作四字句，每句一景，从天上写到地下。暮云渐收，残阳斜挂。余晖与枫叶相映，火红中透出碧紫；水边的芦花在晚风中轻摇，似仙鹤起舞。晚霞如火，残阳似血；枫叶与芦花相映，红白分明。这色彩该是何等强烈！接下来，"鸥鹭栖，牛羊下"，又写了白色的鸥鸟、鹭鸶（或苍鹭），还有黄色的牛（或青黑色的水牛）、白色的羊。用一"栖"字，描写出鸟雀归巢；着一"下"字，画出了牛羊的归牧。夜色将临，万籁渐寂，山村在晚霞中显得格外富于色彩。至此，一幅山村风俗画已粗略画出。第七八两句："万顷波光天图画，水晶宫冷浸红霞。"对画面再作总体色调处理，以增强其迷离扑朔之意境。前面的"两岸芦花"，已经写了水边，现在放眼湖面，写色彩变幻的粼粼波光，宛若一幅天然的画图。"水晶宫"句是写诗人看到晚霞倒映水中引起的联想。五光十色、变幻飘摇的奇妙霞光，是不是会透过水面，洒进龙宫里呢？若是那样，水晶宫也会因了霞光而变得更辉煌、更温暖。想象自然贴切，生动形象。"冷"字尤巧，因传说中的水晶宫是寒冷的；"浸"字更妙，写出了霞光射进水中的动势。

　　结尾三句"鼎足对"，可以说是完成画作的细部刻画。"凝烟暮景"，画出了淡淡的、飘忽的暮霭（王勃《滕王阁序》有"烟光凝而暮山紫"，此句化用其意而更加凝练）；"转晖老树"，画出了夕阳的光影在树间的移动，使老树逆光处色彩也随着变幻；"背影昏鸦"，点缀出老鸦背着夕阳，强烈的晚霞为它勾勒出明晰的轮廓，甚至在两翅间镀上明亮的金色（王昌龄《长信秋词》诗云："玉颜不及寒鸦色，犹带朝阳日影来。"说的正是鸦带光色的形象）。总之，结尾三句是用大笔触画过之后的细心点缀，而点缀处恰恰可见作者的匠心。

这首令曲写得空灵奇妙，笔苍墨润，与甜斋其他的写景作品有所不同。首先，色彩格外强烈，一反其以淡泊为主的基本风格；其次，苦心孤诣于细部点缀，使描摹的形象生动传神；最后，也是最重要的一点，是全曲未着一字写人的活动，简直是"不识人间烟火食气"，这与小山散曲有相通之处，然亦同中有异。小山多以幽峭出之，甜斋却有几分"热烈"，其间流露出对生活的热爱和向往之情。枫叶、芦花、鸥鹭、牛羊自不必说，就连老树、寒鸦在曲中也被赋予了新的意义，只要和马致远的〔天净沙〕《秋思》对读，不难看出，甜斋笔下的老树、昏鸦特别美，夕阳为它们增色不少，它们不再是孤寂、凄凉意义的象征了，而是一种美化了的、风情化了的意象。细细咀嚼，是不难体味出这一点的。

没有抽笔去写人，是不是"无我之境"呢？这要具体分析。马致远〔天净沙〕小令写了人，既写游子（断肠人），又写"人家"；甜斋此曲人在画外，画中既无人家，也无人物。按说写了牛羊，总该有牧童吧，作者也不去写，留待读者去想象。总之，作者浓墨重彩画了一幅迷人的太湖流域的风情画，作者的思想和情绪是自然流出的，没有着笔，也不必着笔，我们仍然能从作品的基调中揣摩到作者的内心世界。正是所谓"以物观物，故不知何者为我，何者为物"（王国维《人间词话》）。

〔中吕〕阳春曲　皇亭晚泊　　徐再思

　　水深水浅东西涧，云去云来远近山。秋风征棹钓鱼滩，烟树晚，茅舍两三间。

　　这是一支小巧而有味的写景令曲，它好似一幅"逸笔草草"的水墨小品。

　　皇亭，不详位于何处。王季思先生等《元散曲选注》疑"皇"字乃"皋"字之误，形近而讹。皋亭在杭州西北。此说可参考。

　　首二句，是工整的一联，写的是涧水曲曲折折、百转千回的姿态和云遮雾障，重重叠叠的山峦。水有深浅，山有远近，节奏轻盈跳荡，层次也是很清楚的。山溪时而湍急，时而潺缓，因流过的地形不同，深浅也各异；峰峦千姿万态，近处葱茏，远处黯青，时而被彩云遮断，时而又露出峥嵘气象。"秋风"句写泊在江边所见。船夫逆风划桨，船在水中艰难行进，一个"征"字，写尽船夫躬身用力、桨在水中翻覆的动态，造型力很强。更有远处滩头，垂钓者静静地坐在夕阳下，一竿一篓，十分悠闲。一句写两个不同的画面，动静相间，对比感强。结尾二句，是写暮色渐浓，树影朦胧，远处两三间茅屋中透出绰绰灯光，夜幕降临了。

　　作者写的是秋江夜泊，所描景致亦很萧疏，却并不显得伤感，或者说有一点点伤感，也是淡淡的。作者差不多是以欣赏的态度来描画这一幅江边夕照图的，它的意境是孤峭而旷远的，情调颇似元代文人画。

　　甜斋曲作，以清丽典雅为主要风致，特别是描写男女恋情和闺怨相思的作品，尤为突出。但是，在一些写景作品中，甜斋也不乏犷悍

南宋　马远　秋江待渡图

恣肆之笔，这支〔阳春曲〕就写得清奇隽爽，一洗小儿女甜腻腻或病恹恹的风气。它说明甜斋的散曲创作路数宽广，笔调是富于变化的。此曲首二句"水深水浅东西涧，云去云来远近山"是从白居易"东涧水流西涧水，南山云起北山云"诗句点化而来，由于化得很巧，全无袭用之痕。"茅舍两三间"句，似亦受了辛弃疾"七八个星天外，两三点雨山前，旧时茅店社林边，路转溪桥忽见"（〔西江月〕《夜行黄沙道中》）词意的启迪和影响，只是用得更巧，痕迹几乎泯无可求。白诗辛词意境恰到好处的渗入，为这支曲子总体韵味的奇爽，增饰不少。

〔阳春曲〕又作〔喜春来〕，它短促而错落，要求句句押韵，适于描摹景物。甜斋熟练而轻倩的笔致，在二十九字中充分表现出来。如"烟树晚"之"晚"字，直露中见深涵，平朴中有奇巧，正是所谓"随手之妙"。树何言早晚？那是因为烟（暮霭），实际上是说从树影中可见时序，一字见曲折，又一字点出题意，是很有意味的。

〔越调〕凭阑人　　春情　　　徐再思

髻拥春云松玉钗，眉淡秋山羞镜台。海棠开未开，粉郎来未来？

此曲写闺中女的相思情态，细致逼真，生动传神。

晨起妆残，羞对镜鸾，闺中人娇娇娜娜，怵怵怛怛。首二句写尽了这女子微妙的心理和神情。"髻拥春云"句，是写睡了一夜之后，一头秀发散乱了，髻偏钗松，急待梳理。髻，即云髻，古代女

子挽得很高的一种发髻。曹植
《洛神赋》有句"云髻峨峨，修
眉联娟"，温庭筠〔菩萨蛮〕亦
有"乱云欲渡香腮雪"句。描写
女子美丽的面容，总是由头发或
眉毛写起，这几乎成了惯例。李
后主〔捣练子〕词有"云髻乱，
晚妆残"之句。《西厢记·闹简》
一折（第三本第二折）〔普天乐〕
曲中也写到"晚妆残，乌云嚲"
之情态。甜斋此处用意与后主

北宋　苏汉臣　靓妆仕女图

词、王实甫曲相近。"眉淡秋山"句写女子的娇憨矜持，尤为真切。
你看她顾影自怜，态羞颜赧，那神情如在眼前。"秋山"亦作"春
山"，指眉，有时还写作"眉山"。唐代"十眉图"中有一种"小山
眉"，"眉山"的叫法当祖此。温庭筠〔菩萨蛮〕中的"小山重叠金
明灭"句，其中"小山"，即指黛眉。这句是说，早晨起来，眉黛
淡去，要重新描画了。因发松眉淡，故有羞对镜台之态。这两句语
简而意多，含蓄而味厚，出手不凡。

后两句平白如话，声吻毕肖，同时，也是描摹人物神情心态
的"颊上添毫"之笔。闺中人似在问别人，又像是暗自思忖：海
棠花开了没有？有情人也该来了吧？粉郎，指美男子，这里代指
闺中人的情人。粉郎是"傅粉何郎"的简文，三国时魏人何晏，
字平叔，美姿容，面如玉，魏明帝曹叡疑其经常施粉于面，就在
盛夏时赐热汤饼给何晏，何吃得汗流满面，便拂衣揩拭，面色白
中透红，更显得美丽。后来，人们便以"傅粉何郎"喻肤白面美
的男子。事见《世说新语·容止篇》。结二句似受李清照词句
"试问卷帘人，却道'海棠依旧'"（〔如梦令〕）的启发，然却

扣在"粉郎来未来"句作结，意味更切全曲情调。结句既写出女子的兴奋和急切，同时也为前面的"羞"字作了注脚。不梳妆打扮，怎好见意中人呢！

小令虽只四句，却活脱脱写出了闺中女子隐秘复杂的神情举止，作者撷取闺中人晨起理妆前的瞬间动作和闪念，寥寥几笔，纯是白描，却能勾神摄魄，艺术技巧是娴熟而高超的。又，依〔凭阑人〕曲牌，前两句与后两句必须同韵，每两句又必须平仄相同，因此，四句并非两联，每两句亦不是对仗的。这种格式颇具民歌民谣色彩，与文人诗词大不相同。甜斋曲中的"开未开""来未来"，完全是口语化的，美听美情，为曲子平添了生活情趣。甜斋还巧妙利用曲子的格式，前两句求雅趣，后两句取俗味，四句一气呵成，使全曲雅俗共赏，异趣不尽。

〔双调〕水仙子　春情　　　　　徐再思

九分恩爱九分忧，两处相思两处愁，十年迤逗十年受。几遍成几遍休，半点事半点惭羞。三秋恨三秋感旧，三春怨三春病酒，一世害一世风流。

这是一支闺怨令曲。或有人以为它是一个弃妇的怨艾之词，似亦可通。关键是"几遍成几遍休"句，说明爱情反反复复。其实也可以将这种反复看成外力的阻隔和干扰，如同《西厢记》中老夫人的"赖婚"、郑恒的插足，甚至男女双方的误会、冲突和自我内心矛盾斗争，等等。

前三句看上去像是"鼎足对"，但对仗和平仄都不严格，数量

词的重复和句句用韵，使得语气喃喃，近于絮
叨，颇似小儿女声吻。"九分恩爱"句，极言爱
之愈深，思之愈切。忧，未必理解成担忧对方
变心，不过是一种忧思，是说相思伴着苦涩；
九，也不能理解为确数，古人以九喻多，是说
恩爱之深、相思之甚。"两处相思两处愁"，说
明男女双方情笃意厚，互相思念，两处离愁，
心情是一样的。"十年迤逗十年受"。是说两个
人从初恋定情到现在已是十年了，十年中饱尝
了爱的苦痛，相思的熬煎。迤逗，即挑逗，这
里指对方向曲中人倾吐爱情，表达心曲。"受"，
指生受，也就是承受相思的缠绕。

清　费以耕　仕女图

　　"几遍成几遍休"二句，是回忆起爱情曾经
受到过挫折，出现过反复，每每想起这些，都
觉得十分惭愧。原因种种，好事多磨，想到彼
此曾有过误会，曾错怪过对方，不禁悔恨交加。
"半点事"句犹言"没有一样事不叫人惭愧"，
强调的是样样皆是，句式比较特殊。至此，一个多愁善感而又矜持
执拗的女性形象大致勾画出来。她与情人的爱恋是经过一个很长的
过程的，她或许像崔莺莺一样，使ову小性，"拿过班儿"，甚至设法
试探过情人是否用情专一，始终不渝。正是回忆起这些，她才感到
"惭羞"的，于是，便更加怜爱和思念他。

　　结三句关键是要搞清楚"恨""怨""害"三字的含义。"恨"，
是遗憾，即恨不能与情人相会。思念而又不能聚首，只好怀念旧日
两情相洽时候的往事了。愈是思念，愈是怀念旧情，因此说"三秋
恨三秋感旧"。"三秋"，或指秋天的最后一个月，即农历九月，或
指整个秋天的三个月。此处用意较泛，似以后一种解释为妥。秋

天，自古以来就是惹人伤情的季节，秋凉寂寥，油然而生感旧怀人的情绪，是很自然的事。"三春"也一样，泛指春天，不唯指季春三月，整个春天里都是春情难遣，怀人幽怨，凭酒浇愁，恹恹病生。病因原不在酒，而在乎人，一个人思念意中人，酒是无力相助的。这里的"怨"，是幽闺之春怨，如将"恨""怨"从字面理解，说成是恨怨抛弃她的负心汉，可以讲通，却过于直露了，甜斋曲有直露率真的，然这一首还是比较含蓄的。由秋到春，再由春到秋，无数个春花秋月，周而复始，遂逼出结句："一世害一世风流。"这女子的一声叹喟，似在说，一辈子风流多情，才为苦思苦念所缠绕，有什么法子呢！"害风流"不是为风流所害，谴责负心男子，而是说自己就是这么个性格，有无可奈何的意味。"害"在口语中有"得"或"生"的意义。如说害相思，不能说为相思所害。这里有生来风流的意思。

此曲艺术上最突出的特点是声吻毕肖，全然是一个怨妇内心微妙感情的自然流露，通首数量词的反复叠用，既增强了语气感和真实感，又使节奏起伏跳荡，酷似女子喋喋不休的倾诉。甜斋对〔水仙子〕曲运用自如，他的一首《夜雨》巧妙利用了曲牌韵律上的特点，写得生动自然，一向为曲论家们所看重，周德清《中原音韵》就将它作为"小令定格"的范例。不过周氏忒拘于韵律，谓其平仄不称，只赞赏其"语好"。此《春情》曲，后三句多加衬字，平仄亦有不称处，但总体读来，却是妙趣横生的，"语好"自不待言，韵律上也有大胆突破，是值得称道的。至于将曲意理解成弃妇倾诉或幽闺怀人，都是可以的，如若扣住标题，按后者理解似更恰切些。

〔南吕〕骂玉郎过感皇恩采茶歌

闺中闻杜鹃 曾瑞

〔骂玉郎〕无情杜宇闲淘气，头直上耳根底，声声聒得人心碎。你怎知，我就里，愁无际？
〔感皇恩〕帘幕低垂，重门深闭。曲阑边，雕檐外，画楼西。把春醒唤起，将晓梦惊回。无明夜，闲聒噪，厮禁持。　　〔采茶歌〕我几曾离，这绣罗帏？没来由劝我道"不如归"！狂客江南正着迷，这声儿好去对俺那人啼。

元人散曲中闺怨题材颇多，曾瑞所作亦十之五六属这类内容。但这首《闺中闻杜鹃》却写得生面别开，以直陈白描的笔法，借对杜鹃的怨嗔来表达闺中独居的忧思烦乱之情，可谓脱落皮毛，掀翻窠臼，令读者耳目一新。

曲为由三支小令组成的带过曲。《骂玉郎》一首，怨嗔之语，劈面而至。女主人公正因春日相思而不堪于愁怀恹恹，闻鸟语顿感烦乱，便没头没脑地发泄到杜宇头上，怨鸟无情，"闲淘气"。弥漫在头顶耳际的鸟声，聒噪得人心欲碎。《感皇恩》则铺叙杜鹃声无所不在，竟是"帘幕低垂，重门深闭"也阻挡不住，"曲阑边，雕檐外，画楼西"，无处不闻。"把春醒唤起，将晓梦惊回"，"春醒"，春日病酒、神志迷糊的样子。女主人公借酒消愁，杜鹃鸟鸣则把酒意驱走，人在清醒之际，顿觉愁怀逼来。女主人公春日昏睡，希冀在梦中与丈夫相会，但被杜鹃声惊醒，梦亦成空，此句是由唐人金昌绪《春怨》"啼时惊妾梦"化出。末三句言杜鹃鸟不分昼夜聒噪，时时折磨人心（禁持：折磨、摆布）。《采茶歌》则深入一层，由怨鸟无情到怨鸟无理，实际上是由对愁思烦乱感情的抒发进到埋怨丈夫之沉迷在外，不思归家，表达了对丈夫早日归来的企盼。杜鹃鸣声悲切，声声呼唤"不如归去"，但女主人公未曾离开绣户，谈何归去？鸟语相劝，岂不是"没来由"？这种声音应该对着"俺那人去啼"。这位"狂客"在"江南正着迷"。这个结尾巧借鸟语，宕开曲意，写法精警且意蕴深厚，故明李开先特为拈出，以作曲尾范例，认为似此方可称得上是"急并响亮，含有余不尽之意"（见《词谑》）。

此曲之写法，近乎"凿空乱道"，其佳处亦正在此。曾瑞别曲写闺怨，多是描摹环境，刻画情态，如"风竹敲窗，雪月侵廊，暮寒生，欢梦少，漏声长"，"慵针指，懒梳掠，倦登临"（《四时闺怨》）。这是沿袭诗词同类题材的写法，别无新意。唯此曲就杜鹃鸟声生发开去，东一句，西一句，言之重，词之复，极写心烦意乱，怨怼激发之状，读来觉其淋漓痛快。妙在这种没头没脑、嗔言絮语的写法，一则符合女主人公被春意所撩的心境，二则使人物口吻宛然，三则在"凿空乱道"中写出一片感慨，语浅而情深。"没要紧语正是极要紧语，乱道语正是不乱道语"，所谓"乱道却好"（刘熙载《艺概·词曲概》）。

从鸟语生发曲意，借嗔鸟以抒情的作品，在元曲中还可见到一些，如无名氏〔中吕·红绣鞋〕《月夜闻雁》、王元鼎〔越调·凭阑人〕《闺怨》之二、杨果的〔仙吕·赏花时〕《春情》煞尾。最著名的莫过于《汉宫秋》第四折"却原来雁叫长门二三声，怎知道更有个人孤零"，"则被这泼毛虫叫得凄楚人也"。曾瑞此曲与之相比，颇有异曲同工之妙，唯《汉》剧为汉元帝口吻，铺叙委婉，缠绵悲戚，而此曲描摹闺妇的口吻，写得尖新意倩，泼辣爽利中饶有机趣。清人贺裳评诗词有"无理而妙"之说，此类曲亦足以当之。这种"妙"盖在于找到一个吐露心曲的绝好契机，构思似不近情理，不合常规，而感情却得以真切而畅达地发挥，使人在体味其挚情中叹赏其妙观逸想。

〔正宫〕叨叨令　道情　　　　邓玉宾

　　一个空皮囊包裹着千重气，一个干骷髅顶戴着十分罪。为儿女使尽些拖刀计，为家私费尽些担山力。您省的也么哥，您省的也么哥？这一个长生道理何人会？

　　此为邓玉宾《道情》小令，原为一组共四首，每首言一事，此为第二首，是劝那些邀名逐利、积财好货者及早省悟的。曲子取譬巧妙，不乏幽默谐谑，出语警拔，运思深刻，富于哲理韵味。所谓"道情"，原本指道士抒发情感与布道的一种歌词，亦称道歌。后演变为俗曲，称为"竹琴"或"渔鼓"，成为一种曲艺形式。说得通俗些，就是揭示人情世故。这个"情"，包括人生方方面面，而不限于男女之情。道，有道破之意。

　　作者将人的身体说成是包裹着种种凡俗之气的皮口袋，就像《红楼梦》中所说的"臭皮囊"一样。这种说法，皆出于王充的"人以气为寿，气犹粟米，形犹囊也"（《论衡·无形篇》）。身体既是臭皮囊，脑袋瓜子说穿了不过是个干骷髅而已。不过这个干骷髅未干之前却能思想，有情感，生出种种欲望，蛮复杂的。人之所以不同于其他动物，根本上不在臭皮囊，而在于这个干骷髅。孟夫子说"人之所以异于禽兽者几希"（《孟子·离娄下》），怕是希就希在这干骷髅中的种种欲念。几希，犹如说只有那么一点点。所以说

"顶戴着十分罪"，乃是说人有七情六欲，因贪婪而生出种种罪孽来。"拖刀计"指古代战争中一种诈败而出其不意致敌于死命的战术，这里是指不惜采取任何狡诈凶狠的手段。采取损招毒计干什么呢？无非追逐名利，聚敛财富，为儿女做马牛。但结果就像《红楼梦》中《好了歌》所唱的那样："金满箱，银满箱，转眼乞丐人皆谤。""为家私费尽担山力"一句尤为警醒。在人的物质欲望普遍膨胀的时候，能讲一点人格精神和心灵追求，真的仅是少数人所奉行的人生哲学了。《老子》第五十章上说：

> 出生入死。生之徒，十有三；死之徒，十有三；人之生，动之死地，亦十有三。夫何故？以其生生之厚。

这段话翻成当代语体，就是：

> 人出世为生，入地为死。属于长寿的，占十分之三；属于短命的，占十分之三；人的过分地奉养生命，妄为而走向死路的，也占十分之三。为什么呢？因为奉养太过度了。（以上皆见陈鼓应《老子注译及评介》译文）

这里所说的占百分之九十的大多数是自然状态生存的；真正"善摄生者"（精于养生之道的人）充其量只占百分之十。这百分之十中就是那些有精神追求的人了。按老子的说法，这种人"知足不辱，知止不殆，可以长久"（《老子》第四十四章），即可入"无死地"状态。

细味此曲，可见出作者思想颇受老子哲学的影响。曲子涉及了一个古老而又永恒的问题——所谓死生之大。老子这个"出生入死"的说法，并非像儒家那样，强调"死生有命，富贵在天"（《论语·颜渊》），或所谓"畏天命"。孔子的天命观，基本理念来源于我国原始的宗教观。所不同的是，孔子并不迷信"筮卜"和鬼神，对死生采取的是回避的态度，如"未知生，焉知死"（《论语·先进》），"敬鬼神而远之"（《论语·雍也》）。老子注重的是"出生入死"过程当中人们自身主观努力的作用，认为生、死并非命定不变的，主观能动作用可以使其转化。与此同时，老子还强调了人可以通过努力而处于"无死地"的状况，这就是"善摄生者"。老子的这个思想，正是后世道家养生理论的先声。这个"无死地"，恐怕也不能理解成永远不死、长生不老。陈鼓应将其译为"没有进入死亡的范围"，它是与"贪餍好得，伤残身体"即"奉养太过度"（"生生之厚"）相对立的范畴。

老子"生生之厚"的说法，是老子死生问题讨论中一个很值得注意的命题，而且颇有现实针对性。前面一个"生"是动词，可理解为刻意追求，千方百计求得；后一个"生"用作名词，即生存的状况，犹时下有人狭隘理解的所谓生活质量。"生生之厚"陈鼓应译作"求生太过度了，酒肉餍饱，奢侈淫佚，奉养过厚了"，又引严灵峰说云："以其求生太厚之故，饱饪烹宰，奢侈淫汰，戕贼性命。故曰'生生之厚'也。"时下许多腆着大肚子、出入豪华饭店和享乐场所的款爷们、腕儿们，不是同时又出入医院诊所被断为"三高"了吗？这些人有空真要好好读读《老子》哩。

曲子的结尾，对于不思省悟者猛击一掌，令其好好体悟老子的"长生道理"，就里隐藏了一个价值问题，即怎样生存更有意义的问题。《老子》第四十四章有云：

> 名与身孰亲？身与货孰多？得与亡孰病？甚爱必大费；多藏必厚亡。

我们仍取陈鼓应的译文：

> 声名和生命比起来哪一样亲切？生命和货利比起来哪一样贵重？得到名利和丧失生命哪一样为害？过分的爱名就必定要

付出重大的耗费；过多的藏货就必定会招致惨重的损失。

此诚为智者之言。虽然未必完全适用于我们今天的社会生活，但其合理的内核和积极地对待生命的态度，仍给我们提供了启迪。要为儿女攒得金箱银箱，家财聚得子子孙孙永保用享，你就得削尖脑袋去攀援，要谋私利就得先谋得声名、权势。如此，便活得极累。弄不好栽得头破血流，甚至性命不保。看来，"生生之厚"的人生追求是没有意义的，而"生生"之精神性目标却注定是有意义的。而对精神性目标，哲学家们各有不同的理解，对精神性目标的不懈探究与努力，便构成了哲学史。

邓玉宾这首小令的意味，要义在于结合现实生活去体味老子的哲学思想，无疑他是有着较为明确的精神目标的。元人特好老子哲学，这大约与当时文人们的边缘化有关。正因为如此，元人曲子往往寓深刻于平浅，此为明显一例。

〔双调〕蟾宫曲　　　　周德清

倚篷窗无语嗟呀，七件儿全无，做甚么人家？柴似灵芝，油如甘露，米若丹砂。酱瓮儿恰才梦撒，盐瓶儿又告消乏。茶也无多，醋也无多。七件事尚且艰难，怎生教我折柳攀花？

这是周德清的一只俗而又俗的曲子，无疑当属俳谐一格，周德清乃词家周邦彦之后人，于曲学浸淫极深。他的《中原音韵》被虞集称为"正语之本，变雅之端"（《中原音韵序》），"有补于乐府（元人称散曲为乐府）者多矣"。至其散曲创作，西域人琐非复初引

当时人语曰："德清之词，不惟江南，实天下之独步也。"（《中原音韵序》）

这首令曲，不必就是作者实际生活的真实写照，但也多少透露出当时一般文人生活之困窘。曲子有调侃与解嘲意味，不无夸张，更兼谐谑，或许是为一般下层文人宣泄不平，曲折反映了元代中后期社会生活的一个侧面。吴瞿安先生《顾曲麈谈》卷下第四章《谈曲》云："挺斋家况奇窘，时有断炊之虞。戏咏开门七件事，〔折桂令〕云云，其贫可想见也。"这样去理解，似乎太实了。既谓是"戏咏"，也就无须件件坐实。挺斋交游甚广，从文坛巨公奎章阁侍书学士虞集、翰林学士欧阳玄，到西域名流琐非复初，以及青原名士罗宗信、萧存存等，正所谓"其称豪杰者，非富即贵耳"（《中原音韵后序》）。挺斋也曾阔气过的，以下二曲〔红绣鞋〕足以为证：

> 穿云响一乘山笊，见风消数盏村醪，十里松声画难描。枫林霜叶舞，荞麦雪花飘，又一年秋事了。

> 共妾围炉说话，呼童扫雪烹茶，休说羊羔味偏佳。调情须酒兴，压逆索茶芽，酒和茶都俊煞。

前一首写酒醉乘轿，风吹酒醒，一路观赏秋色画图，情绪极佳。"穿云响一乘山笊"一句，有注本将"笊"字释为乐器，即大管，误。笊（jiào），这里用同"轿"。山笊即简易轿子，犹滑竿一类，故可一路观景，若豪华轿子，非掀帘是看不到周遭景物的。只有将笊释为轿，"乘"字才有了着落，一路赏景也就顺理成章了。倘释为乐器，全曲就无法读通。"穿云响"当是指轿夫的吆喝声，或边跑边唱着山歌野调。看看，挺斋喝得醉醺醺的，有轿子乘，一路欣赏秋色，何其潇洒。这哪儿像揭不开锅人家的爷儿们呀！后边一首，就更阔气了。与姬妾围炉小宴，羊羔儿酒（宋元时美酒的代称）盈樽，喝多了还要沏茶芽（泛指绿茶中名品）来解酒。而沏茶用雪水，更是富贵兼大雅之举。传说宋代的陶穀学士，买得党太尉之妓，取雪水烹茶，谓妓曰："党太尉家应不识此。"妓曰："彼粗人也，安有此景，但能销金暖帐下，浅斟低唱，饮羊羔美酒耳。"挺斋曲中若果是实写，那就是将位极人臣者和饱学之士的雅俗奢华都占尽了。如再进一步，像《红楼梦》中妙玉那样，取香雪海梅枝上积雪烹茶，就更是雅上加雅，宛若神仙了。依笔者看，挺斋的这首"共妾赏雪"曲，多半也是附庸风雅，摆谱逞阔的成分居多。

何以挺斋曲中所写日常生活竟天壤之别？或许世事无常态，人生多变故所致吧，亦未可知。不过，文学作品中描写的东西，不能一一坐实，曲中所写判若霄壤的生活状况，是不能当作实录的。

俗话说，"开门七件事，柴米油盐酱醋茶"。这个说法至迟在宋代就有了。吴自牧《梦粱录》卷十六"鲞铺"："盖人家每日不可缺者，柴米油盐酱醋茶。"这是开门过日子最起码的生活必需品。周挺斋写贫穷，真的是写到了极致。灵芝、甘露、丹砂，都是贵重的宝物。灵芝为药材中之仙物；而甘露，非指一般意义上的甘霖，即雨水，乃是指灵异的、逢大吉祥才会从天而降的神物；丹砂，本指一种名贵的可入药的矿物质，这里有仙人炼就的丹药之意。不消说，皆是夸饰之词。梦撒，原意为梦中所持之物，醒来却无凭在手，这里就是压根没有之意。表面上看，作者是在写自家生活的窘迫与拮据，骨子里却暗寓讽谕。我们知道，元代至正间（1341后），开河征徭，钞法变滥，黎民不堪其扰。时有无名氏小令云：

堂堂大元，奸佞专权。开河变钞祸根源，惹红巾万千。官法滥，刑法重，黎民怨。人吃人，钞买钞，何曾见？贼做官，官做贼，混愚贤。哀哉可怜！

将这首〔正宫·醉太平〕小令与周挺斋〔蟾宫曲〕对读，我们不难发现，周曲或在讥刺物价腾飞、钞滥民怨的现实社会。周德清

的生卒年，据《暇堂周氏宗谱》 （有 1946 年重修本），可断为
1277—1365，至正间他已是六十多岁了。挺斋高寿（89 岁），至正
间自然尚能度曲。如此看来，〔蟾宫曲〕小令唱穷数困是假，鞭挞
时弊、揭露时政黑暗才是它的要义。明蒋一葵《尧山堂外纪》卷七
十四有云："至正间，上下以墨为政，风纪之司，赃污狼藉。"挺斋
于是时，以此小令发摅一腔牢骚愤怨，亦在情理之中。可知此曲俳
谐背后，有芒角四射而出。至于尾句"折柳攀花"，显然是"临了
须打诨"之语。饿着肚子便无法寻花问柳了——挺斋始终是不忘以
名士自居的。莫洛亚在《论幽默》中说："幽默家应该不露声色，
他描绘得愈是荒谬无稽，他愈应该显得庄重严肃。这样便形成他所
描绘之物的荒诞离奇，与他的画面显示出来的使读者或听众得以免
除思想重负的淳朴自然，这两者之间的鲜明对照。"如此看来，尾
句是绷了脸的严肃话，封建时代的名士才子向来是以"折柳攀花"
为荣耀的。别本或作"折桂攀花"，拉扯到科考功名上去了，意趣
反不如"折柳攀花"来得浓郁。因为，幽默应该是在无意的轻松之
中抓住对象，博取功名的目标似乎太沉重了，它会阻断笑声。

〔中吕〕喜春来过普天乐　赵　岩

琉璃殿暖香浮细，翡翠帘深卷燕迟，夕阳芳草
小亭西。闲纳履，见十二个粉蝶儿飞。一个恋花心，
一个挽春意；一个翩翻粉翅，一个乱点罗衣；一个
掠草飞，一个穿帘戏；一个赶过杨花西园里睡；一
个与游人步步相随；一个拍散晚烟，一个贪欢嫩蕊；
那一个与祝英台梦里为期。

南宋　佚名　晴春蝶戏图

赵岩仅存的这首带过曲是咏蝴蝶的。它与王和卿的《咏大蝴蝶》的不同之处，一在于实写与虚写之间的差异：赵曲基本上是实写，有如工笔重彩画，而王曲则是高度夸张的，以虚写为主；二在于赵曲写的是姿态各异的群蝶，王曲写的是难以想象其究竟有多么大的一只蝴蝶。韵味不同，各逞其美。

此带过曲，一妙在对蝴蝶不同姿态瞬间形象的捕捉，如摄影之快镜，各各栩栩如生；二妙在写蝴蝶之前先写夕阳中归巢之燕，且用了极富创造性的手法。这里"珠帘暮卷"的不是"西山雨"，而是紫燕的掠影，它给人们留下了极大的联想空间：即卷帘时燕子已归回"琉璃殿"下之巢穴了。主人与燕子之间仿佛有着某种交流与默契，所以迟卷帘，乃是等候燕子的归来，文心之细微至于此乎！最妙还在全曲之尾句。我们知道所谓"带过曲"，实际上是两首小令的叠加使用。这里〔喜春来〕小曲只是一个引子，为群蝶图铺排好时间、环境的背景而已。"闲纳履"（散步）三个字，可谓转关枢纽，不着痕迹地将二曲融为一体。〔普天乐〕曲方是主体，它共有十一句，却要描摹十二只蝴蝶。就是说必须有一句写两只蝴蝶，情形有些像传说苏轼为"三光日月星"对出下句"四诗风雅颂"（《西湖佳话》）。于是便有了"那一个与祝英台梦里为期"，实际上引入梁祝化蝶传说，写了两只蝴蝶。文心之妙，又至于此乎！孔齐《至正直记》卷一有云："长沙赵岩……尝又于北门李氏园亭小饮，时有粉蝶十二枚，戏舞亭前，座客请赋今乐府，即席成〔普天乐〕。前联〔喜春来〕四句……云云，犹曲引子也。'一个恋花心'云云。

〔普天乐〕止十一句，今却赋十二个，末句结得甚工；便如作文字，转换处不过如此也。"

梁祝传说，宋元时已在民间广为流传了。人们以美丽的蝴蝶来寄寓对美好爱情的向往，显然是由来已久的。然而，梁祝故事也是忧伤的，因为恋爱本身就是忧伤的，或者说是美丽与忧伤的混合物。日本诗人荻原朔太郎说得好："美，不拥有肉体。正因如此，一切美的事物——音乐、诗、风景——像恋爱一样忧伤。美，是朝向所有肉体的乡愁。"（《美》）蝴蝶是美与忧伤混合的活的标本。人人几乎都有这样的体会，孩提时只是觉得蝴蝶美，未曾发现蝴蝶的忧伤。及待恋爱了，特别是熟知了韩凭妻化蝶和梁祝化蝶故事之后，蝴蝶的忧伤就会给人带来挥之不去的感觉。

赵岩对曲子中蝴蝶的各种姿态，观察极为细微，倘若没有一种对活生生的蝴蝶的热情，怕是写不出来的。不过，"西园里睡"的那一只蝴蝶，恐怕是作者想象出来的。蝴蝶睡不睡觉？是日间睡还是晚上睡？我们无从知晓，这要去问生物学家。说起蝴蝶睡觉，倒是让我想起了俄罗斯"大自然的歌手"普里什文的一篇名文，题作《一只死蝴蝶》。文不长，却令人惊心动魄。作者说，有一次他在淡紫色风铃草丛中，在一枝薄荷花上看到一只翅膀并拢的蝴蝶。他用手去触它的翅膀和触须，它一动不动，心想它是不是睡着了。当用力将它拉开时，同时拉出了一只淡黄色蜘蛛，"肚子像一只挺大的浅绿色小球。它用它所有的脚抱住蝴蝶的肚子，正在吸它的汁液"。于是，普里什文议论说，大自然的美丽与和谐，是人的心灵里产生的感觉，真正深入到大自然中去，你也会发现血腥和杀戮。这种感觉，后来看电视节目《动物世界》时，就更强化了。赵岩但见蝴蝶之美，十一句写十二只蝴蝶，能谐谑，有巧思，却未曾触及蝴蝶世界的大悲哀。从这个意义上说，普里什文的过人之处，正在于他深入到了大自然的不为常人所了解的层面。

赵岩字鲁瞻号秋巘，长沙人，寓居溧阳，宋丞相赵葵后代，是一个才子。孔齐《至正直记》上说，他醉后"可顷刻赋诗百篇"，"时人皆雅慕之"。又说"因不得志，日饮酒，醉病而死，遗骨归长沙"。可叹！

〔黄钟〕人月圆　　倪　瓒

惊回一枕当年梦，渔唱起南津。画屏云嶂，池塘春草，无限销魂。旧家应在，梧桐覆井，杨柳藏门。闲身空老，孤篷听雨，灯火江村。

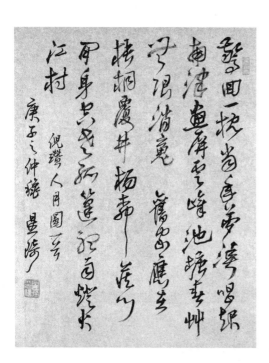

渔歌声中从梦里惊醒，面对大好春光，黯然伤神。何以不赏春、惜春，反而心绪暗淡，若有所失呢？原来是梦里回归故居，老家旧物，一一浮现，是格外的亲切，无比的温暖。井边葱郁的梧桐树，门外低垂的柳丝，景象历历在目。蓦然间旧梦一下子消失了，远处虽可见峰峦叠翠，云遮雾绕，眼前池塘边新绿耀眼，但这分明是在他乡，不是熟悉的旧家环境。于是诗人陷入了深深的忧思。老去的诗人栖身于乌篷船中，春雨淅淅沥沥，点点滴滴，仿佛敲打在心坎上。薄暮降临，渔火灯影，闪闪烁烁，更添孤寂与凄凉。

倪瓒是杰出的画家，为中国绘画史上著名的"元四家"之一，也是诗人和曲家。此曲颇具画意，画面的组织切换巧妙而自然，且将前人成句信手拈来，穿插自如。"池塘春草"句出自谢灵运的《登池上楼》，其中"池塘生春草，园柳变鸣禽"一联，历来为人们所赞赏。"梧桐覆井"二句，本于李太白《赠崔秋浦》中的"门前五杨柳，井上二梧桐"句。此外，隋人元行恭有《过故宅》诗，中有"唯余一废井，尚夹两株桐"句。元人之曲，往往化用前人成句，但多浑然一体，使人不觉。后三句是从梦中回到了回到现实，意境凄清，语复悲凉，写尽了时不我遇的哀怨以及只身飘零的无奈。"孤篷听雨"句似亦受到蒋捷《虞美人·听雨》词的影响。词曲一家，伯仲之间。倪瓒诗词曲俱擅，〔人月圆〕调牌，词、曲皆有，而北曲之〔人月圆〕与词调的格式完全一致，且小令通常是不加衬字的，故此曲亦词亦曲。

〔双调〕水仙子　　　　　　无名氏

打着面皂雕旗招飐忽地转过山坡，见一火番官唱凯歌，呀来呀来呀来呀来齐声和。虎皮包马上驮，当先里亚子哥哥。番鼓儿劈飐扑桶擂，火不思必留不刺扑，簇捧着个带酒沙陀。

这支无名氏的〔水仙子〕曲，描写了少数民族风情，生动地展示出北方少数民族军事生活的一个侧面，写得朴野犷悍，活泼欢快，它扩展了散曲的题材范围，是一首有鲜明特色的令曲。

曲中所写的主要人物是"沙陀"，即李克用（856—908），他是沙陀部人，曾帮助唐王朝镇压黄巢起义，后出任为河东节度使，被封为晋王。他长期与朱温交战，后其子李存勖（885—926）袭晋王位，灭后梁，于923年建立后唐，即后唐庄宗，也就是曲中提到的"亚子哥哥"。

曲子的前三句，写的是晋王李克用及其猎队乘马而来的威风凛凛和气势非凡，前导是举着一面"皂雕旗"的一队御旗车，他们旋风般驰过了山坡。"皂雕旗"，是绘有黑雕图案的认旗，古代匈奴人的旗帜。张可久有〔双调·水仙子〕《怀古》小令，起句为"秋风远塞皂雕旗"，指的便是这种旗帜。"招飐"，状风吹动着旗帜，黑雕旗迎风飘飞。"忽地"，用得巧妙而富于动感，写出了骑兵飞也似的迅疾行动。"忽地"是元曲中常见的习用语，有时后面加一"波"字。此处所用，含赞叹和惊诧意味，又有象声性，是很传神的。旗队之后，还有军乐队，他们高唱军歌，歌声嘹亮，在辽阔的大漠间回荡。火，同伙；番，是汉族对少数民族的称谓。第三句全用象声词重叠而成，写出了少数民族骑兵的豪爽、粗犷，也使曲子的韵律活泼跳荡。

"虎皮包马上驼"二句，写的是军乐队后边的将领们，他们一

元　赵麟　番骑图

个个坐在虎皮制的马驮子上，挽缰驭马，精神抖擞。驼，用意同驮。在众将领们的队伍中，走在最前面的是晋王的儿子李存勖，即后来的后唐庄宗，他通音律，好俳优，小名亚子，或称为亚次。宋孙光宪《北梦琐言》："唐昭宗曰：'此子可亚其父。'时人号曰亚子。"最后三句，前两句描写军中音乐的雄壮，直到结句方引出晋王李克用来，写法上很值得注意，即反复铺垫，制造蓄势，千呼万唤，末了主要人物才出场。作者又用"簇拥"二字，极写晋王的威势和排场，使人物一下子凸现出来。手法上近于睢景臣的《高祖还乡》，所不同的是此曲不含褒贬，只是描写异域风情。番鼓，指少数民族的军鼓，"劈飚（biāo）扑桶"，象声词，以状鼓声的节奏；"火不思"，是由阿拉伯传入的一种弹拨乐器，又叫"浑不是""虎拨思""吴拔似"等，都是音译。《元史·礼乐志》："火不思，制如琵琶，直颈无品，有小槽，圆腹如半瓶榼，以皮为面，四弦皮绊，同一孤柱。"现新疆柯尔克孜族还有同类乐器，名"库不斯"或"考姆兹"。"必留不剌"与"劈飚扑桶"相对，也是象声词，模拟火不思的音响。"沙陀"，原出于突厥别部，唐太宗时置沙陀都护府，因该地有碛名沙陀，故以为名。这里的"沙陀"指晋王李克用。"带酒"，是说喝了酒，脸上红扑扑的，微醺的样子。作者顺势一笔，颊上添毫，以"带酒"二字，写出了李克用的豪放、威武，虽然用笔简省，却将人物写得很有神韵。

这首令曲笔调粗豪，风格浑朴，展示出浓厚的塞外风情，犹如一幅活泼泼的大漠风俗画。全曲不用典故，不施藻绘，不尚雕琢，只是一味写场面和人物动作，以速写式精炼的线条勾勒出神采和动势，别有一番情趣和韵味。特别是象声叠词的反复运用，渲染了气氛，也平添了画面的辽阔感，更使曲子音韵跳脱，铿锵律动，极富音乐性。

〔双调〕水仙子 遣怀 无名氏

百年三万六千场，风雨忧愁一半妨。眼儿里觑，心儿上想，教我鬓边丝怎的当？把流年子细推详：一日一个浅酌低唱，一夜一个花烛洞房，能有得多少时光？

此曲与卢挚的〔双调·蟾宫曲〕可谓异曲同工，是在为人生算一笔账。卢挚说人生七十古来稀，百岁光阴有一半是黑夜，一半是白昼，“仔细沉吟，都不如快活了便宜”。这位佚名作者则说三万六千场，有一半应减去。妨，碍也。这里是说人生有一半时间是在忧患中度过的，譬如三灾八难、五劳七伤以及种种磨难，怕是一半的时间都不能算顺遂的人生，便是所谓“风雨忧愁”。而“把流年子（仔）细推详”句，略同于卢挚的“仔细沉吟”，结句意亦相仿佛，无非是及时行乐，因人生苦短，时光无多。

古来感叹人生短促的篇什不知凡几，汉乐府《相和歌》古辞有《西门行》；《古诗十九首》中有《生年不满百》；曹孟德《短歌行》中云“对酒当歌，人生几何？譬如朝露，去日苦多”；陶渊明《游斜川诗》中有云“开岁倏五十，吾生行乐休。念之动哀怀，及辰为兹游”，等等。此曲妙在揽镜看到霜雪染鬓，触目惊心之余，蓦然间流露出无尽的悲哀，遂退一步想，即便朝欢暮乐，日子也不多了。人将老去，所思所想略同，意绪亦无二致。庄子曰：“人生天地间，若白驹过隙，忽然而已。”阮籍曰：“人生若晨露，天道邈悠悠。”还是杜甫较为通达：“细推物理须行乐，何用浮名绊此身。”“传语风光共流转，暂时相赏莫相违。”（《曲江二首》）人情物理推详来推详去，人人皆要跨入老境，只需守着今日之欢情乐趣，“千岁忧""天道邈"，乃圣人所想之事，浮荣虚名尽可抛掷，有明山秀水，朗月和风，可游堪赏，乐在其中，方是人生正道。亦不必算来算去，来日所剩几多，只消活在当下，何必烦扰！

值得注意的是"百年三万六千场"句，小曲以戏场比拟人生。元人尚戏，散曲随于戏曲，作者以每天都是一场戏，是为戏剧人生。既是逢场作戏，也须认真，此比饶有机趣。结三句尤妙，不能简单视作消极。其积极一面是：不能虚掷和蹉跎年华，应珍惜时光，热爱生命，免得老来悲伤；消极的一面是：人生空幻，倏尔百年，纵使及时行乐，也是时日有限。

此曲语言上平朴畅达，如谈家常，骨子里却是苦苦求索，求索的正是人生的所谓意义，故，它是举重若轻、寓深于浅的。

〔正宫〕醉太平　　　　无名氏

堂堂大元，奸佞专权。开河变钞祸根源，惹红巾万千。官法滥，刑法重，黎民怨。人吃人，钞买钞，何曾见？贼做官，官做贼，混愚贤。哀哉可怜！

此曲是当时在民间广为流传的名曲。元陶宗仪称此曲"自京师以至江南，人人能道之"（《辍耕录》卷二十三）。它无情地揭露了元末社会的种种腐败现象，真实地反映了当时人民群众的灾难深重，以及他们在天灾人祸面前的激愤与无奈，从而揭露了元末社会动乱和农民起义的根本原因。它也是形象的历史，可视为史家活的材料。同时它也是人民群众所创造的真正的活的文学，元散曲的生命力由此可见一斑。小令辛辣活泼，直接干预现实生活。语言亦生动爽亢，冲口而出，音律和谐自然，一泻无余，堪称民歌谣谚式之杰构。

　　元顺帝至正四年（1344）夏，连降暴雨，黄河大堤决口，灾害严重，两岸农田被淹，眼看着颗粒无收，百姓流离失所，哀鸿遍野，饿殍横陈。至正十一年（1351），发民夫十余万，成军二万余，由工部尚书贾鲁主持治河，各级官吏乘机横征暴敛，肆意搜刮民脂民膏，一时民怨沸腾，直接导致了农民起义。红巾军由颍州（今属安徽）起事，以韩山童、刘福通为首，以最初十万众迅速发展为数十万人，因其举红旗、佩红巾，故史称红巾起义。

　　变钞，指的是丞相脱脱变更钞法，发行至正新钞。元代钞法多变，终元一代又都存在钞虚而物不足之弊，每变一次钞法就要新旧兑换。至正新钞一贯合至元钞二贯，合铜钱一千文。由于铜钱的恢复使用，加速了交钞（纸币）的贬值，通货膨胀越发严重，直至钞法的全面崩溃。所谓"钞买钞"，指的就是新旧钞与铜钱之间的兑换。脱脱变钞正值贾鲁开河与红巾起义前后，史载其"行之未久，物价腾踊，价逾十倍"。为了镇压红巾军，增加军需开支，宝泉提举司大量印钞，终于使至正变钞彻底失败，分文不值。显而易见，钞法的崩溃，加速了元朝的灭亡。

散曲套数

〔南吕〕一枝花　不伏老　　关汉卿

从内容来推测，《不伏老》套当作于关汉卿中年以后。套曲成功地塑造了一个活生生的"风流浪子"形象，是非常性格化的作品。以套曲形式来塑造人物，大约初始于杜仁杰的《庄家不识勾栏》，至关汉卿此曲，方大放异彩，真正做到了在前人基础上，为套曲形式"注入有变化的、丰满的、深刻的生命"，将杜、关二套加以比较，精粗高下，自不难分辨。《不伏老》以第一人称自述的形式，娓娓道来，颇具异趣。尽管在我们今天看来，曲中的"我"所标举的人格精神以及他的人生态度，不无消极与颓伤的情调，"而崛（倔）强粗豪的英锐之气，仍逼现于眉宇之间"[1]。

以往的论者大多认为，这一套曲完全是关汉卿自己生活情趣和思想性格的真实写照，是他对一生所走过的道路的艺术概括，甚至认为曲中的"我"，简直就是关汉卿其人。于是，全曲也就成为自述性质的实录了。这样去看，似乎不无道理，然详察细究，却又不那么简单，至少是太狭隘、太拘泥了。我们说关汉卿曲中的"我"，应该包括一群人或者说一个阶层——即沉抑下僚的失意知识分子、

---

[1] 刘大杰：《中国文学发展史》（下），第 836 页。

"书会才人"。

套曲大体可分为三个部分。首曲〔一枝花〕勾勒出人物的大致轮廓，犹如逆光摄影，简而显，疏却明，可谓"虽随手之妙，良难以词谕"。试看：

> 攀出墙朵朵花，折临路枝枝柳；花攀红蕊嫩，柳折翠条柔。浪子风流。凭着我折柳攀花手，直煞得花残柳败休。半生来弄柳拈花，一世里眠花卧柳。

前四句连用动词"攀""折"，重复名词"花""柳"，开宗明义，写出了"浪子"之任情；后四句动词换作"弄""拈"，而"花""柳"则一再重复，语无外假，不事雕琢，恰似"浪子"脱口而出，颇有点自矜自得的味道，叫人忍俊不禁。一席剖白，寥寥数语，却处处抓神，尽是风流浪子声口。"半生来"句写过去所为，"一世里"写一生所求，正与全曲尾句"那其间才不向烟花路儿上走"遥相呼应。关汉卿实不愧曲中斫轮老手。

首曲使我们对曲中之"我"有了一个总的印象，笔法疏朗简淡，线条流泻传神，纯是白描手法。曲中之"我"以混迹风月场中自幸，对眠花宿柳津津乐道，俨然是"浪子"的立世宣言，其中含有对黑暗社会现实的挑战和嘲谑意味，亦不无怀才不遇的牢骚。我们分析作品，不能离开其所由产生的历史时代，倘若只是觉得凡嫖妓就是趣味低下，甚至大逆不道，那么《不伏老》还有什么意义和价值可言呢！是的，关汉卿不是完人，然他能够将愤怒和牢骚、不平和反抗凝在笔端，以戏曲创作为武器去呐喊、去争斗，这在他所处的那个特殊的社会环境中无论如何也是了不起的。不言而喻，套曲中的所谓"攀花折柳""烟花路儿"应该包括从事戏曲创作和演出活动的含义在其中。因而，此曲背后更有深意在，那就是潜在的不甘屈辱的骨气和不与统治者合作的执着精神，而从事创作正是

"书会才人"们积极进取的唯一途径和精神慰藉。这便是我们不必苛求于古人的理由，也是套曲的思想意义所在。

套曲的第二部分包括〔梁州第七〕和〔隔尾〕两支曲子。

〔梁州第七〕我是个普天下郎君领袖，盖世界浪子班头。愿朱颜不改常依旧，花中消遣，酒内忘忧。分茶、撅竹、打马、藏阄。通五音六律滑熟，甚闲愁到我心头！伴的是银筝女，银台前理银筝，笑倚银屏；伴的是玉天仙，携玉手并玉肩，同登玉楼；伴的是金钗客，歌《金缕》捧金樽，满泛金瓯。你道我老也，暂休！占排场风月功名首，更玲珑又剔透。我是个锦阵花营都帅头，曾玩府游州。

〔隔尾〕子弟每是个茅草岗、沙土窝初生的兔羔儿，乍向围场上走；我是个经笼罩、受索网苍翎毛老野鸡，蹅踏的阵马儿熟。经了些窝弓冷箭镵枪头，不曾落人后。恰不道"人到中年万事休"，我怎肯虚度了春秋！

此二曲为全曲点题之笔，即"不伏（服）老"："你道我老也，暂休！……恰不道'人到中年万事休'，我怎肯虚度了春秋！"这些均流露出"我"的惜时自爱，对生活没有失去信心和希望的情绪。在这里如果仅仅认为"浪子"的不服老是因了及时行乐，那是片面的，因为及时行乐与空虚哀叹是不可分割的。细味全曲，硬是没有那种虚幻感。生不逢时、际遇不逢乃至牢骚愤懑，都是能够体味到的，然并不绝望，倒是有一股自强好胜的气度和胸襟。"郎君领袖""浪子班头"，无疑包括"书会才人"们出没于勾栏剧场，从事文艺创作和演出活动。联系关汉卿生平和创作活动仅有的一些材料，这是不难推测的。如臧晋叔所说的关汉卿"至躬践排场，面傅粉墨，以为我家生活，偶倡优而不辞"（《元曲选·序》）；贾仲明《凌波仙》词中说关汉卿是"风月情，忒惯熟；姓名香，四大神州。驱梨园领袖，总编修帅首，捻杂剧班头"。足见这里"领袖"和"班头"
的含义便不单纯是指追欢狎妓了。"花中消遣，酒内忘忧"，这说明
"我"还是有忧愁的。表面放浪，内心又充满了矛盾和痛苦，满腹
才学，无处施展，仕途路断，求取无门，这便是沉抑下层的元代知
识分子们共同的心理状态。以"我"为代表的元代下层知识分子，
就是这样的矛盾和复杂。有追求和进取，也有消沉和放浪，这个
"我"，该是何等的典型啊！

　　〔梁州第七〕中还叙述了"我"的多才多艺以及在勾栏行院中
的放浪无行，一向被认为是研究关汉卿生平创作的有用材料（不如
说是研究元代剧作家的好材料）。值得注意的是"甚闲愁到我心
头"一句，明是沾沾自得，无忧无虑，实则恰是愁绪万端的心情
写照，或者说是"而今识尽愁滋味，欲说还休"的另一种表达形
式。妙就妙在愁而说不愁。家国俱失，才不得施，何得不愁？
〔隔尾〕中"恰不道"句虽然豁达开脱，乐观向上，终究隐藏着
淡淡的哀情愁绪。不服老，毕竟渐老；不肯虚度，总归又无出
路。这就形成了"我"思想上深不可解的矛盾，其间既跳跃着骚
动和不安，又沸腾着热情和冲动，更隐透着对现实社会深刻的暴
露和批判。

　　〔黄钟煞〕是套曲的最后一个部分。如果说前两个部分只是着
重揭示人物外在的特征和心情表露的话，那么，这支尾曲则意在进
一步展现人物内心深处更为本质的东西：

　　　　〔黄钟煞〕我是个蒸不烂、煮不熟、捶不匾、炒不爆、响
　　珰珰一粒铜豌豆。怎子弟每谁教你钻入他锄不断、斫不下、解
　　不开、顿不脱、慢腾腾千层锦套头？我玩的是梁园月，饮的是
　　东京酒，赏的是洛阳花，攀的是章台柳。我也会吟诗，会篆
　　籀；会弹丝，会品竹；我也会唱鹧鸪，舞垂手；会打围，会蹴

鞠；会围棋，会双陆①。你便是落了我牙、歪了我口、瘸了我
腿、折了我手，天赐与我这几般儿歹症候，尚兀自不肯休。则
除是阎王亲令唤，神鬼自来勾，三魂归地府，七魄丧冥幽。天
哪，那其间才不向烟花路儿上走！

承接第二部分，这只尾曲中进一步叙述了"我"阅历之深，识
见之广，才情之丰富，诸艺之精通，行为之恣肆，作风之怪诞。这
是完全市民化了的元代下层知识分子中一些人复杂而又奇特的生活
面貌的概括。以"我"为代表的"书会才人"们就是这样以自己惊
世骇俗的乖僻行动，勇敢地向封建道统观念和"覆盆不照太阳晖"
的现实社会进行挑战。这与写杂剧、撰词曲，以笔去同情、去揭
露、去呐喊、去反抗的创作生涯，是既矛盾又统一的两个侧面。同
样的，这里更进一步地展示出人物深不可解的内心矛盾，虽然
"我"自己"眠花卧柳"，却又嘲笑那些"子弟每"的执迷任情：
"谁教你钻入他锄不断、斫不下、解不开、顿不脱、慢腾腾千层锦
套头？""我"的出于无可奈何才处于声色放浪之间的矛盾和痛苦溢
于词表。应该说，从某种意义上来看，耽于"烟花路儿"亦是对统
治者的一种反抗，不过这种反抗消极些罢了。实际上尾曲中已明确
点出了与"我"相对立的势力。"你便是"一段，不仅使我们感到
恶势力的重压，也使我们感受到为这种重压所逼迫出来的反激力
量。曲中人明显对世道完全失望，对施展抱负也不图希求，既已看
破望穿，那"官位极到底成何济"（关汉卿散曲〔双调·碧玉箫〕
句）？然而，"我"并不气馁，并不屈服，毕竟是无法摧挫的"铜豌
豆"，顽强而坚韧。"天赐我"一段，集中表示了我任性不悔、至死
不渝的决心，字里行间溢荡着诙谐、乐观的情调。

① 不同版本此段有歧异，虽内容相同，文字上却有出入。又作："我也会围棋、会蹴鞠、会打
围、会插科、会歌舞、会吹弹、会咽作、会吟诗、会双陆。"

　　从艺术手法上看，全曲结构完整，各曲既有描写上的侧重，又都统一于人物从神态到性格的着意刻画，集中突出了不服老这个中心。层次的清爽，色彩的丰富，也是套曲的突出特色。如写人物采取多侧面描写的方法，从不同角度反复吟咏，遂使人物举止言行如在目前。对人物的主要性格特征，不惜重彩浓墨，层层晕染，强调突出，以使人物个性鲜明凸现出来。这种靠散曲形式着力塑造人物的艺术实践，几乎可以说是独步当时的。

　　套曲艺术上的另一特色是娴熟地运用口语和衬字，自然贴切，毫无雕饰的痕迹。明人朱权评论关汉卿的作品如"琼筵醉客"（《太和正音谱》），是说关剧曲词风格的恣纵、狂放，用以喻此曲之格倒是恰当相称，不过套曲中的"醉客"醉翁之意不在酒，明是醉，实为醒。有人以为关汉卿的散曲与其剧曲风格迥异，其实大体上还是一致的。散曲与剧曲毕竟形式有所不同，笔墨有些变化，自是在常理之中。比如通俗晓畅、用典而不为人觉便是一致的方面。我们知道，关汉卿十分熟悉勾栏行院生活，对市井俗语、江湖行话了然于心，套曲中便使用了不少这一类语言，不过用得极巧，并不显得夹生和蹩脚，且都不难理会，足见作者惊人的驾驭语言的能力。如"子弟""铜豌豆""锦套头"便是妓院中熟语，但它们在关汉卿笔下就又有了新的意义。尤其是"铜豌豆"，原是比喻圆滑世故、软硬不吃，套曲中却赋予它坚韧、不屈服的含义。再如"歌金缕""章台柳"等典故，好似信手拈来，却传情达义，恰到好处，内涵丰富。"金缕"即《金缕衣》，传为唐杜秋娘所作，其诗曰："劝君莫惜金缕衣，劝君惜取少年时。花开堪折直须折，莫待无花空折枝。"用在套曲中既有寄托相思之情之义，又有惜时自爱、不甘虚度年华的感慨。至于大量衬字的使用，更使全曲生辉无限。从诗歌发展的角度来看，关汉卿无疑是极富创造力的作家，这样大胆地在本调正字之外添加偌多衬字，是对当时已经趋于僵化的词的规范的大突破，可以说是解决了唐宋以来词的固定格式与文学语言要生动活泼之间的矛盾。当然，这不是关汉卿一人的功绩。套曲的尾曲中，第一句本句就是"我是一粒铜豌豆"，作者在这里添加的衬字数量大大超过了本句，这就使曲词朗朗上口，更富于表现力，而且极大限度地发扬了散曲的长处和特点。此外，生动的比喻和排比句式的使用，也为套曲增色不少。第二支曲中以三个"伴"字为句首的一组排比句，平实稳称，音节和谐，也都不同程度地增强了作品的艺术感染力。

总之，套曲从总体上来看是现实主义的描写，然亦不乏浪漫主义的情调。它在思想上的主要倾向并不在于表达理想，而在于倾吐怨愤，揶揄现实。它在艺术上最大的成功处是写活了人物，因而不仅使我们看到了单个的"这一个"，也看清了这一群人生活的环境和氛围。

〔南吕〕一枝花 赠朱帘秀　　关汉卿

轻裁虾万须，巧织珠千串。金钩光错落，绣带舞蹁跹。似雾非烟，妆点就深闺院，不许那等闲人取次展。摇四壁翡翠浓阴，射万瓦琉璃色浅。

〔梁州〕富贵似侯家紫帐，风流如谢府红莲，锁春愁不放双飞燕。绮窗相近，翠户相连，雕栊相映，绣幕相牵。拂苔痕满砌榆钱，惹杨花飞点如绵。愁的是抹回廊暮雨萧萧，恨的是筛曲槛西风翦翦，爱的是透长门夜月娟娟。凌波殿前，碧玲珑掩映湘妃面，没福怎能够见。十里扬州风物妍，出落着神仙。

〔尾〕恰便似一池秋水通宵展，一片朝云尽日悬。你个守户的先生肯相恋，煞是可怜，则要你手掌里奇擎着耐心儿卷。

这套曲是关汉卿题赠给当时著名的戏曲女演员朱帘秀的。它构思奇绝而巧妙，感情真挚而热烈。从表面上看，曲子句句咏珠帘，实质上是处处写人——帘秀，于不尽含蓄中流露出款款真情，表达出伟大的戏曲作家对一位天才女演员的关怀与爱惜。套曲表达的感情相当微妙，可以说是介于友情与爱情之间。一般认为，套曲使人们看到了一代戏曲作家与女演员之间亲密的关系，它不仅是一套风格独特的散曲作品，而且是古代戏曲史上极为珍贵的文献资料。

元代女演员艺名多有一个"秀"字，这大约是一种风气和习惯，朱帘秀也不例外。《青楼集》上说她"行第四"，因此田汉写话剧《关汉卿》称其为"朱四姐"。《青楼集》上还说她"杂剧为当今独步；驾头、花旦、软末泥等，悉造其妙"，可见朱帘秀能工多行，戏路是很宽广的。她与当时著名的戏曲作家、散曲作家多有交往，如卢挚、冯子振、胡祗遹等，其中卢疏斋写有〔双调·寿阳曲〕《别朱帘秀》曲，而冯、胡二人也都有词曲赠朱帘秀，均以谐音咏珠帘意相赠。比较起来，还是关汉卿的套曲写得更充分，感情亦更深切。

套曲由三曲组成。首曲〔一枝花〕集中描写了朱帘秀技艺的高超和风姿的秀美。首二句以帘卷和珠灿来比喻帘秀的光彩照人，并突出了她歌喉的珠圆玉润。"虾须"，是竹帘或缀珠之帘的别称，因帘幕卷曲，状似虾须卷缩，故有此称。陆畅《帘》诗云："劳将素手卷虾须，琼室珠光更缀珠。"冯海粟赠朱帘秀的《鹧鸪天》亦有

"虾须瘦影纤纤织，龟背香纹细细浮"句。古人又常以成串珠玉以喻音乐和歌声，所以，首二句破题咏帘，又暗寓对帘秀姿容和嗓音的赞美。"金钩光错落"二句，明是写帘幕辉光闪烁。临风飘动，实则可以理解成是赞美帘秀四座皆惊的漂亮扮相和袅袅娜娜的舞姿。金钩、绣带既是帘幕的附属品，又暗寓戏曲演员行头上的装饰物，用意之巧令人绝倒。接下来"似雾非烟"三句，写帘的缥缈轻摇，以及帘的装点效果、实用作用，自然地使人联想到化好妆的女演员隔帘频望、人影朦胧的情景。上场口的帘幕犹如烟笼雾漫，神女仙姬将飘然而出。"不许"句表面上是说不允许寻常人随意伸手卷帘，实际上是说演员在酝酿感情，蓄势待发。何时破帘而出得有个"火候"，无须旁人操心。三句写出了舞台上特定的环境，也写出了演员扮相之美丽，技艺之高超。最后两句。表面上是写珠帘乍展时的光彩夺目，说它摇动起来四壁如同披上翡翠的绿阴，它的光彩使金色的琉璃瓦也黯然失色；而暗寓的却是演员出台亮相时的姿容，色艺俱绝、满堂喝彩。关汉卿熟悉舞台演出，这里的种种比喻，确切生动，他这样写，朱帘秀自然是看得懂的。

〔一枝花〕曲整个是对人物出场的铺垫，反复比喻，再三呼唤，终于，人物出场亮相了。有趣的是字面全是写珠、写帘，未着一字写人，然又无处不是写人，所有的巧譬妙喻，都是那么自然地扣住了人。这支曲可以看作是序曲，下面还要更细致地展开描写，进一步以含蓄的手法刻画人物。

〔梁州〕是套曲的主体部分，曲中，关汉卿以特殊的手法，曲折表达了他对朱帘秀真挚的倾慕之情，其中还夹杂着苦痛和酸楚。首二句，写帘的华美与高雅。"侯家""谢府"，出处未详，指的是公侯之家，高门世族却是很明显的。或以为东晋时显贵侯景欲向王、谢那样的高门世族求婚，皇帝以为侯家尚配不上王、谢，叫侯议婚于朱、张以下姓氏。"侯家""谢府"或即指此。"紫帐""红莲"均指帘。"锁春愁"句承"风流"二字而来，写朱帘秀的爱情生活，"不放双飞燕"，是说帘儿拢住燕子，隐指帘秀与一男子的两情欢洽。接下去的四句都是写两人的浓情蜜意。这男子是准？或许就是关汉卿自己，也有可能指另外一个人。如指关汉卿，那他们之间曾是十分相爱的。

"拂苔痕"二句，是说珠帘摆动、飘拂，引逗得台阶上洒满榆钱；杨花飞絮，也像是被珠帘牵惹一样，满庭飞舞。榆钱即榆荚，形似铜钱，故有此俗称。这两句可能是以榆钱和柳絮飘落扑帘，暗示轻薄子弟对帘秀的欺凌、侵扰。他们恃仗有钱，妄图来追欢买笑，帘秀冷落了他们，遂惹来飞短流长的谣言或攻击。如此理解，可见帘秀出污泥而不染的倔强个性。下面三句，用"愁的""恨的""爱的"冠在句首，进一步写出了帘秀的好恶、爱憎，突出了她尚雅图静的心情，对恶浊的社会空气她是深恶痛绝的。当然，表面上仍是写帘，而暮雨西风显然是有所指的。三句中"抹""筛""透"三个字用得极巧，看似随手得之。实是精心遴选而成，它们生动地表现了雨势、风态和月色。"暮雨潇潇""西风翦翦""夜月娟娟"等，词面很美，细味又含无尽凄楚，很是耐人寻味。翦翦，形容风声飒飒而带有寒意。韩偓《夜深》诗云："恻恻风寒翦翦风，小梅飘雪杏花红"。长门，本是汉宫名，此泛指宫室门户。这三句借帘外自然界的变化暗示帘中人孤独寂寥，同时隐隐透露出帘秀思想感情的起伏变化，揭示了她的苦闷、凄凉和月光般高洁的品格。

"凌波殿前"等三句，又抽笔写珠帘之美。凌波殿，即凌波宫，唐代宫室名，此泛指水池边殿堂。《太真外传》载，玄宗在东都宫中昼梦一女，容貌美艳，自称是凌波池中龙女。"碧玲珑"句是说清澈的池水倒映出珠帘的影子。玲珑，形容池水清亮明澈。湘妃，指传说中湘水女神娥皇、女英，她俩都是舜的妃子，舜南巡死，葬苍梧山，二妃悲泣的泪水滴在竹上，竹上遂有斑痕，也就是后人所称之湘妃竹，用此竹制成帘子，即湘帘。这里是以水中帘影的虚幻，表示今后不能再见到帘中人的苦闷，因此后面紧接一句"没福怎能够见"。朱帘秀后来在杭州嫁给一个道士，婚姻上很是不幸，可能是迫于无奈吧。这样看来套曲很可能是赠别的，实际上是关汉卿在用散曲和她诀别，个中分明潜藏着无尽的悲戚。结二句借杜牧《赠别》诗意来赞美朱帘秀的人才出众，色艺俱佳。杜牧诗云："春风十里扬州路，卷上珠帘总不如。"

〔尾〕曲诀别意味更为浓重。别时难分难舍，相见更是难上加难。作者仍然扣住帘来写一朝离别的苦涩。这帘像"一池秋水"，似"一片朝云"，得到它的人，应该倍加爱惜呀！元代称道士为先生，守户先生，当指娶帘秀的那个道士。关汉卿像是默念，又像是祈祷，祝愿帘秀的丈夫能对她好，将她擎在手里，保护她，怜爱她。这〔尾〕曲读来令人酸鼻。

这套曲和〔南吕·一枝花〕《不伏老》一样。是关汉卿套数中的用力之作，两套一写自己（或自己一类的"书会才人"），一写自己所倾慕的人。它们共同的特点是恣纵、奔放，才气横溢，有酣畅淋漓之美。所不同的是《不伏老》直率，《赠朱帘秀》含蓄；而且前者朴野、犷悍，后者典丽、华美。值得注意的是，《赠朱帘秀》典丽而未至于浓艳，华美而不伤于雕镂，它一如关汉卿本色的风格，感情始终是诚挚而恳切的，这种既有写法上的变通又不失风格上统一的微妙差异，是要用心体味才能把握的。

〔商调〕集贤宾　退隐　　　王实甫

捻苍髯笑擎冬夜酒，人事远老怀幽。志难酬知机的王粲，梦无凭见景的庄周。免饥寒桑麻愿足，毕婚嫁儿女心休。百年期六分甘到手，数干支周遍又从头。笑频因酒醉，烛换为诗留。

〔逍遥乐〕江梅并瘦，槛竹同清，岩松共久，身外何求？笑时人鹤背扬州！明月清风老致优，对绿水青山依旧。曲肱北牖，舒啸东皋，放眼西楼。

〔金菊香〕想着那红尘黄阁昔年羞，到如今白发青衫此地游。乐桑榆酬诗共酒，酒侣诗俦，诗潦倒酒风流。

〔醋葫芦〕到春来日迟迟兰蕙芳，暖溶溶桃杏稠。闹春光莺燕语啾啾。自焚香下帘清坐久，闲把那丝桐一奏，涤尘襟消尽了古今愁。

〔么篇〕到夏来锁松阴竹坞亭，载荷香柳岸舟。有鲜鱼鲜藕客堪留，放白鹤远邀云外叟，展楸枰消磨长昼，较亏成一笑两查收。

〔么篇〕到秋来醉丹霞树饱霜，绽金钱菊弄秋。半山残照挂城头，老菱香蟹肥堪佐酒。正值着登高时候，染霜毫乘醉赋归休。

〔么篇〕到冬来搅清酣鸡语繁，漾茅檐日影稠。压梅梢晴雪带花留，倚蒲团唤童重烫酒。看万里冰绡染就，有王维妙手总难酬。

〔梧叶儿〕退一步乾坤大，饶一着万虑休。怕虎狼恶图谋，遇事休开口，逢人只点头，见香饵莫吞钩，高抄起经纶大手。

〔后庭花〕住一间蔽风霜茅草丘，穿一领卧苔

莎粗布裘。捏几首写怀抱歪诗句，吃几杯放心胸村
醪酒，这潇洒傲王侯。且喜得身登身登中寿，有微
资堪赡赒，有亭园堪纵游。保天和自养修，放形骸
任自由，把尘缘一笔钩，再休题名利友。

〔青哥儿〕呀！闲处叹蜂喧蜂喧蚁斗，静中笑
蝶讪蝶讪莺羞。你便有快马，难熬我这钝炕头。见
如今蔬果初熟，浊酒新篘①，豆粥香浮，大叫高讴。
睁着眼张着口尽胡诌。这快活谁能够！

〔尾声〕醉时节盘陀石上眠，饱时节婆娑松下
走，困时节布衲里睡鼽鼽。偶乘闲细将玄奥剖，把
至理一星星参透，却原来括乾坤物我总浮沤。

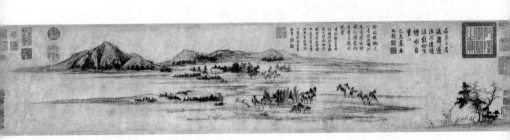

元　赵孟頫　水村图卷

就汉族知识分子的境遇来讲，元代确实是一个暗无天日的时
代，且不说"九儒十丐"的愤激牢骚，仅北方长达八十年的中止科
举，已足以使三四代读书人失去进身之阶。元代的士阶层产生了一
种空空荡荡、无所归属的群体失落感，连带而来的是丧失了往日那
种经世致用、修齐治平的社会使命意识，转而对逃避社会的归隐表
现出超过以往任何时代的热烈倾心。在众多高歌归隐的散曲中，王

① 篘（chōu）：用竹篾编成的滤酒器物。此处用作动词，即滤酒。

清　王原祁　秋山图轴

实甫的《退隐》是很有代表性的一套名曲。

从"百年期六分廿到手，数干支周遍又从头"两句看，这很可能是作者六十岁生日时的一套表白心迹的自祝曲。从"想着那红尘黄阁昔年羞"一句推测，王实甫曾经历过一段显宦生活。黄阁乃汉丞相听事阁和汉以后三公官署的通称，并非一般官职的泛指。因此，王实甫的退隐可能也是张养浩那种阅尽风波、急流勇退的结果。孙楷第先生《元曲家考略》"王实甫"条引苏天爵《滋溪文稿》中王结行状一文，其中说："（结）父德信，治县有声，擢拜陕西行台监察御史，与台臣议不合，年四十余即弃官不复仕。"这位王德信的事迹倒是与这套散曲作者王德信（一说王实甫名德信）的情形相合，不妨参看。

这套曲子放笔抒写了自官场退隐后王实甫的真实心境。退隐后。作者"有微资堪赡赒，有亭园堪纵游"，过着一种优裕自在的生活。他庆幸自己已"身登中寿"，膝下有孙男甥女，得享天伦之乐。他已失去了对人生的一切追求，嗤笑时人"鹤背扬州"的虚幻妄求。面对绿水青山、明月清风，他尽情地体味着"曲肱北牖，舒啸东皋，放眼西楼"的散诞逍遥，极力忘情于自己"酬诗共酒""诗潦倒酒风流"的任性自由，真可谓"尘襟"荡涤，世情消尽。全曲流露出一种发自内心的知足常乐的意趣，而且从对现实生活毫无怨言的满足中进而以审美的态度去观照周围的一切，去津津有味地赞美个人隐居的小天地。

〔醋葫芦〕以下四曲铺叙了隐居生活中春夏秋冬四季生活的乐趣，这种写法是套曲表现此类题材时所惯用的，另见薛昂夫的〔正宫·端正好〕（《高隐》）等。这四曲所表现的，是作者以无欲无为的态度，陶醉于一年四季的骀荡景象中，享受着大自然鱼蟹藕菱的丰厚馈赠，过着一种弹丝品竹、楸枰对弈、登高赋诗、对雪饮酒的文人雅士的生活。在这里，主体与自然完全融合在一起。这也许就是隐士生活的美之所在。作者在这四曲中流露的心境是十分的满足，体会不出多少愤激与不平。

〔梧叶儿〕一曲同样是引人注目的。它表明了作者的处世态度，这是在陶醉自然中不时泛起的社会意识，可能是作者未曾涤尽尘襟的流露。当时的社会并不像作者隐居的自然环境那样美妙，其中"虎狼"当道，"香饵"遍布，对此作者表达的不是强烈的抨击与揭露，而是退缩与躲避、漠视与忍让。"闲处叹蜂喧蜂喧蚁斗，静中笑蝶讪蝶讪莺羞"。这些句子表明作者的社会意识依然是清醒的，只不过他力图把它们抹去，就这点而论，这套曲子不如马致远〔双调·夜行船〕（《秋思》）那样指斥有力、头角峥嵘。

朱权《太和正音谱》评王实甫的曲词创作是"铺叙委婉，深得骚人之趣"。这套曲子的好处也全在"铺叙委婉"这四个字上。它连用十一支曲子，洋洋洒洒五百余字。痛快淋漓地铺叙了隐居的处境与乐趣，笔酣墨饱，意态十足。全曲之铺叙在详尽中重曲折，酣畅中求跌宕。在前后铺叙中插入的〔梧叶儿〕一曲，有深化曲意、延宕节奏、形成起伏之妙用。全曲在一气贯注的铺叙中，又不避词意重复，如关于诗、酒的句子前后多次出现，可谓"一篇之中三致意焉"，这种写法也有微波涟漪、往复生姿之妙。另外，作者将写景、抒情、叙事、议论，熔为一炉，转换自然，浑化无迹，读这套曲子不难体会一种意到言随，收纵自如的笔致。这些都显示了一位大作家的深厚功力。

〔双调〕夜行船　秋思　　　　　马致远

　　马致远的〔双调·夜行船〕《秋思》一套，周德清《中原音韵》中评为"万中无一"，视为"元词之冠"。此套最能体现东篱曲的风格，同时也最见东篱意绪与心迹。其中前五曲挥洒恣肆，情绪豪纵，声韵意味酣畅淋漓：

　　　　百岁光阴一梦蝶，重回首往事堪嗟。今日春来，明朝花谢。急罚盏，夜阑灯灭。
　　　　〔乔木查〕想秦宫汉阙，都做了衰草牛羊野，不恁么渔樵没话说。纵荒坟横断碑，不辨龙蛇。
　　　　〔庆宣和〕投至狐踪与兔穴，多少豪杰。鼎足虽坚半腰里折，魏耶，晋耶？
　　　　〔落梅风〕天教你富，莫太奢，没多时好天良夜。富家儿更做到你心似铁，争辜负了锦堂风月。
　　　　〔风入松〕眼前红日又西斜，疾似下坡车。不争镜里添白雪，上床与鞋履相别。休笑巢鸠计拙，葫芦提一向装呆。

　　以上五曲，独立看各曲咏一意，首曲几无异于一支"劝饮"之令曲，人生倏尔百年之叹与及时行乐之劝都与第五曲〔风入松〕相呼应。二、三两曲，是兴废虚妄之慨，其对后世影响非常明显，孔尚任《桃花扇》传奇《余韵》出中的〔哀江南〕套不无此二曲的影子。四、五两曲，抒发生命可贵、惜时自爱之感叹，在表面上的消极中，蕴藏着元人虽无可奈何却倔强执著的人格追求——不求闻达，但愿淡泊宁静的人生态度，"上床与鞋履相别"一句，当是宋元间俗语。全真七子中的马钰有一首〔满庭芳〕词，题作《赠王知玄》，中有句云："寻思上床鞋履，到来朝，事节如何？遮性命，奈一宵难保，争个甚么？"（《全金元词》）与马致远曲中用意正可互相发明。

第六曲中的"鼎足对"，历来为人们所击节叹赏：

> 〔拨不断〕利名竭，是非绝。红尘不向门前惹，绿树偏宜屋角遮，青山正补墙头缺，更那堪竹篱茅舍。

此曲所描绘的景象，可以说是元代士人隐逸理想最形象、最有代表性的环境，也是他们为重塑人格风范所钩画出的最为典型的、也最令人钦羡之处所。

尾曲才点正题，抽笔写秋天的景象，广为称道：

> 〔离亭宴煞〕蛩吟罢一觉才宁贴，鸡鸣时万事无休歇，争名利何年是彻①。看密匝匝蚁排兵，乱纷纷蜂酿蜜，急攘攘蝇争血。裴公绿野堂，陶令白莲社。爱秋来时那些：和露摘黄花，带霜分紫蟹②，煮酒烧红叶。想人生有限杯，浑几个重阳节？人问我顽童记者，便北海探吾来，道东篱醉了也。

此曲可视为马致远豪放曲的最有代表性的作品。嗜酒贪睡，散淡逍遥，远离红尘，安贫乐道，这是元曲中隐逸类作品所反复津津乐道的内容。马致远在《陈抟高卧》杂剧中，曾借陈抟之口唱道："我但睡呵十万根更筹转刻，七八瓮铜壶漏水，恨不的生扭死窗前报晓鸡。"（第三折〔倘秀才〕）这与"鸡鸣时万事无休歇，争名利何年是彻"，都是说嗜睡可以了却红尘烦扰，黑甜之乡与醉乡总是

---

① 《全元散曲》本此句无"争名利"三字。按此套各本文字上多有出入，此处据《太和正音谱》。

② 此句中"分"字别本或作"烹"，此据《全元散曲》本。

一般，无异于神仙境界；一旦雄鸡报晓，就要眼看着人世纷争了。
《陈抟高卧》第三折中的〔滚绣球〕，是陈抟说与宋太祖的肺腑
之言：

> 贫道呵爱穿的蒳落衣，爱吃的藜藿食。睡时节幕天席地，
> 黑喽喽鼻息如雷，二三年唤不起。若在那省部里，敢每日画不
> 着卯历。有句话对圣主先题，贫道呵贪闲身外全无事，除睡人
> 间总不知。空教人眨眼舒眉。

在另一支〔滚绣球〕曲中，马致远还以陈抟的声吻对"君臣之
礼"作了深刻的批判："虽然道臣事君以忠、君使臣以礼。哎！这
便是死无葬身之地。敢向那云阳市血染朝衣。"这里以李斯居官得
祸被夷灭三族来揭露官场的险恶、所谓"君臣之礼"的虚伪。〔离
亭宴煞〕曲的后半部分，企羡裴度的绿野草堂，向往陶渊明与高僧
慧远的白莲佛社，以及黄花、紫蟹、红叶、杯酒，都表达出马致远
愤世嫉俗的孤高气格，以及他卓尔不群、在恬淡中享受生命的人生
态度。

马致远此套，一向为世人所重。或谓其"放逸宏丽，而不离本
色，押韵尤妙。长句如'红尘不向门前惹，绿树偏宜屋角遮，青山
正补墙头缺'；又如'和露摘黄花，带霜烹紫蟹，煮酒烧红叶'，俱
人妙境。小语如'上床与鞋履相别'，大是名言。结句疏俊可咏。
元人称为第一，真不虚也"（王世贞《艺苑卮言》附录一）①。或又
谓此套与张可久之"长天落彩霞"（〔南吕·一枝花〕）并"为一时
绝唱，其余俱不及也"（沈德符《顾曲杂言》）②。类似盛赞不一而
足，且又都是从周德清《中原音韵》"作词十法"中的论语变化而
出，无非着眼于声韵与词藻。我们这里更重视的是此套所透出的元

---

① 《中国古典戏曲论著集成》（四），第28—29页。
② 同上书，第202页。

代士人的意绪心境与人格精神，便是所谓“牢骚之极，反为旷达”①。

若将马致远与关汉卿比较，人们会以为马曲似更消极，一味虚空，色调灰暗；汉卿曲更见性情乖伧，棱棱然有磊落不平之气。倘能换一个角度看，马曲则更决绝，对现实政治不抱一丝幻想，他完全钻入自己认定的人格重塑的精神天地。马致远有〔大石调·青杏子〕《悟迷》套，所咏内容与关汉卿〔南吕·一枝花〕《不伏老》套很相近：

世事饱谙多，二十年漂泊生涯。天公放我平生假。剪裁冰雪，追陪风月，管领莺花。

〔归塞北〕当日事，到此岂堪夸。气概自来诗酒客，风流平昔富豪家。两鬓与生华。

〔初问口〕云雨行为，雷霆声价。怪名儿到处里喧驰的大。没期程，无时霎，不如一笔都勾罢。

〔怨别离〕再不教魂梦反巫峡，莫燃香休剪发。柳户花门从潇洒。不再蹅，一任教人道情分寡。

〔擂鼓体〕也不怕薄母放讶掐，谙知得性格儿从来织下。颠不剌的相知不绻他，被莽撞儿的哥哥截替了咱。

〔赚煞〕休更道咱身边没挦剥，便有后半毛也不拔。活缋儿从他套共榻，沾泥絮怕甚狂风刮。唱道尘虑俱绝，兴来诗吟罢酒醒时茶，兀的不快活煞。乔公事心头再不罣。

想此曲当亦作于作者中年以后，首曲前二句可证。全曲写作者痛悔流连烟花柳巷的荒唐行为，决心不再踏入“柳户花门”。便是

① 姚华：《曲海一勺》“骈史”上第四，《中国历代文论选》，上海古籍出版社 1980 年版，第 419 页。

薄（鸨）母死缠硬拉，风骚的（颠不刺的）旧时相好相招，也不去与她缠绵缱绻，哪怕她另有新欢。〔赚煞〕曲中的"唱道（真的、真个是）尘虑俱绝"，很值得注意。原来曲中的"我"对尘世间的一切（当然包括男女情缘）统统感到厌倦了，除了诗酒茶饭，没有能唤起"我"兴趣的事物。关汉卿的态度是："则除是阎王亲自唤，神鬼自来勾，三魂归地府，七魄丧冥幽。天哪，那其间才不向烟花路儿上走！"两相对照，真是判然有别，反差强烈。这除了个人性格的不同外，恐怕更在于选择重塑人格的途径不同。关汉卿一直都是个"书会才人"，到了晚年才思投向山林，高唱"闲快活"；而马致远的年纪要比关汉卿小差不多十岁①，虽也曾是"书会才人"，但毕竟在江浙行省任过小官吏，他对红尘烦扰、官场险恶体会得更切肤、更深刻，故一旦选择隐逸，就更彻底、更决绝。对男女之情也一样，马致远斩断情缘似亦决断而义无反顾——这从他的"神仙道化剧"，特别是"度脱剧"中也可看出，这位"马神仙"差不多是未入道的"处士"。马致远那些清丽流转、灵巧隽美的写情令曲，当是其早年所写。

---

① 马致远约生于 1250 年，卒于 1321—1324 年。